LA PROMESSE D'UN ESPOIR

LA PROMESSE D'UN ESPOIR

S. E. RUTLEDGE

Traduit de l'anglais
par Ariane Maksioutine

City
Roman

Retrouvez tous les titres City Éditions :
www.city-editions.com

Publié pour la première fois au Royaume-Uni sous le titre
A Promise to my Sister par Bookouture.
Couverture : Bookouture
ISBN : 978-2-8246-2928-5
Code Hachette : 82 8280 3

Collection dirigée par Christian English & Frédéric Thibaud
Catalogues et manuscrits : city-editions.com

Dépôt légal : Mai 2025

Pour Maman et Papa

PROLOGUE

1ER FÉVRIER 1961

Bochnia, Pologne

Le vent hivernal traverse les vieux murs et la peinture écaillée pour me saisir, ses doigts glacés caressant ma peau comme à son habitude, compagnon le plus fidèle de toute mon existence. Il n'y a pas un bruit dans cette petite maison – le silence est un vide assourdissant et son poids est si lourd qu'il asphyxie le faible souvenir d'espoir qui demeure en mon cœur mort. Pourtant, rien n'a changé. Je ne l'ai jamais permis. Hantée par ce vide autrefois comblé par le bruit de pieds d'enfants foulant le sol, l'air dépouillé des délicieuses odeurs de soupe sur le feu, et avec l'absence de tout ce qui a un jour fait de cette maison un foyer, je sais que je suis la seule chose entièrement différente, ici. Même la vieille poupée de chiffon que ma petite sœur a baptisée Alma est toujours à sa place, sur le canapé, ses yeux en boutons alourdis par le chagrin.

Un carillon mélodique sonne dix-neuf heures, et la lumière lunaire de cette sombre soirée s'écoule en un mince filet dans la pièce. Religieusement, après avoir caché mes chaussures sous un coussin du canapé, je prends un morceau de pain dans le saladier posé sur la table. Certaines habitudes sont si ancrées en vous que rien ne peut les briser. Un saladier rempli de pain et de fruits est disposé dans chaque pièce de la maison, saladiers que je n'ai jamais accepté de laisser vides, et j'ai toujours une croûte de pain dans l'une de mes poches.

Frissonnante, je me roule en boule sur le canapé, sous une fine couverture et une veste militaire de laine verte qui a toujours été beaucoup trop grande pour moi, et je mâche lentement la tranche de pain sec.

Dire qu'à une époque, j'aurais tué pour ce genre de luxe, ce confort...

Selon les dirigeants du monde, la guerre a pris fin il y a quasiment vingt ans, à coups de capitulations et de célébrations. Mais ça n'a jamais été le cas pour moi. En dépit des traités signés et de tous ces gens libérés, ils sont arrivés trop tard… des millions de vies trop tard.

Mes yeux se posent sur un tableau qui pend dans un grand cadre de sycomore, comme ils le font souvent en ce genre de journée, quand mon esprit sombre dans les abysses de mon passé et qu'il n'y a aucun moyen d'en échapper. Il s'agit de l'une de mes œuvres, le portrait d'un soldat balafré que j'ai peint il y a des années, au moment de mon retour à Bochnia. Il est resté caché dans ma chambre pendant longtemps, loin de tout regard curieux, où personne ne pouvait s'enquérir de l'identité du soldat ou de toute autre information qu'il vaut mieux garder enterrée.

Tellement de fantômes, tellement de souvenirs qui n'ont jamais franchi les confins de ma mémoire… Si je meurs sans jamais les avoir libérés, cela signifie-t-il qu'ils mourront avec moi ? Qui restera-t-il pour se souvenir, quand je ne serai plus là ? N'est-ce pas ce que les nazis ont toujours désiré ? Nous faire disparaître ?

Je n'ai jamais parlé des épreuves que j'ai endurées, ne les ai jamais murmurées dans une prière au Dieu de ma jeunesse, le Dieu qui m'a abandonnée dans la neige couverte de cendres.

Je ne sais toujours pas si les histoires et les gens dans ma tête deviendront un jour des mots que je pourrai prononcer. Parler rendrait tout réel, tout ce que j'ai étouffé dès l'instant où je suis descendue de ce train, mais les laisser verrouillés dans mon esprit reviendrait à les effacer pour l'éternité.

Je me retire dans ma chambre, rassemble tous les stylos, crayons, cahiers et feuilles blanches que je peux trouver puis m'installe à mon bureau. Alors, avant que le tremblement de mes mains ne se fasse trop violent et les protestations dans ma tête trop assourdissantes, j'entame une lettre destinée aux fantômes.

Pour ceux que j'aime et que j'ai perdus,

Je me dois de commencer cette lettre en disant que je suis profondément désolée. Les années ont filé si vite, et voilà que ça fera bientôt vingt-trois ans que les nazis sont venus frapper à notre porte. Parfois, j'ai l'impression que c'était il y a quelques jours seulement. Durant tout ce temps, j'ai tenté si fort d'oublier, d'aller de l'avant, mais je n'ai réussi ni l'un ni l'autre, et je ne peux qu'en déduire qu'il y a une raison à un tel échec. La vie n'a jamais été facile. Peut-être a-t-elle été un jour belle, mais je suis incapable de me rappeler ce bonheur authentique. Je ne ressens plus grand-chose, aujourd'hui. Quand j'essaie, tout me paraît vide. Pas un jour ne passe sans que je ne pense à ce qui a un jour été, nos vies avant la guerre, avant le camp. Si on m'en laissait l'occasion, je ne sais toujours pas si j'accepterais de tout oublier, et peut-être qu'avec l'âge, ces souvenirs finiront de toute façon par disparaître. Souvent, je me dis que j'aimerais être avec vous tous, et certains jours, je suis convaincue de ne pas avoir la force de continuer de vivre ainsi. Je n'ai jamais parlé à qui que ce soit de vous. La douleur a toujours été trop proche, mais je n'ai pas envie qu'on vous oublie. Voici donc mon témoignage, pour vous tous que j'ai aimés, la preuve de l'amour que notre famille a partagé, le mal que je me suis donné juste pour essayer de sauver Bayla, et l'homme qui s'est assuré que je vive pour me souvenir de vous.

Avec tout mon amour. Halina Nowak, ou celle que vous connaissiez alors,

Hodaya Alperstein

1

1ᴱᴿ SEPTEMBRE 1943

Ghetto de Bochnia, Pologne

Quelque chose d'horrible se trame, je le sais. Peut-être est-ce la manière dont la lumière faiblarde du matin commence à envahir les rues pour remplacer cette nuit troublée. Peut-être est-ce simplement la façon dont mon cœur s'alourdit d'inquiétude depuis plusieurs longs et tristes jours. La nervosité m'a poussée à la fenêtre, les yeux alourdis par quelques heures de sommeil insaisissable.

Au-delà de la rue et des barbelés, les ombres se meuvent, fantômes allant et venant. J'aurais pu les prendre pour des gens, derrière les confins du ghetto où l'on nous force à vivre depuis deux longues années et demie, mais même mon cerveau embrumé parvient encore à reconnaître le bref éclat d'un uniforme, d'un revolver, de ces créatures au visage de pierre dénuées de cœur qui ne peuvent *pas* être humaines.

J'aimerais tellement pouvoir dormir, comme tout le monde, ronfler doucement sur le sol comme Papa, me rouler en boule sur le lit minuscule avec Mama et ma petite sœur Bayla, ou partager la chaleur de Naomi qui se repose à côté de moi. Nous sommes parvenus à cette répartition depuis que les autres occupants de notre miteux appartement ont été déportés, nous-mêmes ayant réussi à éviter les deux premières rafles. Même avant que nous soyons envoyés au ghetto et que

Naomi perde son mari, elle et moi nous endormions souvent sur le canapé de sa vieille maison, comme si nous étions des camarades d'école passant la nuit ensemble plutôt que deux jeunes femmes rongées par le souci devant veiller sur leurs familles. Tremblante, je pose mon regard à l'autre bout de la rue, chassant la fatigue de mes yeux tandis que les soldats se rassemblent à la barrière.

Non... Ce ne sont pas des soldats, me reprends-je en scrutant les détails inédits de leurs uniformes, dans la faible lumière du petit matin. *Les soldats ont d'autres symboles au niveau du col... Les soldats ne portent pas de tels manteaux...*

Lorsque je comprends, l'horreur me paralyse. Les SS ne viennent souiller leurs bottes au ghetto que pour une exécution, une rafle, ou les deux.

— Papa ! hoqueté-je en m'écartant brusquement de la fenêtre. Les SS ! Ils sont là, dehors ! Ils cernent le ghetto !

Papa se lève d'un bond alors qu'un tonnerre de bottes envahit la cage d'escalier, des ordres résonnant sur les murs du couloir. Notre porte, fermée à clef, tremble violemment puis explose, s'arrachant de l'un de ses gonds dans un éclat de bois.

Bayla se réveille en criant, et Mama la couvre instinctivement de ses bras tandis que deux SS franchissent le seuil.

— Debout ! Vous devez tous vous présenter à l'Umschlagplatz, rue Kowalska ! Un sac chacun, pas besoin de plus ! Tout de suite ! Plus vite que ça ! Soyez dehors dans dix minutes, aboie l'un d'eux, les lèvres ourlées en un immonde rictus.

La déportation ! Ça ne peut être que ça... C'est notre tour, cette fois, et nous n'avons nulle part où nous cacher.

Papa se jette sur notre seule valise, sous le lit, et y fourre le plus de vêtements possible. Nous ne possédons quasiment rien, de toute façon, et Mama parvient à fixer à l'intérieur d'un vieux manteau le reste de nos habits ainsi que des couverts.

Nos photos ! Je me souviens brusquement des quelques photographies exposées sur la minuscule coiffeuse, dans le coin de la pièce. Notre portrait de famille, et la photo de Naomi et moi le jour de mon vingtième anniversaire, l'année dernière, sont au-devant de toutes les autres, rappels ternes et souriants de cette époque plus heureuse.

Il y a eu quelques moments heureux, ici aussi... Ce ghetto n'a été que douleur, mais il nous est arrivé, quelquefois, de trouver des joies éphémères. Mon vingtième anniversaire était une bonne journée. Dans un lieu où dénicher simplement de quoi manger était devenu une véritable épreuve, Papa nous avait surpris avec des carrés de chocolat qui devaient provenir du marché noir. Nous avions utilisé le peu de pellicule qu'il restait dans notre vieil appareil photo, et le cliché de Naomi et moi tout sourire, à trinquer avec nos morceaux de chocolat comme avec des verres de vin, est un souvenir que je chéris de tout mon cœur.

Je les cale précautionneusement entre deux chaussettes, aux côtés des bijoux de mariage de ma mère et quatre złotys que nous sommes parvenus à garder, puis je me sers d'un de mes vieux lacets pour nouer mon manteau autour, comme un sac de fortune.

— Hodaya, qu'est-ce qui se passe ? me demanda Bayla, ses yeux écarquillés cherchant les miens, en quête de réconfort.

J'aimerais lui assurer que tout ira bien, mais je ne suis moi-même pas certaine de ce qui se passe. Des milliers de Juifs comme nous ont été déportés ces deux dernières années, et il circule des rumeurs de camps de travail et d'horribles histoires de lieux de meurtre, mais il est impossible de savoir ce qui est vrai.

— Je ne sais pas, Bayla, murmuré-je en l'attirant tout contre moi. Mais ne t'inquiète pas, je suis sûre qu'on le découvrira bientôt. On va certainement travailler.

Elle hoche la tête avant de brusquement s'écarter.

— Attends ! Il faut qu'on prenne Asher !

Elle s'élance pour récupérer le chat tout miteux qui se cache sous le lit, mais je la retiens par le poignet.

— Non, Bayla, il ne peut pas venir.

Ses yeux s'agrandissent encore de désarroi.

— Quoi ? Mais pourquoi ? Pourquoi il ne peut pas venir avec nous ?

— Les Allemands ne le laisseront pas venir. Seuls nous pouvons y aller.

— Mais il faut l'emmener ! se met-elle à crier. Nous ne pouvons pas le laisser là tout seul ! S'il te plaît, Hodaya ! S'il te plaît ! Laisse-moi l'emmener !

— Bayla, dis-je d'une voix douce tout en prenant en coupe son petit visage rougi et fatigué. Tu te souviens comment nous l'avons trouvé ? C'était un soir d'orage, il est apparu devant notre porte, et tu l'as protégé avec ta couverture. Il n'était ni petit ni maigre ; c'est un chat intelligent. Il a su se débrouiller à l'époque, et il n'a pas oublié comment faire.

Les larmes tombent en cascade sur ses joues et elle renifle tout en s'essuyant le visage avec la manche de son manteau.

— Et quand nous reviendrons, il sera toujours là, lui assuré-je avec le sourire le plus sincère qu'il m'est possible de lui donner. Il t'attendra, et nous lui préparerons une grande assiette de bœuf et du lait chaud. D'accord ?

On dirait que je cherche autant à me convaincre qu'elle. Il nous est impossible de savoir quand nous reviendrons – si encore nous revenons. Personne ne revient jamais, une fois disparu. Comment des milliers de gens peuvent-ils être escortés du ghetto à la gare, sans qu'on n'entende plus jamais parler d'eux ? Où sont-ils tous passés ?

— Allons-y, déclare Papa en calant son chapeau sur son crâne.

Je serre fort la main tremblante de Bayla et lie mon autre bras à celui de Naomi tandis que nous descendons l'escalier de l'appartement. Plusieurs autres familles juives émergent de leur porte pour nous suivre au pas de course, la plupart des mères avec de jeunes enfants, ou des personnes âgées se laissant guider par leur canne et les membres plus jeunes et plus forts de leur famille. Nous sommes parmi les premiers à quitter l'immeuble, débusqués de notre logement pour faire face à ce cercle de SS armés, comme des souris qu'on donnerait en offrande à des chats.

On nous pousse au milieu de la rue, où les autres résidents du ghetto sont en train de se rassembler. Des bébés et de jeunes enfants pleurent de peur, leurs mères et leurs grands-mères cherchant à les rassurer à coups de mots doux et de berceuses. Les pères et les frères se positionnent dans un geste défensif entre leurs familles et les nazis. Les bras de Papa encerclent nos corps comme un bouclier, comme s'il pouvait à lui tout seul empêcher qu'une pluie de balles ne nous tombe dessus. Peut-être est-ce naïf de ma part, avec tout ce que j'ai vu et enduré, mais enveloppée de la présence protectrice de Papa, je me sentirais en sécurité même si j'étais un agneau cerné par des lions en plein milieu d'un pré.

Les SS continuent d'aboyer des ordres en tirant de leurs foyers tous ceux qui ne vont pas assez vite pour eux, hommes, femmes et enfants. Ils les poussent par terre et les frappent avec leurs matraques, envoient dans les airs des volées de balles qui font hurler et pleurer de terreur les femmes et les petits.

Bayla agrippée à ma taille comme à un rocher, gémissant dans mon manteau, je serre Naomi plus fort contre nous. Puis, d'une voix calme, je commence à murmurer le poème de ma mère.

— Ne t'inquiète pas, mon enfant. Les nuages sont peut-être là, mais ils ne te toucheront pas. Ne pense pas au tonnerre menaçant, mais à l'eau qui tombe vivement. Ne pense pas à la foudre grondante, mais à la pluie qui, doucement, chante. Laisse la pluie laver tes pleurs…

— Laisse-la laver tes peurs, reprend Mama, ses yeux bleus embués trouvant les miens, et elle sourit.

— Ne t'inquiète pas, mon enfant. Tant que je serai à tes côtés, tu n'auras pas de raison de te cacher.

Nous terminons le poème ensemble, les yeux dans les yeux, et Mama vient tendrement enfouir ses doigts dans mes cheveux bruns. D'une main douce, j'écarte les mèches blondes de Bayla, ses joues toujours tachées de larmes séchées, sa respiration plus contrôlée.

Au bout de quasiment une heure, la rue entière est emplie de milliers de gens, et un ordre tonne soudain plus fort que les autres.

— Tout le monde debout ! Et en rang !

Tout près de moi, une fillette aide péniblement un vieil homme à se relever, une mère dépose un baiser sur le front de son bébé qui pleure, un garçon met ses petites sœurs en rang derrière lui. Papa nous pousse à avancer, nos bras enchaînés les uns aux autres, tout en murmurant une prière.

— Droit devant ! Direction la rue Kowalska !

La route jusqu'à la rue Kowalska, alors que nous sommes pressés de tous côtés par ceux qui ont survécu aux *Aktions* et aux massacres, est longue et douloureuse. Toutes ces maisons minuscules, tous ces appartements vides… Je me souviens d'un temps où des gens y vivaient encore, où des parents élevaient leur famille et où les enfants jouaient avec leurs amis. Les quelques commerces, depuis longtemps abandonnés et dont les vitres sont toutes brisées, portent toujours ces panneaux déclarant : « Entreprise juive ». La boutique de Mme Ellen, cet endroit si beau que Bayla et moi visitions simplement pour le plaisir de contempler toutes ces robes et ces bijoux, se trouve juste après une boulangerie désertée. La porte a été condamnée il y a longtemps, les parterres de fleurs sont piétinés, et ce n'est désormais plus qu'un lointain fantôme de mon passé. Je me demande ce qu'il est advenu de cette vieille femme si douce que je n'ai pas vue depuis quatre longues années, quand l'invasion a commencé.

Quand nous arrivons enfin dans la rue Kowalska, tout le monde s'arrête. Je me dresse sur la pointe des pieds pour voir quelque chose par-dessus les têtes et j'aperçois le Hauptsturmführer Hasse, deux autres officiers nazis à ses côtés. Alors, nous avançons lentement, masse de milliers de gens traînant des pieds pour passer devant les officiers nazis. Plus nous nous approchons, plus les paroles de Hasse se font nettes.

— Toi, à gauche, et vous quatre, à droite. Toi, là-bas, prends tes enfants et va à gauche. Restez en rang ! Restez groupés ! Toi, à droite ! Vous tous, à gauche !

Des filets de sueur coulent sur mes tempes, malgré l'air frais du matin, et mon cœur bat si vite qu'il me fait mal. Bientôt, ceux qui se trouvent juste devant moi sont dirigés vers la gauche – un couple de personnes âgées, ainsi qu'une femme avec un bébé et un petit garçon. Hasse nous observe pour quelques secondes seulement avant d'agiter une main impérieuse.

— À gauche.

Alors que nous avançons, Bayla se prend le pied dans une brique qui traîne par terre et l'un des Allemands se moque d'elle avec cruauté. Tel un serpent vicieux, il attaque, lui frappant l'arrière des jambes avec sa matraque, ce qui lui arrache un cri de douleur. Papa fait volte-face, prêt à bondir sur l'homme qui a osé toucher sa fille, mais Mama le retient d'une poigne désespérée, et nous nous empressons de poursuivre notre route, escortés par les officiers. Je prends Bayla dans mes bras, calant son corps tout frêle contre mes hanches, et ses ongles s'enfoncent dans ma peau tandis qu'elle étouffe ses gémissements dans mon cou. On pourrait croire que des kilomètres et des heures ont défilé, mais quand une longue ligne de wagons à bestiaux apparaît au niveau de la gare, le soleil n'a pas bougé.

— Grimpez là-dedans ! Plus vite que ça ! On avance !

Hommes et femmes se hissent dans le premier wagon, tout au bout du rang, s'efforçant ensuite d'aider les plus âgés et les enfants à monter derrière eux. Quand Bayla et moi nous trouvons enfin devant l'ouverture, Mama et Papa ont déjà été tirés à l'intérieur, pressés si fort l'un contre l'autre qu'il ne semble plus y avoir de place ne serait-ce que pour une simple épingle. Mais même une fois Bayla et moi parvenues à nous faufiler, quatre autres personnes sont entassées derrière nous.

Alors que les milliers d'autres hommes, femmes et enfants sur le quai sont dirigés vers le reste du train, deux soldats apparaissent devant l'ouverture du wagon. La porte coulisse brusquement, nous plongeant dans l'obscurité quasi totale, à l'exception du minuscule filet de lumière qui filtre à travers la fenêtre condamnée. Quelque chose de lourd et de métallique vient cogner contre la porte, dehors, avant d'émettre un cliquètement. Un cadenas, sans doute.

L'air étouffant est chargé de la puanteur d'une centaine de corps crasseux et transpirants, collés les uns aux autres, serrés de tous côtés. Le vent glacial qui portait la promesse d'un automne imminent il y a quelques instants seulement est très vite oublié, écrasé par une chaleur lourde et oppressante qui semble trop épaisse ne serait-ce que pour respirer. À l'autre bout du wagon, quelqu'un remue, et le mouvement se répand à travers le minuscule espace, chacun impacté malgré lui. Le silence qui régnait en présence des soldats, de la police et des SS vole en éclats, et le wagon est rempli de souffles laborieux, de cris de douleur et de terreur, de bébés qui hurlent, chaque individu secoué au moindre mouvement, même infime – les corps, les murs, l'air et les ombres, tout nous écrase.

J'entends la voix étranglée de Bayla dans l'obscurité :

— Hodaya, j'ai peur.

Je cherche sa main et la serre dans la mienne.

— Tout va bien, Bayla. N'aie pas peur. Je suis là.

Les heures agonisent lentement. Le soleil se lève, puis disparaît, des heures sans nulle part où s'appuyer, sans nulle part où s'asseoir, sans nourriture et sans eau. Pendant ce temps, je cherche désespérément à me souvenir combien de wagons j'ai vus avant qu'on nous enferme ici.

Mes pieds et mon ventre me font un mal de chien, j'ai les jambes toutes raides et crispées à être restée debout sans bouger si longtemps, et je sens le corps de Bayla, épuisé, s'affaisser contre le mien. Les enfants pleurent encore plus fort, désormais, leurs voix sont rauques et suppliantes, les plus jeunes implorant leur mère de leur donner un peu d'eau ou quelque chose à manger, un endroit où dormir, les bébés hurlant leur désespoir. Je m'adosse à la cloison, mon nez arrive tout juste au niveau du rebord de la vitre condamnée. Mes cheveux sont plaqués sur mon visage et me collent à la nuque sous mon foulard, mon maillot de corps et mon chemisier pendent sur moi comme des haillons détrempés.

— J'ai mal aux pieds, gémit Bayla d'une voix si faible qu'on croirait presque qu'elle délire.

— Je sais. Moi aussi.

— J'ai envie de m'asseoir…

Il n'y a pas de place pour s'asseoir, pas même pour tourner sur soi-même, mais je me sens m'écarter de la cloison je ne sais comment, parvenant à laisser un semblant de bribe d'espace devant moi. Plusieurs voix s'élèvent pour protester à la suite de mon mouvement.

— Tiens, Bayla, tu peux te mettre à genoux.

Elle s'effondre, sa tête collée à ma jambe, et lâche un soupir de soulagement.

— Il n'y a pas de place ! gronde un homme avec indignation. (Il est tout près, mais je ne peux pas le voir, dans le noir.) Qu'elle se relève !

— Laissez-la tranquille ! répliqué-je tout en me campant sur mes jambes pour ne pas me faire plaquer à nouveau contre le mur.

— Nous sommes tous fatigués, vous n'êtes pas toutes seules ! Faites-la se relever, sale égoïste !

— Fermez-la, vieux grincheux ! rugit la voix de Papa de quelque part dans le wagon. Laissez mes filles tranquilles !

— Mais elle s'assied ! Il n'y a pas assez de place pour nous !

— Adressez-leur encore un mot et je vous ferai goûter le bitume, quand cette porte s'ouvrira !

L'homme garde le silence face à cette menace. Les heures continuent de s'étirer et nous macérons toujours dans notre sueur et dans notre crasse, l'air empestant la chaleur, le vomi et la terreur. Le noir revient, nuit vide visible à travers les fentes de la fenêtre. Mes yeux fatigués cherchent à discerner quelque chose dans l'obscurité, mais j'ai la tête tout engourdie, à l'image de mes jambes. Quelques étoiles semblent être tombées du ciel pour danser sur le sol, dehors, et parlent avec des voix calmes. L'une d'elles remonte jusqu'à la vitre, m'aveuglant pour me balayer le visage, et le cadenas se met à trembler.

— Tout est bon. Ils peuvent y aller.

Soudain, notre wagon s'ébroue, déclenchant des cris affolés tout autour de moi, et je commence à vaciller, poussée de part et d'autre par les gens qui tombent. Comme l'a annoncé la voix, nous partons. Dans quelle direction ou vers quelle destination, je n'en ai aucune idée, mais mon esprit épuisé est soulagé de savoir que l'on ne nous a pas enfermés là-dedans jusqu'à ce que mort s'ensuive.

Je m'efforce de respirer calmement, cherchant du bout des doigts le visage de Bayla pour m'assurer qu'elle n'est pas en train de suffoquer, plongeant ma main tremblante dans ses cheveux emmêlés. Toutes les autres pensées – concernant l'endroit où les Allemands nous emmènent, l'appartement que nous laissons derrière nous – sont futiles, car mon esprit est uniquement occupé par chaque inspiration et chaque expiration, par le fait de tenir debout sur des jambes ankylosées, et par le grincement des rails sous mes pieds. Le vent est froid, répit bienvenu pour mon visage brûlant. Je ferme les yeux et suis rapidement emportée par l'inconscience.

Quand je reprends connaissance, je lutte pour ouvrir les paupières, ignorant combien de temps s'est écoulé. Le monde est toujours obscur, noyé dans une nuit dénuée d'étoiles. Mais semblant venir de nulle part, au-delà des barreaux de bois de la fenêtre et du ciel opaque, je distingue une lueur au loin. L'espace d'un instant, je me dis que c'est mon imagination qui me joue un tour, mais cette tache orangée, braise esseulée perdue dans un monde d'obscurité, est bien trop vive pour être un mirage.

— Je vois une lumière, marmonné-je.

Ceux qui en ont encore la force s'agitent.

— Qu'est-ce que c'est ? Qu'est-ce que tu vois ?

— Une lumière…

La lueur commence peu à peu à enfler, peut-être une éternité passant en l'espace de quelques minutes. Sous nos pieds, les roues ralentissent en grinçant, se préparant à l'arrêt. Dehors, j'aperçois un panneau, petit et faiblement éclairé par une lanterne. Cela ne veut dire qu'une chose : nous approchons d'une gare.

— Il y a un panneau.

— Qu'est-ce qu'il dit ? me demande quelqu'un.

Je plisse les yeux, attendant patiemment que nous arrivions à son niveau. Il passe lentement devant nous, me laissant la possibilité de lire l'unique mot qui y est peint en grosses lettres noires.

AUSCHWITZ

2

27 AOÛT 1939

Bochnia, Pologne. Une semaine avant l'invasion

Je m'agite dans mon lit pour trouver une position confortable, mais je suis incapable de faire disparaître les milliers de papillons qui s'affolent dans mon ventre. Allongée à côté de moi, dans la petite chambre qui fait face à celle de nos parents, Bayla est enroulée dans les couvertures, telle une chenille, avec sa poupée Alma. Je me blottis tout contre elle en prenant soin de ne pas la réveiller. À nos pieds, son petit chat roux, Asher, dort du sommeil du juste en ronronnant paisiblement.

Le matin du sixième anniversaire de Bayla s'ouvre sur une aube belle et fraîche, et j'attends tout excitée le coup que Papa et Mama vont frapper à notre porte pour me signifier qu'il est temps de la surprendre avec nos décorations et le gâteau que Mama et moi avons cuisiné ensemble.

Le gâteau est tout simple, petit, avec du glaçage blanc et des vermicelles de sucre – un luxe que nous ne pouvons en général pas nous offrir. C'est la première fois, du haut de mes dix-sept ans et des six ans de Bayla, que nous aurons un gâteau pour notre anniversaire. Notre famille n'a jamais eu l'argent pour ce genre d'extra – il en manque même parfois pour les biens de première nécessité. Toutefois, Mama et Papa trouvent toujours un moyen de rendre ces journées spéciales : ils nous emmènent pique-niquer et observer les oiseaux dans le parc, faire des bonshommes de neige en hiver avant de finir pelotonnés les uns contre les autres à l'intérieur, à lire tour à tour le Tanakh, ou encore nous apprennent à peindre et à sculpter des petits personnages dans des morceaux de bois. L'argent se fait peut-être rare chez nous, mais ces moments de partage n'ont pas de prix.

Un coup à la porte fait bondir mon cœur, et je tapote ma poche pour la dixième fois afin de m'assurer que le cadeau de Bayla n'a pas disparu.

Papa m'a aidée à sculpter les perles de bois pour le collier, et je les ai ensuite peintes en bleu, avec des motifs soignés, avant de graver *chai* – le symbole de la vie – sur un pendentif blanc. Mama a attaché le tout avec un peu de ficelle. Ce n'est pas grand-chose, mais je sais que Bayla va adorer. Déjà bébé, elle était fascinée par les impressionnants bijoux qui scintillaient aux cous et aux oreilles des femmes plus aisées, bijoux qu'elle cherchait toujours à toucher sans jamais toutefois y parvenir.

— Bayla, Bayla, réveille-toi, dis-je en la secouant doucement. Joyeux anniversaire ! Allez, c'est l'heure de se lever !

Ses yeux bleus s'ouvrent en papillonnant, alourdis par le sommeil, et se posent sur moi d'un air interrogateur. Elle chasse les couvertures d'un coup de pied et se redresse pour révéler une tignasse frisottante, et je dois contenir un gloussement en la voyant tenter de mettre de l'ordre dans cette crinière. Une fois Bayla descendue du lit et les mains plaquées sur les yeux – selon mes directives –, je la guide par les épaules dans le couloir, où Mama et Papa s'intiment l'un à l'autre de se taire en se poussant gentiment. Leurs sourires sont rassurants, et je ne peux m'empêcher de leur offrir le mien tandis que nous continuons à faire avancer Bayla.

Cela fait quelque temps que Mama n'a pas le moral, depuis le jour où nous avons appris qu'Hitler avait annexé la Tchécoslovaquie. Bochnia n'est pas loin de la frontière que la Pologne partage avec ce pays, et cette nouvelle a perturbé beaucoup de gens en ville. « Il approche », ai-je entendu Mama dire à Papa quelques jours après avoir vu les titres des journaux, mais ils se sont tus dès l'instant où Bayla et moi sommes entrées dans la pièce.

Le salon est décoré de dizaines de fleurs et de pétales, de rubans roses et blancs et de papier cadeau coloré parsemé ici et là sur le parquet. Au centre de la table, six bougies bleues sont déjà allumées, illuminant le petit gâteau blanc.

— Je peux regarder, maintenant ? se lamente Bayla en faisant la moue.

Mama, Papa et moi échangeons un sourire d'anticipation.

Bayla baisse alors les mains et sa bouche s'ouvre en grand, ses yeux cherchant à tout dévorer à la fois. Elle sautille comme un lapin et se met à pousser des cris de joie et d'incrédulité.

— Joyeux anniversaire ! acclamons-nous à l'unisson, et Papa prend Bayla dans ses bras, la faisant tournoyer dans les airs sous son rire cristallin.

— Merci, Mama ! Merci, Papa ! Je vous adore ! glousse-t-elle.

Dès l'instant où elle a de nouveau les pieds sur terre, pantelante et hilare, elle enroule ses bras sur ma taille.

— Merci ! Merci, Hodaya !

— Joyeux anniversaire, Bayla. (Je m'écarte pour m'agenouiller à son niveau.) Et devine quoi ? On t'a fabriqué quelque chose.

Je tire de ma poche le collier *chai* et le lui tends dans ma paume ouverte. Même sa stupéfaction à la vue du gâteau qui trône sur la table n'est rien comparée au sourire qu'elle affiche à cet instant.

Mama s'est affairée à cuisiner le bortch pendant deux heures, emplissant toute la maisonnée de délicieux parfums de poivre, d'ail, de betterave, de tomate et de chou. Je m'efforce de manger aussi lentement que possible, savourant chaque bouchée de cette divine soupe rouge, même s'il y en a une marmite entière.

Bayla, elle, n'a pas ce genre de réserves, et elle enchaîne les cuillerées si vite que je ne suis pas certaine qu'elle prenne le temps de mâcher.

— Ne t'inquiète pas, Bayla, la soupe ne va pas s'enfuir, lui assure Mama en essuyant le jus qui coule sur le menton de ma petite sœur.

Papa ricane en ajoutant :

— Et même si c'était le cas, ta mère en a fait assez pour nourrir toute la ville.

Mama lui jette un regard faussement vexé.

— Avec ton appétit, je dirais *la moitié* de la ville. Tu sais, Bayla, tante Dalia sera là d'un moment à l'autre.

La mention de tante Dalia enchante Bayla, qui nous raconte alors comment, avec ses deux petits garçons, ils ont essayé d'attraper des colombes après la prière collective de la semaine dernière, à la synagogue. Malgré son sourire, Papa se renfrogne légèrement, et il se raidit quand un coup à la porte coupe Bayla en pleine phrase.

— Ça doit justement être elle, dit Mama en jetant un regard d'avertissement à Papa avant d'ouvrir la porte.

Une femme mince dotée d'une impressionnante marque de naissance en forme de croissant de lune sur la tempe et de boucles blondes, une assiette dans les mains, entre. Elle salue Mama, ses lèvres étirées en un sourire qui ne gagne toutefois pas ses yeux bleus, puis elle se tourne vers Bayla.

— Voilà notre reine du jour !

— Tante Dalia ! couine Bayla en sautillant avant de se ruer vers elle.

— Oh là là ! Qu'est-ce que tu as grandi ! Tu auras bientôt rattrapé ta sœur, dis donc ! Tiens, je t'ai apporté un petit quelque chose.

Tante Dalia s'arrache un sourire forcé et tapote le crâne de ma sœur, prenant soin de ne pas défaire la tresse complexe dont j'ai noué ses cheveux d'or.

Bayla s'empare de l'assiette avec avidité.

— Merci, tante Dalia ! sourit-elle avant de courir vers la table avec sa babka au chocolat, puis elle pousse l'assiette entre nous. Tu en veux ?

— Oh, non merci, Bayla. Mange, c'est ton anniversaire. J'ai pris suffisamment de gâteau.

Elle hausse les épaules puis déguste un petit bout de la babka avec un air approbateur, savourant chaque bouchée avant de lécher le chocolat qui macule ses doigts.

Ni Mama ni tante Dalia n'ont quitté la porte. Papa les a déjà rejointes, la mine grave en voyant la nouvelle venue murmurer quelque chose à Mama. Je ne comprends pas ce qu'elle dit, mais ça n'a pas l'air d'être une bonne nouvelle.

Il y a quelques semaines, tante Dalia est venue voir Mama et Papa en larmes, en plein milieu de la nuit, quand Bayla et moi étions censées être au lit. Elle était persuadée que les nazis envahiraient bientôt la Pologne et avait l'intention de fuir avec sa famille. Je les écoutais, du fond du couloir, échanger tout bas, Mama cherchant à rassurer sa petite sœur et Papa ne la prenant pas au sérieux, comme d'habitude. Il a fallu deux heures à Mama pour calmer Dalia et la convaincre de rester à Bochnia.

Mama surprend mon regard et s'écarte aussitôt de sa sœur.

— Hodaya, tu ne veux pas emmener Bayla faire un tour en ville ?

Je n'aime pas être mise à l'écart, mais je hoche tout de même la tête et pousse Bayla en direction de notre chambre. Alors qu'elle enfile son manteau et moi mes chaussures, la petite boîte sous le lit attire mon attention. Je n'ai pas grand-chose, juste les quelques pièces que j'ai économisées pour les cas d'urgence. Quasiment tout ce que je gagne en travaillant au café-restaurant de M. Abergel, ainsi qu'avec les petites commissions que j'effectue à travers la ville, je le donne à Mama et à Papa pour les aider à nous élever. Ils étaient tous les deux déçus quand j'ai décidé d'arrêter l'école, l'année dernière, afin de subvenir aux besoins de la famille et de m'occuper de Bayla, mais c'était la meilleure solution, et aujourd'hui, je passe le temps de manière beaucoup plus productive que si j'avais continué à étudier les mathématiques et la poésie.

J'ai toujours vu Papa travailler dans les mines de sel, et Mama était enseignante quand j'étais petite, mais après la naissance de Bayla, elle est restée à la maison pour s'occuper de nous et donner des cours privés d'anglais, d'allemand et d'ukrainien. Même avec mon salaire de serveuse, le tout mis bout à bout ne fait que bien peu et nous ne pouvons que rarement nous permettre des dépenses plaisir.

— Hodaya ! Tu viens ? m'appelle Bayla, qui attend à la porte, la main sur la poignée.

Son excitation à la simple idée d'aller faire un tour en ville pour son anniversaire me serre le cœur.

Elle devrait avoir un beau souvenir. Pour mon sixième anniversaire, Papa nous a emmenées, Mama et moi, au cinéma pour voir un film muet, une comédie baptisée The Little Eagle. *Il faut que je rende cette journée spéciale et mémorable, comme ç'a été le cas pour moi.*

— J'arrive, Bayla. La première dehors a gagné !

Elle ouvre notre porte en grand et s'élance dans le couloir en riant. Je m'empresse de fourrer l'argent dans ma poche avant de lui courir après. Elle sautille sur le trottoir en chantonnant « J'ai gagné ! » avec un sourire radieux. Je la rattrape et prends l'une de ses mains gantées dans la mienne.

— Où est-ce qu'on va ? demande-t-elle en faisant balancer nos bras, toute guillerette.

— C'est toi qui choisis. C'est ton anniversaire.

— Je veux aller dans la boutique de Mme Ellen ! On peut ?

— Bien sûr, dis-je avec un sourire. Tout ce que veut la princesse.

Mme Ellen a toujours été gentille avec nous, un peu comme la grand-mère que nous n'avons jamais eue. Elle a connu

Mama et tante Dalia quand elles avaient à peu près mon âge, et aujourd'hui, Bayla et moi avons pris leur place parmi ses clientes les plus régulières. Elle me servait plus ou moins de nourrice, lorsque j'étais petite ; je m'installais derrière son comptoir, à lui faire des dessins toute la journée pendant que mes parents travaillaient. Je l'aide à remplir ses étagères et à faire l'inventaire de sa petite boutique de vêtements pour femmes au moins deux fois par mois depuis mes dix ans. Même ces tâches *a priori* simples sont éprouvantes à son âge.

De hauts immeubles bordent chaque côté de la rue – des boutiques familiales et des appartements, des boulangeries, des bijouteries et des salons de coiffure –, et la pluie a assombri les murs couleur sable ainsi que les toits lie-de-vin. Nous croisons quelques familles et plusieurs filles de mon âge avec qui j'allais à l'école avant, deux petits garçons courent en tapant dans un ballon rouge vif et quelques chevaux attelés à des voitures trottent bruyamment au milieu de la route.

J'inspire profondément, m'enivrant du délicieux parfum de la terre après la pluie. Alors, je me rappelle le poème sur la pluie que Mama me récitait quand j'étais petite. Je commence à fredonner ses vers comme les comptines de ma Mère l'Oie qu'elle me lisait également à l'époque, celles que Bayla adore, et esquisse un sourire en l'entendant se mettre à chanter avec moi.

Ne t'inquiète pas, mon enfant,
Les nuages sont peut-être là,
Mais ils ne te toucheront pas.
Ne pense pas au tonnerre que tu entends,
Mais à l'eau qui tombe vivement.
Ne pense pas à la foudre menaçante,
Mais à la pluie qui, doucement, chante.
Laisse la pluie laver tes pleurs,
Laisse-la laver tes peurs,

Ne t'inquiète pas, mon enfant,
Tant que je serai à tes côtés,
Tu n'auras pas de raison de te cacher.

Mama me le récitait tout le temps, avant la naissance de Bayla, quand il y avait de l'orage et que je me cachais sous les couvertures au bruit de la foudre. Bayla est comme moi, les éclairs la terrifient, et les soirs de pluie, elle se pelotonne tout contre moi pour m'écouter lui réciter le poème de Mama.

Dès que nous arrivons à proximité de la petite boutique de Mme Ellen, ma sœur fonce vers la vitrine où plusieurs vestes sont exposées. Son regard s'arrête alors sur un manteau d'hiver jaune, avec de la fourrure blanche et un papillon tout simple brodé au fil blanc, au niveau du cœur.

— Il est trop joli ! Regarde comme il a l'air doux ! s'émerveille-t-elle, tout sourire. Pourquoi est-ce que la fourrure est blanche, Hodaya ? Comment ça se fabrique ?

— Ce sont les animaux qui la fabriquent. Ils ont des poils, comme nous.

— Oh, alors comment les gens la trouvent ? Les animaux sont d'accord pour la donner ?

Ses petits yeux interrogateurs levés vers moi m'arrachent un sourire.

— Bien sûr, mais il faut leur donner quelque chose en échange.

— Alors c'est pour ça que le rabbin Amasai n'a pas de cheveux ? Il les a échangés contre de la fourrure ? demande-t-elle avec tout le sérieux du monde.

— Certainement, dis-je en ricanant. Quand tu grandiras, les animaux te donneront leur fourrure si tu leur donnes tes cheveux. Comme ça, personne n'aura froid l'hiver.

Elle opine du chef, sa curiosité satisfaite pour le moment, et reporte toute son attention sur le joli manteau jaune exposé là depuis quasiment trois ans.

Je joue avec les quelques pièces glissées au fond de la poche du vieux manteau de ma mère. Je doute qu'elles suffisent même à acheter le fil qui a servi à broder le papillon.

Peut-être y a-t-il autre chose dans la boutique... trois złotys me permettront sûrement d'acheter quelque chose*, là-dedans. Une paire de chaussettes ? Des nouvelles mitaines ?*

— Et si on allait faire un tour à l'intérieur ?

— Vraiment ? s'exclame Bayla en se mettant à bondir de joie. Oh oui ! On y va ! Je promets de toucher à rien !

Pour illustrer ses propos, elle plonge les deux mains dans ses poches – les poches d'un manteau qui m'a un jour appartenu et dont ma mère a retouché les manches et l'ourlet afin qu'il lui aille.

La clochette d'argent tinte gaiement à notre entrée. Deux tableaux sont accrochés près des vitrines – des paysages colorés que j'ai peints pour Mme Ellen il y a quelques années, pour son quatre-vingtième anniversaire –, et plusieurs des aquarelles que j'ai faites quand j'avais l'âge de Bayla sont suspendues aux murs. Le parfum des bougies ainsi qu'une autre fragrance plus florale imprègnent les lieux, mais il y a quelque chose de réconfortant dans ces odeurs fortes – c'est comme aller chez sa grand-mère pour prendre le goûter.

— *Dzień dobry !*

La toute frêle Mme Ellen est assise dans un vieux et magnifique fauteuil, une édition usée du Tanakh sur les genoux, ses grandes lunettes tombant sur son nez et ses boucles blanches empilées au sommet de son crâne.

— *Dzień dobry*, madame Ellen.

— Oh, mademoiselle Hodaya, Bayla ! Quelle bonne surprise !

Un sourire rayonnant sur le visage, elle pose son Tanakh et se lève péniblement. Je m'empresse d'aller lui tendre mon bras, qu'elle prend volontiers.

— Merci, très chère. Mes jambes ne sont plus ce qu'elles étaient… Je ne devrais plus rester assise sans bouger si longtemps.

Bras dessus bras dessous, nous gagnons le comptoir où trône la caisse.

— Comment allez-vous, madame Ellen ?

— Oh, bien. Et toi, ma chère ? Comment va ta famille ? Il faut que tu dises à ta mère et à ta tante de venir me voir ; ça fait bien trop longtemps. Tu sais qu'elles passaient me rendre visite au moins une fois par semaine, quand elles avaient ton âge ? Oh, à quand ça remonte, tout ça ? Bientôt trente ans, sûrement ! Dieu que je vieillis !

Son petit discours que je connais par cœur m'arrache un sourire plein de tendresse.

— Tout le monde va bien. Mama donne toujours des cours privés d'anglais, et Papa travaille toujours aux mines, mais il a également trouvé quelque chose pour le week-end. Bayla, elle, va commencer *przedszkole* dans quelques semaines.

— Déjà ? Dieu comme le temps file ! Je suis convaincue qu'elle fera des merveilles. Avec une mère si intelligente et un père si travailleur, cela ne fait aucun doute.

Et j'espère qu'elle n'éprouvera jamais le besoin d'arrêter l'école. J'espère qu'elle n'aura jamais à se faire du souci comme Mama, Papa et moi.

Bayla est partie flâner à l'autre bout du magasin, contemplant avec un sourire béat les magnifiques vêtements et les bijoux. Fidèle à sa parole, elle garde les mains enfoncées dans ses poches et ne touche absolument à rien.

— Bien sûr, c'est son anniversaire, aujourd'hui, sourit Mme Ellen en regardant ma sœur admirer de nouveau le manteau jaune. Je vous ai vues derrière cette vitrine pour ses deux derniers anniversaires, et chaque fois que vous passez, aussi. Quand ma fille était petite, elle avait un manteau comme celui-ci.

— Il est magnifique. Bayla en est folle.

En voyant ma petite sœur s'étirer sur la pointe des pieds pour mieux contempler le vêtement, je me surprends à nouveau à faire rouler les pièces entre mes doigts, dans ma poche.

Je ne peux pas me le permettre. Pas maintenant. Mais si j'arrive à vendre deux ou trois peintures et à gagner quelques groszys en aidant le tailleur ou l'épicier, peut-être que l'année prochaine...

— Combien coûte-t-il, madame Ellen ?

— Combien as-tu, ma chère ?

Mon ventre se noue brusquement et je me mets à remuer, mal à l'aise, jouant avec un fil qui pend à ma manche et que je n'avais jamais remarqué jusqu'ici.

— Eh bien... j'ai trois złotys. Je sais que ce n'est pas assez, m'empressé-je d'ajouter en sentant le rouge me monter aux joues. Je pensais lui prendre quelque chose de petit, et peut-être que l'année prochaine, je pourrai lui acheter un manteau. Elle n'a pas beaucoup de jolies choses. C'est...

— Je sais, je sais, Hodaya, me coupe-t-elle avec un sourire plein de compassion, puis elle me prend la main. La vie est dure, en ce moment, plus que d'habitude. Si Melech et moi avions quelques dizaines d'années de moins, nous aurions déjà fui la Pologne. Hélas, pareil voyage ne nous ferait aucun bien.

Tout le monde sait que les Allemands se rapprochent de notre frontière de jour en jour. Partout, dans les journaux, sur les stations de radio statiques et parmi les échanges troublés des gens du quartier, Hitler est le sujet qui revient le plus, et notre communauté voit son nombre se réduire jour après jour.

— Mais assez parlé de choses désagréables, poursuit Mme Ellen. Je viens justement de décider de baisser le prix de ce manteau. Un złoty me suffira.

— *Un seul ?* Mais... madame Ellen, vous ne pouvez pas faire ça ! Je suis sûre qu'il en coûte au moins dix ! hoqueté-je.

Avant la guerre, un złoty aurait pu nous offrir à dîner, mais aujourd'hui, il suffit à peine à payer du pain, encore moins quelque chose d'aussi luxueux.

Elle agite une main et me tend le bras.

— Tais-toi donc et aide-moi à aller le récupérer. Ce manteau coûte ce que je décide, et j'ai décidé qu'il coûtait un złoty.

— Mais...

— Ça suffit ! chuchote-t-elle en me tapant la main. Je l'ai depuis trop longtemps. Il est temps que quelqu'un d'autre en profite. Bayla, ma chérie ! J'ai entendu dire que c'était ton anniversaire, aujourd'hui ! Quel âge as-tu ? Dix ans ?

— Six ! réplique-t-elle avec son plus beau sourire tout en dressant six doigts. J'ai eu un gâteau *et* une babka ! Regardez, madame Ellen ! Regardez ce que m'a fabriqué Hodaya !

— Comme c'est beau, commente la vieille femme, qui admire le collier que Bayla lui présente fièrement en dressant le cou. C'est toi qui as peint ces perles, Hodaya ? Elles sont magnifiques. J'en suis sûre : un jour, tu seras une grande artiste, comme Adolph Menzel ou Caspar David Friedrich, et je pourrai dire que je t'ai vue grandir en peignant. Allez, attrape-moi ce manteau.

— Pour quoi faire ? l'interroge Bayla tout en me regardant retirer délicatement le vêtement du minuscule mannequin.

— C'est ton cadeau d'anniversaire, Bayla. Ta sœur vient de l'acheter pour toi.

Bayla tournoie vers moi, les yeux chargés d'espoir.

— C'est vrai ? C'est vrai, Hodaya ? Il est pour moi ?

Il n'y a rien que je ne ferais pas pour la voir toujours sourire ainsi. Je devrai simplement m'assurer de payer le reste quand j'aurai l'argent... d'une manière ou d'une autre.

— Absolument, Bayla. Joyeux anniversaire.

En un instant, elle s'est débarrassée de son vieux manteau d'un coup d'épaules et a attrapé le nouveau de ses petites mains pressées, caressant la fourrure puis le papillon avant de l'enfiler. Aucun vêtement ne lui a collé si bien à la peau ; on dirait que la couturière avait Bayla en tête quand elle l'a conçu.

— Je l'adore ! couine-t-elle en me serrant dans ses bras avant de courir vers un miroir. Merci, Hodaya ! Merci ! Merci !

Elle chante pratiquement sa gratitude, tournoyant et dansant devant le miroir comme si elle portait une robe de bal.

Profitant de sa distraction, je glisse tout mon argent dans la main de la vendeuse.

— Merci, madame Ellen. Je vous apporterai le reste dès que je le pourrai, c'est promis.

— Hodaya, je t'ai dit qu'un złoty suffisait, roucoule-t-elle, mais je fourre mes mains dans mes poches quand elle essaie de me rendre la plus grosse partie de mes pièces.

— Je ne peux pas vous donner juste ça, ce n'est pas assez. Je vous apporterai la différence dès que j'aurai gagné cet argent.

— Tu es vraiment comme ton père. Très bien, ma chère, mais ne te presse pas, d'accord ?

Bayla, qui apparaît brusquement à mes côtés, me tire par le bras.

— Rentrons à la maison, Hodaya ! Je veux le montrer à Mama et à Papa !

— Filez, mes petites, nous encourage Mme Ellen. Et dépêchez-vous, si vous voulez éviter la pluie. Je compte sur vous pour embrasser votre mère pour moi.

Nous la saluons, et Bayla me traîne quasiment de force jusqu'à la maison. Quand nous franchissons le seuil, un silence tendu et dense nous accueille, à tel point que je doute que ce soit notre arrivée qui a coupé court à la conversation. Mama et tante Dalia sont installées face à face à la table, la mine sombre et abattue. Papa, lui, est assis à califourchon sur sa chaise.

— Mama, regarde ! s'exclame Bayla. Regarde ce qu'Hodaya m'a offert ! Je suis un papillon, maintenant ! Un danube ! Regarde, il y en a un brodé dessus !

L'espace d'un instant, Mama tente un sourire, mais le choc prend vite la place quand ses yeux tombent sur le petit papillon jaune qui s'agite devant elle. Elle hésite un long moment, à court de mots, faisant courir une main délicate sur le tissu.

— Où as-tu trouvé l'argent pour acheter ça ? finit-elle par demander.

— C'est un cadeau de Mme Ellen.

Tante Dalia esquisse un faible sourire et se lève.

— Tenez-moi au courant si vous changez d'avis. Nous partons aux aurores demain matin. Je vous confie ça. Ils ne nous emmèneront pas bien loin ; le reste se fera à pied.

Papa refuse d'un geste de la main les papiers qu'elle lui tend.

— Merci pour ta sollicitude, Dalia, mais nous pouvons veiller sur notre propre famille. Nous n'avons pas besoin de ton argent.

Tante Dalia se tourne vers Mama, qu'elle implore du regard, mais Mama semble tout faire pour l'éviter. Avec un long soupir abattu, tante Dalia hoche la tête et glisse les papiers dans son sac d'une main tremblante.

— Ce n'est qu'un au revoir. Que Dieu vous garde. Je vous écrirai, dit-elle la gorge nouée, comme si elle s'apprêtait à pleurer.

Sans un regard en arrière, elle disparaît dans la fraîcheur de l'après-midi, laissant un lugubre silence planer derrière elle.

— Qu'est-ce qui se passe ? finis-je par demander.

Mama secoue la tête avec une expression parfaitement impassible.

— Dalia nous a appris qu'ils partaient demain, avec sa famille. Elle veut que nous les accompagnions en France.

— Pourquoi ?

— Parce qu'elle écoute trop la radio et qu'elle croit à trop de rumeurs, marmonne Papa.

Mama pose une main sur la sienne.

— Elle pense que les Allemands vont bientôt nous envahir.

— C'est ridicule, fulmine Papa. Les Allemands ne viendront pas si loin ; ils ne veulent pas la guerre avec la Grande-

Bretagne. Je refuse de déraciner ma famille pour rien. Entre nous, je doute sincèrement qu'elle parte. D'ici demain matin, elle aura changé d'avis et viendra réclamer son argent.

Mais elle nous a acheté des billets de train... et Mme Ellen a dit qu'elle serait déjà partie, si elle avait pu. Hitler n'a peut-être pas les pieds en Pologne... mais s'ils avaient raison de partir ?

Malgré moi, l'inquiétude doit se lire sur mon visage car Mama change de sujet dès qu'elle s'en aperçoit.

— Bien, je vais commencer à préparer le dîner. Je vais faire ton plat préféré, Bayla. Et si tu demandais à Hodaya de te lire un livre, en attendant ?

Mama nous adresse un sourire rassurant, un sourire qui dit : « Tout va bien, ne vous inquiétez pas. »

Bayla fonce vers la bibliothèque et sélectionne un volume bleu marine qui paraît énorme dans ses mains minuscules. Malgré l'usure qui mange la couverture, après toutes ces années à en avoir tourné les pages, depuis qu'il a été offert à Mama quand elle était toute petite, je reconnais le livre des comptines de ma Mère l'Oie. J'ai dû pour ma part le lire une bonne centaine de fois à Bayla.

Je m'installe à côté d'elle, sur le canapé, et elle s'empresse de se nicher tout contre moi avec sa petite poupée, Alma, parcourant de son regard curieux le texte anglais et les traductions manuscrites de Mama, en allemand.

— Tu dors ? commencé-je d'une voix faible, et les vers joyeux pèsent douloureusement sur mon cœur.

3

28 AOÛT 1939

Bochnia, Pologne

Dès l'aube, la pluie se calme, et les flots ininterrompus qui gouttaient du plafond diminuent enfin. Pendant que Mama fait réchauffer le petit déjeuner et que Papa prépare son uniforme pour aller travailler aux mines de sel après la prière, Bayla et moi terminons notre routine pluviale. Ma sœur éponge les flaques d'eau tandis que je m'occupe de vider les neuf seaux placés stratégiquement pour récupérer la pluie et, comme toujours, nous transformons cela en jeu pour voir qui finit sa tâche en premier – et, comme toujours, je la laisse gagner.

Nous terminons ce qu'il reste du kugel d'hier soir et j'essaie de dissimuler mon sourire ravi, face à Bayla qui porte toujours son manteau jaune. Mama lui a d'abord reproché de porter quelque chose de neuf et d'aussi joli pour manger, mais elles sont parvenues à un compromis, Bayla ayant accepté de coincer des serviettes dans le col de sa chemise et d'en poser une autre sur ses genoux. Asher est à ses pieds, espérant un morceau de nourriture que Bayla ou moi aurions fait « accidentellement » tomber. Pour mon plus grand déplaisir, Alma s'est également jointe à nous, assise sur les genoux de Bayla.

La poupée a d'abord appartenu à ma grand-mère, quand elle était petite, puis à ma mère, et elle a été à moi avant que je la donne à Bayla, le jour de sa naissance. Je l'ai toujours trouvée laide, avec sa tête bancale, ses yeux en bouton, son grand sourire et ses cheveux de laine blanche qui commencent à s'effilocher et à tirer vers le gris, après toutes ces années – sans oublier sa robe couleur moutarde qui devait être à la mode au moment de sa confection.

Mama commence à débarrasser les assiettes tout en jetant un coup d'œil à l'horloge.

— Je vais préparer un saladier de bortch ; nous pourrons l'emmener à tante Dalia avant de partir pour la prière. Allez chercher vos manteaux, les filles. Il fait encore froid, dehors.

— J'ai déjà le mien ! s'exclame Bayla en sautant de sa chaise et en caressant la fourrure blanche de sa capuche.

Elle porte également son collier autour du cou. Elle n'a retiré ni l'un ni l'autre depuis hier.

Mama échange un regard nerveux avec Papa tandis que nous laçons nos chaussures ; je me demande si elle aussi a ce nœud à l'estomac qui m'empêche de me concentrer sur les bavardages de Bayla, alors que nous partons en direction de chez tante Dalia. Une fois sur place, ma sœur franchit en courant le portillon blanc pour gagner la porte.

— Je peux frapper ? lance-t-elle, sa minuscule main déjà dressée.

— Oh, non, Bayla ! Il vaut mieux que ce soit moi, répond Mama avec un rire forcé tout en hâtant le pas.

Mais elle ne frappe pas, entrant aussitôt pendant que je referme le portillon, au cas où le vieux terrier de tante Dalia tenterait de s'enfuir. Bayla s'écarte pour laisser passer Papa puis se tourne vers moi.

— Qu'est-ce qui se passe, Hodaya ? On peut entrer ou pas ? me demande-t-elle en inclinant la tête à la manière d'un petit chien curieux.

Mama est inquiète. Je repense à leur conversation d'hier et à celle que j'ai eue avec Mme Ellen. Mes bras serrent un peu plus fort le saladier de bortch.

— Attends là, tu veux ? lui dis-je en laissant la porte entrebâillée derrière moi.

La radio est éteinte, aucun enfant ne joue, le terrier n'aboie ni ne cherche à me filer entre les jambes, et ma voix résonne comme dans une grotte tandis que j'appelle mes parents.

Rien ne semble avoir été dérangé, mais je ne peux repousser cette sensation de vide absolu qui s'abat sur moi.

Mes pas sont assourdissants dans le silence tandis que je traverse la maison, allant jeter un coup œil dans la chambre des enfants, puis dans le bureau d'oncle Nir. Enfin, j'arrive à la chambre de tante Dalia et d'oncle Nir. J'y découvre Mama et Papa. Mama a le visage caché dans ses mains, et Papa la serre contre lui, la berçant tendrement comme s'il cherchait à soulager un enfant en pleurs. Toutes les photos ont été retirées des murs, plusieurs livres ont disparu des étagères, il manque des vêtements dans l'armoire grande ouverte, et surtout, comprends-je avec terreur, ma famille n'est plus là.

« Ce n'est qu'un au revoir. »

Au souvenir des paroles de tante Dalia, les murs semblent se refermer sur moi. Je prends une inspiration tremblante, luttant contre les larmes. Le coin de l'œil de Papa se braque sur moi.

— Ramène Bayla à la maison, dit-il tout bas. Nous ferons la prière en privé, aujourd'hui.

Je sors au pas de course, brûlant d'échapper à ce silence et à ce vide, et je retrouve Bayla, qui bondit de pierre en pierre, sur l'allée.

— Viens. Nous n'irons pas à la synagogue aujourd'hui.

Je lui prends la main et la tire par le portail sans me soucier de refermer derrière moi.

— Et Mama et Papa ? lance-t-elle avec un regard par-dessus son épaule.

— Ils ne vont pas tarder, lui assuré-je en faisant balancer nos bras comme elle aime tant le faire quand elle sautille.

— Où est tante Dalia ?

L'espace d'un instant, les mots refusent de sortir, mais je finis par opter pour une demi-vérité.

— Elle n'est pas chez elle.

— Hodaya ? se hasarde-t-elle après un moment de silence en tirant sur ma manche. Qu'est-ce qui se passe ?

— Rien du tout.

— Mais pourquoi tu as l'air triste ?

Les larmes me brûlent les paupières et je déglutis péniblement, espérant que ma voix ne trahisse pas mon émotion.

— Je suis juste triste que nous n'allions pas à la prière collective avec tante Dalia, aujourd'hui.

— Oh. Et pourquoi ? Où est-ce qu'elle est ?

Probablement dans un train, en route pour la France, le cœur lourd de ne pas nous avoir avec elle... Oh, si seulement nous l'avions accompagnée ! Nous aurions pu partir ! Elle nous a acheté des billets, à nous tous, et nous l'avons ratée de quelques heures !

— Elle est partie en vacances en France.

Je ravale la véritable explication. Bayla ne comprendrait pas de toute façon pourquoi le départ de tante Dalia me rend si triste, l'idée que cette séparation puisse être définitive. Comment une enfant, pour qui une pause de deux minutes a des airs d'éternité, pourrait-elle saisir la gravité du « pour toujours » ?

Et pourquoi n'avons-nous pas pu l'accompagner ? Hitler ne touchera pas la France ! Pourquoi Papa ne l'a-t-il pas crue quand elle a dit qu'elle partirait ? Pourquoi ne l'avons-nous pas suivie ?

Ces pensées bouillonnent furieusement en moi, malgré la honte que je commence à ressentir face à l'indignation qui me brûle la poitrine. Bayla fredonne jusqu'à la maison, puis elle récupère le bortch dans mes mains froides et trottine vers la cuisine. J'incline la tête le temps d'une brève prière tout en fermant la porte, une main sur le cœur.

Bien-aimé HaShem, j'implore Ton pardon. Je ne trouve aucune excuse à ma colère ; je sais que c'est mal, aussi bien vis-à-vis de Toi que de mes parents. Tu as des projets pour nous. Je suivrai le chemin sur lequel Tu nous mèneras.

Même si nous ne nous joindrons pas au reste de la communauté à la synagogue, Bayla a retiré ses vêtements ordinaires pour enfiler sa robe de prière blanche qui lui tombe jusqu'aux chevilles, avec un ruban jaune en guise de ceinture. Elle s'efforce un moment de nouer le ruban dans son dos puis finit par tourner une moue suppliante vers moi. Malgré mon trouble, je parviens à desserrer le nœud qu'elle a formé pour le laisser joliment tomber.

— Voilà, toujours aussi belle, murmuré-je en faisant courir mes doigts dans ses cheveux légèrement emmêlés, avant d'y attacher un foulard usé.

— *Danke !* sourit Bayla.

— *Bitte*, lui réponds-je d'un air approbateur.

Mama m'a appris l'allemand quand j'étais petite, et quand Bayla a eu l'âge de comprendre que nous ne parlions ni yiddish ni polonais, elle s'est tout de suite montrée curieuse. En espérant que le besoin urgent aussi bien pour elle de l'apprendre que pour moi d'en faire usage ne se présente jamais.

— Hodaya, est-ce qu'on a un ange ? me demande soudain Bayla en faisant tournoyer sa robe.

— Un ange ? Comment ça ? répliqué-je, surprise par cette question semblant venir de nulle part.

— Le rabbin Amasai dit que Dieu veille sur nous, et qu'on a tous un ange qui nous surveille, aussi. On en a un, alors ?

Le rabbin Amasai dirigeait déjà notre prière collective avant la construction de la synagogue, il y a quelques années, et Bayla a grandi en buvant chacune de ses paroles avec fascination.

— Bien sûr. Dieu veille sur nous tous, et ses anges aussi, lui assuré-je.

— Donc tout le monde a un ange ? Ça fait beaucoup… tante Dalia en a un aussi ?

Je hoche une nouvelle fois la tête, luttant contre les larmes.

— Oui, bien sûr qu'elle en a un. Tout le monde sur Terre a un ange.

— Alors, c'est son ange qui a dû lui dire de partir en vacances, non ? se demande-t-elle tout en jouant avec le foulard noué sous son menton.

— J'imagine, oui.

— Quand est-ce qu'il lui dira de revenir, tu penses ?

Prise de court, je me mords la lèvre.

— Je ne sais pas. Il est impossible de savoir ce qu'a prévu un ange.

— Et pourquoi le nôtre ne nous a-t-il pas dit de partir aussi ?

— Je ne sais pas. Tous les anges sont différents. Peut-être que le nôtre préfère qu'on reste ici pour attendre tante Dalia ?

Malgré ces mots, la peur et le chagrin n'ont toujours pas quitté mon esprit et mon cœur. J'ai envie de croire qu'elle reviendra, que tout ira bien, que je me réveillerai demain matin en découvrant que ce n'était qu'un mauvais rêve. Cherchant à tout prix à mettre un terme à cette discussion, j'encourage Bayla à chanter les comptines du livre de ma Mère l'Oie, et en attendant le retour de Mama et Papa, je décide de me changer les idées en faisant le ménage, pendant que Bayla danse et chante en yiddish.

4

3 SEPTEMBRE 1939

Bochnia, Pologne, jour de l'invasion

Cette matinée se révèle merveilleusement paisible ; le ciel est clair et l'air chargé de la délicieuse odeur du pain et des pâtisseries. J'ai retiré mon foulard pour laisser la brise caresser les vagues brunes de mes cheveux. C'est véritablement le jour le plus calme que la ville connaisse depuis une semaine – jour du départ de tante Dalia –, la pluie et la grisaille s'étant imposées en continu.

J'ai réussi à récupérer deux toiles dans les poubelles, derrière une banque ; elles n'avaient que très peu d'imperfections, et j'étais ravie de pareilles trouvailles. Si j'ai appris une chose, toutes ces années, c'est que rien ne se perd.

J'ai déjà vendu mes peintures contre un peu d'argent, mais ça n'est plus vraiment d'actualité. Avec les nouvelles terrifiantes qui poussent toujours plus de gens à prendre la fuite, trop peu ont les moyens de s'offrir ce genre de luxe – même si nous n'étions pas nombreux à pouvoir le faire avant.

L'une des toiles représente un paysage de montagne beaucoup trop beau pour que je repeigne dessus, alors j'ai décidé d'utiliser seulement l'autre, une scène de rassemblement en intérieur, dans le style de Caravage. Même si je ne peux nier la maîtrise de cette œuvre, c'est à peu près tout ce que j'apprécie, car je trouve le réalisme et les teintes sombres assez laids.

L'impressionnisme est mon style de prédilection, avec ses thèmes simples et ses couleurs éclatantes.

Cela fait plusieurs heures que je suis assise en silence, avec mes peintures et mes pinceaux, à la table de pique-nique du parc, à essayer de conférer à l'arrière-plan morne la forme d'un ciel limpide.

Je me demande quel temps il fait en France.

Mes pensées reviennent à tante Dalia, comme c'est souvent le cas lors de journées ensoleillées et calmes comme celle-ci. J'ai l'impression que son départ remonte à bien plus qu'une semaine. Elle a toujours fait partie de nos vies, constante pleine de joie… et sa soudaine disparition me pèse comme si je devais observer Shiva[1].

Tout a changé si vite... oh, s'il vous plaît, faites que tout revienne à la normale ! Faites que tout aille bien. Stoppez la conquête d'Hitler et rendez-nous une existence paisible.

Il est quasiment midi quand j'ai réussi à recouvrir une grande portion de la peinture noire d'un ciel tranquille et de quelques minuscules oiseaux voletant au loin. La discussion grave et sombre entre ses sujets originaux a toujours lieu, dessous, formant un contraste grossier avec mes ajouts.

Un bourdonnement lointain titille mes oreilles tandis que je traverse l'herbe humide pour rejoindre le trottoir, ma sacoche contenant pinceaux et peintures jetée sur mon épaule. Je m'arrête un instant et lève les yeux vers le ciel, d'où semble venir le bruit. Il est si bas que je me demande si ce ne sont pas tout simplement mes oreilles qui sifflent. Mais le bruit se fait de plus en plus fort : ce n'est bientôt plus une vibration tout juste perceptible, mais un bourdonnement sourd et mécanique.

De chaque côté de la rue, hommes et femmes se mettent à échanger nerveusement, le regard dressé vers la source de

1. Shiva, dans la religion judaïque, est la première période de deuil, d'une semaine, qui suit les funérailles d'un parent.

ce grondement menaçant, les travailleurs passent la tête aux portes ou aux fenêtres, les chiens aboient et tirent fiévreusement sur leur laisse.

Une ombre surgit alors au-dessus de nous, et une femme pousse un cri. Un avion fend le ciel, bientôt suivi de trois autres, et le sol se met à gronder. Je titube et me retiens à un mur en sentant le bitume trembler violemment sous mes pieds.

Les cris et les vibrations des avions me donnent le vertige, une famille passe devant moi en courant, une mère tire ses enfants en pleurs dans une librairie, quelqu'un me fait tomber à genoux. Des hurlements dans une dizaine de langues différentes emplissent mes oreilles, polonais, allemand, ukrainien, français, se mêlant toutes pour ne former qu'un ensemble inintelligible, si bien que je suis incapable de distinguer les mots que je suis censée comprendre.

Au milieu de la confusion, je parviens enfin à saisir les paroles d'un banquier, qui crie en polonais : « *Bombowce !* Des bombardiers ! Ils nous bombardent ! »

Un autre avion surgit au-dessus de nous. Une douleur cuisante me traverse la cheville au moment où quelqu'un me marche dessus. Je rampe pour récupérer ma toile, haletante, le sang bouillonnant férocement à mes tempes. Une poigne de fer m'agrippe alors le poignet pour me relever, mais je n'entends pas ce que me dit l'homme, qui s'efforce de crier par-dessus les bruits de panique dont résonne désormais la ville. Un tremblement secoue la terre, m'arrachant à l'hystérie collective.

— COURS ! crie l'homme avant de me pousser.

Je titube et percute une autre femme qui part se réfugier dans une boulangerie, suis bousculée par un homme qui s'élance vers un petit garçon, et tout cela sans cesser de courir le plus vite possible, la vision brouillée par la panique et les avions.

La terre gronde, un pot de fleurs tombe d'une fenêtre pour se briser à mes pieds, ayant raté mon crâne de peu. Le monde est à nouveau secoué, je chancelle, une autre paire de mains m'aide à retrouver l'équilibre puis disparaît. J'ai le visage tout collant de sueur, mon cœur affolé martèle ma poitrine comprimée, je fends la débandade de civils qui cherchent à fuir les rues.

Cours ! Cache-toi !

Je ne sais par quel miracle, ma prière est exaucée : la maison vide de tante Dalia apparaît dans mon champ de vision, à quelques mètres de là. Le portillon rebondit contre le muret sous ma précipitation, je trébuche sur les marches et me rattrape tout juste à la porte d'entrée, que j'ouvre d'un geste brusque avant de me jeter à l'intérieur.

Une autre bombe secoue violemment la maison. Les meubles craquent, la radio tombe au sol, les fenêtres vibrent comme une eau calme dérangée par un gros caillou. Mon cœur manque plusieurs battements, un cadre vide glisse du mur pour se briser sur le tapis et je plaque mes mains tremblantes sur mes oreilles.

— Dieu tout-puissant, Père de nos ancêtres, Éternel HaShem, sauve-nous, je T'en supplie ! m'écrié-je en m'écartant de la porte jusqu'à ce que mon dos rencontre un mur, les paumes toujours davantage plaquées contre mes oreilles.

Le mur vibre dans mes veines, glaçant mon sang et engourdissant mes jambes jusqu'à ce que je me laisse tomber au sol.

Dieu, je T'en supplie ! Aide-nous ! Sauve-nous !

Le bourdonnement des monstrueuses machines du ciel et les explosions qui ravagent la terre avalent mes prières sous l'effet de la destruction, et je ne m'entends même plus implorer Dieu de nous délivrer. À côté de moi, les peintures et les pinceaux se sont déversés de ma sacoche, ma toile gît à mes pieds, et je la récupère d'un geste frénétique pour la serrer dans mes bras. Écrasée contre ma poitrine, la peinture encore humide se colle à mes vêtements et à mes doigts, s'étale, se distord et se fait dévorer par la scène sombre d'en dessous.

— Ne t'inquiète pas, mon enfant, les nuages sont peut-être là, mais ils ne te toucheront pas. Ne pense pas au tonnerre menaçant, mais à l'eau qui tombe vivement, gémis-je, les paupières pressées, me recroquevillant autant que possible dans le coin tandis que la guerre pleut sur nous. Ne pense pas à la foudre grondante, mais à la pluie qui, doucement, chante. Laisse la pluie laver tes pleurs, laisse-la laver tes peurs. Ne t'inquiète pas, mon enfant, tant que je serai à tes côtés, tu n'auras pas de raison de te cacher.

Bayla ! Mama, Papa ! Oh, Dieu, faites qu'ils soient à l'abri ! Faites qu'ils soient cachés ! Je T'en supplie, Dieu, protège-les, protège-nous tous !

***

Plusieurs heures s'écoulent avant que les bombardements cessent, avant que j'ose ne serait-ce que remuer. Le silence laissé par le raid aérien est assourdissant, et chaque pas lent que j'esquisse vers la fenêtre résonne comme un tambour. Le bruit des véhicules et des chevaux n'est pas étouffé par la porte fermée, ni les voix qui viennent saisir mon cœur en étau. Tous les ordres sont criés en allemand, et un instant, je me dis que je n'ai jamais trouvé cette langue aussi sinistre.

Je risque un coup d'œil derrière les rideaux, m'autorisant seulement à regarder par une mince ouverture. Des motos passent, et plusieurs soldats à cheval trottent fièrement dans la rue. Parmi cette palette brouillée d'armes et d'uniformes verts, je repère quelques hommes qui portent des brassards d'un rouge vif en haut du bras, des svastikas noirs semblant me percer l'âme.

Les nazis...

Le sol me brûle les genoux avant même que je ne me rende compte que je suis tombée, manquant soudain d'oxygène, comme si on m'avait donné un coup de poing dans les côtes.

Voilà ce que cherchait à fuir tante Dalia, et nous ne l'avons pas suivie ! Oh, Dieu, pourquoi les as-Tu laissés venir ici ? Pourquoi tout ça ? J'ai besoin de rentrer à la maison !

Lorsque la rue s'est enfin vidée, le ciel a commencé à s'assombrir. Les cris ont cessé, le bruit des avions et des motos ne sont plus que des grondements lointains et le monde semble avoir adopté l'illusion tendue d'un soir ordinaire.

Tremblante, j'ouvre la porte, accueillie par un vent froid suffocant et chargé d'une odeur de métal et d'essence. Je sors en courant, plongeant dans les ruelles quand des soldats allemands passent à moto, me collant aux ombres des bâtiments et des allées. Enfin, après un autre gros kilomètre, j'atteins la vision réconfortante de notre porte marron toute simple, ne souhaitant rien de plus que de m'enrouler dans une couverture et de dormir pour oublier cet affreux cauchemar.

Je remercie Dieu tout bas de m'avoir tenue à l'abri des soldats et me faufile à l'intérieur.

— Mama... commencé-je, mais je m'arrête brusquement en la découvrant à table, en train de servir des bols de soupe à trois soldats allemands.

— Te voilà enfin ! tonne Papa en allemand tout en émergeant du couloir. (Il avance droit vers moi et me serre dans ses bras.) Je m'apprêtais à aller te chercher ! Où étais-tu passée, Hilda ? demande-t-il en s'écartant, ses mains tremblantes saisissant mes épaules.

Sous le choc, je lui réponds en allemand, stupéfaite de l'entendre parler cette langue.

— Je me promenais. Je suis allée voir tante Dalia.

— Toute la journée ? Ta mère et moi nous sommes fait un sang d'encre !

— Hilda, appelle Mama, et je me tourne, présumant qu'Hilda est désormais mon nouveau nom. Bertha se demandait où tu étais. Elle est dans ta chambre, ajoute-t-elle elle aussi en allemand.

Je saisis le sous-entendu et m'éloigne dans le couloir. J'imagine que Bayla est Bertha, mais veulent-ils vraiment nous faire passer pour une famille allemande ordinaire ?

— Hodaya ! hoquette Bayla avant de se jeter dans mes bras, manquant presque de me faire tomber. (Elle me serre fort contre elle, enfonçant ses ongles dans mon manteau comme pour essayer de s'y cimenter.) Hodaya, qu'est-ce qui se passe ? Mama refuse de me laisser sortir d'ici. Elle a dit que je ne pouvais pas parler aux hommes en vert. Pourquoi ?

Je la soulève pour la porter jusque sur le lit.

— Tu ne peux pas, c'est tout. Il faut que tu écoutes Mama, d'accord ?

— L'orage a tonné si fort ! Comment ça se fait qu'il ne pleuve pas ? (Elle glisse de mes bras et se met à sautiller sur le lit tout en jouant avec son collier.) C'est qui, ces gens ?

Elle croira à tout ce que je lui dirai, mais je ne peux pas lui mentir... nous ne pourrons pas nous cacher de cet orage, pas quand il inondera les rues et pénétrera notre maison.

— Ce sont des Allemands, murmuré-je en luttant contre les larmes. Ils viennent d'Allemagne, et ils vont rester un moment.

Quelle alternative y a-t-il ? Une armée doit être nourrie et logée ; pourquoi les nazis gâcheraient-ils de l'argent et des efforts pour ça quand ils peuvent l'imposer à des milliers de civils ? Et quel pouvoir avons-nous de refuser ?

— Oh.

Bayla hausse les épaules et saute du lit. Elle passe alors à notre armoire, dans laquelle elle fourrage, froissant les vêtements et en jetant plusieurs par terre.

— On joue à la princesse ? propose-t-elle en enfilant sa robe de prière blanche avant d'y faire un semblant de nœud. Mama a dit qu'on pouvait jouer mais qu'il ne fallait pas faire de bruit. Je suis toujours la princesse ; tu peux refaire le chevalier. Je peux avoir un des livres de Mama, aussi ?

Continue de la distraire. Joue à la princesse et au chevalier, et oublie les trolls qui rôdent dehors.

— Je vais en chercher un. Mais n'oublie pas : pas un bruit. Il ne faudrait pas que des trolls trouvent ton château.

Je m'arrache un sourire, qu'elle me rend volontiers. Je retourne alors dans le salon, à contrecœur, une brique sur l'estomac.

Papa s'est assis sur le canapé, les jambes croisées et le journal ouvert devant lui, l'image parfaite d'un homme détendu, pas le moins du monde troublé par cette présence impromptue. Mama n'a pas bougé de la cuisine et elle essuie nerveusement la vaisselle tout en jetant des coups d'œil aux soldats. Il n'y en a plus que deux à table, qui discutent de leurs missions pour le lendemain au-dessus de leur soupe. Le troisième a rejoint notre bibliothèque.

Je plante mes ongles dans mes paumes afin de faire taire mes tremblements, retiens mon souffle et avance prudemment.

Le soldat se tourne vers moi pour m'examiner, un homme aux yeux presque noirs et aux traits saillants.

— *Hallo, Fräulein*, dit-il gentiment.

— *Hallo*, marmonné-je en m'intimant de donner de la force à ma voix.

— Je m'appelle Otto. Mes camarades s'appellent Friedrich et Emil.

— Moi, c'est Hilda.

Il marque une pause et surprend mon regard, dirigé vers la bibliothèque. Il s'écarte alors.

— Ah, désolé. Je suis sur ton chemin ?

— Non, pas du tout, lui assuré-je en concentrant toute mon attention sur les ouvrages. Ma sœur voudrait un livre.

— Il semblerait qu'elle en ait déjà quelques-uns, ricane Otto en tapotant le bois là où on a de toute évidence retiré un livre de la bibliothèque.

Ses doigts ne sont qu'à quelques centimètres de l'espace vide où se trouvait le Tanakh. Mon cœur se comprime au moment où je note l'absence de tous les livres écrits en yiddish, et un rire fébrile quitte mes lèvres.

— Oui, je crois.

— Tiens, peut-être celui-ci, dit Otto en tirant un volume bleu de l'étagère du bas, avant de le feuilleter rapidement.

Sa bouche esquisse un rictus satisfait tandis qu'il balaie les mots des yeux, puis il finit par me le tendre. Par chance, il me regarde dans les yeux, si bien qu'il ne peut pas remarquer les tremblements qui me secouent les mains.

Nous sommes allemands. Des Allemands qui vivent au sein d'une communauté juive. Nous n'avons aucune raison de craindre ces soldats. Ils sont les bienvenus chez nous, me récité-je en boucle, espérant que le répéter sans cesse finira par en faire une réalité. Mama et Bayla peuvent facilement passer pour des Aryennes, avec leurs cheveux blonds et leurs yeux bleus, même si Papa et moi en avons beaucoup moins l'air, avec des cheveux et des yeux aussi sombres.

— *Danke*. Elle adore ce livre, dis-je en esquissant un sourire faible.

Le livre de ma Mère l'Oie plaqué contre ma poitrine, je me force à leur souhaiter une agréable soirée et retourne calmement dans ma chambre. Je ferme délicatement la porte, les poumons en feu, et lâche enfin une expiration tremblante.

— Tiens, Hodaya, tu peux prendre ça, murmure gaiement Bayla en tirant sur le drap de notre lit pour le jeter sur mes épaules. Ça pourra être ta cape, madame le Chevalier ! Vite, il faut que tu chasses le troll de sous le lit et que tu sauves la princesse Bayla !

Elle arrache le livre de mes doigts presque engourdis, grimpe sur le lit et sautille dans un cercle qu'elle a constitué d'oreillers et de couvertures – toute la sécurité dont un enfant a besoin pour se protéger des monstres sous le lit.

— N'ayez pas peur, princesse Bayla ! Je viens à votre secours ! Aucun troll n'a la moindre chance contre sir Hodaya ! déclaré-je en agitant ma cape d'un grand geste et en brandissant une épée invisible, trouvant un semblant de réconfort dans ses gloussements innocents.

Ce n'est que plusieurs heures plus tard, quand Mama apporte de la soupe dans notre petite chambre et nous ordonne de verrouiller derrière nous, que je me rends compte que j'ai encore de la peinture plein ma chemise et mon manteau. Je me souviens alors de mon tableau ruiné, oublié et abandonné dans la maison de tante Dalia.

5

4-11 SEPTEMBRE 1939

Bochnia, Pologne

Tôt le lendemain matin, alors que je passe devant les patrouilles allemandes, mon manteau serré contre ma poitrine et la tête basse, la première chose que j'entends en approchant du café-restaurant où je travaille est le propriétaire qui crie.

— Vous n'avez pas le droit ! C'est du vandalisme ! Je vais me plaindre à la police ! s'insurge la voix sonore de M. Abergel.

Mon patron, un homme baraqué au teint de porcelaine, a les joues rouges de colère face à deux autres qui tiennent des seaux et des pinceaux desquels gouttent des filets de jaune et de blanc qui éclaboussent le trottoir comme du sang.

— Va donc te plaindre à la police, sale youpin ! répliquent-ils avec assurance. Ils te diront qui est dans son droit !

La belle porte de chêne du café-restaurant est barrée d'une étoile jaune de David, et le mot « *Juden* » macule toutes les fenêtres. Naomi Gurewitz, l'une de mes collègues serveuses, une femme svelte aux cheveux bruns ondulés et aux magnifiques yeux verts, est agenouillée sur le trottoir, avec un seau d'eau savonneuse, cherchant à effacer les marques de la façade.

— Je suis catholique ! s'indigne M. Abergel. Et même si j'étais juif, vous…

L'un des deux hommes avance d'un pas menaçant.

— Oh, ferme-la ! Nous savons qui est ta mère !

— Ton père peut souiller son sang autant qu'il veut avec elle, elle reste une sale Juive, même si elle se fait passer pour une catholique ! Telle mère, tel fils ! aboie le deuxième, puis il plonge son pinceau dans la peinture jaune avant de le faire gicler devant lui, éclaboussant le visage de M. Abergel et le dos de Naomi.

Je les connais ! Je reconnais en effet ces deux hommes un instant plus tard, quand ils tournent les talons. Ce sont deux frères avec qui j'allais à l'école, les violonistes les plus talentueux que j'aie jamais entendus. Ils n'ont qu'une année de plus que moi.

— Attends, laisse-moi faire, Naomi. Va te nettoyer, lui dis-je d'une voix douce en prenant l'éponge de sa main tremblante.

Au bord des larmes, elle essaie de retirer la peinture qui lui macule les cheveux tout en m'adressant un sourire vacillant. Nous ne parlons pas beaucoup, toutes les deux, mais elle est juive comme moi, et à cet instant, nous nous comprenons mieux que des sœurs.

— Merci, Hodaya, répond-elle, mais elle reste assise à côté de moi tandis que je commence à effacer la peinture.

— Tu vas bien ?

Elle soupire.

— Oui, j'imagine. C'est juste que… ç'a été si soudain. Comme s'ils attendaient jusque-là une raison de faire ça.

C'est peut-être le cas, songé-je gravement. *Mais jamais personne ne s'est soucié de notre religion avant… Ou si peu.* Bien sûr, nous avons de temps à temps droit à des remarques désobligeantes, mais rien d'intolérable. Bochnia est tombée aux mains des Allemands il n'y a même pas un jour, et des gens suivent déjà le mouvement, comme s'ils détestaient les Juifs depuis le début et qu'ils avaient gardé leur rancœur en eux si longtemps qu'elle n'attendait que ça pour exploser.

Mais ça ne peut pas aller plus loin. Des insultes, du vandalisme, quelques bagarres ; nous avons déjà vu tout ça. Que peuvent-ils nous faire de plus ?

***

— Je ne crois pas avoir déjà mangé un repas fait maison aussi délicieux, madame Achen, commente Otto.

Des trois soldats, c'est lui le plus agréable – il va même jusqu'à nous aider, Mama et moi, dans nos tâches quotidiennes. Les autres, Friedrich et Emil, nous laissent la plupart du temps tranquilles, sauf quand ils cherchent à engager la conversation sur le sujet de la politique nazie avec Papa derrière une partie de cartes, une cigarette aux lèvres.

— Merci, Otto, sourit Mama en s'asseyant à côté de Papa, sur le canapé.

La table est officiellement réservée aux Allemands, désormais. Personne ne l'a exprimé, mais il est tacitement établi que les soldats ont la priorité sur trois des quatre chaises. Mama et Papa ont pris le canapé, et Bayla et moi nous installons en général près de la bibliothèque, la quatrième chaise nous servant de table de fortune, et quelques coussins empilés remplaçant les chaises. Pour le deuxième soir d'affilée, Mama nous a servi des paupiettes. Depuis que les nazis ont envahi le pays, elle ne fait que des plats allemands, même quand les soldats ne mangent pas avec nous.

Bayla s'est très vite habituée à leur présence, même si garder le silence s'est révélé être un sacré défi pour elle. Comme elle ne parle pas allemand et ne peut en imiter l'accent, Mama et Papa lui ont ordonné de ne jamais ouvrir la bouche devant les soldats, à qui ils ont fait croire qu'elle était muette. Désormais, la nuit, alors que nous devrions dormir, elle parle tout bas pendant des heures pour se rattraper.

Jusqu'ici, les trois hommes se sont tous montrés courtois, mais je sais bien qu'ils ne sont pas si inoffensifs qu'ils y paraissent. Ils ignorent que nous sommes juifs ; il est évident qu'ils ne nous soupçonnent pas, vu qu'ils passent leur temps à chanter la gloire d'Hitler et à faire toutes sortes de commentaires méprisants sur ces « sales *Juden* ». Nous faisons extrêmement attention à garder nos véritables identités secrètes. Tous les livres écrits en yiddish sont cachés, nos certificats et tous les documents importants dissimulés sous les lames du parquet, et enfin, tous les objets religieux – même si nous en possédons peu – sont dans le grenier. Aucune autre langue que l'allemand n'est parlée dans la maison, même quand les soldats ne sont pas là, et nos prières se sont vu restreintes au silence, derrière une porte verrouillée.

— Hilda, m'interpelle Otto. Comment ça se passe, à l'école, pour toi ?

Attention, m'intimé-je, puis je jette un bref coup d'œil à Mama et à Papa afin de voir si leur regard est chargé de la même prudence.

— Je n'ai pas pu continuer, réponds-je. Il fallait que je travaille pour aider mes parents.

— Oui, mais le moins longtemps possible, intervient Papa face à l'air médusé des soldats. Je me souviens du jour où le traité a été signé. Ç'a été une profonde humiliation.

— Une véritable injustice, approuve tristement Mama.

Papa secoue la tête.

— C'est pour ça que nous avons dû quitter l'Allemagne. J'ai honte que ma famille ait dû subir les conséquences d'une telle décision, mais maintenant que nous répondons à cette attaque, mes filles vont pouvoir retourner à l'école et connaître la vie que nous avions avant la Grande Guerre.

Malgré la désapprobation évidente des soldats face à ma réponse, l'explication pleine de ferveur de Papa les fait acquiescer fiévreusement.

— Je trouve ça bien que tu travailles pour aider tes parents, commente Friedrich.

— Oui, ajoute Otto. C'est très noble de ta part. J'ai commencé à travailler à l'âge de treize ans, pour aider ma mère. Nous avons tous notre part à faire pour le bien de la nouvelle Allemagne. Bravo à toi, Hilda.

Je m'arrache un sourire, me rappelant qu'Hilda Achen serait enchantée d'entendre pareils compliments, même si Hodaya Alperstein est terrifiée à la simple vue de ces hommes.

Ils se lancent à nouveau dans un échange politique, que Mama et Papa écoutent avec toute leur attention. Profitant de ce moment de distraction, Mama nous signale, d'un bref coup de menton, de retourner dans notre chambre. Bayla attrape d'abord l'exemplaire en anglais et en allemand des comptines de ma Mère l'Oie, et j'amène nos assiettes dans notre chambre glaciale avant de verrouiller la porte derrière nous.

Je suis presque soulagée de savoir que je travaillerai au café-restaurant demain soir, loin des soldats, même si je n'aime pas l'idée d'être absente quand Papa est aux mines et Mama et Bayla seules à la maison. Je travaille en général le dimanche, mais ce matin, j'ai fait croire à M. Abergel que j'étais malade de peur d'éveiller les soupçons des soldats en m'absentant un jour saint, pour les catholiques, et j'ai refusé de leur révéler mon lieu de travail. Les soldats sont catholiques et prennent donc leur jour de repos le dimanche, contrairement à ma famille qui honore le sabbat le samedi. N'ayant pas de tâches à effectuer aujourd'hui, ils sont restés à la maison pendant que Mama, Papa, Bayla et moi avons prétendu partir à l'église pour la messe, tels de fervents catholiques. Nous avons passé ces quelques heures à nous promener en ville, à observer les oiseaux et la forme des nuages, comme quand j'étais enfant.

Mais combien de temps encore parviendrons-nous à faire semblant ? M. Abergel finira par se poser des questions si je continue de « tomber malade » tous les dimanches, et les soldats remarqueront un jour ou l'autre des divergences dans nos pratiques religieuses. Que se passera-t-il, alors ?

Ce lundi matin se passe exactement comme tous les autres jours depuis l'invasion, il y a une semaine. Nous prenons le petit déjeuner en silence avec les trois soldats avant qu'ils ne partent pour leurs devoirs militaires, embrassons Papa quand il part pour les mines de sel, puis Mama nous chasse gentiment de la maison une fois la table débarrassée. Elle paraît vouloir si fort s'agripper à un semblant de normalité, et me pousser à emmener Bayla faire de longues promenades et jouer dans le parc pendant quelques heures, le temps qu'elle range la maison ou donne ses cours particuliers, est l'une des manières dont elle a choisi de le faire.

Bayla et moi avons déjà fait plusieurs kilomètres d'allers et retours, admirant les vêtements dans les vitrines et devinant des chevaux, des fleurs ou d'autres objets parmi les nuages. Ma sœur babille à cœur joie, libérée de la contrainte du silence imposé autour d'Otto, de Friedrich et d'Emil.

Nous nous arrêtons devant la vitrine d'un magasin de jouets populaire, et Bayla contemple les magnifiques poupées de porcelaine ainsi que les boîtes à musique.

— Un jour, j'aurai une poupée comme ça, déclare-t-elle avec un grand sourire en en désignant une aux joues roses et aux boucles brunes, vêtue d'un uniforme à l'ancienne.

En temps normal, j'aurais déjà été en train de chercher un moyen de lui offrir cette poupée avant même qu'elle exprime son envie, mais aujourd'hui, je ne peux que lui souffler un « Peut-être un jour ».

La porte de la boutique s'ouvre dans un tintement, et Naomi apparaît sur le trottoir, son bras lié à un homme grand et blond, son autre main tenant plusieurs sacs. Son visage s'illumine d'un sourire radieux et ses yeux verts semblent irradier de bonheur.

— Bonjour, Hodaya ! Je suis contente de te voir ! lance-t-elle comme si nous ne nous étions pas vues il y a quelques jours seulement au travail.

Mais sa joie est contagieuse et je lui rends son sourire.

— Moi aussi, Naomi.

— Laisse-moi te présenter mon mari. Voici Adam, dit-elle, et l'homme au doux visage sourit timidement. Adam, voici Hodaya. C'est une amie du restaurant.

Nous échangeons quelques amabilités et Naomi éloigne très vite notre conversation du sujet inquiétant de l'occupation de notre ville. Bayla se prend aussitôt d'affection pour elle et lui raconte notre longue promenade, mais j'ai déjà remarqué que Naomi faisait souvent cet effet aux gens.

Il y a une semaine, nous n'étions que de simples connaissances, mais l'épisode du vandalisme nous a rapprochées, ces derniers jours, d'une manière que seul le temps peut en général accomplir. C'est une femme vraiment attachante, le genre à donner son cœur entièrement, et je ne pense pas que qui que ce soit dans ce monde puisse être insensible à sa bonne humeur.

J'ignore comment la discussion en vient à l'anniversaire de Bayla, qui raconte tous les détails de cette fameuse journée à Naomi et Adam. Ils ne semblent pas le moins du monde dérangés par son bavardage ; au contraire, ils échangent un sourire et me confient qu'elle est « à croquer ».

— Oh, et regardez ! Mama, Papa et Hodaya m'ont aussi fait ça !

Ma sœur montre fièrement le collier bleu *chai* autour de son cou.

— C'est magnifique, Bayla, s'extasie Naomi, et Adam approuve d'un hochement de tête.

Alors, elle commence à leur parler de la poupée dans la vitrine qui a capté son attention, puis de sa propre poupée de chiffon, Alma. Ils échangent un regard, comme s'ils communiquaient sans un mot. Naomi semble suggérer quelque chose, Adam paraît songeur un instant, puis ils finissent par hocher vivement la tête.

— Tu sais, Bayla, je crois que nous avons quelque chose pour toi. Un cadeau d'anniversaire en retard, souffle Naomi en faisant glisser l'un des sacs de son bras.

Bayla lève les yeux vers moi, comme pour avoir ma permission, et après un bref regard à Naomi, dont la joie fait briller les yeux comme si c'était *elle* qui recevait un cadeau, je hoche la tête. Bayla sort alors une poupée blonde du sac. Dans un hoquet de surprise et un sourire radieux, elle se met à sautiller sur place.

— Regarde, Hodaya ! Regarde, regarde ! J'ai une poupée, maintenant ! Merci, mademoiselle Naomi !

Nous échangeons tous les trois un sourire, et je sens les larmes brûler mes yeux face à tant de générosité. Ce simple geste signifie tant, pour moi, quand tout semble partir à la dérive, autour de nous…

Adam jette un coup d'œil à sa montre en argent et, après avoir déclaré que sa pause déjeuner est malheureusement terminée, il récupère l'un des plus petits sacs, lisse son costume et embrasse Naomi.

— Quelle journée magnifique. Je peux me joindre à vous ? nous interroge celle-ci, et Bayla accepte avant même de m'en laisser le temps.

— Merci. J'espère que cette poupée ne t'a pas coûté trop cher, murmuré-je tandis que nous nous remettons en route, me sentant soudain coupable d'avoir accepté ce cadeau.

— Ce n'est absolument pas un souci, répond Naomi dans un haussement d'épaules. L'un des partenaires d'Adam – M. Chornovil, dans son cabinet d'avocats – a une fille. Nous lui avons déjà trouvé plusieurs cadeaux pour son anniversaire, la semaine prochaine. Je pense que cette poupée fait beaucoup plus plaisir à Bayla.

Ma sœur sautille à quelques pas de là, serrant sa nouvelle poupée comme un bébé et lui désignant les jolis parterres de fleurs et les papillons qui croisent notre route.

Quelle si gentille femme, me dis-je. Naomi n'est pas pauvre, comme ma famille. Elle n'aurait certainement pas à travailler si elle n'en avait pas envie, mais la compagnie des autres et le fait de les voir heureux est quelque chose qu'elle aime, comme j'aime peindre pour ma part.

— Lorsque j'aurai une fille, un jour, j'espère qu'elle sera aussi enjouée que Bayla. Elle est vraiment adorable, commente-t-elle avec un sourire et une voix rêveuse.

Nous passons les quelques heures suivantes à nous promener dans la ville, à parler, à rire, à jouer à toutes les devinettes que Bayla propose, et à fredonner toutes les chansons qu'elle chante à tue-tête. Nous ne nous séparons que lorsque Naomi doit rentrer pour préparer le dîner de leur anniversaire de mariage, nous promettant de nous revoir au travail demain matin et de prendre le goûter ensemble l'après-midi. Le chemin du retour est infiniment plus lumineux, en dépit du soleil couchant, et je pourrais presque oublier que notre univers entier s'est vu bouleversé en l'espace de quelques jours.

Je pourrais presque croire que tout finira par s'arranger, songé-je, sentant le poids sur mon cœur s'alléger, et alors que nous arrivons à la maison, les sourires de Naomi et nos échanges si simples m'ont quasiment convaincue que plus aucun malheur ne pourra nous arriver.

6

1er SEPTEMBRE 1943

Auschwitz-Birkenau

— Auschwitz ? C'est quoi, Auschwitz ? demande une femme, quelque part dans le wagon, mais personne n'a de réponse à lui fournir.

Le train longe le panneau, s'enfonçant dans une gare inondée de lumière, où, à quelques pas du wagon, des silhouettes fantomatiques se tiennent derrière des barbelés.

Mais... mais ce sont des gens ! m'aperçois-je avec horreur tandis que nous approchons d'eux. *Mon Dieu, ce sont des gens !*

Ces créatures, qui semblent avoir un jour été humaines, titubent derrière les barbelés menaçants comme des animaux, glissant et tombant dans la boue, vêtues de haillons, leur crâne rasé, leurs grands yeux s'enfonçant dans leur visage creusé. Chacun hurle dans une langue différente sous les coups de matraque ou de revolver des SS. Le bruit et la puanteur sont accablants.

Je secoue Bayla pour la réveiller et la mets debout avant même qu'elle n'ouvre les yeux.

— Lève-toi, Bayla ! Allez !

— Où est-ce qu'on est ? hoquette-t-elle, désorientée.

Le train a dépassé les gens, mais leurs cris, leurs supplications et leur peur planent toujours autour de nous, tel un esprit torturé.

— Je n'en ai aucune idée.

Le train s'arrête, un sifflet annonçant notre arrivée résonne, et je suis saisie par une terreur suffocante et inexplicable.

— Reste bien à côté de moi, ordonné-je à Bayla en lui pressant la main.

La porte du wagon s'ouvre dans un gros bruit. Deux hommes vêtus d'uniformes de prisonnier commencent aussitôt à tirer sur les bras et les jambes qui leur passent sous la main pour nous extirper de là.

— Dehors ! Tout le monde dehors ! Dépêchez-vous ! Laissez tout à l'intérieur, on s'en occupera ! crient-ils, d'abord en polonais, puis en allemand, et dans d'autres langues que je ne comprends pas.

Un prisonnier tend les bras vers moi.

— Descends ! Vite !

Je m'accroupis machinalement et le laisse m'attraper par la taille pour nous poser lourdement à terre, Bayla et moi. Un chien fond sur nous, ses crocs formant comme un sourire vicieux. Bayla se met à hurler et je la pousse derrière moi juste au moment où un officier allemand tire sur la laisse de l'animal. J'attrape la main de Naomi et l'attire vers moi tandis que Bayla m'agrippe la taille dans un geste terrorisé. Des officiers en uniforme observent la scène, leurs chiens aboyant, grognant, cherchant à se libérer pour mieux nous mettre en pièces. Les hommes prisonniers sortent des milliers d'autres gens du train, nous hurlant dessus, nous frappant avec des matraques, jetant nos sacs et nos paquets pêle-mêle, sans le moindre respect.

— Hodaya ! Bayla ! s'écrient Mama et Papa en courant faiblement vers nous.

— Mama, qu'est-ce qui se passe ? sanglote Bayla.

Ni Mama ni moi n'avons le temps de mentir, car un autre ordre est aboyé par l'un des officiers allemands.

— Les hommes à gauche ! Les femmes et les enfants à droite ! Plus vite que ça ! *Schnell !* Les hommes à gauche ! Les femmes et les enfants à droite !

Nous n'avons pas le temps de penser à quoi que ce soit. Papa embrasse Mama, ma joue, puis pose un genou à terre pour serrer brièvement Bayla dans ses bras, et recule. Il nous adresse un sourire rassurant. Je remarque que les rides qui marquent ses joues et ses yeux bruns sont profondes pour un homme de cinquante-cinq ans, ses cheveux noirs striés de gris.

— Je vous aime, les filles. On se revoit bientôt, promet-il, puis il se tourne et est emporté vers la gauche par une nuée d'hommes.

Mama, Naomi, Bayla et moi partons vers la droite, avec le reste des femmes et des enfants, des milliers de gens s'animant pour obéir au même ordre sans cesse répété.

— *Schnell !* Les hommes à gauche ! Les femmes et les enfants à droite ! *Schnell !* Formez des rangs de cinq !

Les lampadaires, les projecteurs et les torches brûlent mes yeux affaiblis pour venir marquer mon crâne au fer rouge. Pourtant, cet endroit paraît si ténébreux, comme si une ombre planait au-dessus, nœud coulant en attente de ses prochaines victimes. Une drôle d'odeur flotte dans l'air, et plus nous avançons, plus elle se fait forte et nauséabonde.

Mama renifle et son nez se plisse de dégoût.

— Voilà un bien étrange endroit. Ça sent la viande calcinée. Vous croyez qu'ils cuisent du bœuf, à cette heure ? On croirait qu'ils ont fait rôtir tout un troupeau.

Naomi et moi échangeons un regard, ses yeux trahissant probablement la même confusion que les miens. Les cuisiniers du café-restaurant préparaient toutes sortes de viandes : du poulet, du bœuf, de la biche, du canard ; je me souviens même d'un Polonais qui avait fait rôtir un cochon, un jour. Mais je ne reconnais pas du tout cette odeur, si vulgaire et si étrangère que je serais incapable de la décrire.

Bientôt, nous arrivons à un carrefour. Un officier SS brun s'y tient bien droit, l'air calme et sévère, paraissant presque élégant dans son uniforme impeccable et ses gants blancs. D'un geste net et précis, il dirige les vagues de gens vers la gauche, et parfois vers la droite, mais plus souvent vers la gauche.

Au bout de quelques minutes seulement, Mama se retrouve devant lui. Il ne lui parle pas, la toise avec un air renfrogné puis la dirige à gauche. Elle avance et commence à se tourner, peut-être pour attendre que nous la suivions. Un SS blond la pousse violemment.

— Bouge ! aboie-t-il.

Mama s'éloigne alors à contrecœur sans nous jeter un autre regard. La main de Naomi serre plus fort la mienne ; ses yeux sont fixés sur l'homme aux gants blancs.

— Âge ? demande-t-il d'une voix glaciale et dénuée d'émotion.

Naomi ne comprend pas et elle se met à chercher une réponse en balayant frénétiquement la scène du regard. Je me penche très vite vers elle pour lui murmurer à l'oreille, en allemand :

— Vingt-six.

— Vingt-six, répète-t-elle timidement.

— Es-tu en bonne santé ?

Je continue de lui souffler les réponses en allemand, afin qu'elle puisse lui parler dans sa langue.

— Oui.

— Métier ?

Devons-nous lui dire que nous sommes serveuses ? Ou alors artiste et femme au foyer ?

— Dis-lui couturière, chuchoté-je d'une voix tremblante.

Quel que soit cet endroit, mieux vaut avoir une utilité.

— Couturière.

Il dresse le bras vers la droite, et la main de Naomi quitte la mienne. Une fillette qui ne doit pas avoir plus de douze ans est dirigée vers la gauche sans même être interrogée. C'est au tour de Bayla et moi. L'homme m'examine du regard et esquisse un sourire presque doux.

— Âge ?

— Vingt et un.

— Es-tu en bonne santé ?

— Oui.

— Métier ?

— Couturière, dis-je en nommant la même profession que celle que j'ai soufflée à Naomi.

Il m'indique d'aller à droite tandis que ses yeux passent sur Bayla. À peine une seconde plus tard, il pointe son doigt sur elle, puis sur la gauche.

7

1er DÉCEMBRE 1939

Bochnia, Pologne

Le rouge sang du drapeau nazi flamboie dangereusement, son cercle d'un blanc pur défiguré par un svastika noir incliné qui remplace le drapeau blanc et rouge de la Pologne.

Plusieurs centaines de gens attendent nerveusement sur la place du marché. Le bruit d'un millier de pieds traînant sur les pavés est plus fort que n'importe quelle voix, qui se sont toutes réduites soit au silence soit aux murmures. Même les enfants présents n'émettent aucun son alors que certains ne sont que des nourrissons serrés contre la poitrine de leur mère.

Le général Schneider, l'officier nazi qui porte le même svastika consternant autour du bras, vient juste d'arriver, la froideur incarnée. Difficile de croire que c'est un homme fait de chair et de sang, un homme qui a une mère, peut-être une femme et des enfants, un homme qui mange, dort et respire exactement comme nous. Il y a quelque chose de très clairement inhumain, chez lui.

Je sens Naomi se rapprocher de moi alors que l'homme avance au centre de la place. M. Abergel a fermé le café-restaurant plus tôt et nous a tous renvoyés chez nous quand nous avons appris l'imminence d'une grande annonce. Naomi et moi étions parmi les premières à arriver sur place afin d'entendre la nouvelle en personne, et pendant deux heures, nous avons attendu, à jeter des regards chargés de peur et de méfiance aux SS, à la police allemande et – leur simple présence suffisant à me glacer le sang – à plusieurs membres de la Gestapo.

L'un des hommes de Schneider s'avance.

— Silence ! *Schweigen !* hurle-t-il. Le général SS Schneider va parler au peuple. Cette annonce sera également retranscrite et publiée.

Je m'empresse de traduire tout bas en polonais pour Naomi, ma gorge se nouant brièvement au moment où Schneider grimpe sur l'estrade. Naomi me presse la main d'un geste rassurant tandis que les yeux du SS balaient la foule d'un air parfaitement indifférent. Je ne m'étais pas rendu compte que je m'étais agrippée à elle, mais elle lie nos bras de manière réconfortante.

L'homme entame son préambule.

— À partir de ce jour, le 1er décembre 1939, la ville de Bochnia est soumise au couvre-feu. Tout individu doit être chez lui avant dix-neuf heures et n'a pas le droit de sortir avant six heures du matin. Tout contrevenant sera puni selon les plus sévères mesures prévues par la loi. Des exceptions seront faites pour les personnes dotées d'un permis de travail valide ou d'une autorisation rédigée par un fonctionnaire reconnu.

« Par ailleurs, sachez qu'à partir de ce jour, le 1er décembre 1939, tout individu juif se doit de porter un brassard blanc avec l'étoile bleue de David, et cela dans un délai de trois jours. Ceux qui ne l'auront pas ou présenteront de faux documents les faisant passer pour des non-Juifs seront punis selon les plus sévères mesures prévues par la loi, à savoir la peine de mort. C'est tout.

Ces derniers mots meurent sur mes lèvres tandis que je le fixe, choquée, manquant soudain de souffle, mais Naomi n'a pas besoin que je lui traduise cette partie. Elle en a suffisamment entendu. Comme nous tous.

L'effet de ses paroles est immédiat : tout d'un coup, la place éclate sous les questions, la confusion et la peur. J'ai beau essayer, je suis incapable de détacher le regard de Schneider, pas même quand je sens Naomi me tirer à l'écart de l'agitation soudaine.

Obéir, porter la marque ou mourir. Comment a-t-il pu déclarer une chose pareille avec tant de détachement, comme s'il se contentait de donner le prix d'une veste ? Pour un assassin ou un violeur, je pourrais comprendre une telle sentence, mais pour des Juifs ? Mettrait-il vraiment sa menace à exécution ?

Oui, songé-je dans un frisson. *Il y a une obscurité dans son regard, un calme mortel qui ne laisse aucune place au doute. Il nous tuerait tous sans une once d'hésitation, sans le moindre remords.*

Je sens qu'on me secoue doucement.

— Hodaya ? Tout va bien ?

— Hum ?

— Ça fait plusieurs minutes que je te parle, et tu n'as pas prononcé un mot, dit Naomi, nos bras toujours liés alors qu'elle me fait descendre la rue.

— Désolée, je réfléchissais… Tu as vu comme il nous regardait ? C'était comme si nous… nous…

— Je vois ce que tu veux dire… souffle-t-elle avec une expression chargée de compassion.

— Comme si nous étions de la *vermine* ! craché-je sans en revenir. Comme si nous étions des rats, et qu'il n'avait qu'une seule envie : nous piétiner.

— C'est ce que j'ai pensé moi aussi. Et maintenant, entre la marque et la déclaration… tout ça est si soudain. Je ne croyais pas qu'ils allaient venir pour de vrai ; tout du moins espérais-je que ce ne serait pas le cas.

— Moi aussi. Ma tante est partie avec sa famille juste avant l'invasion. Papa a dit que c'était ridicule de fuir comme ça, mais maintenant, c'est nous qui sommes piégés. Elle est partie à temps.

L'envie et la déception traversent ses traits tandis qu'elle lisse le tissu de sa robe sur son ventre.

— Adam voulait partir, lui aussi, mais nous n'avions nulle part où aller et… nous pensions que… que nous étions trois.

— Tu es enceinte ?

— C'est ce que nous avons cru. Tous les signes étaient là, mais finalement, non. Ça fait si longtemps que nous avons envie d'un bébé, mais… peut-être est-ce mieux ainsi, pour l'instant. (Elle reste un moment plongée dans ses pensées, puis esquisse un sourire tendre.) Permilia et Wilhelm. J'aime tant ces prénoms… Un jour, quand nous serons à nouveau en sécurité, c'est comme ça que j'appellerai mes enfants. Quand la guerre sera terminée.

Elle parle de la fin de la guerre, ce fameux « un jour » nébuleux, comme si c'était une certitude, comme si elle avait prévu la défaite des Allemands et attendait seulement que les choses se passent.

Peut-être a-t-elle raison. Maintenant que l'Allemagne et la Grande-Bretagne sont en guerre, peut-être ce cauchemar sera-t-il bientôt fini. Il n'y aura plus de couvre-feu, plus de marques, plus de soldats, plus besoin de faire semblant, plus...

— Oh, mon Dieu ! hoqueté-je soudain en me pliant en deux, comme poussée par la force de cette prise de conscience. Ils pensent que nous sommes allemands ! On va devoir porter ces étoiles, maintenant ! Quand ils le découvriront, ils nous tueront !

— Hodaya ! Calme-toi ! Respire… Voilà, comme ça. Dis-moi ce qui ne va pas, murmure Naomi en me tenant par les épaules. Quand *qui* découvrira *quoi* ?

— Les soldats ! Il y en a trois qui vivent chez nous depuis leur arrivée ! Toute la famille se fait passer pour des Allemands ! Je dois rentrer ! Je dois tirer Mama et Bayla de là !

Ses yeux s'écarquillent d'horreur.

— Dépêchons-nous.

L'air froid gèle les larmes dans mes yeux et brûle mes joues tandis que nous nous mettons à courir. Je devrais guetter les autres soldats, faire attention à rester hors de leur chemin, mais ce n'est pas ma priorité. Filant si vite que je manque plusieurs fois de tomber, je ne suis consumée par rien d'autre que l'image de Mama et Bayla, agneaux piégés dans cette maison, ignorant que leur temps est désormais compté.

Je m'apprête à ouvrir violemment la porte quand Naomi me retient par le bras.

— Non, attends, halète-t-elle, une main sur sa poitrine. Il faut que tu te calmes, Hodaya. Sinon, ils devineront que quelque chose ne va pas. Attends juste quelques instants.

Une minute ne m'a jamais paru aussi longue, chaque seconde s'étirant en des heures interminables tandis que je crains d'entendre résonner un cri, un coup de feu. Mon cœur martèle toujours ma cage thoracique, mais ma respiration est suffisamment régulière et je ne peux pas attendre un moment de plus. J'entre donc aussi calmement que possible, Naomi sur mes talons.

Friedrich s'est débarrassé de son manteau vert et de ses bottes, qui traînent en plein milieu du salon, et il est installé sur le canapé, un livre à la main. Une cigarette pend aux lèvres d'Emil, qui mélange un paquet de cartes derrière la table. Dans la cuisine avec Mama, Otto a retiré son manteau et relevé les manches de sa chemise blanche pour essuyer la vaisselle.

— Oh, Hilda ! s'exclame Mama, surprise. Que fais-tu à la maison si tôt ? Il n'est même pas midi.

— Nous avons fermé plus tôt, aujourd'hui. Nous voulions écouter l'annonce du général Schneider.

— Ah, oui, marmonne Friedrich d'un air absent. Il était grand temps. On voit ces sales Juifs traîner partout, comme s'ils avaient tous les droits.

— Rien n'est encore prévu pour se débarrasser d'eux, mais au moins, ils ne peuvent plus se cacher, commente Emil sans quitter sa cigarette. Les faire obéir ne sera pas un problème. Tous ceux qui se croiront au-dessus de la loi, BAM ! ricane-t-il en faisant mine de tirer avec un pistolet.

— Oh ? souffle Mama en prétendant s'essuyer les mains pour mieux tordre nerveusement son torchon. Qu'est-ce qui s'est passé, exactement ?

Naomi se rapproche d'un pas inquiet. Elle ne parle pas un mot d'allemand et le changement de langue l'a plongée dans la confusion la plus totale.

— Tous les Juifs doivent s'enregistrer, madame Achen, explique Otto en terminant sa tâche. Ils porteront tous une étoile bleue, désormais. Ce sera plus facile de les repérer. Vous n'aurez plus à craindre d'approcher quoi que ce soit de sale.

— Quel soulagement… soupire Mama d'une voix tremblante, ses yeux chargés de panique cherchant les miens.

— Et qui voilà donc, Hilda ? sourit Otto avant de prendre la main de Naomi pour la saluer. *Ich bin Otto. Du bist ?*

Naomi se met à balbutier, m'implorant du regard.

— Je vous présente mon amie… Nata, interviens-je.

— Ravi de faire votre connaissance.

Elle tente un sourire poli, espérant probablement que ce qu'il vient de lui dire n'attend pas de réponse.

— Mama, dis-je alors, impatiente de partir d'ici. Il faudrait tailler la haie, dehors. Bertha et toi, vous voulez bien venir m'…

Soudain, Bayla surgit dans le couloir avec Alma et la poupée blonde que Naomi lui a offerte.

— Hodaya, tu es rentrée !

Trois mots.

Trois mots criés sous le coup d'une excitation parfaitement innocente.

Trois mots exprimés en yiddish, suivis d'un silence de plomb. Mon cœur se brise.

Tous les regards se tournent vers Bayla, qui serre désormais les lèvres en se rappelant nos instructions, comme si se taire maintenant avait le pouvoir d'effacer ce qu'elle vient de dire. Les soldats la dévisagent, choqués, et le torchon glisse des mains de Mama.

Emil écrase sa cigarette sur la table.

— Ce n'était pas de l'allemand, ça. Pas même du *polonais*.

— Vous avez dit que cette fille était muette, grogne Friedrich en fermant son livre d'un geste brusque, puis il se tourne vers Naomi et moi. Et celle-ci, elle est muette aussi ?

— Elle est…

— La ferme, Hilda ! me coupe Friedrich. Si c'est même ton nom. Laisse-la parler. Alors ? Tu as une langue ?

Les yeux de Naomi volettent vers moi, perplexes ; plus son silence dure, plus la rage se fait évidente sur le visage des soldats.

— Ce sont des putains de Juifs ! crache alors Emil en se levant.

Incrédule, Otto se tourne vers moi pour m'observer, attendant peut-être que je nie, mais tout l'oxygène a quitté mon corps et je suis incapable d'émettre le moindre son. Son regard passe sur la bibliothèque, et quelque chose semble changer en lui, une soudaine prise de conscience qui défigure son charmant visage d'une terrifiante grimace.

— Les livres… murmure-t-il pour lui-même, puis il se tourne vers les autres. Ils cachent leurs livres quelque part. Tout le reste est sûrement caché aussi.

Friedrich donne un ordre tacite d'un coup de menton sec, et Emil disparaît dans le couloir, poussant au passage Bayla qui percute violemment le mur.

— Nous ne cachons rien, les supplie Mama tout en attirant Bayla contre elle dans un geste protecteur.

— Dans ce cas, vous ne voyez aucun inconvénient à ce qu'on fouille la maison !

Les yeux de Bayla se tournent vers moi, emplis de confusion et de peur, mais lorsque j'essaie d'avancer vers elle, Otto lève un bras pour me repousser.

— Ne bouge pas ! ordonne-t-il comme s'il s'adressait à un chien.

Naomi m'agrippe le bras en entendant des éclats de verre, au bout du couloir, des coups sourds et des craquements de bois arraché, de meubles jetés au sol. Friedrich retourne d'un pas urgent dans la cuisine et se met à ouvrir tous les placards, lançant par terre vaisselle et plats d'une nourriture si précieuse pour nous.

— Ce sont des Juifs ! braille Emil.

Un gros morceau de cuivre vole jusqu'à nous et Mama pousse un cri de douleur lorsqu'il lui percute le bras.

La menorah[1] *! Papa l'a cachée dans le grenier ! Tout est dans le grenier !*

Emil continue de beugler en jetant le Tanakh, les bougies du sabbat et tous les autres accessoires dans le salon, et les preuves de notre duperie s'accumulent. Mama et Bayla avancent à pas terrifiés vers nous. D'un coup de pied mauvais, Friedrich envoie voler la menorah et ses mains se referment sur la gorge de Mama.

— Non ! hurlé-je en poussant Otto pour arracher Bayla des bras de notre mère, puis j'attrape celui du soldat et tire de toutes mes forces. Je vous en supplie ! Lâchez-la ! LÂCHEZ-LA !

Un poids écrasant me frappe la tête et ma vision se brouille. Des sanglots et des cris terrifiés résonnent dans mes oreilles tandis que je bats des paupières, découvrant mon corps au sol et sentant quelque chose d'humide au niveau de ma tempe. Le visage enragé d'Emil apparaît devant moi, sa poigne d'acier m'agrippe les cheveux et me tire sur le parquet. Lorsque sa

1. Chandelier à sept branches.

botte se plante dans mon ventre, je cherche désespérément à reprendre de l'air.

Luttant tout comme moi pour respirer, Mama tente vainement de repousser la main qui l'étrangle. Assise près de la bibliothèque, Bayla pleure en serrant Asher, qui miaule entre ses bras. Dans une cascade de mots décousus, Naomi implore Otto, qui lui aboie sa frustration, l'un comme l'autre ne se comprenant pas.

Je T'en supplie, mon Dieu ! Ne les laisse pas nous tuer !

En larmes, je tente de ramper, vers Bayla, Mama, Naomi, n'importe où hors des mains bestiales d'Emil, mais je suis incapable de bouger. Chaque souffle est arraché de force de mes poumons, chaque coup chasse le monde un peu plus loin. Alors, tout commence à s'obscurcir autour de moi.

BAM !

À travers les larmes et le sang qui brouillent ma vue, je vois Mama tombée au sol, et deux hommes se battent pour un pistolet braqué vers le plafond.

Papa !

Il plante son poing dans le visage de Friedrich, lui arrache l'arme des mains et la lance par la porte ouverte. Emil cesse de me battre pour se jeter sur lui. Avec une force et une rage presque inhumaines, Papa envoie Friedrich à terre et tournoie sur lui-même pour esquiver l'attaque d'Emil.

Je parviens je ne sais comment à me traîner jusqu'à Mama, qui a les mains serrées autour de son cou, cherchant à prendre une goulée d'air. Naomi est à mes côtés un instant plus tard et nous tire vers la porte, Bayla cachée derrière sa jupe, agrippant le vêtement avec terreur. Naomi la pousse dehors et revient vers moi en courant pour m'aider à me lever, mais j'ai la tête qui tourne et je tombe à nouveau.

Otto ne cherche pas à nous arrêter, se contentant de nous jeter un regard méprisant avant de reporter son attention sur l'échauffourée. Papa prend et donne plusieurs coups, son sourcil et sa lèvre sont ouverts, mais il continue de lutter pour empêcher les soldats d'avancer vers nous. Par chance, ni Friedrich ni Emil n'est armé, et toute idée de trouver un revolver semble avoir été oubliée. Emil attrape alors la menorah et la brandit au-dessus de sa tête.

— Eldad ! hurle Mama en se jetant faiblement en avant.

Papa se protège trop tard ; le métal le percute dans un craquement sordide. Il s'écroule et, une seconde plus tard, ils sont tous sur lui.

— Non ! Papa ! S'il vous plaît ! Je vous en supplie, arrêtez ! m'époumoné-je, désespérée, ne sachant quoi faire d'autre tandis que Naomi lutte pour nous sortir, Mama et moi, de la maison.

Les bras de Papa pendent mollement, il est vidé de toute énergie, mais la sauvagerie des soldats ne semble pas vouloir se calmer.

— Ça suffit, intervient finalement Otto en attrapant le bras de Friedrich, l'air plus agacé qu'autre chose. Vous mettez du sang partout.

— Et alors ? siffle Emil en replantant son poing dans le visage de Papa. C'est un sale Juif ! C'est lui qui nous a attaqués !

Otto le pousse par l'épaule et Emil tombe en arrière.

— Je me fiche de ce qu'il est ; il a du sang. C'est *toi* qui nettoieras, parce que moi, je refuse de vivre dans un lieu où…

— Tu t'en fiches ?! rugit Friedrich, qui se lève dans la seconde pour mitrailler Otto d'un regard haineux. Tu t'es ramolli ? Tu éprouves de la *pitié* pour ces rats ? Tu étais dans les tranchées avec nous, non ? Tu te souviens de la Grande Guerre et de tout ce qu'ils nous ont fait ?

— Je n'éprouve aucun amour pour les Juifs, pas plus que toi, crache Otto. Je me respecte juste trop pour me soucier d'eux.

— Qu'est-ce que tu connais au respect ? Ce sont des Juifs, ils nous ont menti, et tu n'as rien fait ! Tu n'as aucun respect !

Tu t'es laissé manipuler ! Ils sont forts pour ça, et tu es tombé dans leur piège !

— Fais attention, Friedrich. Je suis au-dessus de toi.

L'autre renâcle avec mépris.

— *Judenliebhab…*

Un instant plus tard, l'arme d'Otto est pressée contre le torse de Friedrich.

— Termine ce mot, grogne-t-il d'une voix pleine de menace. Vas-y, dis-le, et Emil pourra nettoyer ton sang à toi aussi.

Pendant de longues secondes, le silence de plomb n'est rompu que par le souffle court et rageur de Friedrich, et un son qui émane du corps inanimé de Papa et qui me fait pousser un gémissement soulagé.

— La Gestapo, alors, déclare Emil, les poings serrés.

— La Gestapo a des choses plus importantes à gérer qu'une poignée de rats qui n'ont nulle part où aller, riposte Otto en rangeant son arme. Les rats ont leur place dans les égouts. Laissez-les se débattre un moment ; ils finiront par se noyer.

— Tu veux les laisser partir ? Mais qu'est-ce qui te prend ?

— La vermine reste de la vermine, dans les égouts ou non !

Papa grogne et roule sur le flanc. Du sang macule son visage tuméfié, son nez est cassé et la douleur imprègne chacun de ses gestes. Je rampe vers lui et prends sa main. Ses yeux trouvent les miens, rougis par plus qu'une simple douleur physique ou la peur, et nos mains jointes semblent lui donner de la force. Il se relève péniblement sur les genoux et me protège de ses bras tandis que nous nous écartons des soldats.

— Très bien ! s'exclame Friedrich. Mais si je les croise dans la rue, je leur loge une balle dans le crâne !

Nous nous sommes traînés dehors avant qu'un autre mot ne puisse être prononcé, nous maintenant tous debout en dépit des fractures, des bleus et du sang. Je ne lâche pas la main de Papa tandis que nous fuyons à travers les ruelles, Mama le soutenant d'un côté, Naomi portant Bayla qui serre toujours son chat roux dans ses bras.

J'ignore combien de temps nous courons, et jusqu'où, ne m'apercevant que je ne reconnais pas cette rue déserte que quand Papa pose un genou à terre dans un grognement de douleur. Mama éclate en sanglots et le serre dans ses bras, Bayla se niche contre moi, et Naomi m'étreint, ses mains frottant tendrement les hématomes qui me couvrent les bras.

Nous sommes en vie ! Merci, mon Dieu ! Nous sommes en vie !

Un sanglot me noue la gorge, et très vite, je laisse couler les larmes, submergée par le soulagement et la terreur.

Et s'ils changeaient d'avis et nous dénonçaient à la Gestapo ? Où aller ? Que faire, maintenant ?

— Hodaya ? renifle Bayla. On peut rentrer à la maison ? Je suis désolée, je promets de ne plus leur parler. Je vais m'excuser. S'il te plaît ? J'ai oublié mon manteau et mes poupées.

— Ce n'est pas ta faute, murmuré-je en la serrant contre moi. On ne peut pas y retourner, pour l'instant.

— Mais pourquoi ? Je suis vraiment, vraiment désolée de leur avoir parlé. Ça n'ira pas, si je leur dis que je suis désolée ?

Ils préféreraient nous abattre comme des chiens... mais pas parce qu'on leur a menti. Non, ce serait pour le crime impardonnable d'être juifs. Qu'avons-nous de si repoussant qu'ils nous estiment moins encore que des rats ? Et si nous sommes si horribles, si différents, pourquoi ont-ils besoin d'étoiles pour savoir que nous ne sommes pas comme eux ? Les monstres sont censés avoir l'air de monstres, pas d'humains.

— Vous restez avec moi, déclare alors Naomi. Adam et moi avons une chambre supplémentaire dans laquelle vous pourrez vous installer. Ça fait longtemps qu'elle n'a pas servi. Dernièrement, nous y stockions nos affaires.

— Oh, Naomi… hoquette Mama. Tu crois que… nous ne pouvons pas…

— Bien sûr que si, vous le pouvez, madame Alperstein. Je ne veux rien entendre. Ma maison est la vôtre. Nous avons besoin de nous serrer les coudes, plus que jamais. Elle n'est pas très loin d'ici. Je vous jure que vous ne reverrez plus jamais ces horribles hommes.

Je la dévisage, muette de stupeur. Cela ne fait que quelques mois que nous nous connaissons, et pourtant, c'est la plus proche amie que j'aie jamais eue, l'une des personnes les plus généreuses et les plus bienveillantes que j'aie jamais rencontrées. Je l'observe, examinant mes blessures, donnant à Mama et Papa – qu'elle n'avait jamais vus avant aujourd'hui – son foulard pour juguler le sang, offrant à une famille entière une place chez elle, comme si elle nous avait toujours connus.

— Venez, ce n'est pas loin. Allons nettoyer ces blessures, puis vous pourrez tous vous reposer, dit-elle en m'aidant à me relever. Je vais faire de la soupe et du thé.

Mon cœur est si empli de gratitude et d'amour que je crains un instant qu'il n'explose, et je l'attire dans mes bras avec un sourire chargé de larmes.

— Merci, Naomi. Merci mille fois. Tu es la meilleure amie dont on puisse rêver.

— Ne me remercie pas, pas pour ça. Nous allons prendre soin les uns des autres, et tout ira bien, murmure-t-elle et, l'espace d'un instant, il me semble que je pourrais croire à tout ce qu'elle dit.

8

18 DÉCEMBRE 1939

Bochnia, Pologne

Les horribles hématomes qui me mangeaient le visage commencent enfin à disparaître, mais le souvenir des coups vicieux des Allemands, quelques semaines plus tôt, restera toujours à vif et douloureux. Je n'avais jamais été battue. Papa n'a jamais levé la main sur nous, et je n'aurais jamais imaginé qu'un homme soit capable d'une telle violence, en particulier vis-à-vis de femmes et d'enfants.

Si Papa s'entêtait à dire qu'il était en état d'aller travailler, il pouvait en réalité à peine bouger le lendemain de l'agression. Ses paupières étaient enflées, plusieurs de ses doigts étaient cassés, et Mama est restée à son chevet, dans la chambre d'amis de Naomi et d'Adam, à veiller sur lui et à s'assurer qu'il ne se fasse pas mal. Pendant des jours, Mama a été incapable de prononcer plus que de simples murmures, et les larmes brûlaient les yeux de Papa chaque fois qu'il regardait les marques violacées sur son cou. Étant soudain la seule à pouvoir subvenir aux besoins de ma famille, je n'avais le temps ni de me reposer ni de me remettre. Après avoir recouvert un maximum de traces avec le maquillage que Naomi m'avait donné, j'avais appris à ignorer la douleur sourde qui accompagnait chacun de mes gestes. Mais marcher trop longtemps était insupportable, et devant mon refus de rentrer chez moi, M. Abergel m'avait autorisée à rester en cuisine pour aider afin que je n'aie pas trop à bouger, jusqu'à ce que je me sente mieux.

Naomi est postée à côté de la porte de la cuisine du café-restaurant, jetant un regard régulier, par la minuscule fenêtre, aux Chornovil, la famille ukrainienne avec laquelle Adam travaillait dans son cabinet d'avocats, jusqu'à ce que celui-ci soit saisi par les autorités. Elle aimerait certainement les servir eux-mêmes, mais un affreux client est assis tout près, à siroter son café, ignorant que tous les Juifs n'ont pas encore été licenciés.

Nos brassards permettent une identification rapide et beaucoup de nos clients ne se sentent plus à l'aise à l'idée d'être servis par des Juives. Même nos clients les plus fidèles, certains étant devenus des amis, évitent tous ceux qui arborent l'étoile bleue. Adossée à un plan de travail, dans la cuisine, je joue d'une main nerveuse avec le brassard blanc cousu sur mon manteau, rêvant de l'arracher.

Quand je suis retournée travailler après m'être enregistrée comme juive, le lendemain de l'annonce, et que mes hématomes n'étaient pas encore violacés, un homme et une jeune femme se sont assis près de la vitrine vers quinze heures. J'ai tout de suite reconnu la fille : elle était apprentie à la bibliothèque, et elle m'avait souvent aidée à trouver les livres que je cherchais. Je n'oublierai jamais la manière dont ils m'ont souri en me voyant approcher, puis celle dont leur sourire s'est mué en reproche et en profond dégoût à la vue de l'étoile sur mon bras. L'homme s'est brusquement levé et m'a craché dessus. Ils refusaient d'être servis par une Juive, qu'une Juive touche leur assiette ou leur adresse même la parole, et ils ont quitté le restaurant en sifflant vicieusement que les Juifs ne devraient pas travailler dans des lieux où ils pouvaient propager leurs maladies.

J'étais trop sonnée pour faire quoi que ce soit, trop choquée pour être en colère ou triste. J'étais prostrée, figée sur place, ne sachant que penser de ce qui venait de se passer. M. Abergel a décidé que dorénavant, le personnel juif ne quitterait la cuisine que pour servir les clients qui, nous le savions, ne diraient rien.

Subir le mépris des Allemands n'a rien de facile, mais on s'y attend. Leurs rictus mauvais et leur violence sont quasiment devenus normaux, le genre d'attitude qui n'a rien de surprenant venant d'eux. Mais subir ce même mépris de la part d'individus que je connais est tout à fait différent. Être regardée de haut ou évitée par des gens avec qui mes parents étaient amis, des gens que j'ai aidés dans leur boutique, des gens qui ont un jour été mes professeurs, mes médecins, mes camarades de classe… je n'ai pas de mots pour décrire cette humiliation.

Tante Dalia était quelqu'un de si gaie, de si appréciée ; elle se liait d'amitié avec tout le monde. J'ai beaucoup de mal à l'imaginer ici, arborant son brassard, et être dévisagée et évitée comme la peste par tous ceux qu'elle considérait comme ses amis. Cela lui briserait le cœur.

Depuis combien de temps est-elle partie ? Quelques mois, maintenant ? Cela ne fait-il vraiment que quelques mois, et non des années ?

— Ils sont partis, soupire tristement Naomi – j'imagine qu'elle parle de la famille Chornovil. Ce sont des gens si sympathiques. Nous nous invitions à dîner toutes les semaines. Leur fille est adorable, et très intelligente. Elle apprend l'anglais, alors nous lui avons offert la toute nouvelle édition d'un livre appelé *Le Hobbit* pour son anniversaire, cette année. On nous a dit qu'il était très populaire, en Angleterre. Et leur fils… un amour. Il est né il y a quelques mois seulement…

Personne ne peut ignorer le manque et la tristesse dans sa voix, comme si elle pleurait la mort soudaine de bons amis à elle. Je pose une main réconfortante sur son épaule, mais je ne peux rien faire de plus. Je n'ai jamais eu d'amis proches, comme elle, ou comme tante Dalia. Même avant d'arrêter l'école, je n'ai jamais fréquenté beaucoup de gens. Naomi est la première amie avec qui je me sens si liée, avec qui je partage mes secrets, mes peurs et mes passions, et qui partage les siens avec moi.

— Je suis sûre que tu leur manques, à eux aussi, lui assuré-je.

Ma piètre tentative de consolation lui arrache un sourire.

— Les choses changeront quand la guerre sera terminée. Peut-être que d'ici là, j'aurai un petit Wilhelm ou une petite Permilia avec qui leur fils pourra jouer. Nous dînerons à nouveau tous ensemble pour fêter le retour à la normale. Tu devrais nous accompagner, Adam et moi, quand ce sera le cas.

Quand la guerre sera terminée... un jour... en espérant que ce soit bientôt.

À l'extérieur du restaurant, j'entends le claquement sonore et familier d'un haut-parleur qu'on met en route. Les nazis en ont installé partout à travers la ville, peu de temps après l'invasion, et ils les allument à divers moments de la journée pour cracher leur haine et leur propagande durant des heures. Une voix surgit du haut-parleur et annonce la date à laquelle le terrible discours a eu lieu : *30 janvier 1939, Reichstag.* Un enregistrement suit l'introduction, une voix que j'ai fini par reconnaître comme étant celle d'Adolf Hitler, son esprit enragé et sa sinistre passion palpables même à travers les crépitements.

« Le 30 janvier 1933, je marchais sur Wilhelmstrasse plein d'inquiétude pour l'avenir de mon peuple. Aujourd'hui – six années plus tard –, je peux m'adresser au premier Reichstag de la Grande Allemagne ! Peut-être plus que toute autre génération, allons-nous enfin pouvoir mesurer la signification pieuse de la providence de Dieu ! »

La providence...

Naomi frissonne au son de sa voix, ignorant la portée de ses mots mais saisissant suffisamment le ton avec lequel il les exprime. En général, je lui traduis tout ce que je peux, mais il m'est impossible de répéter chaque mot.

— Comment as-tu appris l'allemand, Hodaya ? demande-t-elle en s'éloignant de la porte.

— Ma mère a commencé à m'apprendre quand j'étais petite ; je devais avoir six ou sept ans.

— Vraiment ? Tu as réussi, aussi jeune ? C'est incroyable. Et elle, où l'a-t-elle appris ?

— Avec ma tante, elles ont grandi en Allemagne, de ses trois à ses seize ans. Puis elles ont quitté Berlin pour la Pologne en 1905.

— Elle est en partie allemande ?

Ne serait-ce pas ironique ?

— Non, elles ont juste vécu là-bas un moment après la mort de mes grands-parents. Mama vivait avec sa grand-mère, qui était enseignante, alors elle leur a appris l'anglais, l'ukrainien et l'allemand.

— J'imagine que c'est précieux ces temps-ci, commente Naomi, puis elle sursaute légèrement quand la porte de la cuisine s'ouvre sur une serveuse polonaise qui passe en coup de vent.

— Comment ça se fait que tu n'aies jamais appris, toi ?

Dans certaines villes polonaises, il est rare de croiser quelqu'un qui parle allemand, mais une majorité des gens de Bochnia le parlent couramment.

— J'imagine que je n'en ai jamais vraiment eu besoin. Je sais qu'un cousin à moi a étudié l'allemand pendant quelques années, avant de partir pour l'université, mais je ne me suis jamais dit que ça pourrait m'être utile. Je n'ai jamais eu envie de quitter la Pologne, ou ne serait-ce que Bochnia.

— Moi non plus, admets-je. Pas jusqu'ici, du moins. La France a l'air d'être un pays merveilleux. Le soleil, la campagne à perte de vue… Imagine tous les musées qu'ils possèdent. Claude Monet, Camille Pissarro…

— Les violoncelles, la tour Eiffel, tous ces gens charmants, et la nourriture, ajoute Naomi. J'ai entendu dire que les villes brillaient toute la nuit, que les bougies et les réverbères se reflétaient sur l'eau et le verre. Ça doit être magnifique.

— J'aimerais tellement être là-bas… Lorsque ma tante nous aura écrit, je lui demanderai à quoi ça ressemble.

Ils sont en sécurité, c'est certain. La Grande-Bretagne et la France sont du même côté. L'Allemagne ne les envahirait pas.

— Tu voudrais m'apprendre l'allemand ? me demande soudain Naomi, après un moment de silence. Je déteste ne pas comprendre ce qu'ils disent. Je me sens perdue dans ma propre ville.

— Je ne suis pas une très bonne professeure, réponds-je en riant, mais je veux bien essayer ! Il vaudrait mieux que ma mère t'aide aussi. Elle parle bien mieux que…

Le calme est soudain brisé par une rafale lointaine de coups de feu. Tout le monde se fige dans la cuisine, retenant son souffle, laissant les casseroles, les marmites et les poêles brûler tout doucement. Pendant quasiment une minute, il n'y a rien d'autre que le silence – à l'exception de la voix des haut-parleurs. Puis six autres détonations, rapides. Naomi s'agrippe à mon bras, et je l'empoigne moi aussi d'une main tremblante. Elle presse les paupières, sa bouche formant une prière silencieuse, et je l'imite pendant que les détonations continuent d'éventrer chacune de nos supplications.

La succession de coups de feu se répète, encore et encore, jusqu'à ce que j'en dénombre cent quatre en tout… cinquante-deux individus… deux tirs par personne, un pour tuer, l'autre pour s'assurer qu'elle est bien morte.

Ce n'est pas la première fois que j'entends des coups de feu résonner dans la ville. Les gens sont arrachés à leur travail et à leur maison par la Gestapo pour être exécutés dans la rue, de pauvres Juifs sont abattus sur le trottoir parce qu'ils ne se sont pas écartés au passage d'un SS, faute de l'avoir vu. Mais il n'y en a jamais eu autant. Cette fois, il ne s'agissait pas d'une exécution. C'était un massacre – une vengeance.

Un groupe baptisé L'Aigle blanc a attaqué une station de police allemande sur la rue Rynek, il y a deux jours, et les Allemands ont arrêté un grand nombre d'hommes au hasard, en guise de représailles, mais je n'aurais jamais cru qu'ils…

Je n'ai plus envie de parler ou de bouger, seulement le besoin urgent de m'enfoncer dans la terre et d'y rester immobile jusqu'à ce qu'elle m'avale tout entière. À cet instant, je serais heureuse de ne plus jamais pouvoir émettre le moindre son, simplement pour ne pas briser le charme du déni, pour ne jamais transformer le cauchemar en réalité.

La normalité, la sécurité. Sont-ce des choses si étranges à souhaiter ?

Chaque fois que j'essaie d'oublier, quand l'illusion de l'une d'elles semble à ma portée, elle explose entre mes mains pour les taillader ; et par-dessus notre silence, les haut-parleurs continuent de cracher…

« … si la juiverie financière internationale dans et à l'extérieur de l'Europe réussissait à précipiter encore une fois les peuples dans une guerre mondiale, alors la conséquence n'en serait pas la bolchevisation de la terre et la victoire de la juiverie, mais l'anéantissement de la race juive en Europe ! »

Les morts ont creusé leur propre tombe.

L'un de ceux qu'on a forcés à les enterrer était le frère de M. Abergel, et il est venu au restaurant il y a une heure, dans un état second. M. Abergel l'a emmené dans la cuisine afin que personne ne le dérange – car même s'il est catholique, il porte une étoile bleue, leur mère étant juive. Il a vidé plusieurs verres d'alcool avant de tout raconter, sans se faire prier, décrivant les Allemands chargés de l'exécution escorter les hommes jusqu'au mont Uzbornia, regarder ces Polonais et ces Juifs creuser d'un geste désespéré une énorme tombe collective, puis tomber, morts, dans le trou, pour mieux les enterrer.

Naomi pleurait en silence, et nous nous serrions l'une contre l'autre pour prier tout en l'écoutant nous raconter cette horreur. Les traits soudain livides et la voix fragile, M. Abergel nous a demandé de terminer de nous occuper des clients restants et de fermer le restaurant, puis il a emmené son frère chez lui.

Naomi et moi quittons les lieux par la porte de service quelques heures avant le couvre-feu, nos manteaux et nos écharpes serrés contre nous pour lutter contre l'air de plus en plus glacial. La neige n'est pas encore tombée, cette année, mais on devine l'imminence d'un orage, dans le grondement du vent, les nuages blancs se teintant peu à peu de gris.

Le troisième discours de la journée se met à jaillir des haut-parleurs tandis que nous rejoignons la maison de Naomi que nous partageons désormais. « 1er mai 1935, Berlin. » Cela commence par des acclamations, comme si la foule accueillait un héros de retour dans sa patrie, et la voix d'Hitler ne tarde pas à suivre.

« … seul ce qui était vieux, pourri et mauvais périra ; et laissez-le mourir ! Mais une nouvelle vie jaillira. Là où est la volonté, là est la foi. Nous autres dirigeants avons la volonté, et la foi appartient au peuple. »

Son ton contrôlé, passionné, m'arrache une grimace, et je lie mon bras à celui de Naomi, sentant le même malaise la secouer. Nous ne savons pas grand-chose sur lui à l'exception de ce que les nazis pensent que nous devrions l'entendre dire, mais il y a une folie inquiétante dans sa voix, une rage à la frontière de la raison.

« Quand des dirigeants ont-ils dû faire face à une tâche plus lourde que la nôtre ? Réfléchissez, camarades, à ce qu'est notre Allemagne, et comparez-la aux autres pays. Qu'avons-nous ? »

— J'ai quasiment terminé vos nouvelles jupes, souffle Naomi. Je suis arrivée à court de fil hier soir. J'irai en chercher demain matin.

Mama et moi portons de vieux vêtements à elle depuis notre emménagement. Ils nous serrent à la taille et sont un peu trop longs, mais nous n'avons pas d'autre choix que de faire avec, jusqu'à pouvoir en coudre de nouveaux à partir de vieux draps et de bouts de tissu.

— Tiens. Mes clients m'ont laissé ça, aujourd'hui, dis-je en sortant six groszys de ma poche pour les planter dans sa main.

Ils ne valent plus grand-chose, désormais, mais c'est tout ce que j'ai, et c'est le moins que je puisse faire pour elle.

« Qu'avons-nous ? Une chose seulement ; nous avons notre peuple. C'est soit tout soit rien. Sur lui seul nous pouvons compter. Sur lui seul nous pouvons construire. »

Au loin, un coup de tonnerre fait trembler les collines, annonçant la pluie. La nuit commence déjà à tomber et les réverbères projettent d'étranges taches de lumière au sol. Un SS marche en plein milieu du trottoir, dans notre direction. Nous nous empressons de nous écarter, le regard baissé, priant pour qu'il nous ignore, nous et nos étoiles.

« Tout ce que nous avons créé jusqu'à présent, nous le devons uniquement à sa bonté de cœur, à ses compétences, à sa loyauté, à sa décence, à son industrie, à son sens de l'ordre. »

L'épaule du SS passe à quelques millimètres de la mienne. Il se tord alors le crâne pour me cracher au visage en jurant, puis il reprend sa marche comme si rien ne l'avait jamais interrompue, me laissant frissonnante de dégoût. Nous prenons une nouvelle rue déserte, près de la place du marché, restant à l'affût du moindre SS, terrorisées à l'idée que le prochain n'ait pas la clémence de nous laisser passer.

« Ce que nous voulons est évident : ce n'est ni la guerre ni le conflit. »

Les premiers signes de pluie me tombent sur la joue, d'abord une goutte qui se multiplie très vite, jusqu'à ce que je doive baisser la tête pour me protéger. Soudain, il se passe quelque chose dans les lumières des réverbères jusqu'ici immobiles – une ombre noire qui se dresse dans la lumière spectrale. La pluie goutte de mes cheveux et de mon manteau comme une sueur froide et tombe dans mon dos dans un frisson.

« Comme nous avons établi la paix au sein de notre peuple… »

Une fois devant la lueur assombrie du réverbère, j'hésite et saisis le bras de Naomi d'un geste apeuré. Une paire de chaussures flotte au-dessus de nos têtes. Je bats des paupières pour chasser la pluie qui brouille ma vue, mets la main en visière et lève les yeux, poussée par la curiosité, malgré la voix dans ma tête qui m'implore de poursuivre mon chemin.

« … nous ne voulons rien d'autre que la paix avec le monde. »

Un hurlement de terreur s'échappe alors de ma gorge. La pluie et les larmes me brûlent la peau, déluge de sang tombant de l'obscurité, et la voix d'Hitler résonne dans ma tête comme une rafale de balles. Deux corps pendent du réverbère, un trou entre leurs deux yeux exorbités. Un éclair vient illuminer leurs brassards, et les étoiles bleues m'aveuglent.

9

11 AOÛT 1940

Bochnia, Pologne

— Je commence à douter, Hodaya. C'est très dangereux. Et pas vraiment orthodoxe, chuchote Naomi, livide, alors que nous attendons, accroupies, derrière un buisson laissé à l'abandon.

Jusqu'à ce que l'aube pointe, elle était partante, mais il semblerait que le plan d'hier soir soit devenu la peur de ce matin.

— Ce n'est pas du vol, vu que c'est déjà à nous, réponds-je. Ce sont eux, les voleurs. Toi et moi, nous sommes les *plus* orthodoxes, dans cette situation.

Notre cible se trouve de l'autre côté de la rue. Baignée par la lueur grise de l'approche d'un nouveau jour, mon ancienne maison attend, les lumières éteintes, les rideaux tirés, et les soldats barricadés à l'intérieur. Nous n'avons jamais cherché à revenir depuis qu'ils nous ont chassés l'année dernière, pas même en leur absence. Affronter la Gestapo était un trop gros risque, juste pour récupérer des vêtements et des chaussures.

— Oui, je sais, mais des *soldats* ? J'aurais déjà du mal à supporter la proximité d'un seul… mais voler trois d'entre eux… en particulier ces trois-*là*.

— Ce n'est pas du vol, répété-je d'une voix ferme. Ma famille a travaillé dur pour avoir tout ce qui se trouve dans cette maison. Tout ça nous appartient. Il nous faut tout ce que nous pouvons récupérer.

Une amende de trois millions de złotys a été imposée il y a trois mois, à payer seulement par les Juifs de Bochnia. J'ai grandi avec très peu d'argent, me suis très souvent couchée et réveillée avec la faim au ventre, ai partagé vêtements, chambres et chaussures, n'ai jamais eu d'eau chaude, de jouets, de bonbons ou d'autres menus plaisirs. Mais trois millions exigés de la part de moins d'un quart de la population ont poussé au bord de la pauvreté même les Juifs les plus riches, et il n'y a plus aucun moyen de joindre un tant soit peu les deux bouts, désormais.

Nous plongeons dans un silence tendu, guettant la porte et les fenêtres comme des vautours. Malgré la cavalcade que produit mon cœur et le martèlement dans ma tête, je pourrais presque rire à l'ironie de cette situation. *Une résidente tout ce qu'il y a de légitime se cache dans les buissons pour surveiller sa propre maison, attendant que les voleurs s'en aillent afin de pouvoir les voler à son tour.*

Naomi sursaute quand une fenêtre s'illumine.

— Hodaya, je ne suis vraiment pas sûre… Ils pourraient nous abattre eux-mêmes plutôt que de nous envoyer à la Gestapo.

— Nous n'aurons à subir ni l'un ni l'autre. Nous ne nous ferons pas prendre, déclaré-je en posant ma main sur la sienne. Comme je l'ai dit hier soir, je m'occupe de tout récupérer. Tu dois seulement faire le guet pour moi. Si nécessaire, nous nous échapperons par la fenêtre de la chambre.

— Est-ce que… est-ce que ça en vaut vraiment la peine ? soupire-t-elle.

Chaque soir, nous sommes affamés. Nous ne sommes plus payées assez cher, Mama ne trouve pas de travail, Papa et Adam ne touchent presque rien pour les travaux qu'ils effectuent pour les nazis, Bayla aura bientôt sept ans et nos vies sont bouleversées. Nous sommes des étrangers dans notre propre ville et des parias parmi nos concitoyens, nous cachant dans l'ombre là où nous avons un jour marché librement. Peut-être que quelques złotys et des vêtements n'auraient pas valu la peine de courir un tel risque il y a un an, mais mon univers entier était totalement différent, il y a un an.

Je lâche une expiration tremblante.

— Tu as une meilleure idée ? l'interrogé-je en toute sincérité.

Elle se creuse les méninges pour trouver une réponse, mais rien ne lui vient, alors elle baisse la tête et les épaules.

Il ne faut pas longtemps pour que les lampes derrière les fenêtres s'éteignent à nouveau et que les soldats émergent dans la rue pour se mettre en route d'un pas déterminé.

Nous attendons plusieurs minutes, guettant la moindre chose sortant de l'ordinaire. Le silence dure, perturbé occasionnellement par le roucoulement des colombes. Nous portons nos chaussures à la main pour éviter qu'elles claquent sur le sol et entrons au pas de course. Naomi pousse un soupir de soulagement avant de se jeter sous la fenêtre et de s'y tapir, voyant tout juste sous le rebord.

— Bon, nous y sommes. Dépêche-toi, maintenant, Hodaya, me chuchote-t-elle, paniquée.

Mon ancienne chambre est complètement détruite, quand je tourne la poignée cassée et pousse la porte. Les couvertures et les matelas ont été jetés à l'autre bout de la pièce, les tiroirs sont arrachés de la coiffeuse, le sol est jonché de jupes, de chemisiers, d'écharpes et de manteaux, et les livres gisent entre eux, leurs tranches rompues ou leurs pages déchirées. Tout espoir que les soldats n'aient pas trouvé le peu d'argent que j'avais mis de côté est piétiné quand je m'aperçois que la petite boîte n'est plus sous le lit.

Un éclat jaune attire mon attention parmi les piles de tissu, et je découvre le manteau de Bayla. Il manque deux boutons, et de nombreuses coutures ont été déchirées, probablement pour tenter d'y trouver des choses cachées, mais je pourrai essayer de le raccommoder. Je le glisse sur mon bras puis rassemble d'autres vêtements avant de passer à la chambre de Mama et Papa. Elle est dans le même état que la nôtre, et je récupère les tas de vêtements étalés sous la fenêtre, soulagée de voir que le parquet est toujours là. Je le tâte un moment, sens enfin l'ébréchure et plonge les ongles dans le bois, comme Mama me l'a montré, jusqu'à ce que je parvienne à soulever la latte. Dessous se trouve une boîte en étain. Quand j'ouvre le couvercle, mon cœur bondit à la vue d'une petite liasse de złotys, d'une chaîne en or et des boucles d'oreilles assorties ainsi que de plusieurs photos.

La première montre Mama et Papa le jour de leur mariage, Mama portant une magnifique robe blanche et les bijoux de la boîte. La deuxième est un cliché de notre famille, sûrement un mois ou deux avant l'invasion, Bayla et moi entre Mama et Papa, vêtues de nos robes de prière. Sur la troisième, on me voit avec Bayla quand elle n'était encore qu'un bébé, et elle dort paisiblement dans mes bras tandis que je l'admire avec un sourire plein de tendresse, comme si j'étais la fière maman.

J'empoche le tout rapidement et me tourne vers la porte, prête à partir, quand Naomi apparaît, pâle comme un linge et le souffle court.

— Il y en a un qui revient !

— Alors allons-y !

Je tire sur les loquets de la fenêtre pour ouvrir les volets. Ils ne bougent pas. Je les secoue de plus en plus fort, les secondes s'égrenant dangereusement, mais ils ne produisent qu'un bruit de ferraille.

— Ils ont barricadé ! soufflé-je d'une voix paniquée avant de lui prendre la main. Viens, il va falloir passer par celle de la cuisine !

— Mais il va nous voir ! hoquette-t-elle en me tirant par le bas. Nous n'avons qu'à nous cacher jusqu'à ce qu'il parte !

— Et s'il fouillait les pièces ? Il nous verrait forcément ! Si nous passons par la fenêtre, au moins, nous pourrons fuir. Viens ! insisté-je en la traînant de force dans le couloir.

La fenêtre de la cuisine fait face à la rue, mais la vue de la porte est masquée par la haie. Avec un peu de chance, on ne nous verra pas tout de suite. Je grimpe sur le plan de travail et dresse le bras vers le loquet au moment où la porte s'ouvre. Emil a à peine un pied dans la maison que dans un craquement soudain, un œuf vient s'éclater sur sa tête.

— PAR ICI ! crie une voix de garçon. Regardez ! Ici ! Des Juifs qui violent le couvre-feu ! *Szkop !*

Une autre voix de garçon se joint à la première.

— *Szwab !* Levez les bras, *Niemiaszeks* ! Vous êtes attaqués ! Les Juifs sont là !

Cette fois, une pierre atterrit en plein dans l'œil d'Emil au moment où il s'apprête à prendre son arme. Il pousse un cri et se met à tituber, fou de rage, puis disparaît du seuil. Des coups de feu sont tirés, plusieurs, dans une succession enfiévrée, mais les deux garçons continuent de le narguer.

— Nazis ! *Niemiaszeks ! Szwabs !* Essayez donc de nous tirer dessus !

Dehors, j'aperçois brièvement deux garçons blonds jeter des œufs et de grosses pierres avant de faire volte-face et de prendre leurs jambes à leur cou, fuyant le soldat livide qui s'est lancé à leur poursuite – l'attirant loin de nous. Friedrich et Otto ne tardent pas à surgir, leurs armes déjà braquées, pour disparaître aussi vite au coin de la rue.

Naomi, prostrée de terreur, doit être tirée de sa stupeur.

— Allez ! Il faut faire vite avant que d'autres ne viennent ! sifflé-je en l'attirant vers la porte.

Tout le monde est sans aucun doute réveillé, maintenant, y compris les soldats et les officiers logés chez les voisins. Nous ne pouvons pas nous permettre d'être là quand ils viendront voir ce qui se passe ou, pire, appelleront la Gestapo.

Je remercie ardemment Dieu de nous avoir permis de ne pas nous faire prendre et prie qu'il en aille de même pour ces garçons tandis que nous fuyons dans la direction opposée. Les rues sont toujours désertes, à cette heure matinale, mais nous faisons en sorte de rester dans l'ombre, nous coulant le long des immeubles, sous les fenêtres, derrière les buissons et les arbres, et dans des allées encombrées. Plusieurs kilomètres nous séparent encore de chez nous, mais nous sommes forcées de nous arrêter pour reprendre notre souffle. Il reste au moins une heure avant que le couvre-feu ne soit levé, et nous ne pouvons pas nous permettre de nous faire voir.

Nous dénichons une cachette décente entre les panneaux de clôture qui séparent deux maisons. L'herbe est suffisamment haute pour nous protéger de ceux qui ne sont pas à l'affût de violeurs de couvre-feu. Pelotonnées l'une contre l'autre dans l'herbe, nous faisant aussi petites que possible, nous attendons que le soleil s'élève au-dessus des toits.

Pendant deux heures, ni l'une ni l'autre ne bouge, ne parle ou ne respire plus fort que nécessaire. Il doit bientôt être sept heures quand nous risquons un coup d'œil à l'extérieur de notre cachette.

— Tu crois que c'est sûr ? murmure Naomi.

Je ne distingue aucun danger immédiat de là où je me trouve, allongée sur le ventre. Pas un Allemand en vue.

— Il n'y a plus qu'à croiser les doigts, dis-je en rampant hors de notre refuge.

Même si nous n'enfreignons plus les règles, nos brassards nous poussent à préférer les ruelles pour le long trajet qui nous attend encore. Nous avons à peine franchi un pâté de maisons, sur la rue Floris, quand quelqu'un nous interpelle.

— J'aurais cru que vous seriez déjà à Varsovie, à cette heure !

Deux garçons nous rejoignent en trottinant, chacun chargé d'un sac en toile de jute. Le plus âgé doit avoir dix-huit ans, comme moi. Il est grand, a des cheveux blond cendré et un charmant sourire. L'autre est plus jeune, avec la même chevelure et des yeux noisette, mais des taches de rousseur parsèment son nez et ses joues, et lorsqu'il ralentit à mon niveau, il est rouge pivoine. Ils portent tous les deux une étoile bleue.

— Grand Dieu ! hoquette Naomi. Qui êtes-vous ? Vous n'avez donc aucune manière, à bondir sur de parfaites inconnues pour leur faire peur ?!

— Aucune manière ? Je pense qu'entrer par effraction dans la maison d'un soldat dépasse de loin notre offense. Et puis, on vous a sauvé la vie, répond l'aîné avec un sourire espiègle. Moi, c'est Gavriel. Et voici mon frère Noam. Voilà, nous ne sommes plus des inconnus. Et qui sont donc ces charmantes voleuses ?

— C'est vous qui avez attaqué Emil ? demandé-je, ne les ayant pas vraiment bien vus avant.

— Emil ? répète Gavriel, observant avec un sourcil dressé nos brassards. Comment tu le connais ?

Dans un échange de regards, Naomi et moi convenons tacitement qu'il n'y a pas de danger à lui dire la vérité.

— C'était ma maison ; ils vivaient chez nous, lui expliqué-je d'une voix teintée d'amertume. Nous nous sommes fait passer pour des Allemands un certain temps, mais ils ont fini par découvrir la vérité et nous avons dû fuir. Nous ne sommes pas des voleuses. Nous n'avons pris que des choses qui nous appartenaient.

À ces mots, Gavriel sourit d'une oreille à l'autre.

— *Juraj Jánošiks*[1], alors ? Je vous tire mon chapeau. Je n'ai jamais rencontré de Robin des Bois fille. Nous aussi, on se targue d'être honnêtes.

— Comment leur avez-vous échappé ? les interroge Naomi.

Gavriel lâche un ricanement.

1. Homme slovaque qui, selon la légende, volait les riches pour aider les pauvres.

— Échappé ? Tu parles. Les chats peuvent courir, mais les rats peuvent se cacher plus facilement, pas vrai Noam ?

Le plus jeune triture son sac d'une main timide.

— Oui. Nous sommes allés nous réfugier dans l'ancien cinéma ; ils sont passés juste sous notre nez. Ça fait plusieurs jours qu'on se cache là-bas. Ils cherchent des hommes à emmener à Pustków. Pour travailler.

— Mais vous n'êtes que des garçons, souffle Naomi.

— J'aurai bientôt quatorze ans, s'empresse de préciser Noam en me jetant un rapide coup d'œil, puis il détourne aussitôt le regard en rougissant. Je suis assez vieux. Ils ont embarqué notre père hier, pour la déportation. Ils nous cherchent toujours.

Gavriel passe un bras sur l'épaule de son frère.

— Et ils nous trouveront si tu continues à l'ouvrir comme ça.

— Ou si vous leur jetez des œufs et des pierres à la figure… marmonne Naomi.

— On vous a empêchées de vous faire prendre, pas vrai ? réplique Gavriel avec un rictus. Vous seriez sûrement en route pour le poste si on ne les avait pas distraits.

— Ou gisant dans la rue… murmure Naomi dans un frisson.

Je passe mon bras sous le sien et me rends compte qu'elle tremble toujours.

— Merci de nous avoir sauvé la vie, Gavriel et Noam, mais il faut que nous rentrions.

Naomi et moi reprenons notre route, mais les garçons ne tardent pas à réapparaître à nos côtés.

— Attendez une minute !

Cette fois, c'est Noam qui parle, fouillant dans son sac avant d'en sortir un autre, plus petit, qu'il me tend.

— T… tiens, se met-il à balbutier. On a en beaucoup. On les récupère avant que les boulangers les jettent.

Je découvre une longue miche de pain encore chaude.

— Merci, Noam, dis-je avec un sourire chargé de reconnaissance. Tu es très gentil. Prends soin de toi.

Les yeux brillants, il me rend mon sourire.

— Prends soin de toi, répète-t-il.

Nous nous séparons alors, Gavriel et Noam disparaissant dans la rue suivante avec toujours autant de discrétion tandis que Naomi et moi parcourons les derniers kilomètres d'un pas pressé et en silence. Quand nous arrivons enfin à la maison, il est quasiment huit heures, mais personne n'est encore levé.

Dans cette sécurité retrouvée, nous nous effondrons sur les chaises qui entourent la table, pouvant enfin respirer normalement. Je vide mes bras et mes poches : les bijoux de ma mère, trois photos, neuf złotys, le manteau abîmé de Bayla, quelques vêtements et la miche de pain de Noam. Nos récompenses pour nos vies données aux nazis.

Naomi et moi nous dévisageons jusqu'à ce qu'un rire vienne briser notre silence. Un instant plus tard, nous rions hystériquement jusqu'à ce que les larmes coulent sur nos joues et que nos côtes nous fassent mal, jusqu'à ce que nous ayons l'air de deux folles, jusqu'à ce que nous ayons réveillé toute la maisonnée et qu'ils nous regardent en se demandant bien ce qui peut être aussi amusant, en une époque pareille.

10

18-19 JUILLET 1941

Ghetto de Bochnia, Pologne

Après nous avoir sauvé la vie, Noam et Gavriel semblaient nous trouver où que nous allions. Quand Naomi et moi rentrions du travail, ils surgissaient de nulle part avec des pommes de terre et des œufs ; quand nous nous promenions le long de routes désertes, à l'abri des soldats et des SS, nous nous apercevions de loin et nous faisions signe comme de vieux amis. Après avoir réussi à éviter la rafle de quelques centaines d'hommes envoyés à Pustków, l'année dernière, ils sont retournés vivre avec leur mère, Ahava, une femme adorable qui s'est montrée ravie lorsqu'ils nous ont invitées pour la première fois à prendre le thé, Naomi et moi. Nous sommes souvent passées les voir, les mois suivants.

En décembre, quand le Comité juif de Bochnia s'est vu soustraire son autonomie pour devenir un Judenrat, afin que les autorités nazies puissent renforcer leurs lois et leurs règles, Gavriel et Noam nous ont apporté deux sacs en toile de jute remplis de pain. Ce nouveau Judenrat ne plaisait à personne, et les garçons semblaient penser qu'il était temps de se mettre à piller tout ce qui avait de la valeur, de la nourriture au fil pour la couture.

Le ghetto au sein de la ville a été établi début avril, et nous avons enfin compris pourquoi les autorités avaient forcé tous les Juifs à s'enregistrer comme tels. Personne n'a pu se cacher quand les SS sont passés de porte en porte, avec des listes de noms et d'âges, pour ordonner à chacun de ne faire qu'une valise et de se préparer à partir dans l'heure. Les frontières hautement gardées du ghetto, composées des rues Kraszewskiego, Solna-Gora et Leonarda, sont cernées d'une clôture immense, et les lieux sont habités par des milliers de Juifs de Bochnia, de Cracovie et de Mielec que nous ne pouvons ni loger ni nourrir. Nous avons l'interdiction de quitter le ghetto sans permis officiel, et outrepasser cette règle est passible de mort.

Plusieurs usines de mécanique et ateliers de couture sont situés dans la partie est du ghetto, rue Trudna. La base militaire allemande est juste à l'ouest de la rue Leonarda, en plein dans notre champ de vision, depuis le nouvel appartement où on nous a mis de force, une fois les Juifs isolés du reste de la ville. J'imagine que la petite pièce à laquelle nous avons droit n'était à l'origine destinée qu'à une seule personne, peut-être deux. Mais chaque pièce est pleine à craquer, et Gavriel, Noam et Ahava ont fini par se retrouver entassés avec nous. Naomi et Adam connaissent une situation similaire, dans le bout d'appartement juste en face du nôtre, partageant l'espace avec un autre couple, leurs trois filles et la grand-mère.

Papa et Adam sont partis travailler aux baraquements militaires ; Naomi, Ahava et moi avons été forcées de trouver une place dans les ateliers de couture où sont confectionnés les uniformes des Allemands. Les nazis ne nous ont pas encore explicitement ordonné de travailler pour eux, mais ils nous ont retiré toute autre possibilité de gagner quelque chose au sein du ghetto, et nous ne pouvons rien faire pour qui que ce soit en dehors de la clôture, si bien que leurs usines et leurs ateliers sont notre ultime recours. Mama n'a pas grand-chose d'autre à faire que de s'occuper de Bayla et de poursuivre son instruction à la maison, Papa et elle ayant décidé de ne plus l'envoyer à l'école depuis l'année dernière, quand elle est rentrée le nez en sang en nous disant qu'un garçon de quinze ans lui avait jeté un livre à la figure en la traitant de sale Juive. Gavriel et Noam, ayant pris Bayla sous leur aile et la considérant comme leur petite sœur, n'ont pas pu laisser passer ça, et le garçon en question a fini avec deux yeux au beurre noir, quelques dents en moins et un poignet foulé.

Je ne l'avouerai jamais tout haut, mais il est possible que ce soit moi qui ai désigné le garçon à Gavriel et Noam afin qu'ils puissent lui « donner une leçon ». Papa a toutefois sûrement compris, car quand Gavriel et Noam nous ont informés de la mystérieuse attaque menée contre le persécuteur de ma sœur, il m'a adressé un regard entendu mais n'a fait aucun commentaire, et le petit sourire approbateur qui a étiré ses lèvres à ce moment-là m'en a arraché un penaud.

Il y a vingt femmes en tout, dans notre atelier de couture, chacune à sa propre table, parmi ces longues rangées de Singer, de tissu, de fil et de produits finis empilés ici et là, à coudre des sous-vêtements, des chaussures et des uniformes. Je suis pour ma part installée dans le coin de la pièce, contre le mur, Naomi à mes côtés, et deux jumelles de quelques années de plus que moi devant nous. Naomi me les a présentées il y a quelques semaines ; elles s'appellent Levana et Chasha. Elles ont les cheveux les plus magnifiques que j'aie jamais vus, de longues mèches soyeuses d'un noir d'encre qui leur tombent quasiment à la taille, portées d'une manière traditionnelle qu'elles appellent *taregami*.

« Nous sommes un peu plus libérales », m'avait confié Levana lorsque je l'avais interrogée – Chasha et elle ne me donnaient pas l'impression d'être simplement polonaises. « Notre grand-père est japonais. Il s'est converti au judaïsme afin de pouvoir épouser notre grand-mère. »

J'inspire un coup sec et arrache de la Singer ma main ravagée par les crampes, mon doigt ensanglanté là où je viens d'y planter l'aiguille. Je l'essuie avec une chute de tissu puis reprends mon travail.

Ce soldat ne sera-t-il pas dégoûté de porter un vêtement fabriqué par une Juive, ou le travail forcé ne compte-t-il pas, pour eux ?

Cela fait des heures que nous besognons, sans avoir pris une seule pause, et j'ai perdu toute notion du temps. Il n'y a pas de fenêtres, juste des murs gris et des ampoules qui pendent au-dessus de nos têtes. C'est un travail pénible frôlant l'insupportable, à répéter les mêmes gestes abrutissants : enfiler le fil, tourner la roue, faire glisser le tissu, tourner la roue, faire glisser le tissu.

Les autres cherchent à tromper l'ennui en bavardant, et cela fait des mois que j'entends parler de lettres de cousins lointains, des tendances actuelles en Angleterre, de la critique du Judenrat, de recettes de cuisine et d'articles de journaux. Peut-être est-ce une manière d'occuper leur esprit, douce distraction du cauchemar qu'est devenue notre vie, mais ces conversations ne font que me rappeler tout ce qui a un jour été, et tout ce qui est aujourd'hui si incertain.

Je termine de coudre le dernier ourlet d'une veste d'uniforme verte et envisage un moment de couper les coutures intérieures. Son propriétaire serait fou de rage si les pièces de son uniforme tout neuf se mettaient à tomber dès qu'il l'enfilerait. L'image m'arrache un sourire, mes mains en suspens au-dessus des ciseaux, sur la table. Je jette alors un coup d'œil à la porte. Notre superviseur n'est pas là pour l'instant, et les autres femmes sont toutes concentrées sur leur travail. Je m'empare des ciseaux et coupe quasiment toutes les coutures intérieures avant de plier le vêtement et de le poser dans ma boîte de produits finis.

Ces petites victoires sont toujours bonnes à prendre.

Naomi ricane à côté de moi et je surprends son regard complice avant de la voir m'imiter, coupant les coutures intérieures d'une veste qui était déjà pliée, dans sa boîte. Nous partageons un gloussement secret et ravalons un sourire satisfait avant de reprendre notre travail. Mesurer et couper le tissu, enfiler le fil, tourner la roue, faire glisser le tissu.

Pendant tout le reste de la journée, nous ne cessons d'échanger des regards, à rire comme des écolières, rompant les fils d'un article sur dix.

Du silence et des petites victoires.

Il est dix-neuf heures passées quand nous arrivons à l'entrée du ghetto, où deux soldats allemands montent la garde. Nous leur montrons nos permis de travail et hâtons le pas dès qu'ils les ont vérifiés.

— C'était presque amusant, comme journée, ricane Naomi. J'espère que les coutures tiendront suffisamment pour qu'ils aient le temps de sortir. Tu imagines leur uniforme partir en lambeaux alors qu'ils sont en train de s'adresser à leurs troupes ? Ils photographient ce genre d'événement, non ? On aura peut-être la chance de voir notre travail en photo, un jour.

— Je donnerais tous mes złotys pour voir ça ! réponds-je en riant, puis je jette un regard alentour et baisse la voix. Avec ces saluts qu'ils font constamment, il y a de grandes chances que l'uniforme ne tienne pas. Ils diront : « Heil Hitler, et au diable cette foutue couturière ! »

Afin d'illustrer mon propos, je dresse le bras pour imiter cette façon qu'ont les nazis de se saluer.

— Hodaya ! hoquette Naomi en m'agrippant le bras, une main plaquée sur ma bouche, mais elle est au bord du fou rire, et nous rentrons en titubant, pliées en deux, comme deux filles complètement ivres.

Cette fragile illusion de normalité est toutefois brisée dès l'instant où nous grimpons l'escalier et pénétrons dans mon appartement. Adam et Papa ne rentreront pas avant plusieurs heures, et il est pour nous primordial de rester ensemble, de savoir que l'autre est en sécurité, et non seule. L'unique ampoule au plafond projette une lueur chétive sur les matelas de fortune composés de draps sales, les quelques valises que nous avons apportées quand ils nous ont envoyés ici, et les pauvres âmes amassées les unes sur les autres dans cet espace insalubre. Personne n'a pu se laver correctement depuis des jours, et la puanteur est écrasante. Il n'y a pas assez d'eau dans l'immeuble pour se laver quotidiennement, ni assez de place pour loger tout le monde. Nos corps, nos vêtements et nos draps macèrent dans leur propre crasse, et nos ventres sont aussi vides qu'ils l'étaient ce matin.

Bayla fait sa sieste de début de soirée, roulée en boule, la tête posée sur la jambe de Mama, qui recoud quelques trous dans sa jupe. Tout près, Ahava est occupée à raccommoder les chaussures de Gavriel, dont les semelles sont élimées. Noam est assis en tailleur, près de la minuscule fenêtre, Asher niché à côté de lui.

— Ah, te voilà ! Alors, quelle sottise as-tu faite , aujourd'hui ? s'exclame le garçon, les yeux brillants, en me voyant entrer.

Il est devenu bien plus ouvert et bavard depuis qu'on nous a mis tous ensemble.

— Rien comparé à toi, j'imagine, réponds-je en lui rendant son sourire.

— Oh, pour le coup, je n'ai rien pu faire, soupire-t-il en se mettant à battre des cartes. La police a patrouillé beaucoup plus que d'habitude, aujourd'hui. Autant dire qu'on n'a pas pu vraiment s'occuper. Bayla et moi, on a construit des châteaux de cartes. Elle essaie de m'apprendre l'allemand, aussi.

Mama sourit avec tendresse avant de couper un long fil.

— Oui, Bayla tient beaucoup à ce que Noam soit son élève à elle, et non à moi.

— Elle se débrouille bien, mais je pense que j'apprendrais mieux avec quelqu'un qui parle couramment.

— Tu sais que je serais heureuse de t'aider, Noam, commente Mama avec un sourire entendu.

— Oh, euh, oui, madame Alperstein, balbutie alors le garçon en rougissant. Je me disais plutôt que… enfin, Hodaya parle aussi très bien allemand.

— Mais je ne suis pas très bonne professeure, dis-je en m'installant sur un drap blanc roulé en boule pour retirer mes chaussures. Demande à Naomi, elle te le confirmera.

— Je suis sûr que tu es meilleure que ce que tu prétends ! insiste-t-il. J'apprends vite, et je ne te poserai aucun problème. J'ai déjà appris beaucoup, alors ce ne serait pas comme partir de zéro.

— En effet… bon, d'accord, mais je t'assure que la migraine nous guette…

— Tu ne seras pas déçue !

La porte s'ouvre en grinçant ; un instant plus tard, Gavriel se faufile à l'intérieur, pieds nus, armé d'un petit sac en papier kraft.

La tension dans les épaules d'Ahava se réduit aussitôt.

— Où étais-tu donc passé, Gavriel ? s'exclame-t-elle. J'ai quasiment fini tes chaussures.

Il se laisse tomber sur le lit.

— Juste en face, dans la rue, avec M. et Mme Mandel. Leur neveu leur a ramené du grain et des pommes de terre du côté aryen.

Il plonge la main dans son sac et en sort une pomme de terre, puis se met à en lancer une à tous ceux qui sont présents dans la pièce.

— *Gavriel*, je t'ai déjà dit cent fois de te tenir éloigné de ces gens ! le gronde Ahava. Inutile de fréquenter des trafiquants. Nous n'avons pas besoin de ce genre de tracas supplémentaires !

— Ce ne sont pas des trafiquants, Mère, ce sont des Juifs. Comme nous. Ils veulent juste manger, comme nous. Et c'est mon travail de prendre soin de Noam et toi jusqu'à ce que Père revienne. En attendant, on a des pommes de terre pour le dîner.

— Des pommes de terre *cuites* ! s'excite Noam.

Sur le lit, Bayla remue et frotte ses yeux fatigués, l'odeur délicieuse des pommes de terre cuites l'ayant tirée de son sommeil.

— Bonjour, petit papillon rêveur, la taquine Gavriel avant de lui en tendre une grosse.

— Bonjour, marmonne-t-elle d'une voix endormie. Merci.

Mon ventre grogne de frustration et d'envie. Mon dernier repas remonte à hier matin, où j'ai partagé un sandwich à la viande avec Bayla, si bien que je me jette sur ma pomme de terre et découvre avec surprise un léger goût de beurre fondu.

Bayla sort du lit en rampant et vient se caler contre moi, vêtue de sa chemise de nuit et de ce qu'il reste de son manteau jaune. J'ai raccommodé ce que j'ai pu, mais la capuche en fourrure est toujours de guingois, et de longues lignes de fil courent sur le tissu comme des cicatrices. Asher, qui a été maintes fois chassé du lit – même s'il parvient toujours à venir se pelotonner contre Bayla quand tout le monde est endormi –, s'empresse de sauter sur ses genoux et s'y roule en ronronnant.

— Maintenant que tu es réveillée, tu veux continuer, petit papillon ? lance Noam en étalant son jeu de cartes devant lui. Je parie que je peux faire une tour plus grande, cette fois.

Bayla esquisse un sourire vaseux.

— N'importe quoi. C'est moi qui vais faire la plus grande tour, comme d'habitude.

— On verra ça. Moi, je suis sûr de gagner.

Une par une, Noam se met alors à empiler délicatement les cartes, bâtissant sans difficulté une tour à deux niveaux. Bayla abandonne son repas un instant pour se concentrer sur sa propre tour. Troublé par ce mouvement soudain, Asher s'écarte en remuant la queue, faisant au passage s'écrouler l'ouvrage de

Noam. Bayla se met à rire de bon cœur et gratouille le chat derrière les oreilles.

— Hodaya ! Il faut que tu m'aides ! Elle m'a battu toute la journée, je ne peux pas perdre à nouveau !

— Non ! s'insurge Bayla. Tu ne peux pas te faire aider, c'est de la triche !

— Je suis d'accord, interviens-je en riant face à l'expression faussement outrée de Noam. Dépêche-toi, si tu ne veux pas qu'elle prenne trop d'avance.

Ils replongent tous les deux dans leur jeu, Noam ralentissant volontairement pour laisser Bayla empiler plus de cartes et faisant croire que le vent ne cesse de faire tomber les siennes. Bayla sourit, ses fossettes se creusant et son rire se faisant toujours plus insouciant. Mama et Ahava observent la scène avec tendresse, mettant en pause leur ouvrage quelques minutes, juste pour les regarder, et je me surprends à faire la même chose.

Le monde est tout noir lorsque j'ouvre les yeux, et un frisson me traverse, la sueur perlant sur mon visage. J'ai la gorge sèche, mais il n'y a rien que je puisse y faire. Dans l'obscurité, j'entends Papa ronfler tout bas, quelque part sur le sol, tandis que Mama, Ahava et Bayla dorment ensemble sur le lit, leur respiration calme et régulière. J'essaie d'éprouver du soulagement dans le doux réconfort de leur vie, dans la chaleur étouffante de cette pièce, dans le silence alors que mon cerveau confirme lentement la réalité.

Minuit m'observe de derrière la fenêtre, et des chuchotements, près de la porte, attirent mon attention, suivis d'une pause et d'un « chut ». Le parquet craque bien trop fort, comme tout dans le silence absolu, et je tourne lentement la tête vers la porte. Elle s'entrouvre, la lueur du couloir dessinant deux silhouettes, qui se faufilent discrètement à l'extérieur.

Gavriel ? Noam ? Où est-ce qu'ils vont ?

Cela fait des mois que je me réveille lorsqu'ils partent et lorsqu'ils reviennent, les heures qui précèdent et qui suivent le couvre-feu. Cela fait des mois que je ne dis rien de leurs absences, une fois tout le monde couché. Cela fait des mois que je me demande ce qu'ils fabriquent, ce qui peut être si important et contraignant. Cette nuit, je ne pense plus pouvoir me contenter de questions.

Je glisse doucement les pieds dans mes chaussures, noue un foulard sur mes cheveux et contourne sur la pointe des pieds le corps de mon père endormi. Alors, j'hésite. Une vague de terreur me terrasse, les frissons me mitraillent la peau, et mes genoux semblent soudain faiblir. Quelque chose ne va pas, au-delà du fait que je m'apprête à violer le couvre-feu, au-delà de l'absence de Gavriel et Noam, et je suis saisie d'une panique qui m'agrippe le cœur et les poumons d'une poigne d'acier.

Et s'ils ont des soucis ? Cette pensée m'immobilise alors que je m'éloigne de la porte. Comment puis-je les laisser foncer tête baissée dans une situation pareille ? Eux ne me laisseraient jamais partir comme ça en sachant que je risquerais d'être blessée – et ils n'ont eu aucun problème à risquer leur propre vie pour nous sauver des mains d'Emil, Naomi et moi. Je dois au moins m'assurer qu'ils ne craignent rien.

Je sors dans le couloir, ne portant rien d'autre que mes chaussures et ma longue chemise de nuit. Gavriel et Noam sont déjà partis quand j'atteins l'escalier, mais je n'ai pas entendu de porte s'ouvrir, et l'immeuble ne dispose que d'une seule sortie. Je descends les marches deux à deux, mon cœur martelant à chaque cliquetis que font mes chaussures sur le sol. La porte d'entrée se ferme juste au moment où je gagne le rez-de-chaussée.

Dehors, vêtus de leurs chapeaux et manteaux, Gavriel et Noam tournent déjà au coin de la rue. Les trottoirs paraissent vides, marqués ici et là de la lueur artificielle des réverbères, sous le clair de lune paisible, seulement perturbé par les murmures occasionnels de la brise estivale. Je garde les yeux résolument détachés des réverbères, m'attendant presque à y découvrir d'autres cadavres. Après le premier massacre, les corps que Naomi et moi avions vus y sont restés pendus pendant quatre jours.

Je traverse la rue humide à la hâte, espérant que s'il y a des Allemands à proximité, ils ne remarqueront pas la silhouette fantomatique d'une femme en train de courir après deux ombres, dans la ville abandonnée.

Le ghetto est plongé dans un silence étrange et menaçant, le genre de silence terrifiant qui ne tombe que là où les prédateurs rôdent. Derrière les rideaux des fenêtres, au-delà des rues sombres et vides, je sens des yeux suivre ma traque, le long de la rue Niecala. Je n'ai toujours pas perdu de vue les garçons, même s'ils disparaissent dans une allée pour réapparaître un instant plus tard, changeant de direction et se faufilant dans des parties de la ville chargées d'immeubles où il est facile de s'égarer si c'est la première fois qu'on y vient. Je m'éloigne de plus en plus de notre appartement, si loin que la base militaire a désormais disparu de mon champ de vision, si loin que les martèlements de mon cœur se font plus douloureux à chaque pas qui me sépare toujours plus de la sécurité de notre chambre. Ils tournent rue Kowalska, et même dans la nuit, je distingue les barbelés qui coupent le ghetto du côté aryen de la ville.

Je dénombre quinze hommes juste devant la clôture, des hommes que Gavriel et Noam approchent sans hésiter. Ce qui est certain, c'est que ce ne sont pas des Allemands. Ils ne portent ni uniformes ni armes, et ils prêtent à peine attention aux deux jeunes garçons qui viennent de les rejoindre. De l'autre côté des barbelés, il y a un groupe d'hommes avec des besaces et des valises posées autour d'eux. Deux hommes de chaque côté appuient avec leurs pieds sur la base des barbelés et tirent sur une autre partie, laissant juste assez d'espace pour que ceux du côté aryen y glissent leurs sacs.

Des citoyens... Des Juifs et des Polonais. Des hommes de la résistance, peut-être. En tout cas, pas des ennemis.

Je prends une inspiration tremblante et avance vers eux pour les appeler dans un murmure.

— Gavriel. Noam.

Tous les regards se tournent vers moi, pétrifiés.

Gavriel est le premier à se remettre du choc. Il fonce vers moi pour me pousser loin de la clôture.

— Hodaya ! Qu'est-ce que tu fais ici ? gronde-t-il tout bas.

J'arrache mon bras de son emprise.

— Je vous ai vus sortir en douce ; ça fait des mois que je vous vois. Je voulais savoir où vous alliez.

— Est-ce qu'on t'a suivie ? Tu as vu quelqu'un ? siffle-t-il, ses yeux fouillant frénétiquement les alentours avant de se reposer sur moi. Hodaya, est-ce qu'on t'a suivie ?!

— Non. Si c'était le cas, je serais probablement déjà morte, répliqué-je. Qu'est-ce qui se passe ?

— Tu ne devrais pas être là, c'est trop dangereux pour toi. Il faut que tu rentres, tout de suite !

— Qu'est-ce qui est trop dangereux ? Et Noam et toi, alors ? Qu'est-ce que vous faites ?

— Gavriel.

Une voix grave et sévère interrompt notre dispute. Je ne reconnais pas l'homme aux cheveux bouclés qui nous rejoint.

— Qui est-ce ?

— Désolé, monsieur Szymański. C'est ma sœur. Nous ne savions pas qu'elle nous suivait, s'excuse Gavriel en s'interposant entre l'homme et moi.

— Dans ce cas, fais-la disparaître d'ici. (M. Szymański fait signe aux autres, par-dessus son épaule, et ils reprennent comme si rien ne s'était passé.) Ramène-la chez vous ; nous n'avons pas besoin de tous ces bras ce soir. Il n'y a pas grand-chose.

Il plante un petit sac de toile dans les mains de Gavriel puis retourne vers le groupe pour ordonner à Noam et à deux autres de commencer à empiler les valises et les sacoches contre le bâtiment.

Gavriel s'apprête à me ressaisir le bras, mais je l'écarte vivement.

— Non ! Je ne partirai pas tant que tu ne m'auras pas dit ce qui se passe !

Il plisse les lèvres et jette un regard étréci d'agacement aux hommes, derrière lui.

— Très bien, marmonne-t-il. Écoute, c'est uniquement grâce à ça qu'on n'est pas encore morts de faim, d'accord ? Les fermiers nous aident à faire passer de la nourriture dans le ghetto. On a simplement besoin d'être là pour tout récupérer et le distribuer. Où est-ce que tu crois qu'on trouve toute cette nourriture, Noam et moi ?

Évidemment... il a dit que c'était son travail de prendre soin de Noam et d'Ahava. La première fois que nous nous sommes vus, Noam m'a donné du pain qu'il venait de prendre dans une boulangerie.

— Il faut bien que certains résistent. Si c'est le seul moyen d'y arriver, alors c'est ce qu'on fera. Allez, viens, maintenant. Tu ne peux pas rester ici. C'est trop...

Une détonation le coupe, suivie d'un cri de douleur un peu plus loin. Soudain, les barbelés sont illuminés par des lampes torches, et des voix criant en allemand accompagnent une autre série de coups de feu. Trois hommes tombent à terre, dans une mare de sang. Les Aryens abandonnent la clôture et disparaissent dans la ville, les Polonais et les Juifs se trouvant dans le ghetto hurlant sous les balles, fuyant pour ceux qui le peuvent.

Un cri d'agonie m'arrache brusquement tout l'air des poumons, une voix familière que je n'aurais jamais cru entendre faire autre chose que rire. Noam tombe à genoux, sur les pavés rouges. Une autre balle lui touche le bras, et son corps entier est propulsé au sol.

— Noam !

Je m'élance vers lui, mais un bras me retient fermement par la taille.

Les yeux de Noam trouvent les miens, leur espièglerie noisette soudain assombrie par la peur. Ses joues que la timidité teinte si souvent de rose sont blanches comme la neige, et son expression affiche une terrible résignation. Le simple souvenir de son sourire si heureux a disparu. Nous ne nous lâchons pas du regard et, les larmes maculant ses joues, il hurle :

— Cours !

Il est trop loin. Les soldats foncent vers nous, et Gavriel me tire hors de la scène, s'enfonçant dans les broussailles qui longent un bâtiment avant que les lampes torches ne puissent nous trahir. Son corps tremble violemment contre le mien, et du sang goutte de sa lèvre qu'il a ouverte à force de la mordre.

La rue est jonchée de sacs et de corps. Sur les quinze hommes, neuf sont sans aucun doute morts, gisant dans des mares de sang. Je sais qu'au moins trois d'entre eux sont toujours en vie, car ils se tordent en hurlant de douleur. Je suis incapable de détacher mes yeux de Noam, agneau parmi les loups, impuissant et seul, tandis que les soldats rôdent autour de lui.

Je vous en supplie, mon Dieu ! Sauvez-le ! Il est si jeune, si bon, si innocent ! Il ne mérite pas ça !

Un officier traverse le carnage d'un pas déterminé, un homme que je ne reconnais comme étant le général Schneider que lorsqu'il ordonne :

— Il y en a d'autres ! Ils ont pris la fuite ! Trouvez-les, tout de suite !

Il baisse un visage écœuré vers la silhouette immobile de M. Szymański et renâcle en lui donnant un coup de pied.

— Sales rats. Il va falloir surveiller cette clôture de près, maintenant. Jour et nuit. Je ne veux rien qui sorte ou qui entre dans ce ghetto. C'est compris ?

— Oui, monsieur ! approuvent les soldats à l'unisson.

Deux autres détonations réduisent brusquement au silence deux des blessés. Il ne reste que Noam. Mais quand un soldat braque son arme sur sa tête, Schneider lui fait signe de ne pas aller plus loin.

— Faites venir le camion et débarrassez-moi de tout ça. Je veux que cette racaille ait disparu avant le matin. Mais laissez le sang. Il faut que ces sales Juifs voient ce qu'il reste de leurs héros.

Mon cœur cesse de battre au moment où Schneider avance vers Noam et s'accroupit devant lui. Le monde tournoie soudain, et j'attrape Gavriel, serrant si fort son poignet que je sens son pouls sous mes doigts.

— Quel âge as-tu, petit ? l'interroge-t-il.

Noam ne dit rien, levant un regard confus et terrifié vers Schneider tout en poussant de petits gémissements.

— Crétin de Polonais ! marmonne l'homme d'une voix chargée de haine. Fischer ! Viens traduire !

Un autre SS apparaît aux côtés de Schneider, son arme brandie devant lui.

— Demande-lui quel âge il a, lui ordonne son supérieur, exaspéré.

— *Ile masz lat ?*

Le visage déformé par l'angoisse, Noam répond dans un grognement.

— Quatorze.

— Humm, quatorze. Jeune et imprudent. Mais un homme quand même, si l'on en croit ça, le raille Schneider en désignant son étoile bleue. Demande-lui s'il sait qui je suis.

Noam fait « oui » de la tête d'un geste saccadé.

— Bien, souffle Schneider en lui tapotant le menton, faisant mine de réfléchir. Je pense que tu pourrais m'être utile. Je suis sûr qu'il y en a d'autres comme toi qui se cachent, par ici, et je suis sûr que ta famille veut que tu reviennes.

D'un geste paresseux, comme si c'était la chose la plus naturelle du monde, il tire son pistolet de sa ceinture et fait courir sa main gantée sur le canon.

— Dis-moi qui sont les autres, et je te laisse la vie sauve.

Avant que Fischer ait le temps de terminer de traduire en polonais, Noam le coupe. Attrapant son bras blessé, il se redresse de quelques centimètres pour cracher en plein dans le visage de Schneider.

— *Szwab !*

— Il a dit…

— Il en a dit assez.

Sans ciller, Schneider fait taire Fischer d'un geste de la main et se relève. Il enjambe Noam, son arme braquée sur sa tête, et dans son visage déformé par une haine viscérale son regard est aussi dur que la glace. Il appuie sur la détente.

Gavriel étouffe mon cri alors que le corps de Noam s'affaisse, sa tête retombant au sol dans un bruit terrible. Je sens ses larmes sur mon épaule à travers ma chemise de nuit, et un tremblement violent et incontrôlable s'empare de lui.

— Pauvre crétin, siffle Schneider.

Le monde se brouille devant moi, la scène de massacre ne semblant être rien de plus que le produit indistinct et atroce de mon imagination. Oui, c'est forcément ça ! Un cauchemar, une terrible scène que mon cerveau a créée pour me faire peur ! Pourquoi mon esprit me torture-t-il ainsi ? Pourquoi me tourmente-t-il de pareilles images ?

Réveille-toi, Hodaya ! Réveille-toi, réveille-toi !

Il y a à nouveau du mouvement, plusieurs voix me parlent derrière le voile de brouillard, mais j'ignore à qui elles appartiennent ou encore d'où elles viennent. Quelque chose me tire derrière un buisson puis dans l'obscurité. Mon corps suit automatiquement, mais mon cerveau est toujours sous le choc. La sueur goutte sur mon visage et dans mon cou, et mes yeux fixent la nuit sans rien voir. Soudain, une lumière jaune m'aveugle et je plisse les paupières, remarquant peu à peu l'étrange changement d'atmosphère. Nous montons, mes pieds heurtant plusieurs fois les marches avant que je les distingue enfin. Une porte se ferme en claquant, nous engouffrant dans une obscurité passagère, puis la pièce s'illumine.

Le visage fatigué et terrifié de ma sœur est la première chose que je vois. Mama et Papa m'apparaissent lentement, leurs bouches remuant frénétiquement, sans émettre un son. Ensuite, je distingue Ahava, paniquée, les yeux écarquillés et la poitrine se soulevant rapidement. Elle attrape Gavriel, dont le visage est bouffi de chagrin, ses yeux injectés de sang, et sa lèvre malmenée maculée de sang séché. Je balaie la pièce du regard, cherchant Noam et sa crinière emmêlée, tiré du sommeil par notre entrée, mais il n'est nulle part.

— Où est-il ? entends-je alors Ahava implorer, brisant le cauchemar pour faire tomber les tessons de réalité.

Dans mon esprit, je vois la balle de Schneider projeter la tête de Noam au sol, et je m'effondre, tout juste consciente des bras de Papa qui m'entourent. Je ne peux pas empêcher cette scène de se rejouer, encore et encore ; même les larmes qui brouillent ma vision ne peuvent pas la bloquer. À quelques pas de là, Gavriel est secoué par les sanglots. Ahava lui arrache son sac de jute rêche des mains et fixe d'un air incrédule l'objet incriminé avant de s'effondrer sur le sol.

Le hurlement d'une mère transperce la nuit tandis qu'en lieu et place de son fils, c'est un sac de pain qu'elle tient entre ses bras.

11

1er SEPTEMBRE 1943

Auschwitz-Birkenau

Confuse et aveuglée par les projecteurs, comme la nuit où Noam a été tué, je me tiens crispée au carrefour, devant l'officier SS. Je serre Bayla plus fort contre moi tandis que son gant blanc nous signale de nous séparer – Bayla doit suivre notre mère, à gauche, avec les autres femmes plus âgées et les jeunes enfants. Je refuse de la lâcher, quelle que soit la direction que nous prenions. J'ai perdu trop de choses que j'aimais pour la laisser aller ailleurs qu'avec moi.

— *Bitte*, monsieur ! Laissez-nous ensemble. Laissez-la venir avec moi, ou moi avec elle, le supplié-je.

— On avance, répond d'un ton parfaitement détaché l'homme aux gants blancs. Toi à droite, et toi à gauche.

Les mères ! Toutes les femmes et les enfants sont d'un côté ! Peut-être me laisseront-ils avec elle si je prétends que c'est ma fille !

— Je vous en prie, c'est ma fille ! tenté-je dans un élan de désespoir, même si c'est de toute évidence un mensonge – je lui ai déjà donné mon âge, et Bayla paraît beaucoup trop grande pour être mon enfant.

Le SS blond qui a poussé Mama surgit derrière l'homme aux gants blancs et nous fixe d'un regard assassin.

— On avance ! Plus vite !

Je sens Bayla chercher à détacher ses doigts des miens, à retirer sa main afin d'obéir, mais je ne la lâche pas.

— Non ! Je veux rester avec ma fille ! Laissez-nous ensemble ! Je vous en supplie !

Le SS blond plonge sur moi avec sa matraque et me frappe de toutes ses forces. Dans un cri, je protège ma tête et tombe à genoux sous de nouveaux coups.

— C'est bon, Ulrich ! Tu vas provoquer un mouvement de panique, le tance l'homme aux gants blancs d'un ton agacé.

Ulrich s'écarte et je me relève péniblement, mon dos et mes bras brûlant de ses coups vicieux. Bayla me serre aussitôt la taille, ses gémissements de peur étouffés contre mon manteau.

— Ah ! Obergefreiter Engel ! s'exclame l'homme aux gants blancs en affichant un étrange sourire empreint de malice à un homme derrière nous, puis il agite les doigts dans sa direction, comme pour faire venir un enfant. Venez donc. J'ai vu que c'était vous le superviseur, ce soir. J'ai justement besoin de quelqu'un qui a la tête sur les épaules, ajoute-t-il avec un regard pour Ulrich, qui baisse la tête d'un air navré.

Un homme grand qui doit approcher de la trentaine, aux cheveux bruns coupés court et à la cicatrice qui lui barre l'entièreté de la joue gauche, apparaît. Étrangement, son uniforme vert décoré de multiples croix noires et argentées est dénué de l'insigne SS des forces spéciales d'Hitler, affichant à la place les symboles ordinaires de l'armée de la Wehrmacht.

Le nouveau venu hoche la tête avec respect.

— Hauptsturmführer Mengele. Comment puis-je vous être utile ?

— Il s'agit d'un gros convoi, Obergefreiter. Trois mille, si je ne me trompe pas, répond Mengele en désignant les lignes de déportés. J'imagine que tous les papiers nécessaires ont déjà été remplis ?

— En effet, Hauptsturmführer, confirme Engel. Je suis à votre disposition, ce soir.

— Bien. Au moins suis-je assuré que vous ne provoquerez pas d'émeute, commente Mengele pour railler Ulrich. (Son sourire aurait pu être charmant, s'il n'exsudait pas quelque chose d'étrangement menaçant.) Que pensez-vous de ces deux-là, Alaric ? Celle-ci peut travailler, bien qu'elle se montre revêche, mais la petite doit partir pour les douches. Peut-être ferais-je mieux de les envoyer toutes les deux à gauche.

— Je pense qu'elles devraient aller à droite. Elle est certes petite, dit Engel en désignant Bayla d'un coup de menton, mais on a besoin de plus de jeunes comme ça – ils durent plus longtemps.

— Hum… elle est vraiment petite. Elle ne doit pas avoir plus de dix ans, commente Mengele tout en nous observant d'un air sceptique, comme s'il inspectait de la viande. Que voudriez-vous en faire ? Les enfants n'ont pas leur place dans un camp de travail.

— Je suis sûr qu'ils lui trouveront quelque chose à faire, dit Engel avec presque du dédain dans la voix, et je me demande s'il se verra réprimandé pour avoir osé parler de manière si nonchalante à un capitaine SS, mais Mengele semble intrigué quand l'homme ajoute d'un ton plus léger, presque malicieux : Et puis bon, ce n'est qu'une fille. Quelle différence ça fera, dans quelques jours ?

Mengele ricane, son cruel et sinistre qui me pousse à serrer Bayla plus fort.

Engel lui jette un bref regard. Elle refuse toujours de décoller son visage de mes hanches. Quelque chose brille dans les yeux de l'homme, quelque chose de distant qui me fait me demander quel souvenir familier il voit en elle, quelque chose de saisissant et de profond qui contredit ses paroles dures.

— On verra ça, cède Mengele en reposant son attention sur moi. J'imagine qu'on peut faire une exception. Vas-y, tu peux garder l'enfant.

Un gant blanc désigne alors la droite.

Le soulagement me foudroie et j'attire Bayla vers la droite, incapable d'adresser un regard ou même une pensée aux autres femmes ou aux officiers qui décident de notre sort. Un million de questions et de craintes devraient tourbillonner sous mon crâne, mais je ne suis consumée que par un objectif : garder Bayla auprès de moi. À quelques mètres de nous, Naomi avance, ses épaules voûtées secouées par ce qui ne peut être que des larmes.

— Naomi ! l'appelé-je tout en luttant pour tenir debout dans cette boue.

C'est la deuxième chose que j'ai remarquée ici, après la puanteur : il n'y a ni route pavée ni herbe, seulement une épaisse boue.

Elle fait volte-face, ses cheveux en bataille et son visage livide lui conférant un air spectral et sauvage.

— Oh, mon Dieu ! murmure-t-elle en se jetant dans mes bras. Vous êtes toujours en vie !

— Toujours en vie ? Mais de quoi tu parles ? soufflé-je, un frisson glacial me traversant l'échine.

Ses lèvres tremblent contre mon oreille et elle chuchote si bas que je distingue à peine ce qu'elle me dit.

— Ils ont dit que c'était un four, que c'était là qu'ils allaient tous ! Nous serons tous brûlés ! C'est l'enfer sur Terre !

— Chut, Naomi, marche avec nous, la pressé-je en passant un bras réconfortant autour de sa taille. Qui t'a dit ça ?

— Les prisonniers. Ils m'ont dit qu'on était tous envoyés au four crématoire pour être brûlés. Nous ne sommes pas censés le savoir ! On vient de subir une nouvelle *Aktion* !

— Ce n'est pas vrai, hoqueté-je. Ils ne nous auraient pas emmenés jusqu'ici juste pour nous tuer. C'est impossible. Pourquoi t'a-t-on raconté ces horribles mensonges ?

Les nazis sont le mal incarné, cela n'a jamais fait aucun doute… mais sont-ils vraiment capables de ce que les autres prisonniers avaient confié à Naomi ? De nous brûler ? Hommes, femmes et enfants ?

Au loin, je distingue la même lueur orangée que plus tôt, et de la fumée obscurcit le ciel, malgré la nuit.

Mon Dieu ! Il y a tellement d'enfants, ici ! Des bébés, des petits plus jeunes encore que Bayla ! Impossible ! Même les nazis ne feraient pas ça ! Non, je refuse d'y croire. Ils ont assassiné des milliers de gens dans le ghetto ; pourquoi nous faire venir jusqu'ici juste pour nous tuer ? Non, ça ne peut pas être possible.

— Hodaya, gémit Bayla, et lorsque je baisse les yeux vers elle, je découvre une terreur que je n'ai jamais vue jusqu'ici. Est-ce qu'ils vont nous tuer ?

— Non, Bayla, non. Ils ne feront rien, m'empressé-je de la rassurer. Ils cherchent seulement à nous effrayer. Tout ira bien, tu verras.

Elle continue de me fixer de ses yeux terrifiés et innocents, la lèvre tremblante.

— Ce n'est *pas* vrai, tout ça. Je te promets que tout ira bien. Ils s'occupent de récupérer nos affaires dans le train, tu te souviens ? soufflé-je en lui pressant la main. On va s'installer, puis on ira voir Mama et Papa. Ils sont juste partis prendre une douche, comme l'a dit cet officier pour toi.

12

16 AVRIL-25 AOÛT 1942

Ghetto de Bochnia, Pologne

Il y a quelques minutes à peine, la rue sous notre appartement était vide. Désormais, sous la chaleur brûlante d'un soleil aveuglant, plus de deux cents individus avancent en rangs, surveillés par des SS armés. Des déportés. Les raids pour obtenir de la main-d'œuvre ont commencé avant même l'établissement du ghetto, mais c'est la première fois que des Juifs en sont expulsés. Personne ne sait où ils vont, pas même eux. Mais nous savons tous que ce ne sera pas le dernier convoi, quoi que nous racontent les nazis.

Debout près de la fenêtre, appuyée contre le rebord, je les regarde passer. Les Allemands les poussent à avancer à un rythme rapide et régulier, collés les uns aux autres, chargés de valises ou de balluchons, leurs brassards blancs et leurs étoiles bleues plus visibles que jamais.

Il y avait un fermier à qui Papa et moi rendions visite, quand j'étais plus jeune, un homme d'un certain âge que nous appelions Abba – son véritable nom m'échappe. Abba me laissait monter à cheval avec lui pendant que mon père nous regardait rassembler le troupeau dans l'enclos, sous les jappements effrénés de son petit chien noir. Je me rappelle très distinctement l'amusement que je ressentais à voir les vaches courir toutes ensemble où que nous leur ordonnions d'aller, les oreilles dressées, les yeux écarquillés, sursautant au moindre mouvement même inoffensif. Aujourd'hui, je me demande si les troupeaux des autres enclos nous regardaient mener leurs amis et leurs parents comme je regarde à cet instant les Allemands, tressaillant à leurs cris, leurs armes et leurs chiens, craignant le jour où ce sera mon tour.

À côté de moi, Bayla remue, et Asher miaule avant de se mettre à ronronner quand elle le repositionne dans ses bras.

— Où est-ce qu'ils vont ?

Je ne peux que répondre dans un murmure.

— Ils partent certainement travailler.

Un homme blond passe devant nous, la tête basse, une seule valise serrée contre son flanc.

Naomi tourne son visage maculé de larmes vers les rideaux, ses épaules secouées par des sanglots à demi étouffés. Je la prends dans mes bras, refoulant mes propres larmes, la serrant aussi fort que possible tout en regardant Adam passer. Il se tourne brusquement, comme pour chercher le visage de sa femme à la fenêtre, mais un coup de matraque le force à avancer.

Dieu, si Tu m'écoutes, je T'en supplie, veille sur lui. Donne-lui de la force, permets-lui de traverser cette épreuve, et laisse-le revenir à Naomi.

Nous les regardons aussi longtemps que possible, craignant le moment où ils disparaîtront de notre champ de vision. Quelques instants plus tard, ils ne sont plus là, s'étant évanouis au loin, en direction de la gare, et j'écarte Naomi de la fenêtre afin qu'elle n'ait pas à subir l'insupportable vide de la rue.

Les Allemands nous ont tout pris : notre pays, notre foyer, notre synagogue, notre sécurité, notre mode de vie, notre liberté. Ils ont instillé la terreur dans chaque aspect de notre existence, nous ont marqués de notre religion comme si c'était un signe de honte, ont assassiné nos frères, qu'ils soient innocents ou non, nous ont enfermés dans notre enclos avec rien d'autre que ce que nous avons pu emporter. Ils ont pris tout ce que nous avions à offrir sans le moindre remords, puis plus encore que ce que nous n'aurions jamais pu donner. Les nazis n'ont aucun sens de la morale, leur cruauté n'a pas de limites, et leur haine de notre peuple est plus profonde que les fosses les plus sombres de la mer.

Mais pourquoi nous ? Que leur avons-nous fait ? Quelles offenses peuvent donc justifier le meurtre d'innocents, la déshumanisation et l'éradication de tout un peuple ? Quelles monstruosités, dans ce monde, ont donc pu les rendre insensibles et aveugles à leur propre malveillance ?

Les rues sont étonnamment bondées pour un dimanche matin, fourmillant d'hommes et de femmes en route pour le travail, de familles avec leurs enfants et leurs animaux de compagnie, chacun cherchant à s'offrir un petit bout de normalité. Peut-être qu'en marchant sans craindre d'être frappé ou tué – et en ignorant la crasse en dépit des confins des barbelés gardés que nous sommes forcés d'appeler « maison » –, il est plus simple de faire comme si tout allait bien, l'espace de quelques minutes. La police juive patrouille toujours au sein du ghetto, mais ils sont bien plus gentils que les nazis, même s'ils doivent leur obéir.

Le soleil de fin août nous inonde, dans ce grand ciel bleu, ses rayons dorés réchauffant mon visage. Il n'y a pas si longtemps, c'était le genre de journée que ma famille aurait passée au parc, avec un pique-nique, à essayer de deviner le nom des oiseaux par leur chant. Au lieu de ça, je suis assise sur les marches d'un vieil hôtel reconverti en résidence pour les habitants du ghetto, attendant Papa un livre ouvert sur mes genoux, tout en gardant un œil sur d'éventuels membres de la Gestapo en civil.

Je n'ai jamais réfléchi à la manière dont Papa se fait quelques sous en plus pour notre famille, depuis que nous avons atterri dans le ghetto, aux efforts qu'il doit fournir pour nous procurer un peu de nourriture supplémentaire, quelques złotys, moins de vêtements et de chaussures usés. Je n'ai jamais imaginé que l'homme pieux qui m'a élevée puisse marchander avec le genre d'individus contre qui il m'aurait mise en garde avant, mais c'est à ça que le désespoir pousse un homme, un mari, un père. C'est une volonté née des profondeurs de la privation. C'est un bout de véhicule allemand volé. Un pistolet ennemi soudainement volatilisé des baraquements militaires. Des munitions et des lettres copiées vendues à des acheteurs peu fiables. C'est un homme honorable s'essayant au marché noir, un tempérament vertueux usé par l'emprisonnement et la pauvreté.

Papa ne voulait pas m'impliquer dans ses affaires, et il ne m'en aurait probablement jamais parlé si je ne lui avais pas posé la question. Ses absences ne m'avaient jamais paru anormales, avec ses heures de travail, et je n'aurais jamais pensé que la nourriture qu'il nous ramenait provenait de sources illégales. Puis j'ai songé à Gavriel et à Noam, et les similitudes m'ont terrifiée. Malgré mes appréhensions, je savais qu'il fallait que je fasse mon possible pour l'aider. Notre dévouement familial est plus fort que toutes les lois que nous violons. En cela, nous nous ressemblons beaucoup, lui et moi. Alors, tandis que Mama a trouvé un travail dans l'hôpital du ghetto, où elle veille sur les patients, et que Bayla reste à la maison, Papa et moi faisons ce qui est nécessaire pour les nourrir, ainsi que Gavriel et Ahava.

Après la mort de Noam, Ahava s'est complètement renfermée, détruite par le chagrin, incapable de faire quoi que ce soit d'autre que de survivre à chaque journée tel un fantôme. Gavriel, lui, a décidé de se servir de son permis de travail pour se rendre à l'usine. Cela fait un an qu'il ne m'a pas parlé, depuis cette terrible nuit, et même s'il ne me l'a jamais dit ouvertement, je sais qu'il pense que c'est autant ma faute que la sienne. Peut-être a-t-il raison. Je me suis souvent demandé si on ne m'avait pas suivie, si ce n'était pas ma stupidité aveugle qui avait fait tuer tous ces hommes, si ce n'était pas pour ça que j'avais perdu plus d'un frère, cette nuit-là.

Le visage de Noam ne m'a jamais quittée. Ses yeux magnifiques brûlent dans mon esprit, et l'éclaboussure de son sang hante mes nuits. Je n'aurais jamais cru espérer un jour faire des cauchemars de raids aériens et de pelotons d'exécution, mais au cœur de la nuit, quand je me réveille les joues maculées de larmes, face à son lit vide, ce sentiment est insoutenable, et je me rendors en sanglots, songeant à toutes les manières dont j'aurais pu le sauver.

Je reviens à la réalité quand la porte derrière moi s'ouvre. Papa sort, le petit paquet marron ayant disparu d'entre ses mains, et m'adresse un sourire tendu. La transaction a dû bien se passer, mais je me demande toujours ce que ce paquet contenait.

Ensemble, nous gagnons le trottoir, un peu moins pauvres qu'à notre arrivée, et empruntons la rue Niecala jusqu'à son croisement avec Galasa. Déjà, la police allemande et les soldats sont postés de chaque côté du carrefour, prêts à agir.

*Je croyais que l'*Aktion *était pour demain ? Qu'est-ce qu'ils font déjà là ?*

Nous avons tous été informés que ceux qui ne disposaient pas d'un tampon sur leur permis de travail – à l'exception des patients de l'hôpital – devaient se rendre aux baraquements militaires ce matin, à huit heures précises. Des hommes et des femmes sont rassemblés, leur permis à la main, attendant de voir leur nom retiré de l'assignation. Chez nous, tout le monde est en règle, et Bayla est prête à être cachée dans le tunnel, sous l'immeuble ; c'est la seule solution pour qu'elle ne soit pas embarquée demain matin, le seul endroit dont les nazis ignorent l'existence. Personne ne sait où seront emmenés ceux que l'*Aktion* emportera, mais personne ne souhaite le savoir. Nous n'avons plus jamais entendu parler des victimes de rafles même plus modestes, censées partir pour des camps de travail.

Papa me pousse immédiatement à l'écart des soldats, mais nous avons à peine avancé de quelques pas dans la direction opposée qu'un camion militaire pénètre à toute vitesse dans le ghetto par la rue Leonarda et s'arrête brusquement à quelques mètres de nous.

Un officier de la Wehrmacht aux cheveux bruns descend du véhicule pour balayer la foule d'un regard étréci par la haine. Il jette un coup d'œil à un bout de papier dans ses mains et se met à hurler en allemand, les veines de son cou et de ses tempes gonflées par la rage.

— Toi ! Monte dans ce camion ! aboie-t-il en saisissant un homme par le bras pour le pousser violemment vers le véhicule. Toi ! Et toi ! Ton nom ?

Papa et moi cherchons à nous écarter de sa ligne de mire, mais il est trop tard pour partir. Si nous essayons de fuir au milieu de tous ces hommes et femmes paralysés par la peur, nous serons forcément repérés. L'officier repose les yeux sur son papier et crie d'autres noms, des hommes et de jeunes garçons qui s'écartent timidement de la ligne.

— Sergent Kurzbach, qu'est-ce que ça signifie ? intervient un autre officier en s'approchant, l'air irrité.

Le nouveau venu lui rend son regard noir, le dos bien droit.

— Plusieurs de ces Juifs sont mes ouvriers, et j'ai besoin d'eux immédiatement. C'est une main-d'œuvre essentielle à l'effort de guerre.

— Ça ne peut pas attendre ? Vous aurez de nouveaux ouvriers très bientôt, quand le prochain convoi sera arrivé.

— Je n'en doute pas, mais ce travail ne peut pas être repoussé. Nous sommes déjà en retard.

Je me recroqueville sur moi-même quand le regard cruel de Kurzbach vient se verrouiller sur Papa et moi. Une seconde plus tard, il s'est emparé du bras de mon père.

— Vous voyez ce Juif ? Donne-lui ton nom, sale rat !

— Alperstein, répond Papa d'un ton calme.

— C'est mon meilleur mécanicien. Je l'ai vu assembler un moteur en une heure ! Il est nécessaire à la cause du Reich, ment Kurzbach avant de pousser Papa vers le camion. Nous avons des véhicules qui ont besoin de réparations, et il me faut tous mes ouvriers, *tout de suite*. Il y a plus de travail que ce que nous nous étions imaginé.

Je me sens vaciller l'espace d'un instant, muette, incapable de détacher mes yeux de Kurzbach.

Pourquoi a-t-il menti au sujet de Papa ?

Les deux officiers se toisent, chacun défiant l'autre de remettre en question son autorité. Le deuxième finit par céder et retourne d'un pas rageur à sa tâche. Kurzbach repose son attention sur la foule, et ses yeux s'arrêtent sur mon visage livide. Il m'observe à peine une seconde avant de me saisir brusquement le poignet.

— Toi aussi ! grogne-t-il tout en me jetant dans les bras de Papa.

Nous n'avons aucun moyen de nous échapper ; ceux qui sont déjà dans le camion nous font monter à l'arrière, avec eux. Entre les hommes et les quelques femmes qui grimpent péniblement dans notre cage de bois, j'entraperçois l'officier, qui crie d'autres noms, attirant toujours plus de gens dans notre direction.

— Papa, tu le connais ? hoqueté-je dans l'air étouffant provoqué par cet amas de corps.

— Je ne l'ai jamais vu, répond-il en secouant la tête avant de passer un bras protecteur sur mes épaules.

Le camion se met en branle et nous vacillons aussitôt, nous retenant aux autres et au garde-corps. Kurzbach opère une marche arrière, un demi-tour, et nous voilà repartis à pleine vitesse là d'où il venait. Les regards affligés des hommes et des femmes laissés sur place nous suivent, se lamentant en silence du sort qui nous attend.

Tout autour de moi, les visages trahissent la même panique et la même incertitude que le mien. Des maris et des pères terrifiés pour leurs femmes et leurs enfants, toujours dans le ghetto, de jeunes garçons perdus sans leurs familles, des femmes qui implorent Dieu de les protéger. La ville défile, l'air épais et suffocant de confusion, de chaleur et de peur, pour très vite céder la place à la campagne. Mon cœur se fige de terreur à la vue des collines et des arbres, et j'ai soudain très peur qu'on nous emmène dans les bois ou dans le cimetière pour nous exécuter, comme les nazis l'ont fait à des centaines d'autres. Après quasiment une heure de trajet, sans nulle part où s'asseoir, secoués comme des poupées de chiffon, j'aperçois brièvement une clôture très haute et pousse un soupir de soulagement. Le camion s'arrête enfin, et j'entends un portail se fermer.

— Sortez de là ! Tout le monde dehors ! aboie Kurzbach, et nous nous empressons d'obéir, certains tombant dans la boue dans leur précipitation.

Son bout de papier toujours en main, Kurzbach crie le nom de ses ouvriers. De tous ceux qui sont là, il n'y en a qu'une vingtaine qui n'étaient pas sur sa liste, qui n'ont pas leur place ici, et Papa et moi en faisons partie. Il broie le papier dans son poing et envoie le premier groupe vers les rangées de véhicules militaires postés devant l'atelier avant de se tourner vers nous.

— Y en a-t-il parmi vous qui savent réparer des véhicules ?

Personne ne bouge, personne n'oserait mentir, mais je sens Papa hésiter, à côté de moi. Après un long silence tendu, il s'avance enfin.

— Je suis employé dans les baraquements militaires, monsieur, déclare-t-il. Ma fille et moi travaillons avec les camions.

Kurzbach semble sceptique mais il finit par hocher sèchement la tête, son regard plus sévère encore sous le soleil de plomb.

— Bien. Vous travaillerez avec les autres mécaniciens, à l'intérieur. Allez-y. Et que ça saute !

Une puissante odeur d'huile, de métal et de sueur m'assaille les narines dès l'instant où je mets un pied dans l'immense atelier. Papa et moi nous approchons d'un camion similaire à celui qui nous a conduits ici, et dont s'occupe un homme qui semble aux prises avec les écrous d'un pneu.

— Vous cherchez à le retirer ou à le fixer ? l'interroge Papa.

— À le retirer. Il faut tous les retirer, répond l'homme en grognant, le visage plissé de frustration. Cette clef pourrait démolir tout le camion, mais ces foutus écrous refusent de bouger.

— Laissez-nous vous aider. Le sergent a dit que nous étions là pour les réparations, aujourd'hui.

L'homme marmonne quelque chose, abandonnant un instant pour essuyer la sueur et l'huile qui lui maculent le front. Ses yeux cernés de noir se tournent alors vers nous et il m'observe avec un air clairement sceptique.

Papa s'accroupit et lui prend son outil des mains.

— Elle ne causera aucun souci. Nous allons terminer ça pour vous, lui assure-t-il. Hodaya, va chercher une deuxième clef et occupe-toi des autres pneus.

Ayant repéré un outil identique sur une table à proximité, je m'en empare et retourne au camion, prenant un instant pour observer les mouvements fatigués de Papa avant d'imiter avec le plus de discrétion possible ses gestes. Cela demande beaucoup plus d'efforts que ce que j'aurais imaginé, mais je parviens enfin à tout doucement desserrer un écrou au moment où Papa passe au pneu suivant.

Le sergent Kurzbach entre dans l'atelier juste au moment où Papa et moi retirons le dernier pneu. Je me cache de l'autre côté du camion afin de rester hors de sa vue, et il passe devant nous sans nous accorder le moindre regard.

— Pourquoi a-t-il voulu de nous ici, à ton avis ? murmuré-je à Papa tout en m'acharnant sur un nouvel écrou.

— Je ne sais pas, répond-il avec un haussement d'épaules. Continuons à nous faire discrets, et nous serons bientôt de retour à la maison.

À la maison... plus rien ne me fait l'effet d'une maison, aujourd'hui.

Cela fait des années que je n'ai plus ce sentiment, depuis cette époque où nous partions au parc tous ensemble, où nous allions prier avec tante Dalia et sa famille, où Bayla et moi avons rendu notre ultime visite à Mme Ellen. La dernière fois que j'ai eu ce sentiment d'appartenance remonte à avant le départ de tante Dalia. Le retrouverai-je un jour, même si tout cela prend fin ? Alors que Noam n'est plus là pour rire et pour vivre sa vie ? Alors que j'ai entendu et témoigné des pires cruautés dont est capable l'être humain ?

Je doute que ce soit possible. Je doute que quoi que ce soit me paraisse à nouveau normal un jour.

Le sergent Kurzbach arpente plusieurs fois l'atelier, aboyant des ordres et regardant par les fenêtres comme s'il attendait quelqu'un, mais en dépit du ton méprisant avec lequel il parle, cet homme dégage quelque chose d'étrange. Peut-être une fois ou deux, lorsqu'il s'égare dans ses pensées pour quelques secondes, lui ai-je vu un air presque épuisé, hanté, et il n'y a pas de véritable ressentiment dans ses yeux, quand il nous regarde. Quelque chose, chez lui, diffère des autres nazis que j'ai croisés, quelque chose qui est... humain. Je n'ai pas de meilleur mot pour décrire ce sentiment.

Papa et moi passons les heures en silence, bien que de temps à autre, nous nous replongions dans nos souvenirs, partageant des anecdotes de ce temps où la vie était normale. La première fois qu'il nous avait emmenées au cinéma, Mama et moi, le jour de mon sixième anniversaire ; le cheval en bois peint que je lui avais fabriqué, petite ; le jour où nous avions fait une bataille de boue quand Mama nous avait demandé de planter ses graines dans le jardin ; toutes ces fois où j'avais été incapable de longer le berceau de Bayla sans déposer un baiser sur son front, juste après sa naissance.

Que j'aimerais pouvoir remonter le temps, faire tourner les aiguilles pour revenir à cette époque où la vie était simple et heureuse, et y rester à tout jamais.

À la fin de la journée, mon corps entier est courbaturé et recouvert de sueur, et mes cheveux collent à mon visage et mon cou, sous mon foulard. Le soleil a déjà touché les collines, au loin, peignant le ciel d'orange et de roses ardents, projetant des ombres sur la terre qui s'étire entre nous et le ghetto.

Nous serons bientôt rentrés, me persuadé-je, pleine d'espoir, tandis que tous les autres mécaniciens commencent à récupérer les vestes dont ils s'étaient vite débarrassés, sous la chaleur.

— Qu'est-ce que vous faites ? Je vous ai dit que vous pouviez partir ? tonne une voix, à l'autre bout de l'atelier.

Kurzbach déboule au milieu des camions, les yeux et le front plissés par la colère.

— Vous vous imaginez que vous pouvez rentrer chez vous parce que le soleil se couche ? Vous n'êtes qu'une bande de fainéants ! Vous en avez pour toute la nuit ! Il y a encore beaucoup de travail à abattre !

Personne n'ose le contredire mais nous savons tous qu'il ment. Aucun véhicule, dans l'atelier, n'a échappé à notre vigilance – Kurzbach a lui-même catalogué les progrès de la journée –, et je n'arrive pas à comprendre pourquoi il veut que nous restions ici. Fatigués, abattus et craignant le pire pour nos familles, nous retournons docilement vers notre travail terminé. Nous inspectons tout une, deux, trois fois, puis trois autres encore – les Krupp Protze, les Maultier, les fourgons blindés, les camions de commandement et ceux qui transportent les haut-parleurs –, jusqu'à ce qu'ils soient probablement les véhicules les plus fonctionnels de toute l'armée allemande.

Le soleil sombre puis disparaît, une lune quasi pleine vient scintiller au travers des fenêtres, et nous restons là, sous la lueur faiblarde des ampoules suspendues au-dessus de nos têtes. Papa et moi sommes parmi les premiers à nous arrêter pour nous rouler en boule par terre, contre un mur, avec nos vêtements pour seule couverture, et lorsque le soleil se remet à nous éclairer par les fenêtres crasseuses, tout le monde nous a imités.

L'*Aktion* aura bientôt lieu ; je le sais en dépit de mon esprit embrumé, observant les rayons agréablement chauds qui remontent lentement sur mes jambes. Kurzbach aurait déjà dû nous ramener, mais étrangement, il a verrouillé le portail et les portes, nous ayant enfermés ici avec la promesse de nous raccompagner au ghetto dans quelques heures, et je suis trop fatiguée pour faire autre chose que m'avachir à nouveau sur mon père et fermer les yeux.

Papa me secoue pour me sortir du sommeil. À en juger par les cernes sous ses yeux et son visage creusé, il n'a pas dormi. L'atelier est désormais inondé de soleil, et la chaleur intense de cette journée nous accable déjà lorsque Kurzbach réapparaît pour nous ordonner de sortir et de grimper à l'arrière d'un autre camion.

*L'*Aktion *est terminée.*

C'est la seule pensée cohérente que je suis capable de former tandis que le camion se met en branle dans un rugissement de moteur et franchit le portail. Papa et moi sommes partis pendant plus de vingt-quatre heures, nous n'étions pas là pour l'*Aktion*, et j'ignore si notre famille sera présente pour nous voir revenir. Peut-être qu'ils ont été sélectionnés pour le convoi, peut-être que la Gestapo a trouvé Bayla, peut-être…

J'arrête de force cet affreux scénario avant qu'il ne puisse aller jusqu'au bout, avant que Papa ne voie la terreur sur mes traits. Son regard rivé sur la ville, chargé à la fois de désespoir et d'envie, comme si c'était le premier et le dernier endroit où il voulait aller, je sais qu'il se pose les mêmes questions que moi. Je prends sa main et la presse doucement, geste de réconfort qu'il me rend immédiatement.

Nous passons l'entrée du ghetto à une allure tranquille. Le silence me frappe, malgré le grondement du moteur. L'épais vent d'été ne porte aucune voix, le claquement familier des chaussures sur les trottoirs a disparu, et même les chants mélodieux des oiseaux ne sont plus là. Tout paraît si vide, comme si cela faisait des années que la vie n'avait pas arpenté ces rues. Le souvenir du jour où j'ai franchi le seuil de la maison de ma tante refait surface, et mon cœur se serre sous l'impression tenace que quelque chose d'horrible s'est passé ici.

Nous ne perdons pas de temps à marcher, nous élançant au pas de course dès l'instant où nos pieds touchent terre. Il n'y a personne à l'extérieur, pas de policiers, pas de soldats, mais les signes de la Gestapo sont toujours là. Des mares de sang séché marquent les lieux des exécutions, les murs en sont éclaboussés, plusieurs fenêtres sont brisées, des douilles de balles jonchent le sol sous nos pieds, et les portes d'entrée de notre immeuble ont été défoncées. La Gestapo est passée par là.

— Lieba ! Bayla ! hurle frénétiquement Papa en grimpant les marches quatre à quatre. Lieba ! Où êtes-vous ? Bayla !

Nous fonçons vers l'appartement, terrifiés, craignant et refusant de croire au pire, suppliant Dieu là-haut. Papa pousse violemment la porte et a droit à un cri de surprise en retour. À l'intérieur, pelotonnées sur le lit, les rideaux tirés : Mama, Naomi et Bayla. En vie. Des hématomes marquent le visage de Mama, une trace de sang séché court le long de la tempe de Naomi, et des fantômes de larmes maculent les joues sales de Bayla.

Nous laissons bruyamment éclater notre joie. Papa prend Mama dans ses bras et s'effondre, en sanglots. Bayla, Naomi et moi nous jetons les unes sur les autres pour finir enlacées sur le lit. Bayla pleure dans mon cou, et je sens les ongles de Naomi s'enfoncer dans ma peau, mais je me fiche de la douleur. Elles sont en vie, leurs cœurs battant en rythme avec le mien, et leurs larmes contre ma peau me soulagent plus encore que la première brise printanière après le blizzard.

Ce n'est que plusieurs heures plus tard, quand nos larmes ont séché et que je distingue les premiers murmures de vie au-delà de notre porte barricadée, que je me rends compte que Gavriel et Ahava ne sont pas là.

13

9-10 NOVEMBRE 1942

Ghetto de Bochnia, Pologne

L'air absent et torturé n'a plus jamais quitté le regard de Mama.

Les jours suivant la première *Aktion*, il y a trois mois, Naomi m'a expliqué ce qui s'était passé. Les nazis sont revenus sur toutes les promesses qu'ils avaient faites – même si plus rien ne peut me surprendre de leur part. Ceux qui disposaient d'un tampon valide n'étaient pas exclus de la sélection, ni les patients ou encore le personnel de l'hôpital. Naomi, Gavriel, Ahava, tous ceux qui avaient un permis de travail, Mama, et les autres infirmières ont été convoqués pour atteindre le quota. Quant aux patients de l'hôpital, ils ont tous été escortés dans la forêt pour être abattus. La Gestapo a fait fouiller tout le ghetto, déchiquetant notre communauté pour mieux débusquer ceux qui étaient cachés, arrachant des centaines de gens malades ou âgés de leur foyer afin de les exécuter en pleine rue.

Quasiment tous ceux de notre immeuble ont été embarqués ou tués. Même le couple avec qui Naomi et Adam avaient vécu ont été pris. Leurs trois petites filles et leur grand-mère ont toutes été assassinées par la Gestapo. Par un quelconque miracle, leur fouille ne leur a pas révélé la trappe et le tunnel où Bayla a passé quasiment une journée cachée. Mama a réussi à les convaincre qu'on avait encore besoin d'elle à l'hôpital, et

Naomi a manqué de peu d'être sélectionnée quand Mama a déclaré qu'elle était l'une de ses assistantes et qu'elle était indispensable, elle aussi. Quant à Papa et moi, nous avons évité cette rafle uniquement grâce au sergent Gerhard Kurzbach. J'avais trouvé son comportement étrange, mais ce n'est que quelques semaines plus tard, en apprenant que les nazis l'avaient arrêté, que j'ai compris qu'il nous avait cachés en prétendant avoir besoin de main-d'œuvre en urgence. Pourquoi Dieu a-t-il choisi de sauver nos vies quand des centaines d'autres ont été perdues sans raison ? Je ne le saurai jamais.

Mais la terreur est toujours là. Demain, il y aura une autre *Aktion*, et j'ignore si Dieu peut tous nous sauver une nouvelle fois. Si j'ai appris quelque chose, avec les nazis, c'est qu'ils contrôlent davantage notre sort que Dieu.

Le ghetto, récemment divisé en deux parties, A et B, n'a jamais été aussi dangereux. A est pour les travailleurs, B pour les personnes âgées, les malades et les enfants. Nous étions tous destinés à rejoindre A, mais Bayla aurait été forcée de rester en B. Alors, plutôt que d'envisager la moindre séparation, Papa a brûlé nos permis de travail – ce pour quoi il a été sauvagement battu – et nous sommes tous restés en B. La nourriture se fait rare, il n'y a ni argent ni travail, et le nombre de morts augmente quotidiennement.

— Il nous restait un peu de ce médicament, à l'hôpital, nous explique Mama une fois tous rassemblés près de la fenêtre. Pris avec de la nourriture ou de l'alcool, il vous rendra très malades. Vomissements, maux de tête, diarrhée, fatigue, ce genre de choses. Cela durera un certain temps, pas plus de quelques jours, logiquement, mais assez longtemps.

La nuit est tombée, et nous sommes tous prêts à prendre un semblant de contrôle sur notre destin, aussi minime soit-il. Mama tient une petite bouteille de griséofulvine. Étalés devant nous, par terre : une bouteille d'alcool et une miche de pain tranchée. D'une main sûre, Mama verse une bonne dose du médicament dans une tasse en étain, et Papa l'avale d'une traite.

Si tout se passe bien, demain, les soldats penseront que nous avons la dysenterie lorsque l'*Aktion* aura lieu. Nous n'avons aucun moyen de connaître le sort de ceux que les trains embarquent, même si certains parlent de camps de travail. Quelle que soit la vérité, nous sommes tous terrifiés à l'idée de disparaître – depuis le début, jamais personne n'est réapparu. Il vaut largement mieux affronter un danger connu qu'un danger inconnu. Plutôt que de risquer la sélection, il nous restera à espérer aveuglément que les nazis ne choisiront pas quelqu'un de contagieux, qu'ils nous considéreront encore comme des corps utiles, en dépit de cette maladie temporaire, et qu'ils ne nous exécuteront pas.

Bayla sera la seule à ne pas participer. Pour l'instant, elle est assise à côté de moi, Asher roulé en boule sur ses genoux, mais tout à l'heure, elle sera à nouveau cachée dans les confins obscurs et sales du sous-sol de l'immeuble. Neuf ans, c'est beaucoup trop jeune pour être considérée comme apte au travail, et les nazis n'auraient aucune vergogne à la tuer. Ils n'en ont pas eu quand ils ont assassiné toutes ces pauvres fillettes.

Des hommes pareils ne doivent avoir aucune âme que Dieu peut sauver.

Mama nous donne chacun notre tour une grosse dose de griséofulvine, jusqu'à ce que la bouteille soit vide. Bien que mon estomac déjà nauséeux grogne sous cette soudaine invasion, je mange deux tranches de pain. Nous buvons tour à tour à la bouteille, l'alcool formant un chemin brûlant le long de ma gorge, jusqu'à ce qu'il n'y en ait plus.

En silence, Papa prend la main de Mama puis celle de Bayla. Je glisse les miennes dans celles de Naomi et de ma sœur, complétant notre cercle. La lumière tremblote au-dessus de nous, sur le visage calme de Papa, toujours enflé et marqué d'hématomes, qui finit par baisser la tête.

D'une voix grave et ferme, il entame alors la prière de la paix, Hashkiveinu.

— Accorde-nous, Seigneur, un repos en paix, et relève-nous, Ô notre Gardien, en une vie renouvelée. Répands sur nous l'abri de Ta paix et guide-nous avec Tes bons conseils. Pour la gloire de Ton nom, sauve-nous, aide-nous. Protège-nous de nos ennemis, de la maladie, de la guerre, de la famine et du chagrin, abrite-nous dans l'ombre de Tes ailes, éloigne-nous du mal. Toi, Dieu, notre Roi, veille sur nous. Toi, Dieu, notre Roi, Tu es bon et miséricordieux. Veille sur notre situation, accorde-nous la vie et la paix, aujourd'hui et à tout jamais.

La nausée monte déjà et une douleur tenace s'est emparée de mon estomac. Dorénavant, je sais que ça ne peut qu'empirer, et je prie pour que notre ruse nous accorde un tant soit peu de protection, demain matin.

Sauve-nous, Dieu, et protège Bayla, prié-je en serrant fort ma sœur dans mes bras avant que nous nous séparions, le cœur déchiré. Mama l'enveloppe d'une couverture, dépose un baiser tremblant sur son front, puis Papa et elle lui font quitter la pièce. Dans six ou sept heures, les nazis viendront nous chercher, peut-être avec leurs chiens, et Bayla doit être parfaitement cachée d'ici là. Juste en face de moi, adossée au lit, la tête inclinée sur le côté, Naomi m'observe.

— Elle s'en sortira, murmure-t-elle. Je sais que tu as peur. Moi aussi. C'est notre cas à tous. Mais tout ira bien, quoi qui se passe demain. Dieu s'en assurera.

— Je sais, réponds-je en opinant fermement du chef.

L'espace d'un instant, le silence s'étire entre nous, puis elle reprend après un instant d'hésitation.

— Hodaya… tu n'as jamais reparlé de Noam.

— Qu'y a-t-il à dire ?

Je me crispe aussitôt et ramène mes genoux à ma poitrine, cherchant à chasser de mon esprit la dernière image que j'ai de lui.

— Ce que tu veux. Je sais que Gavriel et lui étaient comme des frères, pour toi. Ç'a dû être si horrible. C'est juste que… je n'ai pas envie que tu gardes tout en toi. Tu le fais beaucoup.

Je suis incapable de croiser son regard, mais je sais qu'elle m'observe toujours avec compassion.

— Hodaya, tu peux me parler. Tu le sais. Je serai toujours là pour toi. Tu es ma meilleure amie, ma sœur et je t'aime. S'il y a quoi que ce soit que tu as envie d'exprimer…

Sa voix douce et triste s'éteint et, les larmes brûlant mes yeux, je lève la tête pour voir les siens briller également. Elle n'a jamais cherché à se cacher de moi, comme je l'ai fait avec elle. Son cœur et son âme sont les plus doux et les plus sincères qui puissent exister, et elle les a toujours offerts pleinement au monde. Quand Adam a été embarqué, elle a pleuré pendant des jours, et je ne compte pas les nuits où elle s'est endormie dans mes bras en sanglotant, comme s'il était mort. Pourtant, les épreuves et les incertitudes de chaque nouvelle journée n'ont fait que renforcer son espoir, et le rêve de retrouver Adam et d'élever leurs enfants dans l'amour et la paix la fait sourire, en dépit de toutes ces horreurs. Cela fait des années qu'elle est à mes côtés. Elle a sauvé ma famille de la rue, a bravé des soldats quand j'ai voulu récupérer nos affaires, m'a consolée, a séché mes larmes, a nourri mon espoir au travers du sien. Son âme est bien trop belle pour ce monde, et je n'aurais pu avoir une sœur et une amie meilleure qu'elle.

Gavriel et Noam étaient trop bons pour moi. Des garçons si gentils, si généreux, et j'ai détruit leur famille. S'ils ne m'avaient jamais rencontrée, Noam serait encore en vie.

Ma détermination s'effondre au moment où je sens la main de Naomi se poser tendrement sur mon épaule.

— Ce n'est pas juste ! m'écrié-je. Qu'a-t-il fait pour mériter ça ? Il était si gentil, si innocent ! Il n'a jamais fait de mal à qui que ce soit dans sa vie, et Schneider l'a abattu comme un chien ! Tout ça par ma faute ! Il ne méritait pas ça ! J'ai tout vu, de mes propres yeux ! J'étais là, cachée, et j'ai *regardé* ! Il était tout seul, si terrifié, et je n'ai rien fait !

Les yeux terrorisés de Noam supplient les miens, attendant que je le sauve, m'implorant de faire quelque chose, n'importe quoi. Un coup de feu explose dans mes tympans et je me fige, éclatant en sanglots tandis que la lumière quitte ces yeux qui m'avaient regardée avec tant d'admiration, qui avaient apporté tant de joie à ma sœur. Il ne disparaît pas quand je rouvre les paupières, quand la voix de Naomi perce lentement la brume de mon chagrin, quand je prends conscience que je suis effondrée entre ses bras.

— Je suis si navrée, Hodaya. Si navrée... murmure-t-elle en faisant courir ses doigts dans mes cheveux, comme je l'ai fait toutes ces nuits sans sommeil, où sa peur pour Adam devenait intolérable. Ce n'était pas ta faute, je t'assure. Tu n'aurais rien pu faire. Tu serais morte aussi, et Bayla et moi n'aurions plus de sœur.

Bayla... Naomi... mes sœurs. Mais aujourd'hui, Gavriel n'a plus de frère. Si je pouvais changer le cours des choses, cette nuit-là, si je pouvais prendre sa place, le ferais-je ? M'arracherais-je à Bayla et Naomi pour rendre Noam à Gavriel ?

Les larmes reviennent avec une ferveur renouvelée à cette pensée. Mon cœur connaît la réponse, et je suis consumée par la honte, haïssant mon âme égoïste, pleurant pour Noam, pour tout ce que je n'ai pas fait et n'aurais pas fait, pour ne pas avoir été capable de lui sauver la vie, et pour ce que j'aurais abandonné si j'avais essayé.

— Nous l'aimions tous énormément, Hodaya, mais ce n'était pas ta faute. Je te jure que personne ne t'en veut. C'est Dieu qui a rappelé Son enfant au paradis. Noam est heureux, maintenant. Il veille sur nous. Il ne voudrait pas que tu te sentes responsable, je le sais. Ce n'était pas ta faute. Il ne faut plus que tu t'en veuilles.

Comme toujours, elle arrive presque à me convaincre, mais les yeux de Noam me reviennent à l'esprit et je me déteste de ne pas la croire. Je ne dis rien, la douleur et le regret que j'étouffe depuis si longtemps me prenant d'assaut avec la force d'une bombe. Elle murmure à nouveau, des mots d'amour et de réconfort, mais je suis incapable de les entendre. Je la laisse alors me serrer dans ses bras, me bercer comme une enfant, et m'abandonne à mes larmes. Le médicament et l'alcool prennent déjà le contrôle de mon corps, et, accablée par le poids de l'angoisse et la maladie qui menacent de me dévorer, je ne peux que gémir « Je suis désolée, je suis désolée », encore et encore, jusqu'à succomber au sommeil.

Des coups sourds à la porte me réveillent en sursaut et je pousse un grognement. J'ai l'impression qu'on est en train de me planter des couteaux dans les yeux et dans les tempes. Le sol est dur et froid sous mon corps, et j'ai mal aux os d'avoir roulé hors du lit. La pièce empeste le vomi et la sueur. Je force mes paupières brûlantes à s'ouvrir.

— Dehors ! *Raus !* Tout le monde dehors ! crie une voix.

J'ai envie de me couvrir les oreilles, de soulager la douleur sourde qui ne fait que croître à chaque ordre et à chaque coup, mais cette simple idée m'épuise. La pièce bouge, tangue lentement comme un bateau bercé par les vagues, et je referme les yeux pour découvrir que la sensation de vertige est dix fois pire ainsi. C'est comme si, même derrière mes paupières, les ombres tournoyaient pour me faire virevolter et retomber lourdement par terre. Mon ventre se contracte violemment et je suis prise d'un haut-le-cœur, mon corps cherchant désespérément à se débarrasser du poison, mais mon estomac est vide, et cet effort vain me laisse pantelante.

La porte s'ouvre brusquement et plusieurs paires de bottes entrent en claquant.

— Bordel ! jure un homme avec un haut-le-cœur. Ces porcs vivent dans leur propre merde.

— C'est la dysenterie, monsieur, intervient la voix faible de Papa, quelque part dans la pièce. Ça fait quatre jours que nous l'avons, mais ça commence à passer.

Les bottes reculent dans la seconde.

— Bon Dieu, laissons-les là. Ils seront certainement morts dans quelques jours, de toute façon. Ce serait dommage de gâcher des balles.

— Moi, je ne les touche pas. Ils sentent la merde, *fickende kühe* !

— Ça me va. Je te laisse le noter. On va vider le reste de la rue.

Un instant plus tard, les Allemands ont disparu, claquant la porte derrière eux pour passer aux autres pièces. Nous ne distinguons ni aboiements ni grognements, les cris se font de plus en plus distants au fil du temps, et les dizaines de coups de feu tirés dans la matinée semblent venir de loin. Le soir venu, le silence est enfin là, et je sais au plus profond de mon cœur que Bayla est saine et sauve.

Nous avons été épargnés pour une autre journée, mais nous ne pouvons pas nous cacher à tout jamais. Notre tour viendra un jour, j'en ai la terrible conviction, et nous disparaîtrons dans un train, pour affronter le sort que les nazis nous auront choisi.

14

1er SEPTEMBRE 1943

Auschwitz-Birkenau

Le bâtiment d'enregistrement, tout au bout du long chemin boueux, est appelé « le Sauna ». Naomi, Bayla et moi sommes poussées à l'intérieur, aux côtés d'autres femmes que le Hauptsturmführer Mengele a envoyées à droite. Nous ne sommes pas nombreuses, peut-être cent, toutes plus ou moins de mon âge. Bayla est de loin la plus jeune, avec ses dix ans à peine.

Les murs sont recouverts d'inscriptions peintes en allemand : *Le travail rend libre. Respectez votre Blockälteste* ! Suivez tous les ordres. À la gloire du Reich !

Un autre ordre nous est aboyé.

— Déshabillez-vous ! Retirez tout.

Je me fige, dévisageant avec horreur et incrédulité les autres femmes, Bayla, puis les SS. *Se* déshabiller ? Devant *eux* ? Des larmes plein les yeux, je commence à frémir, entendant avec une clarté parfaite les insanités sifflées par les hommes tandis que le même ordre atroce nous est répété.

— Déshabillez-vous ! Retirez tout et empilez vos affaires !

Bayla se presse contre moi, tremblante de peur. Je la protège du mieux possible, tournant le dos aux SS avant de retirer les couches de tissu qui me recouvrent la peau. Avec beaucoup d'hésitation, Bayla finit par m'imiter, les joues maculées de larmes. Je ne me suis jamais retrouvée nue de cette manière. Je ne me suis jamais déshabillée devant qui que ce soit, pas même ma mère, encore moins un homme, encore moins des dizaines de soldats ennemis. Je pousse un peu plus Bayla dans le groupe de femmes, espérant que leurs corps la dissimulent au maximum.

Des larmes de rage brûlantes tachent mes joues, et je me mords si fort la lèvre que j'ai le goût métallique du sang dans la bouche, mais ça m'est égal. Ce n'est qu'une enfant ! Elle n'est pas encore développée, son corps est tout menu, elle ne sait pas ce que sont les règles, et voilà qu'elle se tient là, nue et tremblante, devant des adultes dont je préférerais ne pas comprendre les mots écœurants. La colère brûle au plus profond de moi, bien plus intensément que la peur et l'humiliation, tandis que je sens moi-même leurs regards scruter ma nudité.

Une fois tout le monde déshabillé et la seule protection de notre dignité contre les regards de ces hommes remisée dans le coin de la pièce, on nous asperge d'un désinfectant vert et infect. J'arrive tout juste à ravaler ma bile alors que les mains d'une étrangère parcourent mon corps, frottant férocement afin que le liquide imprègne ma peau, et je dois détourner les yeux pour réprimer un hurlement de rage lorsque je vois les mains d'une autre étrangère violer Bayla de la même manière. Ma petite sœur renifle désespérément, tremblant de tous ses membres, les paupières serrées. Je la cache à leur vue autant que faire se peut, faisant courir mes doigts dans ses cheveux tout en la laissant gémir contre moi, ses larmes brûlant mon ventre.

Le peu de réconfort qu'elle peut trouver dans mes bras se voit vite rompu quand on nous pousse à former une longue rangée. Il y a plusieurs Allemands et des prisonnières habillées tout au bout, une femme avec des ciseaux, et des amas de cheveux, par terre, qu'on balaie. Une fois suffisamment proches, la femme me saisit par le bras et m'attire violemment vers elle. Elle prend une poignée de mes cheveux, lève ses ciseaux et commence à couper avec la froideur d'une machine.

Je regarde avec dégoût mes mèches tomber sur le sol, et sens les larmes couler quand elle approche ses ciseaux de mes jambes et de mes parties intimes. Une fois qu'elle a terminé, elle me pousse et je me remets à suivre les autres femmes, voûtée et déshonorée.

Des cheveux me collent encore aux épaules et me grattent la nuque, mais je n'ai pas la force de m'en débarrasser. Je passe les doigts sur mon crâne et sens directement ma peau à certains endroits, là où se trouvait quelques instants plus tôt la chevelure brune que je tiens de mon père.

Je ne sais plus quoi penser, quoi éprouver, et je ne suis pas certaine de le vouloir. La confusion, la honte au creux de mon ventre et la hargne au fond de mon cœur ont depuis longtemps dépassé l'intolérable, mais je me sens comme engourdie.

Je me retrouve dans un autre rang, face à une jeune Allemande, habillée et dotée de magnifiques cheveux blonds et ondulés. Elle attrape le bras de chaque femme, qu'elle tapote frénétiquement avec un appareil avant de passer à la prochaine.

Bayla arrive derrière moi, ses minuscules doigts tout fragiles venant effleurer ma main. Mon cœur se fend lorsque je la découvre, nue, sa belle chevelure blonde rasée, les restes balayés vers la pile toujours grandissante, dans le coin.

Que sont-ils en train de nous faire ?

L'Allemande m'attrape le bras puis prend son outil, qui ressemble à une grosse aiguille, qu'elle me plante dans la peau. Ça pique davantage dans mon cœur que sur mon avant-bras, même quand il se met à saigner, et je suis incapable de regarder ce qui se passe. La femme me pousse, et une prisonnière me dirige vers l'autre bout de la salle, où on me donne une fine chemise en coton, une jupe et une paire de sabots en bois.

Un hoquet de douleur attire mon attention et je me tourne pour voir l'Allemande marquer le bras de Bayla. Ma sœur presse les paupières et serre le poing, des larmes plein les joues, gémissant en silence.

Je pose alors pour la première fois les yeux sur mon propre bras, qui me brûle toujours.

A-30972

C'est un tatouage. Une marque rougie et enflée. Quelque chose en moi faiblit à cet instant, face à ce symbole noir encré dans ma peau, et j'ai l'impression de ne plus être la même personne, peut-être plus du tout une personne. Du *bétail*, c'est le terme qui me semble le plus approprié. Je ne suis plus Hodaya Alperstein, mais A-30972. Hodaya existe-t-elle même à Auschwitz ? Est-ce ce que je suis, désormais ?

Mais qui étais-je, avant ?

J'aurais pu répondre à cette question sans le moindre doute quelques minutes plus tôt. Et pourtant, je n'en suis plus si sûre, maintenant. Je n'aurais jamais imaginé que les nazis pouvaient me prendre davantage que mon foyer et ma famille. Lorsqu'ils nous ont envahis, nous ont jetés à la rue pour nous tuer sans remords ni merci, j'ai toujours pensé : *Ils ne peuvent tout de même pas nous faire plus que ça.* Mais… qu'ont-ils fait de mes vêtements, de mes photos et des bijoux de ma mère ? Où balaient-ils mes cheveux ? À quoi ont été réduites ma modestie et ma dignité ? Où sont mes papiers, quel est mon véritable nom ? Qu'ont-ils fait à Bayla et à son âme si pure ?

Dieu, pourquoi laisses-Tu une chose pareille nous arriver ? Doutes-Tu à ce point de notre foi que Tu as décidé de nous tester par l'humiliation et la torture ?

Je me dépêche d'habiller Bayla avant de passer mes propres vêtements. D'une main douce, j'essuie le sang sur sa peau pâle et pure, désormais souillée de la hideuse marque noire A-30973. Alors, tout en déposant un baiser sur son crâne nu, en pleurs, ce ne sont pas les Allemands ni leurs motivations que je remets en question, mais Dieu.

15

2 SEPTEMBRE 1943

— Entrez là-dedans ! aboie une femme. *Schnell !* Dépêchez-vous ! Plus vite que ça !

Le vent glacial de l'aurore imminente nous mord la peau à travers le tissu fin de nos vêtements, tout comme les matraques que plusieurs prisonnières agitent devant nous pour nous diriger vers un long baraquement en bois. Une centaine de femmes en franchissent l'entrée en même temps, se poussant dans la boue, dans leur panique d'obéir aux ordres, dans leur désir désespéré de se cacher du Sauna, des officiers et de leur propre honte. Bayla manque de tomber, percutée par une autre femme, et je la serre tout contre moi afin de m'assurer de ne pas la perdre dans cette foule oppressante.

Des planches superposées, sur trois niveaux, sont accolées aux murs, surfaces nues et dures avec seulement des corps pour les occuper. En dépit de mes muscles courbaturés et de mes jambes tremblantes, je soulève Bayla pour la poser sur la couchette du milieu, et j'ai tout juste le temps de m'allonger entre elle et une femme frissonnante avant que deux autres ne viennent se caler contre nous. La respiration de Bayla est déjà régulière – le tourment de ces deux derniers jours l'a épuisée.

Il y a déjà plusieurs centaines de femmes à l'intérieur, arrivées avant nous, et il reste quelques places sur les couchettes, mais trois autres femmes viennent s'installer sur la nôtre. Aucune n'a envie de se retrouver seule, même si nous sommes pour la plupart de parfaites étrangères. Beaucoup sont venues de Bochnia avec moi, mais je n'en reconnais aucune, désormais. Même Bayla, l'une des personnes les plus chères à mon cœur, n'a plus grand-chose de familier et je ne vois Naomi nulle part. Nous sommes toutes allongées les unes contre les autres, pressées si fort que même le vent ne peut pas passer entre nous.

Dans ce chaos et cette confusion, des cris d'horreur et de chagrin résonnent contre les murs, un peu comme la voix d'un esprit tourmenté hanterait une grotte sombre et sans fin. Toutes ces femmes appellent leurs maris et leurs enfants, leurs parents et leurs frères et sœurs, leurs amis dont elles ont été séparées il y a tout juste une heure. Les voix agacées de celles qui étaient là avant grognent d'exaspération, leur aboient de se taire afin qu'elles puissent dormir.

J'aurais pu hurler moi aussi pour Mama et Papa, pour Naomi, pour tous ceux qui ont partagé ce voyage infernal vers cet endroit maudit, pour voir au moins un visage rassurant et familier, mais mon cœur est trop lourd pour que le moindre mot sorte.

— Silence ! *Den Mund Halten !*

Cette fois, c'est la voix d'un homme qui tranche l'air glacial, et tout le monde se tait.

Dans l'entrée du bloc se dresse un imposant SS, la lampe qu'il tient à la main projetant des ombres démoniaques sur ses traits sévères. À sa droite, une femme grande et aux épaules carrées vêtue comme une prisonnière, les yeux lourds et visiblement mécontente.

— Voici votre Blockälteste, déclare l'homme en la désignant. C'est elle qui sera responsable de vous le temps de votre quarantaine. L'appel a lieu à quatre heures du matin. Vous vous alignerez quand vous entendrez le sifflet. Nous attendons l'obéissance absolue. N'oubliez pas que vous êtes à Auschwitz, et qu'Auschwitz est un camp de concentration. Vous travaillerez, ou vous mourrez. Vous avez l'honneur de travailler pour le grand Reich et notre juste Führer, ou c'est ça !

Ce qu'est « ça », personne ne le sait, mais il donne un coup de menton en direction du lieu dont provient la sinistre lueur.

— Le choix vous appartient, termine-t-il.

Quel mensonge prodigieux ! Le choix nous appartient ? Quel culot !

L'officier s'en va et la Blockälteste ferme la porte du bloc dans un bruit sourd.

— Que tout le monde se taise ! crie-t-elle en brandissant un fouet. L'appel aura lieu dans quelques heures, les nouvelles ! Je ne veux pas entendre un bruit, c'est compris ?

— Qui est-ce ? demandé-je à la femme à côté de moi.

— Tu n'as pas écouté ? siffle-t-elle, frissonnante de fièvre. Son nom, c'est Gerda, mais ne l'appelle surtout pas comme ça. Tu dois seulement l'appeler Blockälteste.

— Vous pouvez me dire ce que…

— Que de questions ! Si tu veux vivre, ne pose pas de questions.

Tout près, le fouet de la Blockälteste claque, et quelqu'un pousse un cri. Je passe aussitôt un bras sur Bayla et la serre plus fort encore, hésitant, attendant que la Blockälteste s'éloigne pour oser murmurer.

— Depuis combien de temps êtes-vous ici ?

Après un long silence, j'imagine que ma voisine a décidé de m'ignorer, mais elle soupire tristement et finit par marmonner :

— Quatre semaines. Plus que toutes les autres. La plupart ne vivent pas aussi longtemps. Tu ne tiendras sûrement pas. Cette petite, c'est certain. Les enfants ne sont pas censés être ici.

— De quoi parlez-vous ? Quel est cet endroit ?

Elle lâche un ricanement discret et dénué de toute trace d'humour.

— Oh, la douce ignorance ! Ici, c'est l'enfer. Nous allons tous y mourir ; tout le monde passe par la cheminée, d'une manière ou d'une autre.

L'air enfumé se coince dans ma gorge, suffocant comme des cendres en train de se consumer.

— À quoi sert cette cheminée ? Qu'est-ce qu'il y a, là-bas ?

— Le feu, ma pauvre fille. Le feu. Dès qu'ils te tuent, ils te brûlent là-bas. Tu ne sens pas ? Tous ceux qui partent à gauche, ils les tuent par le gaz puis les brûlent. C'est là que se trouve le reste de ta famille. C'est là qu'ils emmèneront ta petite fille.

— Menteuse ! hoqueté-je, puis je me raidis en entendant la Blockälteste approcher. Vous êtes horrible ! Pourquoi dire des choses pareilles ?

— Nous n'y croyions pas non plus, murmure-t-elle plus bas encore. Mais c'est la vérité. Nous étions bien plus nombreuses, mais elles sont mortes, désormais. Il n'y a pas de Dieu, ici, seulement la cheminée.

— On est bavardes, ce soir ! (La voix de la Blockälteste tonne si fort que le bois sur lequel nous sommes allongées semble vibrer.) La ferme, bande de demeurées !

Au léger sifflement de son fouet, je devine qu'elle l'a brandi et je me protège la tête. Il tombe avec une violence inouïe, lacérant sauvagement la femme à côté de moi… mais elle ne hurle pas ; elle ne cille même pas.

Je n'ose pas reparler, même quand la Blockälteste disparaît après nous avoir craché une nouvelle flopée d'injures. Au bout de plusieurs minutes à tendre l'oreille pour distinguer un souffle, chez ma voisine, priant pour l'entendre frissonner ou même grogner de douleur, je ne peux plus nier l'inévitable et je me mets à trembler à cause d'autre chose que le froid.

Cette femme qui me parlait il y a quelques instants, qui est toujours pressée contre moi… elle est morte. Alors, tout était vrai ? Une cheminée où ils brûleraient les gens ? L'odeur ignoble qui consume cet endroit, ce serait... de la chair humaine ? Ce que les prisonniers ont dit à Naomi... Mon cœur se glace de terreur.

Mama ! Papa ! Oh, mon Dieu ! Non ! C'est impossible !

Le visage de Mengele me revient en tête, ses yeux froids et vides lorsqu'il a toisé Mama du regard et l'a dirigée vers la gauche.

La lueur... c'est là qu'il lui a dit d'aller...

Le monde s'écroule brutalement.

Des sifflements stridents me tirent d'un cauchemar de flammes, de nudité et de baraquements à chevaux, et l'espace d'un bref instant, je me dis que ce n'était que ça, un cauchemar. Mais alors, une femme imposante surgit devant moi, agitant son fouet au-dessus de sa tête, frappant les couchettes avec une matraque et hurlant :

— Dehors ! *Raus ! Schnell !* Tout le monde dehors ! Debout ! En ligne ! C'est l'appel ! *Zählappell !*

Tremblante, Bayla est roulée en boule contre moi comme un nouveau-né. Les femmes descendent des couchettes sur des jambes chancelantes, certaines tombant dans la boue, d'autres trop fatiguées et trop faibles pour se lever toutes seules. Je tends le bras pour secouer ma voisine, son visage désormais visible sous la lumière vaporeuse du matin, et je manque de hurler alors que le souvenir de la veille me revient en force. Ses yeux sans vie sont plongés dans les miens, son visage cadavérique est aussi creusé que celui d'un squelette, et maculé de sang séché là où le fouet l'a écorchée vive.

— Elle est morte ! crié-je alors, puis je descends de la couchette pour attraper le bras d'une femme qui est sûrement là depuis plus longtemps que moi.

Son visage aussi est émacié et contusionné, comme si elle avait été battue et affamée. La femme m'observe avec désintérêt.

— Alors traîne-la dehors, répond-elle d'un ton parfaitement impassible.

Je la dévisage, stupéfaite. Avec un haussement d'épaules, elle s'éloigne comme si je venais de lui dire quelque chose d'aussi anodin que « Le ciel est bleu ».

— Dépêchez-vous, bande de chiennes ! Dehors ! Ou ce sera sport toute la journée ! aboie la Blockälteste.

Je me presse d'écarter Bayla de la morte quand une autre prisonnière approche. À ma plus grande horreur, elle se met à déshabiller le cadavre. Elle arrache de sa chemise l'insigne avec son numéro et sa classification, un triangle blanc doté de la lettre *P* l'identifiant comme polonaise, et enfile ses vêtements.

Mon propre insigne est un triangle jaune, comme des centaines d'autres ici. La marque des Juifs.

Bayla et moi suivons le troupeau de prisonnières à l'extérieur du baraquement, là où elles commencent à former des lignes de cinq. De la boue glacée jusqu'aux chevilles, luttant pour ne pas glisser dans nos sabots de bois, nous avançons péniblement vers les rangs. La Blockälteste nous attend, une main sur la taille, l'autre balançant son fouet.

Alors que nous approchons de l'avant du groupe, une main me saisit le coude.

— Pas à l'avant. Jamais à l'avant, siffle une femme dans mon oreille. Tu veux que la petite meure ? Pourquoi ont-ils laissé une enfant venir ici ? Ce n'est pas un endroit pour une fille si jeune !

Elle nous dirige vers une rangée, près du centre de l'agitation, jouant des coudes pour avancer et parlant un mélange d'allemand et de polonais.

— Elle est beaucoup trop jeune. Les SS ne tarderont pas à l'emmener *là-bas*. Mieux vaut faire profil bas ici, mais ils ne l'oublieront pas. Un enfant, ça se remarque trop facilement.

Essaie de ne pas te faire embrigader dans les groupes de travail. Ils font ce qu'ils veulent de nous pendant la quarantaine.

Du coin de l'œil, j'aperçois des mouvements lents près du baraquement et je m'empresse de bloquer la vue de Bayla avant qu'elle ne puisse voir la scène. Des femmes tirent des cadavres du bloc, empilant les corps le long des rangs, comme s'il s'agissait encore de personnes vivantes prêtes à être dénombrées. C'est surréaliste de la manière la plus horrible qui soit. Je suis incapable d'en détacher les yeux, toujours en partie convaincue que je suis en plein cauchemar, que je vais me réveiller dans le ghetto d'un instant à l'autre, tout en me demandant pourquoi un esprit endormi conjure des images aussi atroces.

Sur quel genre de terre impie nous ont-ils emmenés ?

Pendant une heure, nous restons debout, ne pouvant ni bouger ni nous asseoir, les yeux baissés pour ne pas croiser ceux de la Blockälteste et de ses subordonnées prisonnières. La Blockälteste se pavane le long des rangs, comptant et notant au fur et à mesure de son avancée. Trois autres heures s'écoulent. Des groupes de femmes se sont dispersés depuis différents blocs, au-delà de la zone de la quarantaine, il y a des heures, escortées par le son mélodieux d'une fanfare, et pourtant, nous autres n'avons pas le choix que de rester là sans bouger. Plusieurs prisonnières ont perdu connaissance, trop fatiguées et trop faibles pour tenir debout. Toutes ont été forcées de se relever et frappées à coups de matraque et de fouet.

Nous devons approcher de dix heures quand deux femmes SS apparaissent, l'une tenant un long bâton noir et l'autre un gros chien en laisse. Ces femmes nous comptent à leur tour, vérifiant les chiffres de la Blockälteste. Elles longent lentement les premiers rangs, examinant les prisonnières, frappant toutes celles qui semblent bouger ou lever les yeux. Soudain, le chien est lâché pour se jeter sur une femme qui est tombée à genoux, succombant à la fatigue, et ses cris d'agonie sont les seuls sons audibles dans ce silence de terreur. La SS rappelle enfin son chien, et tandis qu'on force la pauvre prisonnière en sang à se relever, je comprends pourquoi je dois à tout prix éviter de me retrouver devant.

— Café ! Alignez-vous ! lance la Blockälteste une fois les SS parties, debout à côté de ses trois subordonnées et d'un grand broc.

L'idée que ma gorge sèche et presque à vif sera bientôt soulagée m'est presque jouissive. Je guide Bayla vers la queue qui commence à se former devant le broc, les bols qu'on nous a donnés après qu'on nous a remis nos vêtements à la main. Une seule cuillère est versée dans le mien, un liquide brun à l'affolante teinte bleue, et l'odeur est si infecte que je dois réprimer un haut-le-cœur. Bayla passe après moi, levant son bol avec un regard plein d'espoir aux subordonnées de la Blockälteste qui servent le café. L'une d'elles s'exclame alors :

— Qu'est-ce qu'elle fait là, celle-là ? Elle est toute petite !

— Depuis quand on laisse les enfants venir ici ? aboie une autre, puis elle vide le bol de Bayla dans le broc et crache. Et regardez sa marque ! C'est une sale Juive ! Elle ne tiendra pas une journée ! C'est du gâchis, de lui donner une ration ! Dégage de là, sale rate !

Trop jeune… trop petite…

J'écarte Bayla de la queue, ses épaules voûtées et ses yeux emplis de larmes, et j'échange nos bols. Je prends alors le temps pour la première fois d'examiner nos camarades prisonnières, celles qui sont arrivées avec nous et celles qui étaient là avant, et j'entremêle mes doigts à ceux de Bayla. C'est la plus petite et la plus jeune. Il n'y a ni personnes âgées ni enfants, ici. Les corps frêles et les yeux hantés de celles qui titubent jusqu'à un endroit qui m'est inconnu, derrière le bloc, sont ceux de jeunes femmes, d'adolescentes et d'adultes qui n'ont pas moins de quinze ans et pas plus de quarante.

Mais il y avait tellement d'enfants, à notre arrivée ! Où sont-ils ? Où sont les petits garçons et les petites filles qui sont venus avec nous ? Où sont les personnes âgées ? Où sont Mama et Papa ? Où sont-ils, tous ?

Une voix désespérée et maussade résonne sous mon crâne. « Il n'y a pas de Dieu ici, seulement la cheminée. » La cheminée… un four crématoire… Si tout ce qu'on m'a raconté est vrai, alors…

Je me mords violemment l'intérieur des joues et ravale un cri, levant les yeux vers le ciel pour noyer mes larmes… mais le ciel est noir, la fumée me pique les yeux et me brûle la gorge, la puanteur de la chair calcinée brouille mes sens, et je me plie en deux pour vomir. Le sol se met à tournoyer ; de longs bâtiments, une grande cheminée crachant de la fumée au loin, de la boue, des miradors et des barbelés sans fin défilent sous mes yeux. Il y a des voix qui hurlent dans ma tête ; Mama et Papa, Naomi, Noam et Gavriel, tous ceux que j'ai connus mais aussi des étrangers dont les yeux fixent toujours les miens, vides et morts.

Mais je n'entends pas la voix de Bayla dans ma tête. Je l'entends à côté de moi.

Soudain, tout se calme. L'épaisse gadoue dans laquelle je suis tombée me macule la jupe et les jambes, et Bayla est agenouillée à côté de moi. Ses yeux bleus me dévisagent avec impuissance, emplis d'une évidente étincelle de vie, et je passe une main sur sa joue. Elle est vivante. Par une quelconque grâce de Dieu ou une chance incroyable, hier, Bayla est restée avec moi. Elle a survécu. Quand des milliers d'autres sont partis à la mort, quand Mama et Papa…

Je me mords à nouveau les joues et me gratte la gorge pour ravaler les sanglots et tempérer mon chagrin.

Mama, Papa... Bayla vivra, je vous le promets. Je me fiche si c'est la dernière chose que je ferai, ou si ma vie n'aura plus jamais d'autre but. Bayla vivra.

— Je vais bien, la rassuré-je tout en repoussant mes sombres pensées, et je me lève sur des jambes chancelantes.

Nous rejoignons les autres femmes dans l'espace ouvert et marécageux, derrière le bloc qu'on appelle le pré. Dieu, quel triste spectacle nous formons ! Des femmes au crâne rasé et au corps recouvert d'hématomes sont tombées à terre, se fichant de la boue qui macule leurs vêtements, cherchant n'importe quelle échappatoire à leur épuisement. Mes paupières sont lourdes, une douleur semble me ronger les os, mes jambes grognent de protestation et j'ignore quoi faire.

Nous sommes perdues et vulnérables, dans un endroit totalement étranger, un océan de visages inconnus, dont ceux qui sont évidemment dangereux, et de périls encore obscurs. Toutes ces femmes seront-elles mes alliées ou mon triangle jaune sera-t-il pris pour cible, comme les étoiles bleues ? Impossible de faire semblant, ici ; notre héritage est directement cousu sous nos chiffres, et même si j'ignore tout du fonctionnement interne de cet endroit, je ne doute pas un seul instant qu'un Juif est tout en bas de la hiérarchie.

Il va y avoir beaucoup à apprendre si nous avons l'intention de survivre.

Un visage attire soudain mon attention ; une femme aux yeux verts assise par terre, à côté de deux femmes parfaitement identiques appuyées l'une contre l'autre. Mon cœur bondit de joie.

— Naomi ! Levana, Chasha !

Le spectacle des jumelles manque de me faire interrompre ma course avant que je ne me jette sur elles. Leur longue et magnifique chevelure brune dont elles avaient été si fières, qui était toujours peignée à la perfection, est entièrement rasée.

— Hodaya, tu vas bien ! Et Bayla aussi ! soupire Levana.

Naomi me serre dans ses bras, ses larmes tombant sur mon épaule.

— Dieu merci, j'étais si inquiète !

— Nous allons bien, dis-je en ravalant mes larmes, puis je m'installe dans la boue à côté d'elles et laisse Bayla s'asseoir sur mes genoux.

Elle porte mon bol à sa bouche, puis son expression se mue en dégoût et elle recrache ce qu'elle vient de gober.

— Ne bois surtout pas ça, Bayla ! la prévient Chasha. D'après moi, c'est empoisonné. Certaines filles parlaient de se laver avec.

— C'est horrible, marmonne Bayla avant d'essuyer sa bouche.

— C'est tout ce qu'on aura. Je te trouverai de l'eau plus tard. Essaie de boire un peu, la pressé-je en lui tapotant le dos.

— Ils nous donneront sûrement autre chose, intervient Chasha en jetant un regard terrifié aux autres. Vous pensez qu'ils nous laisseraient mourir de faim ?

— Bien sûr que non, réponds-je en serrant Bayla plus fort.

Les yeux de Naomi, cernés de noir, se lèvent vers moi, puis se reposent sur ma sœur. Sans un mot, elle hoche légèrement la tête et tente de boire à son propre bol.

Vers midi, alors que nous transpirons sous un soleil de plomb, sans protection et recouvertes de boue et de fumier, un groupe de prisonnières approche avec de grandes marmites.

— À la soupe ! On s'aligne ! hurle la Blockälteste.

— Vous voyez ? lance Chasha avec un sourire de soulagement. Elles viennent nous donner à manger !

Levana et Chasha s'empressent de rejoindre les autres et Naomi s'apprête à les suivre, mais je la retiens. Plusieurs femmes semblent chercher à gagner du temps, observant la scène d'un air calculateur, se levant le plus lentement possible tandis que la queue s'allonge.

Apprendre en observant, c'est le seul moyen de survivre. Ces filles sont là depuis plus longtemps. Elles savent ce qu'il faut faire.

Quand l'une d'elles finit par se placer vers le milieu de la rangée, Bayla, Naomi et moi sommes sur ses talons. Lorsque nous gagnons enfin l'avant, après ce qui me paraît avoir duré des heures, je suis soulagée de découvrir que ce sont d'autres prisonnières qui sont chargées de distribuer la soupe.

Le liquide marron – comme le prétendu café – a une odeur et un aspect répugnants, et quelques minuscules morceaux de ce qui pourrait être des pommes de terre et du rutabaga flottent à la surface. Le goût est plus atroce encore que l'odeur, et la bile me monte à la gorge rien qu'en m'imaginant manger ça, mais j'ai trop faim pour m'en passer. D'autres nouvelles, ne supportant pas l'odeur ou le goût, donnent leur part à des femmes qui les supplient et se marchent dessus, comme si elles n'avaient jamais rien mangé de leur vie.

La récompense de notre décision de rester en retrait est flagrante. Dans le bol de Bayla, il y a un morceau entier de pomme de terre, un petit bout de ce qui ressemble à de la viande, et quelques tranches de carotte qui flottent dans une substance sinon trop diluée. Il y a moins dans le mien ; seul un morceau de pomme de terre s'agite dans le liquide. C'est toutefois plus que ce qu'ont obtenu les filles du début de la queue, toutes les choses nourrissantes ayant sombré au fond de la marmite, ne leur laissant que de l'eau.

— Tout ce que tu as ! s'exclame une fille dans un murmure étonné, un regard avide plongé dans le bol de Bayla. (D'un geste vif, elle dénoue le foulard marron qui recouvre son crâne rasé et le lui tend.) Tu veux un foulard, petite ? C'est parfait pour se protéger du soleil ! Tu peux l'avoir si tu me donnes ta ration.

— Non merci, elle va bien, interviens-je en venant me placer entre ma sœur et la fille toute frêle.

Celle-ci me jette un regard glacial, un regard de prédatrice.

— Elle ne vivra pas longtemps, siffle-t-elle. Elle mourra de faim avant nous. Quel est l'intérêt de lui donner autant de nourriture ? C'est du gâchis !

Je la pousse et elle glisse dans la gadoue.

— Elle va bien ! craché-je.

Et je ferai en sorte qu'elle vive plus longtemps que toi.

Le soir tombe et la musique s'élève à nouveau de la fanfare du camp tout près, un air de parade enjoué escortant les groupes de travailleuses qui reviennent. Des prisonnières fonctionnaires longent les rangs armées de matraques et de fouets, frappant cruellement les corps usés de ces pauvres femmes, leur ordonnant de marcher au pas et de chanter. Beaucoup parmi elles ne peuvent obéir à cet ordre. Elles luttent pour tenir debout, glissent et tombent dans la boue, et tentent de tirer derrière elles des choses qu'elles ramènent de leur travail.

Je m'empresse de détourner le regard, tremblante, m'apercevant avec horreur que ce sont des cadavres qu'elles tirent.

— Appel ! *Zählappell !* Mettez-vous en rang, bande de chiennes !

J'attire Bayla et Naomi, jouant des coudes pour gagner le milieu du rang, m'assurant que Bayla soit entourée de deux femmes de chaque côté. La Blockälteste continue de hurler des ordres, arpentant les rangs, agitant son fouet et frappant celles qui ne sont pas assez rapides à son goût.

Quelques heures supplémentaires passent, un millier de femmes debout pendant que la Blockälteste et ses subordonnées rôdent parmi nous comme des loups, comptant, frappant, hurlant lorsque les chiffres ne collent pas, saccageant tout dans le bloc jusqu'à ce qu'elles aient trouvé les absentes et les aient poussées dans les rangs. Encore deux heures. Le soleil est couché, et les coups de sifflet résonnent à travers le camp, des confins des barbelés à ce qui s'étire au-delà.

Un gémissement me pousse à baisser les yeux vers Bayla, qui vacille légèrement sur ses pieds endoloris. Je corrige aussitôt sa posture et lui adresse un regard d'avertissement.

Nous ne pouvons fléchir, ici, pas avec toutes ces prisonnières fonctionnaires loyales à nos persécuteurs et qui surveillent nos moindres faits et gestes, pas quand il faut à tout prix éviter de leur donner une raison de nous battre ou de nous assassiner.

La superviseuse SS arrive sur son vélo, son bâton en main, pour vérifier les chiffres de l'appel, et lorsqu'elle repart, nous avons l'autorisation de retourner au bloc. À l'entrée, les subordonnées de la Blockälteste nous donnent de petites rations de pain. Elles sont si minuscules que la mienne est noyée dans ma paume, recouverte d'une fine pellicule de margarine. Je ne vois pas comment cette bouchée est censée faire office de repas digne de ce nom.

— C'est tout ce que nous aurons, dit une femme en passant devant moi.

C'est peut-être celle qui nous a empêchées d'aller nous poster à l'avant, ce matin, mais je n'en suis pas certaine. Nous nous ressemblons toutes, ici.

— C'est le souper, et le petit déjeuner de demain. Fais en sorte qu'il dure.

Qu'il dure ? Comment faire durer une vulgaire miette de pain ?

Nouvelles recrues dans un bloc rempli de femmes ayant déjà appris les règles qui régissent ce lieu, nous n'avons que peu de chances de trouver de la place dans les couchettes, encore moins celles du haut qui semblent être privilégiées. Plutôt que de nous battre pour une place dont on finira par nous écarter, Bayla, Naomi et moi nous pressons sur une couchette centrale, qui n'a pas le luxe d'une paillasse ou d'une couverture, aussi défraîchie soit-elle.

— Hodaya, je veux rentrer à la maison, renifle Bayla, son pain broyé dans sa petite main tremblante.

J'embrasse son crâne nu et décide de lui trouver un foulard le plus vite possible.

— Je sais, Bayla.

— Je veux voir Mama et Papa, se met-elle à pleurer. Je veux Asher ! Je veux que Noam revienne !

Ses yeux brillants – tachetés de gris orage et de rivières d'un bleu océan, exactement comme ceux de notre mère – me scrutent, terrifiés, noyés dans une confusion et une peur innocentes.

— … je sais. Moi aussi, murmuré-je en luttant contre mes propres larmes, Bayla sanglotant dans mon cou. Tout finira par aller bien. Tu sortiras de là, *je te le promets.*

Quoi que cela me coûte. Ma sœur… désormais ma fille, mon magnifique rayon de soleil, si insouciante et si bonne, aveugle à l'étendue de la dépravation humaine… Je m'assurerai qu'elle ne perde jamais cette lumière. Une mère serait prête à *tout*, endurerait *tout* pour son enfant. Un enfant a *besoin* d'une mère. Je suis tout ce qu'il lui reste, et je suis plus que prête à être ce dont elle a besoin, à tout sacrifier, tant que cela assure sa survie. Peu importe à quoi je dois me rabaisser, peu importe combien d'actes entacheront ma conscience et mon âme, je m'assurerai qu'elle vive, même si je dois plonger les mains dans la rivière de sang de Moïse pour arriver à mes fins.

Mais Dieu me pardonnera-t-il ces offenses ?

Si je m'abandonne au *yetzer hara* non pas par simple nature, mais sciemment, à la fois par avidité et par mépris total de la vie, serai-je lavée de ces péchés en enfer ? Le regret et la honte l'emporteront-ils sur le libre arbitre avec lequel je me rebellerai contre la volonté de Dieu ? Et dans le cas contraire, si Dieu décide que mon aptitude au mal est trop forte, cela importe-t-il vraiment ? Si on m'empêche d'entrer au paradis pour rejoindre mes proches, ce sort sera-t-il si intolérable, si j'ai offert à Bayla la vie qu'elle mérite ?

Non.

En même temps que j'ai cette pensée suffocante, je suis submergée par un sentiment de néant. Mes parents sont morts.

Il n'y a aucun moyen de fuir d'ici. Je n'ai rien d'autre que cette croûte de pain dans ma main et ces vêtements miteux sur mon corps. Il ne me reste rien d'autre, dans ce monde, que cette fillette qui s'endort en pleurant dans mes bras, que demain et ce qui nous attend à l'extérieur du baraquement. Cette prise de conscience devrait me briser le cœur, ç'aurait été le cas il n'y a pas si longtemps encore, mais je ne ressens rien, seulement résignée à être A-30972, alors que celle-ci prend la place d'Hodaya, en cette nuit amère.

16

5 SEPTEMBRE-
12 OCTOBRE 1943

Quarantaine

L'équivalent de trois jours de ration de pain, voilà ce que l'obtention d'un foulard a coûté. J'ai caché mon pain ce premier soir, dans l'intention de le donner à Bayla le lendemain matin, même si mon ventre sonnait douloureusement creux, mais un groupe de prisonnières qui n'étaient pas en quarantaine se sont approchées de notre pré, le deuxième matin, avec des choses à échanger. Une fille qui portait un long morceau de tissu sur la tête – probablement jaune à l'origine, ce que la crasse ne permettait pas de déterminer avec certitude –, a dit qu'elle me le vendrait contre trois bouts de pain. Je n'en avais qu'un, mais elle m'a assuré qu'elle pouvait attendre, et ce matin, j'ai échangé chaque morceau avec une atroce crampe à l'estomac, contre le bout de tissu que j'ai aussitôt noué autour du crâne brûlé par le soleil de Bayla.

Les mains tremblantes, affaiblie par la chaleur de l'après-midi et par le fait d'avoir uniquement survécu de soupe et de café ces derniers jours, j'avale les deux sans me soucier du goût ou des maladies qu'ils pourraient m'apporter. Ce qu'on nous dit être du café contient en effet une espèce de poison, comme le pensait Chasha ; plusieurs filles se sont souillées et n'ont pas eu l'autorisation de se nettoyer ou d'aller aux toilettes, et elles ont eu beau supplier, on leur a interdit de changer de vêtements. Les prisonnières plus anciennes ont confirmé que le café contient quelque chose qui nous empêche d'avoir nos règles, mais vu qu'ils ne nous donnent rien qui se rapproche davantage de l'eau, nous devons décider soit de le boire, soit de nous laver avec. La déshydratation devient rapidement un sujet d'inquiétude bien plus pressant que la faim, et les lèvres de Bayla commencent à craqueler. Ne nous souciant désormais plus de la boue, nous sommes toutes assises ensemble dans le pré. Levana et Chasha ont toujours leurs bols de café de tout à l'heure ; l'un leur sert à se laver méticuleusement le visage et la tête, l'autre à soulager leur gorge asséchée. Naomi, dont les yeux se creusent toujours plus de désespoir chaque jour qui passe, est appuyée contre mon épaule, le regard rivé sur la Blockälteste et les Kapos – les prisonnières que les SS sélectionnent pour maintenir l'ordre et qui reçoivent plus de nourriture et de privilèges que n'importe qui d'autre. Détenues ou non, ces femmes ne valent pas mieux que les SS. En vérité, certaines sont pires encore, car les SS choisissent souvent les prisonnières ou les criminelles les plus sadiques et les plus cruelles pour nous surveiller.

Les passages à tabac sont fréquents. Les Kapos traquent les femmes les plus petites ou les moins méfiantes afin de se déchaîner sur elles, et elles semblent sincèrement ravies lorsqu'elles obtiennent un hochement de tête approbateur de la part d'un SS. Une Juive arrivée avec un autre convoi quelques jours après nous n'a pas été attentive quand l'une de nos Kapos allemandes, Zlata, a surgi dans notre bloc pour déverser sa rage, et elle a dû être emmenée à l'infirmerie, plus morte que vive. Elle n'est jamais revenue.

Cela ne fait que quelques jours que nous sommes là, et pourtant, des centaines de femmes sont déjà mortes ; de faim, massacrées par les autres prisonnières pour un morceau de nourriture, un vêtement ou un service, mourant dans la nuit ou s'effondrant durant l'appel, succombant brusquement au choc et à l'épuisement. Mais il y en a toujours d'autres pour prendre leur place. De nouvelles femmes intègrent la quarantaine tous les jours, des dizaines, des centaines, et parfois des milliers, tellement que leurs visages se brouillent tous dans mon esprit, aussi insignifiantes et similaires qu'un troupeau de bovins dans un champ, seulement différenciées par leur tatouage.

Je suis assise sur un genou, prête à bondir et à prendre la fuite en un instant, chacun de mes sens à l'affût. Je ne peux pas me permettre de faiblir, même une seconde. Le danger peut venir de n'importe quelle direction, avec violence et sans avertissement. Si mes années passées au ghetto, sous le joug des nazis, m'ont appris quelque chose, c'est de ne jamais se faire attraper, d'être toujours sur le qui-vive.

Les femmes en quarantaine sont séparées des autres, dans le camp. Nous demeurerons isolées encore plusieurs semaines, par précaution contre les épidémies, puis, une fois cette période terminée, les survivantes seront placées dans le reste du camp. Mais jusque-là, nous n'avons pas de tâches à accomplir, contrairement aux autres, et nous passons nos journées à traîner dans la boue et le soleil, guettant les Kapos qui pourraient venir nous arracher de là pour du travail forcé s'il venait à leur manquer de la main-d'œuvre. Ils peuvent tous faire ce qu'ils veulent de nous.

Du mouvement, à quelques blocs de là, attire mon attention : une femme armée d'un fouet accourt vers le pré. En un instant, j'ai relevé Bayla et Naomi.

— Fuyez !

Mon cri capte l'attention des autres, qui se mettent toutes à hurler à la vue de la prisonnière allemande et partent en courant. Une vingtaine de femmes se retrouvent massées derrière le bloc. J'attire Bayla et Naomi derrière un baraquement voisin, loin des claquements du fouet et de la femme qui le manipule. Levana et Chasha ne sont nulle part en vue ;

je ne peux qu'espérer qu'elles aient réussi à se cacher. Nous ne pouvons pas retourner les chercher ; je ne prendrai pas le risque que Bayla me soit arrachée.

Déjà, des dizaines de nouvelles se font embarquer, sous les hurlements incessants de l'Allemande, qui fouette toutes celles qui se montrent trop lentes. Les femmes derrière le bloc se font surprendre et battre, puis sont entraînées dans le groupe d'esclaves de plus en plus important. Nous fonçons vers un autre bloc de quarantaine, évitant tout juste de nous faire repérer par la Kapo.

Courir. Se cacher. Courir. Se cacher.

Dieu fait sonner une trompette, miséricordieuse grâce sous forme d'un sifflet signalant l'appel du dimanche après-midi. Dans un chaos soudain et absolu, les femmes surgissent des blocs au-delà de la zone de quarantaine, et nous profitons du tumulte pour nous cacher, jusqu'à ce que la Kapo allemande disparaisse avec un groupe composé d'une bonne centaine de prisonnières.

— Levana, Chasha… murmure Naomi d'une voix désespérée.

J'aperçois alors les jumelles dans le groupe ; l'une d'elles affiche une balafre sanguinolente sur la joue.

Bayla est saine et sauve, dois-je me rappeler, puis je desserre mon emprise quand, en baissant les yeux, je découvre son visage pincé de douleur et ses doigts quasiment rouges.

La rafle a provoqué une vague de stupeur dans le camp et personne ne cherche à se rasseoir dans la boue, malgré la fatigue. Nous rejoignons les autres femmes dans le pré, à l'affût des Kapos et des SS, mais je ne suis plus focalisée sur ce danger spécifique. Tout le monde étant désormais sur le qui-vive, je peux à nouveau examiner notre environnement, chercher des signes chez les anciennes prisonnières, espérer découvrir quelle stratégie leur a permis de survivre aussi longtemps.

Bayla essaie de se racler la gorge sans bruit, mais elle est si sèche que sa voix est atrocement rauque, et son ventre émet des grognements sonores.

De l'eau. La nourriture, ça peut attendre, songé-je en essuyant la sueur qui macule mon front, prenant soin de ne pas toucher les zones où ma peau brûlée pèle déjà sur mon crâne rasé. *Un foulard, aussi, quelque chose pour me protéger la tête, mais également de la pluie et de la neige quand elles viendront.*

J'envisage un temps de me servir de l'ourlet de ma jupe. Il est long, à moitié recouvert de boue, mais si je le coupais, cela laisserait mes pieds et une partie de mes jambes exposés… Après avoir erré une heure supplémentaire au milieu des blocs de quarantaine, la chaleur brûlant mon visage, je décide que ça m'est égal. J'ai vu des femmes affublées de plusieurs couches de vêtements. Avec un peu de chance, je nous en trouverai quand l'hiver arrivera.

— Aide-moi à trouver une pierre, avec une arête nette. Je vais faire un foulard avec ma jupe, déclaré-je, et Naomi s'agenouille à mes côtés pour commencer à creuser la gadoue.

Cela demande quasiment une heure, mais mes doigts trouvent enfin quelque chose de dur. C'est un clou rouillé, certainement égaré lors de la construction des baraquements, et je l'utilise pour faire un trou bien propre dans ma jupe au niveau de la cheville, que je me mets alors à déchirer lentement. Naomi fait la même chose avec la sienne, et bien que le tissu humide empeste, il me fait l'effet d'un cadeau des dieux sur mon crâne brûlant.

De l'eau. Le mot fait à nouveau surface et mes pensées réadoptent une mentalité animale de traque. Je glisse le clou sous mes seins – il pourrait se montrer pratique, à l'avenir. Rien, pas même ce petit bout de cuivre pointu, ne doit être négligé, ici.

Ce n'est que lorsque le soir approche et que nous avons évité deux autres rafles que l'occasion d'avoir de l'eau se présente. Ou plutôt devrais-je parler de risque. Il n'y a pas d'occasion, dans ce lieu où nous sommes privées de tous les moyens de survie, seulement le risque calculé de notre vie en échange des nécessités les plus basiques.

Plusieurs membres du personnel de cuisine sont passées devant notre bloc il y a quelques heures, avec des cagettes. Je les ai suivies, par curiosité, et les ai regardées avec une faim vorace laisser tomber des morceaux de tomates pourries et d'autres choses encore dans la longue et profonde tranchée qui nous sépare des miradors et de la clôture électrifiée.

Les tomates, c'est principalement de l'eau. C'est ce que m'a expliqué un jour Mama en m'apprenant à cuisiner et à m'occuper du jardin.

Cachée le long d'un baraquement, près de la tranchée, je regarde les gardes armés de l'autre côté de la clôture, calculant la distance que j'aurai à courir, le temps dont je disposerai avant de me faire repérer, et si ma vie vaut quelques tomates et betteraves pourries.

Une fois de plus, Bayla cherche à se racler la gorge, faisant courir ses doigts alanguis sur son bol vide.

Ma vie ne le vaut pas, mais la sienne, si. Dieu, fais en sorte qu'on ne m'abatte pas...

Je me tourne vers Naomi.

— S'il te plaît, occupe-toi d'elle. Ne la laisse pas regarder, murmuré-je, et elle hoche la tête.

Le cœur en panique, je gagne lentement l'autre côté du baraquement, cherchant les Kapos parmi les groupes de prisonnières, qui prennent soin de ne pas traîner trop près de la tranchée. J'observe les gardes examiner le camp, puis me tourner le dos pour discuter. Profitant de ce moment de diversion inespéré, j'avance d'un pas tremblant. Tandis que je m'approche de la tranchée, un coup de feu éclate. Je me fige et plaque la main sur ma poitrine, à la recherche d'une blessure, avant d'entendre les cris et de voir une femme, à plusieurs mètres de là, chercher à franchir le fossé pour atteindre la clôture électrifiée.

Profitant de la distraction offerte par sa tentative de suicide, je m'élance, haletante, me jette dans la pente boueuse et attrape tout ce que je peux. Mes mains tremblent violemment, saisissant tout ce qu'elles frôlent sans que je voie de quoi il s'agit, et je le fourre dans ma jupe, comme un sac, avant de remonter la tranchée glissante.

— Mon Dieu, Hodaya ! Pauvre idiote ! sanglote Naomi lorsque je regagne le bloc, puis elle m'attrape par le bras et me tire vivement hors de vue.

Mes jambes cèdent sous le poids du soulagement et du choc, et le contenu de ma jupe tombe à nos pieds : cinq tomates gâtées mais bien juteuses et un tas de pelures de pommes de terre.

Naomi ignore cette pile pitoyable, trop occupée à dérouler ma nouvelle écharpe et à tâter ma nuque d'une main tremblante. Elle pleure, hurle presque, et étouffe le bruit d'une main soudain teintée de sang. La mienne est comme une plume quand je la lève et sens une légère brûlure et quelque chose d'humide, sous mon oreille.

— Tout va bien, elle t'a juste effleurée, frissonne Naomi en me prenant la main.

En comprenant ce qui s'est passé, je m'écroule contre le baraquement de bois, incrédule. La terreur, la panique et l'adrénaline ont dû m'engourdir et me rendre sourde, durant les quelques secondes où j'étais dans la tranchée, si bien que je n'ai pas entendu le coup de feu tiré des miradors, ni senti la balle qui, à quelques millimètres près, me transperçait le crâne.

— Mangez, murmuré-je, ma voix faible prise de tremblements.

Nous avalons bruyamment le liquide des tomates, dévorant le tout avec voracité. Par chance, il n'y a pas de moisissure, et même si elles sont acides, rien ne m'a jamais paru aussi délicieux.

Notre quatrième journée ne diffère pas des autres : observer le temps d'automne décliner lentement mais sûrement, se cacher des Kapos et de leurs raids, alterner entre la position debout et assise, essayer de tirer des enseignements des prisonnières plus chevronnées.

Levana et Chasha ont toutes les deux été embarquées pour travailler sur des rails, hier, mais elles ont réussi à éviter de partir aujourd'hui, même si leurs blessures rendent toute tentative de fuite compliquée. Une grosse entaille marque la joue de Levana, et la vilaine morsure sur la jambe de Chasha, provoquée par un chien lâché par son maître SS, l'empêche quasiment de se tenir debout.

Alors que l'heure de la soupe approche, la vue d'un uniforme vert m'alerte d'un danger. Avant que nous ne puissions courir, la Blockälteste hurle l'ordre de regroupement. L'homme à ses côtés est un Allemand, une sacoche en cuir passée sur son épaule, les croix sur sa poche de poitrine scintillant au soleil.

Je le reconnais immédiatement. C'est lui qui a persuadé Mengele de laisser Bayla venir avec moi. L'Obergefreiter Alaric Engel. Au moment où je me rends compte que je suis en train de le fixer, son regard pivote pour croiser le mien, et mon cœur semble se décrocher de ma cage thoracique. Je m'empresse de détourner les yeux, mes genoux à deux doigts de céder.

Je suis morte, il va me tuer ! Pour eux, les Juifs ne méritent même pas de regarder *ceux qui appartiennent à la « race maîtresse » !*

Pourtant, les secondes défilent et le caporal ne dit rien tandis que la Blockälteste rassemble tout le monde, nous poussant et nous couvrant d'insultes pour oser faire attendre le SS.

— Toutes mes excuses, Herr Obergefreiter ! l'implore-t-elle en allemand. Ce ne sont que des fainéantes, des sales chiennes. Elles sont à vous, monsieur.

L'homme ne lui répond pas et avance vers nous.

— Qui, ici, parle allemand ?

Deux mains se lèvent timidement, et les deux filles sont invitées à le rejoindre. J'entends l'une d'elles donner son matricule au caporal, A-30877 ; ses yeux sont tellement bleus qu'ils me saisissent, même de si loin. Je n'ose pas me porter volontaire et je prie pour qu'il choisisse d'ignorer ma grave erreur. Mais la chance n'est pas avec moi aujourd'hui, je le sens jusqu'à ma moelle avant même que le caporal avance vers moi.

— Matricule, lance-t-il.

— A-30972, récité-je, la tête basse.

— Matricule.

J'ouvre la bouche pour le répéter, mais mon cœur s'arrête quand j'entends Bayla dire, à côté de moi :

— A-30973.

— Avec moi, ordonne-t-il avant de pivoter sur ses talons, sans même vérifier si nous le suivons.

Bayla et moi lui emboîtons docilement le pas pour nous caler derrière les deux autres filles. Tandis qu'il nous guide en dehors de la zone de quarantaine, je jette un regard impuissant à Naomi, dont les yeux terrorisés et envahis de larmes me supplient de revenir.

Où nous emmène-t-il ? Pourquoi a-t-il décidé d'embarquer Bayla aussi ? Va-t-il nous tuer toutes les deux parce que j'ai osé le regarder ? Nous a-t-il reconnues ? Il doit forcément se souvenir ; Bayla est si facilement reconnaissable... Que veut-il ?

Un peu plus loin, sur l'artère principale du camp des femmes, les deux filles qui nous accompagnent sont remises à un autre officier, nous laissant Bayla et moi seules avec l'Obergefreiter Engel. Je ne peux m'empêcher de glisser ma main dans la sienne et de coller son corps tout frêle contre le mien, geste protecteur qui n'échappe pas à l'homme lorsque son regard se pose sur nos doigts entrelacés.

Nous passons sous l'ombre d'un mirador et le caporal pénètre à l'intérieur d'un autre bâtiment avant de crier :

— Kapo ! Viens ici ! J'ai ta nouvelle *Küchenmädchen* !

Une puissante odeur de légumes pourris et de soupe flotte par la porte, faisant gronder d'envie mon ventre vide. Une femme assez petite apparaît dans la seconde.

— A-30973 ! tonne l'homme en faisant signe à Bayla d'avancer.

Sa main glisse timidement de la mienne, laissant un vent glacial prendre sa place. L'Obergefreiter parle alors une langue qui me dit vaguement quelque chose – peut-être de l'ukrainien, comme la famille Chornovil, à Bochnia – mais que je ne comprends pas. La femme opine du chef et pousse Bayla à l'intérieur tout en me jetant un regard rassurant. L'échange est bref, se terminant avant même que je ne saisisse que Bayla est partie, et le caporal me guide ailleurs.

— Elle sera en sécurité, ici. Yeva veillera sur elle, se contente-t-il de dire.

Mon cœur accélère, perplexe. *En sécurité ?*

— Comment t'appelles-tu ? me demande-t-il soudain, la signification de ces mots prenant quelques instants pour être intégrée par mon cerveau.

Pourquoi veut-il savoir ça ? Il me jette un regard par-dessus son épaule et je me rends compte qu'il attend une réponse.

— Hodaya, Herr Obergefreiter, marmonné-je d'une voix qui semble même incertaine à mes propres oreilles.

Est-ce vraiment ainsi que je m'appelle ? Je me sens si loin de ce nom et de la fille à qui il appartenait.

— Moi, c'est Alaric.

Nous pénétrons dans une autre section du camp, pas très éloignée de nos baraquements. Même si tout est identique, de la boue dénuée de végétation aux clous qui composent les blocs de bois, cet endroit m'est étranger et troublant, et je brûle soudain de retrouver la familiarité de mon bloc, Naomi et Bayla, et ces femmes que je ne connaîtrai pas plus longtemps que quelques semaines. Nous gagnons un baraquement où des grognements de douleur émanent d'une porte fermée ; plusieurs corps émaciés sont empilés juste devant. Le numéro 12 est peint au-dessus de la porte.

— Ce n'est pas un lieu pour une enfant, dit-il tout bas, presque sur le ton de la confidence. Ne l'amène ici *sous aucun prétexte*. Vous restez en quarantaine, mais vous n'êtes plus soumises aux marchés d'esclaves.

Il tire un bout de tissu de sa sacoche et me le tend. Ses paroles et son attitude sont si surprenantes que je lève la tête et jauge son expression réservée avec autant de prudence que de confusion. Je lève lentement mes mains tremblantes, prête à essuyer une pluie de coups ou de balles, mais c'est la stupéfaction qui s'abat sur moi quand il se contente de me le donner.

— Cache-le sous tes vêtements ; ne laisse pas les autres le voir. Va te présenter aux infirmières, à l'intérieur. Elles t'attendent.

Perplexe, je hoche docilement la tête et glisse l'objet sous ma chemise, sans vraiment comprendre ce qui se passe. Une douce chaleur irradie de l'intérieur du tissu et je sais du plus profond de mon âme que c'est du pain. Il me fixe d'un air impassible, mais une étrange lueur, dans ses yeux, me rappelle Gerhard Kurzbach, le distingue des hommes comme Mengele et Schneider, des hommes dans les yeux desquels il n'y a jamais eu la moindre lumière.

— Que Dieu te garde, dit-il avec un bref hochement de tête, puis il pivote sur ses talons et m'abandonne devant le bloc numéro 12.

Je ne peux m'empêcher de mitrailler son dos du regard. Si une part de moi se demande pourquoi il m'a donné à manger et quel intérêt Bayla et moi lui apportons, mon cœur brûle de rage.

Il sait ce qu'est cet endroit, il est une pièce active de cette énorme machine, il a envoyé Bayla avec moi à l'abattoir. Qu'attend-il de nous ? Dans quel monde chimérique le loup protège-t-il l'agneau ?

Mon ventre est si noué que j'en ai la tête qui tourne, et je suis à deux doigts de vomir, mais je n'ai pas assez faim pour manger le pain offert par un assassin. Je m'apprête à jeter son cadeau dans la boue quand je pense à Bayla. C'est la plus petite de tout le camp. Elle a besoin de tout ce que je peux lui donner.

Je laisse donc le pain calé sous ma chemise et entre dans le bloc. Il est envahi de rangées de couchettes, occupées par un nombre vertigineux de femmes. Des toux et des pleurs prennent d'assaut mes oreilles, la chaleur de la fièvre semble irradier de partout, et la puanteur habituelle de chair calcinée s'accompagne ici de celle de la sueur et des excréments.

À l'entrée, je suis accueillie par une infirmière prisonnière. Elle m'examine de la tête aux pieds avant de déclarer :

— Tu es une petite chanceuse. Tu tiendras peut-être quelques mois, ici. Viens, Danuta t'attend.

Plus tard, après que je suis retournée en quarantaine et que j'ai subi l'épreuve de l'appel, les paroles de l'infirmière me hantent toujours. « Petite chanceuse. » La femme avec laquelle on m'a laissée, Danuta, m'a informée que je serais *nettoyeuse*. J'ai vite appris que c'était un euphémisme quand elle a commencé à m'expliquer comment extraire les cadavres du baraquement. Tellement de femmes, tellement de corps à porter ou à traîner, à mettre dehors afin que les camions les emmènent ensuite au four. « Petite chanceuse… »

Il y a ceux qui disent que la mort est paisible ; les livres que je lisais, avant, décrivaient celui qui venait de mourir avec une expression de soulagement, de repos, comme s'il dormait… mais ce sont des *mensonges*. Quand je regarde ces visages grisâtres, je ne vois que la même douleur et la même détresse qui les ont torturés dans la vie, et lorsque je sors les restes de leurs corps affamés et squelettiques, telles des poubelles inanimées, il n'y a qu'un silence creux. La mort n'est jamais paisible. Pour ceux qui meurent ici, des traces d'agonie et de terreur restent figés sur leurs visages brutalisés. La paix ne les a pas trouvés, pas même dans la mort.

Voilà à quoi ressemble vraiment l'enfer, songé-je en serrant fort ma ration de pain. Bayla dévore celui de l'Obergefreiter Engel, ainsi que les bouts de croûte que j'ai réussi à récupérer à l'infirmerie… sur les cadavres que j'ai jetés dehors. La faim est si douloureuse que j'en tremble, mais pour la première fois de ma vie, je n'ai pas d'appétit.

Quoi que cela me coûte, me rappelé-je. Si garder Bayla en vie signifie voler aux morts, alors je continuerai à le faire. Les vêtements et la nourriture ne sont plus d'aucune utilité à un cadavre. Cette pensée me soulage un peu. Je mordille faiblement mon pain, me résignant à la réalité de ce que la survie exigera de moi ici.

— Mademoiselle ? Mademoiselle, vous m'entendez ? murmuré-je à une femme allongée sur une couchette occupée par elle seule.

Le bloc numéro 12, qui est, ai-je découvert, le bloc consacré aux victimes du typhus, est sinistrement vide. Des médecins SS sont venus avant-hier, ont ordonné aux malades de se mettre en rang et ont embarqué la majorité des femmes, en plus de celles que les nettoyeuses avaient déjà sorties. De nouvelles patientes ont été admises, mais les couchettes vides obscurcies par la fumée et les volutes de souvenirs de celles qui étaient là avant me déstabiliseront toujours.

Le battement léger des paupières de la patiente est le seul mouvement qui m'assure qu'elle est toujours en vie. Trois femmes sont allongées sur la planche du dessous. Une n'émet ni un son ni un geste, la deuxième est prise de terribles quintes de toux et la troisième pleure. Ce sont les seules différences que je peux percevoir, car les yeux creusés, les corps décharnés et la peau grisâtre, presque cadavérique, sont les mêmes aussi bien chez les mortes que chez les vivantes.

Vivent-elles vraiment, ou s'apprêtent-elles à mourir ? Peut-on être mort et toujours respirer ?

La femme qui pleure frissonne convulsivement et attrape celle qui dort, à côté d'elle.

— Dieu, ne les laissez pas me tuer, répète-t-elle, encore et encore.

Pourquoi Dieu nous sauverait-il ici ? me demandé-je en m'écartant après avoir trouvé un pouls, certes faible, chez la quasi-morte. Notre bien-aimé HaShem souhaite-t-il vraiment que cela nous arrive ? Comme le Père au-delà du monde et de toute pensée et raison humaines, Il n'est égalé par aucun pouvoir. Mais cet être divin si bon et si incomparable nous refuse-t-Il tout secours ? Dans ce cas, et s'Il est vraiment le créateur et le gardien de tout dans l'existence, cela signifie-t-il qu'Il croit en ce massacre et l'autorise ? A-t-Il le pouvoir de sauver et choisit-Il de ne pas le faire, ou n'a-t-Il pas le pouvoir et regrette-t-Il qu'il en soit ainsi ?

D'un côté comme de l'autre, cela veut-il dire qu'Il n'est pas qu'amour, comme on m'a appris à le croire, ni le Dieu tout-puissant dont la parole a jusqu'ici gouverné ma vie ?

Tant de temps pour réfléchir, en ces journées interminables et ce travail abominable, et je finis par me demander : où Dieu a-t-Il jamais été présent ? Il a existé dans mes prières, dans le dévouement d'individus qui ont un jour fait partie de ma foi autant que Dieu Lui-même. Mais désormais, cette graine de doute qui a été plantée dans mes croyances commence à germer, des racines s'enfoncent lentement chaque jour qui les voit nourries par cette terre fertile et impie. Où Dieu existe-t-Il, s'Il n'est plus dans mon cœur ? Où est l'ange qui veille sur nous tous, celui dont nous parlait le rabbin Amasai, celui dont j'ai juré à Bayla qu'il était bien réel ? Chaque prière murmurée à Dieu est restée sans réponse, et aujourd'hui, *ici*, Dieu s'est évanoui.

Quelque chose m'effleure la main ; je baisse la tête vers une femme qui me tend le bras. Son visage est marqué de taches rouges et de plaies ouvertes, là où elle s'est gratté ses morsures de puces. Désormais, elle semble même trop faible pour daigner se gratter, préférant utiliser chaque once de force qu'il reste à son corps souffrant de malnutrition pour me toucher la main.

— Mazal ? Mazal, ma fille, c'est toi ? Viens me voir, s'il te plaît, viens me voir, souffle-t-elle d'une voix pantelante, ses mains osseuses brûlant de fièvre contre ma peau. Je suis si heureuse que tu sois revenue. Nous allons partir. Tu m'aideras, n'est-ce pas ? C'est enfin terminé. Ils te l'ont dit ?

Le doux oubli... que cette réalité vive dans sa tête jusqu'à ce que la mort l'emporte.

— Oui, oui, ils me l'ont dit, murmuré-je. Où est-ce qu'on va ?

— À la maison, bien sûr, répond-elle d'une voix rêveuse, ses yeux brillant de la faible lueur des souvenirs, ses lèvres entrouvertes par le spectacle silencieux d'une scène magnifique.

Je voudrais tant voir ce qu'elle voit, à cet instant. J'aimerais rentrer à la maison, maintenant.

— Tout le monde m'attend... Tu veux bien m'emmener...

Son ultime mot – interrompu par un hoquet douloureux – meurt sur ses lèvres, et le corps de la femme qui devait être la mère, la tante, la sœur ou l'amie de Mazal se relâche sous ma main, la lueur dans ses yeux ronds désormais obscurcie.

Dieu, je T'en supplie, conduis-la au paradis, laisse-la y retrouver sa Mazal. Je ne peux que me permettre cette brève prière pour l'âme de cette anonyme avant de fouiller son corps, à la recherche d'une ration de nourriture, de détacher le bol accroché à la ficelle autour de sa taille puis de tirer son cadavre rachitique jusqu'à la pile qui attend dehors. Je garderai la ficelle pour moi, afin de ne plus avoir à porter mon bol dans ma chemise, mais je vendrai son bol à une autre prisonnière. Il me procurera au moins l'équivalent de trois jours de pain.

Au loin, les médecins SS approchent en camion. Un homme est assis côté passager, un bras tranquillement posé sur le rebord de la vitre ouverte. Son gant blanc forme un contraste saisissant avec cet environnement morne, et je me demande combien de fois il doit laver le sang de ses mains pour les garder si pures.

— Je n'en peux plus, c'est trop dur…

Il nous reste dix jours avant la fin de notre quarantaine de six semaines, et ce sont les premiers mots que j'entends Chasha prononcer depuis des semaines. Naomi s'immobilise, les mains jointes en coupe, prête à asperger d'une nouvelle rasade de café sa peau mangée par les poux. Levana s'écarte comme si elle venait de prendre un coup. J'observe le voile inquiétant qui recouvre les yeux de Chasha, la maigreur de ses joues et de sa nuque, où la peau colle à l'os.

— Comment oses-tu dire ça ! s'écrie Levana en tirant sa sœur dans ses bras, comme pour l'arracher à cette affreuse stupeur. On va s'en sortir, tu m'entends ? On va le faire, parce que quelqu'un doit y arriver. On va s'en sortir, Chasha ! Nous ne sommes pas allées aussi loin pour abandonner maintenant !

— Mais combien de temps encore ? murmure sa sœur d'une voix distante et vide, une ration entière de pain délaissée à quelques centimètres seulement de ses doigts

Cela fait deux jours qu'elle ne mange plus.

— Jusqu'à demain, déclare Levana avec assurance. Et demain, le jour d'après. Ne pense pas à ce qu'il y a ensuite. On pourrait être libres demain matin, ou dans deux jours. Tu voudrais mourir juste avant ? Si nous survivons à aujourd'hui, nous serons libres demain. *Demain soufflera le vent de demain.*

Elle dit cette phrase en japonais, mais elle a répété tant de ces proverbes que même moi, je commence à les reconnaître.

Chasha garde le silence. Je m'écarte légèrement d'elle, serrant les épaules de Bayla plus fort. J'ai tant de fois témoigné de ce regard vaincu et vide, à l'infirmerie… je sais qu'on ne peut plus rien pour elle. Elle n'est plus qu'une ombre, une *Muselmann* qui a perdu tout espoir et toute volonté, et sa capitulation est une maladie. Elle a très vite sombré dans le désespoir, a été forcée de creuser la terre sèche pour former des tranchées, pour porter des pierres et mettre en place des rails, et elle ne tressaille plus quand nous essayons de panser ses blessures après qu'elle s'est fait attaquer par ces chiens vicieux ou par ces Kapos assoiffés de sang.

Je baisse les yeux vers Bayla tandis que Levana murmure avec ferveur dans l'oreille de Chasha. L'idée de cette même impuissance passant même brièvement dans le regard de ma sœur, l'imaginer avachie, errant sans but, hermétique au monde et uniquement concentrée sur la clôture électrifiée que nous n'avons pas le droit d'approcher…

— Je peux vous cacher, leur soufflé-je. C'est ce que nous avons fait pour Bayla, dans le ghetto. Si vous faites mine d'être malades, je peux vous faire entrer dans le bloc numéro 12.

Chasha ne sort pas de sa transe, mais les yeux de Levana s'illuminent d'espoir.

— Mais c'est dangereux, les préviens-je. Les médecins SS viennent quasiment tous les jours pour des sélections. Tant qu'ils partent du principe que vous n'êtes pas condamnées, ça devrait aller. Vous pourrez reprendre des forces, et je vous apporterai tout ce que je peux.

— Oui, on peut le faire, sourit Levana avec assurance. On peut le faire, Chasha. Nous sommes assez fortes. Nous nous reposerons un moment et nous serons très vite à nouveau sur pied.

Le matin et le soir passent, et nous nous alignons pour l'appel qui se déroule heureusement assez vite, seulement sur deux heures. Mais ensuite, nous n'avons toujours pas l'autorisation de bouger. Un fonctionnaire prisonnier armé de colis se tient aux côtés de la Blockälteste, un homme frêle qui a fait tout le chemin depuis le bloc postal des hommes.

« Ce n'est pas pour les Juifs », me souviens-je avoir entendu dire une vieille femme, la première fois que j'ai assisté à cette scène. « Tout le monde peut envoyer et recevoir des colis, mais pas les Juifs. Jamais les Juifs. »

Je n'ai jamais davantage envié qui que ce soit que ces quelques femmes qui accueillent avec tant de joie les choses sans valeur qu'on leur envoie. Elles ont quelqu'un au-delà de la clôture – jamais dans le camp des hommes, bien sûr, cela les condamnerait à mort, mais il y a quelqu'un dans le monde extérieur qui pense à elles, quelqu'un qui est en vie, quelqu'un qui les aime et leur envoie ce qu'il peut. Trois femmes sont appelées, aujourd'hui.

Enfin congédiées, nous prenons notre ration de pain et nous faufilons à l'intérieur du baraquement. Nous ne sommes que quelques centaines, peut-être la moitié du millier que nous étions il y a encore peu. Jour après jour, toutes ces femmes deviennent de plus en plus méconnaissables, même mes propres amies commencent à ressembler à ces gens que j'ai vus le jour de notre arrivée en train. C'est horrible comme le corps humain peut changer, l'accumulation d'abus qu'il peut endurer, au point de se flétrir comme une fleur privée d'eau et de soleil, pour devenir quelque chose qui n'est ni mort ni vivant.

Nous nous pelotonnons les unes contre les autres sur le tuyau de chauffage en pierre pour lutter contre le froid, nous efforçant de ne grignoter que la moitié de notre croûte de pain. Levana pousse des morceaux dans la bouche de Chasha, lui intimant de mâcher et de déglutir, ce qu'elle fait avec un détachement et un manque d'appétit que je lui envie presque. Bayla ne prend que quelques bouts de son propre pain, puis elle en glisse plus de la moitié sous sa chemise.

— Bayla, il faut que tu manges davantage.

— J'ai mangé hier, me murmure-t-elle après un coup d'œil nerveux aux alentours. C'est Yeva, la Kapo. Elle me donne des carottes et des pommes de terre, mais elle m'a interdit de les faire sortir de la cuisine. Je peux garder ça pour demain.

Je prends le temps d'examiner son corps, tâtant ses côtes et son dos, qui sont terriblement amaigris, mais m'aperçois alors qu'elle n'est pas aussi chétive que devrait l'être une enfant de son âge, à ce stade. Si ses os ressortent toujours et si sa peau est encore très pâle, ses joues dissimulent un rose très léger, et sa silhouette paraît un peu plus forte.

« Yeva veillera sur elle. »

Savait-il qu'elle serait nourrie, là-bas ? Savait-il que la Kapo prendrait pitié d'elle ? Pourquoi aurait-il entretenu de telles pensées ?

La cuisine est un lieu si enviable. Le travail se fait à l'intérieur, à l'abri des éléments, un peu plus protégé de la violence, et la nourriture est sous vos yeux. Seules les femmes les plus robustes, dotées de suffisamment de force pour déplacer les lourdes marmites de soupe, peuvent un tant soit peu rêver d'intégrer les cuisines. Ce n'est pas le genre d'endroit que Bayla aurait pu avoir la moindre chance d'approcher. En réalité, sa présence dans le camp à mes côtés, en cet instant, est comme son poste dans les cuisines : nous les devons à l'Obergefreiter Engel.

Elle n'aurait jamais dû voir ce qu'il y avait au-delà du train. Elle aurait dû partir avec nos parents vers la lueur, que j'aurais moi aussi suivie… Parfois, je me demande : Mama et Papa se sont-ils retrouvés, à la fin ? Ont-ils partagé un sourire, en pensant que nous finirions tous par nous revoir ? Étaient-ils ensemble lorsqu'ils ont compris que ce n'était pas de l'eau qui tombait des douches ? Ont-ils cédé au désespoir, en ces ultimes instants de terreur, craignant que le même sort n'accable bientôt leurs filles ? Ou sont-ils morts seuls ?

Pitié, faites qu'ils aient été ensemble...

— Hodaya ?

Je pourrais pleurer de soulagement quand cette voix inconnue m'arrache à ces sombres pensées. Je jette un regard surpris à la femme accroupie à côté du tuyau de chauffage, berçant un paquet contre sa poitrine. Je reconnais ses yeux bleus saisissants, puis le numéro sous le triangle blanc cousu à sa chemise : A-30877. C'est l'une des deux germanophones que l'Obergefreiter Engel a appelées ; depuis, elle fait office de messagère entre les fonctionnaires du camp.

Comment connaît-elle mon nom ?

Nos regards se croisent l'espace d'un bref instant, avant que le sien ne se pose sur Bayla. L'air satisfaite, elle se dépêche de tirer un objet couvert d'un tissu de son paquet et le place entre mes mains avant de s'éloigner dans une paire de chaussures de cuir.

Une odeur de viande assaisonnée exsude du linge. Je me penche un peu plus et le protège de mon corps pour mieux regarder. Ma bouche salive aussitôt, et je me vois, plutôt que je me sens, trembler. Dans mes mains trône une demi-miche de pain légèrement recouverte de beurre, ainsi qu'une poignée de fins morceaux de poulet.

Bayla lâche un hoquet ; Naomi et Levana observent avec stupeur le festin que l'on vient de m'offrir. Je les attire immédiatement vers moi et leur fais signe de se taire tout en commençant à distribuer des bouts de pain et des morceaux de poulet. Nous ne nous demandons ni d'où ça vient ni pourquoi, dévorant le tout avant que qui que ce soit ne remarque ce que nous avons et songe à nous l'arracher.

Très vite, tout a disparu. Le goût merveilleux et la chaleur s'attardent sur ma langue et sur mes doigts que je lèche goulûment, mes crampes d'estomac légèrement apaisées. Alors que je m'apprête à me débarrasser du linge vide, je remarque un bout de papier qui avait été caché sous notre banquet, tout taché. Je le déplie, rongée par la curiosité.

Quatre mots sont délicatement écrits à l'encre noire.

Que Dieu te garde.

Je me fige, l'image d'un homme à la joue barrée d'une cicatrice s'imposant à mon esprit, et j'ai soudain envie de vomir.

17

13 OCTOBRE 1943

Dernier jour de quarantaine

Dix jours et sept sélections ont défilé depuis que j'ai réussi à emmener Levana et Chasha dans le bloc numéro 12. Les médecins SS ne sont passés à l'infirmerie ni hier ni avant-hier. Avant, ils venaient tous les jours ; parfois Mengele avec ses gants blancs et son affabilité, d'autres fois Hans König ou Werner Rohde. En dix jours, ils ont envoyé plus de six cents femmes aux chambres à gaz.

Personne n'est censé être au courant. Comme des agneaux à l'abattoir, nous ne sommes pas censées savoir que la mort est inévitable jusqu'à ce que le couteau ne tombe sur nous. Mais nous savons. Les prisonnières parlent, les Kapos et les aînées des blocs qui ne sont pas supposées dire quoi que ce soit à ce sujet sont parfois surprises à échanger des murmures sur le « gazage », et des centaines de détenus peuvent être aperçus en marche vers les fours crématoires, pour ne plus jamais être revus. Nous savons toutes ce qu'est cette puanteur. Nous savons toutes ce qu'ils brûlent. Des milliers de gens, ça ne disparaît pas comme ça. Ce sont eux, les véritables agneaux, car comment pourraient-ils comprendre la réalité, même après les atrocités qu'ils ont traversées, quand on leur a simplement dit qu'ils allaient prendre une douche ? Certaines d'entre nous n'y parviennent toujours pas.

L'après-midi approche avec une fraîcheur palpable, en dépit de l'humidité de la journée. Je traîne les pieds jusqu'au fond du bloc, trois rations de pain sec calées sous mon bras, trois morceaux récupérés sur les cadavres, dans la matinée. Sur la couchette du haut, Levana et Chasha se reposent.

Un rapide regard m'assure qu'aucune infirmière ne fait attention à moi.

— Tenez, mangez autant que vous le pouvez, murmuré-je en faisant tomber le pain dans les mains de Levana. J'essaierai de vous en trouver d'autres.

— Merci, Hodaya, me sourit-elle avant de secouer doucement sa sœur.

Si toutes ces heures de sommeil et la nourriture ont éclairci les cernes sous ses yeux et ramené un peu de couleur à ses joues, Chasha n'a toujours pas dit le moindre mot. Elle remange enfin seule, après que Levana a passé trois jours à tout lui enfoncer de force la nourriture dans la bouche, et elle s'est même mise à me regarder quand je viens les voir, ses yeux brillant d'un semblant de reconnaissance.

— Ils viendront, aujourd'hui ? m'interroge Levana tout en jetant un regard nerveux à la porte.

Deux jours... je doute qu'ils se tiennent à distance plus longtemps. Il n'y a pas que dans le bloc numéro 12 que les médecins SS n'ont pas fait d'apparition. Personne ne les a vus dans les baraquements voisins.

— Sûrement, réponds-je en observant Chasha.

— Elle peut le faire, déclare Levana, et je vois bien que c'est elle qu'elle cherche à rassurer. Elle est suffisamment forte, maintenant. Elle peut sauter ou courir, elle peut faire tout ce qu'ils lui demanderont.

— Tu es sûre ? On pourrait à nouveau essayer de la cacher.

Le risque que Chasha se fasse embarquer a été et est toujours trop gros. Mengele n'est venu qu'une seule fois jusqu'ici, et il n'a même pas mis les pieds dans le bloc. Ç'a été aux infirmières de faire sortir toutes les femmes pendant que les SS notaient les matricules et marquaient les couchettes, si bien qu'il était plus simple d'« oublier » Chasha à l'intérieur pour presser toutes les autres auprès des médecins. Ce sont König et Rohde qui ont été chargés de mener la sélection, depuis, et étant donné qu'ils sont très souvent plus désorganisés que Mengele, Chasha a réussi à échapper à leur attention, cachée sous les paillasses et sous les cadavres, pendant que Levana sortait avec les autres.

Levana observe un instant sa sœur, le poids du souci et de la détermination pesant lourd sur ses épaules.

— Tu peux le faire, Chasha, tu es forte. N'oublie pas : nous serons libres demain. Ne les laisse pas gagner. *Continuer, c'est avoir du pouvoir.*

Ces derniers mots, murmurés en japonais, éveillent une lueur dans les yeux de Chasha, qui inspire profondément.

Chaque proverbe de Levana semble remuer quelque chose chez sa sœur. Peut-être est-ce le souvenir d'une vie heureuse, avant cet endroit, qui lui donne davantage de force que la nourriture et le repos, mais quand je vois ça, je me dis que tout espoir n'est finalement peut-être pas perdu, pour elle.

— Tu y crois vraiment ? soufflé-je en scrutant Levana, cherchant un signe d'insincérité.

Elle me regarde avec toute la patience et la tendresse que je pourrais attendre d'une grande sœur.

— Bien sûr que j'y crois, je n'ai pas le choix. Quel sens a la vie si on ne croit en rien ? (Son sourire, même s'il ne porte qu'un fragment de son ancienne joie, a quelque chose de réconfortant.) Je crois que nous sommes plus fortes qu'eux, quoi qu'ils nous fassent. Je crois qu'un jour, Dieu accomplira Sa justice, et que certains d'entre nous devront être là pour en témoigner.

Parce que beaucoup ne le seront pas. Des images qui hantent depuis longtemps mon sommeil font surface sous mon crâne : je quitte le train pour me jeter dans le feu ; j'embrasse Papa pour ce que j'ignore être la dernière fois ; je regarde Mama disparaître en direction de la sinistre lueur. Tous ces gens venus de Bochnia avec nous, le petit garçon et ses sœurs, les enfants et leurs grands-parents, les mères et pères avec leurs bébés… ils sont tous morts, désormais. J'ai beau tout faire pour les chasser de mes pensées, les oublier est impossible. Chaque nouvelle femme intégrant la quarantaine et qui pleure le meurtre de ses parents ou de ses enfants, chaque bref regard jeté à quelqu'un qui marche vers les chambres à gaz, cette odeur infecte de chair et de fumée qui gratte ma gorge à vif… autant de cruels rappels de la réalité. Tous, torturés et assassinés par ces uniformes sans cœur, brûlés et débarrassés pour seulement demeurer dans le souvenir de fantômes et de photos… *S'il y a la moindre justice, le moindre amour dans le cœur de Dieu, Il punira pour leurs péchés ces assassins dépourvus d'*âme.

— Moi, j'aimerais le voir, murmuré-je, reconnaissant à peine la voix chargée de vengeance qui quitte ma gorge.

— Nous le verrons. N'oublie pas : pour l'instant, nous devons simplement tenir jusqu'à demain.

Je lui rends son sourire rassurant avec un hochement de tête, et je m'apprête à descendre de la couchette quand une voix affreusement rauque me fige sur place.

— Et demain, nous serons libres…

Chasha bat ses paupières fatiguées et tend ses mains étrangement dénuées de tremblements pour réclamer un morceau de pain.

— Oui, Chasha, exactement ! se met à pleurer Levana. Demain, nous serons libres. Nous devons simplement tenir jusque-là !

Pour la première fois depuis des jours, en voyant renaître cette étincelle de vie dans les yeux de Chasha et en entendant l'espoir toujours plus grand de Levana, au fil de ses proverbes, je suis convaincue qu'elles survivront.

Une main ferme m'arrache brusquement de la couchette.

— Qu'est-ce que tu fais ? Ils ne vont plus tarder, nous devons être prêtes. Mengele vient, aujourd'hui, chuchote Danuta tout en m'escortant à l'avant du bloc, où les autres travailleuses sont en train de se rassembler, et la simple mention de son nom a le pouvoir de me glacer les veines.

Un groupe de médecins et de gardes SS pénètre dans l'infirmerie, Mengele en tête, ses cheveux et son uniforme plus impeccables que jamais, ses mains gantées de blanc nouées dans son dos. L'Obergefreiter Engel ferme la marche, ses yeux me trouvant très vite parmi les autres infirmières et nettoyeuses, trahissant son remords, avant de se détourner.

— Tout le monde en rang ! aboie un garde SS, lui et ses hommes longeant les couchettes pour les marteler de coups de matraque, esquissant des grimaces de dégoût à la vue des femmes qui se lèvent péniblement.

Levana et Chasha quittent leur couchette, plus fortes et en meilleure santé que les autres, et je manque de pleurer de soulagement en voyant Chasha se tenir bien droite.

Oui, elles s'en sortiront. Elles ont survécu quasiment deux semaines dans le bloc numéro 12, et elles sont beaucoup plus fortes qu'elles ne l'étaient en arrivant. Mengele ne les prendra pas ; elles sont de toute évidence de nouveau sur pied, et elles peuvent toujours être utiles. Tout ira bien.

Nous attendons avec patience l'ordre de quitter les lieux au pas de course, ou de faire sauter toutes les femmes par-dessus le tuyau de chauffage, mais rien de tout cela n'arrive. Exceptionnellement, les femmes trop malades pour descendre ne voient pas leur couchette marquée de craie blanche, synonyme de mort. Au lieu de ça, on les force à se lever et on les pousse dans le rang. L'Obergefreiter Engel s'approche de l'infirmière en chef, la mâchoire serrée, et elle lui tend la liste des patientes gravement malades qui seront automatiquement sélectionnées, mais étrangement, les SS ne demandent pas la liste de toutes les patientes, contrairement à d'habitude. Quelque chose ne va pas. Cette sélection n'est pas comme les autres.

Aucun des médecins SS n'a bougé de l'entrée, pas même Mengele, qui tire généralement un grand plaisir de ce moment, qui s'amuse souvent à arpenter les rangées, examinant les corps, décidant combien de temps encore ils peuvent s'avérer utiles.

L'Obergefreiter Engel parcourt la liste des yeux puis s'approche de Mengele.

— Peut-être serait-il prudent d'attendre encore un peu, Hauptsturmführer Mengele. Peu de ces femmes sont…

— Des *femmes* ? ricane Mengele, comme si on venait de lui raconter une blague ridicule, puis il désigne les patientes de sa main gantée. Regardez ces immondes créatures. Elles ont l'air de femmes, d'après vous ? Je ne crois pas. Cela fait trop longtemps que vous êtes parti de chez vous. Peut-être devriez-vous aller faire un tour au village, ce week-end, histoire de vous trouver une fille qui vous rappelle ce que c'est, une vraie femme.

Quelques gardes se mettent à rire, mais Engel décide d'ignorer sa raillerie.

— Je voulais dire « prisonnières », Hauptsturmführer. Seulement une cinquantaine parmi elles sont identifiées comme gravement malades, se reprend-il en désignant la liste. Beaucoup d'autres peuvent encore se montrer utiles. Peut-être ferions-nous mieux d'attendre avant de vider ce…

Le gant blanc de Mengele se lève, coupant immédiatement la parole à Engel.

— Vous êtes un militaire, Obergefreiter. Dites-moi, quel serment avez-vous prêté lorsque vous avez rejoint la Wehrmacht ?

Engel se raidit presque imperceptiblement.

— « Je jure à notre chef, Adolf Hitler, commandant suprême des forces armées allemandes, loyauté et bravoure. Je promets à notre chef et aux supérieurs qu'il a désignés obéissance jusqu'à la mort. »

— Bien, approuve Mengele, toute trace d'amusement effacée de ses traits. Alors vous comprenez qu'en tant que subordonné, si un supérieur désire avoir votre avis, il vous le fera savoir.

— Oui, Hauptsturmführer. Toutes mes excuses, marmonne Engel en baissant la tête, les lèvres pincées.

Soudain, quelque chose refait naître un sourire sur celles de Mengele, et une atroce lueur d'excitation fait briller ses yeux.

Un frisson me parcourt l'échine, chaque poil qu'il me reste sur le corps se dresse. Je suis son regard avec appréhension et mes jambes se mettent à trembler quand je découvre qu'il s'est arrêté sur Levana et Chasha. Mengele se met en marche, chaque pas formant un écho menaçant, son expression ravie ne quittant pas une seconde son visage.

Il n'a rien à voir avec les loups qui terrorisent cet endroit, et pourtant, il m'effraie d'une façon dont les Kapos et les SS ne pourraient que rêver. Les loups sont aussi transparents que du verre. Si l'un d'eux s'approche de vous les crocs sortis, vous ne pouvez douter de ses intentions, de la sauvagerie avec laquelle il se déchaînera, de la satisfaction qu'il tirera en vous déchiquetant et en buvant votre sang. Un renard est bien plus malin, à tel point que, même s'il vous traque et s'approche les crocs sortis, il est toujours possible d'imaginer qu'il sourit et de le prendre pour un ami.

Mengele s'arrête devant Levana et Chasha, un sourire de jouissance sur le visage.

— Des jumelles ! De parfaits miroirs. Je ne crois pas en avoir jamais vu de si semblables. Comment ai-je pu vous rater ? C'est incroyable que vous soyez encore ensemble ! Comment vous appelez-vous ?

On pourrait entendre une mouche voler à deux baraquements d'ici. Timidement, sans lever la tête, Levana répond. Le renard sourit de plus belle et lève une main gantée pour mieux inspecter son visage.

— Donnez-moi vos matricules, dit Mengele, et je remarque que même les SS l'observent avec un certain malaise. Je pense que vous serviriez beaucoup mes recherches. Vous aurez droit à un traitement spécial, bien sûr, comme pour tous mes enfants. Obergefreiter ! Notez ces deux filles pour mes recherches, et c'est tout ce que je vous demanderai aujourd'hui.

Elles n'ont pas d'autre solution que de le suivre vers le groupe de médecins SS, mais il n'y a pas de peur dans leurs yeux… comme les agneaux suivant le renard dans son repaire. Levana surprend mon regard, sûre d'elle et soulagée, sa main serrant celle de sa sœur, et elle hoche imperceptiblement la tête en passant devant moi, comme pour dire *Ne t'inquiète pas, nous sommes fortes. Tout ira bien.*

Non ! Non, tout n'ira pas bien ! Il va vous tuer ! Fuyez ! Ne le laissez pas vous embarquer ! J'ai envie de lui hurler tout ça, de courir après elles et de les retenir, de supplier cet Ange de la mort de les épargner… mais rien ne vient. Je suis comme enracinée, trop sonnée, trop horrifiée pour bouger. Ma voix reste collée dans ma gorge, les larmes me piquent les yeux, et Levana et Chasha disparaissent derrière la porte sous une ultime déclaration de Mengele.

— Aujourd'hui, on vide ce bloc !

Poussées à l'extérieur dans une confusion de larmes, toutes les travailleuses se tiennent la main pour former une barrière de fortune, entourant la porte et les camions allemands pour s'assurer que les patientes sorties du bloc ne puissent pas s'enfuir. Je cherche frénétiquement mes amies et les aperçois enfin avec Mengele, près d'un des camions. Comme on le ferait avec un enfant, l'homme leur sourit puis sort quelque chose de sa poche pour le leur offrir. Avec hésitation mais une méfiance nettement atténuée, chacune d'elles prend un bonbon dans sa main, puis obéit quand il leur ordonne de grimper sur la banquette.

Aucun matricule n'est pris. Personne ne doit courir ou sauter, aujourd'hui. Les prisonnières qui montrent des signes de meilleure santé et celles qui sont trop malades pour se déplacer sont toutes chargées dans les camions. Celles qui s'effondrent dans la boue doivent être jetées sur les autres. Une femme tombée à terre m'agrippe la cheville en hurlant :

— Je vous en supplie ! Non !

Le sentiment de trahison qui brûle dans ses yeux terrifiés et assombris lorsque je retire sa main pour la soulever à l'aide d'une autre infirmière est à jamais gravé dans ma mémoire. Danuta rugit de chagrin tandis qu'elle charge une jeune fille, puis elle grimpe juste derrière elle, en sanglots, repoussant les autres nettoyeuses et infirmières qui cherchent à la retenir. Il n'y a pas une femme – patiente ou personnel – qui ne pleure pas, qui n'implore pas la merci ou le pardon, qui ne hurle pas son impuissante agonie, sous le regard indifférent des SS.

Le grondement d'un moteur se fait entendre, et à travers mes larmes et les gouttes de pluie, j'aperçois le gant blanc de Mengele, posé tranquillement sur le rebord de sa vitre ouverte.

— Levana ! Chasha ! crié-je, ma voix noyée par les hurlements de rage et de chagrin, dissipée par l'averse que crache le ciel noir au-dessus de nos têtes, et le camion s'éloigne.

Je me mets à courir après mes amies, mais je n'ai le temps de faire que quelques pas avant qu'un bras ne me coupe le souffle en me tirant violemment en arrière. Luttant pour respirer, tendant le bras vers le camion, comme si ce simple geste pouvait me ramener Levana et Chasha, je n'attrape que l'air glacial, et le monde se distord en un voile de brume.

Une voix d'homme résonne dans mes tympans, me posant encore et encore la même question :

— Qu'est-ce que tu cherchais à faire ?

La familiarité de cette voix m'arrache lentement à ma torpeur, et j'enregistre d'abord l'intérieur d'un baraquement, puis un uniforme vert qui bloque la porte menant à l'horreur de dehors.

— Qu'est-ce qui t'a pris ? Tu leur courais après ? C'est ça que tu faisais ?

Elles sont parties ! Il les a prises ! Elles allaient mieux, et il les a prises !

Mon cœur brûle alors que j'essaie d'inspirer une longue goulée d'air. Le monde semble tournoyer sous mon regard embrumé et soudain, mes jambes me lâchent.

C'est ma faute ! C'est moi qui les emmenées ici ! Je savais que c'était dangereux, et je les ai emmenées quand même ! Elles vont se faire tuer, et ce sera ma faute ! C'est lui qui les a prises, mais c'est moi qui les ai tuées, comme j'ai tué Noam !

— Je les ai tuées ! sangloté-je, hantée par la dernière image de leurs magnifiques visages ravagés et par le souvenir des yeux innocents et terrifiés de mon ami levés vers moi. Je vous en supplie, pardonnez-moi !

Mais comment peuvent-ils me pardonner, s'ils sont morts ? Dieu ne peut pas pardonner les péchés d'un homme contre un autre ; seuls eux peuvent se pardonner. Mais si seuls les morts peuvent pardonner à leur assassin, comment est-ce possible ? Les gens méritant d'aller au paradis ne sont-ils pas forcés de pardonner ne serait-ce qu'à leur assassin ? Si ce sont uniquement ceux que nous avons atteints qui peuvent nous pardonner, alors de quel droit Dieu décide-t-Il de qui doit être purifié en enfer ? Si tous ceux que Mengele a tués lui pardonnent, même s'il ne se repent pas, Dieu lui pardonnera-t-Il également ?

— Hodaya !

Dieu se soucie-t-Il même de tout cela ? Pourquoi regarder ce génocide provoqué par les hommes en sachant qu'ils sont les seuls à pouvoir se pardonner ? Pourquoi donner à des êtres doués de raison la liberté d'infliger aux autres un tel supplice ? Si c'est le Créateur tout-puissant qui nous donne la capacité de commettre le mal, cela ne signifie-t-il pas qu'Il partage la même capacité ?

— Hodaya !

L'Obergefreiter Engel s'agenouille pour m'empêcher de tomber, et ses bras enroulés autour de moi forment comme une prison. Je lutte pour me défaire de son emprise, frissonnant de dégoût, les zones que son contact a brûlées picotant comme une plaie ouverte sur laquelle on aurait mis du sel.

— Tu avais vraiment l'intention de les suivre ? Dans quel but ? Quel intérêt aurait ta mort, aussi bien pour toi que pour ta sœur ? demande-t-il d'une voix plus douce, moins accusatrice.

Mes ongles plantés dans mes paumes, je me relève péniblement, désirant plus que tout m'arracher à son corps. Il ne réagit pas à mon rejet, me laissant le regarder de haut. Son visage est un masque de renard empli de regret et de tristesse.

— Qu'est-ce que ça peut vous faire ? Combien de gens vous avez tués, *vous* ?

Ces paroles qui causeront probablement ma mort sont crachées avant que je puisse les retenir, et mon cœur se fend. L'homme se relève avec une légère difficulté.

— Beaucoup… mais c'était la guerre. Là, c'est… c'est… souffle-t-il avec un regard distant, hanté. Il n'y a aucune mort que je ne regrette pas, mais je n'ai tué aucun prisonnier, ici, aucun innocent.

— Quoi ? hoqueté-je – c'est à peine un murmure, un souffle confus, empreint de doute.

Qu'est-ce qu'un soldat à Auschwitz, sinon un meurtrier ?

Ses lèvres se plissent dans une expression mêlée de fatigue et de douleur.

— J'étais un soldat dans la 9e Panzerdivision, avant d'être blessé. Désormais, je travaille pour l'administration. Je quitte rarement mon bureau, à moins que les superviseurs manquent de bras. C'est pour ça que j'étais au train, le soir de ton arrivée – mais je n'ai *jamais* choisi ni *jamais* envoyé quelqu'un à la mort. Et même si je le voulais, je n'ai pas le pouvoir de décider. Je ne suis pas SS, seules mes croix de guerre m'accordent de l'autorité à titre honorifique.

Peut-être est-ce le remords dans sa voix, ou la douleur dans ses yeux embués, mais je me surprends à le croire, et je reprends la parole, malgré la peur.

— Mais pourquoi ?

Il déglutit péniblement et détourne le regard.

— J'étais un bon soldat, loyal, sans pitié, obéissant aveuglément… les seules choses que recherche Hitler chez un soldat. Je n'étais pas un homme bon, et peut-être ne le suis-je toujours pas. Beaucoup de choses se sont passées, depuis. Beaucoup de choses peuvent changer un homme… et ç'a été mon cas. (Il hésite, puis secoue la tête.) C'est une longue histoire, et elle n'est pas très jolie non plus. Je te la raconterai un jour, si c'est ce que tu veux, mais il faut que tu vives, pour ça. Et tu vivras, si je peux y faire quoi que ce soit.

— Mais *pourquoi* ? demandé-je en sanglotant presque. Pourquoi notre sort vous intéresse-t-il ? Pourquoi avez-vous dit à Mengele de laisser ma petite sœur vivre ? Pourquoi m'avez-vous empêchée de suivre mes amies ?

Ses yeux trahissent une compassion qui me rend folle de rage. *Nous ne sommes pas pareils, vous et moi, Obergefreiter. Nous ne serons jamais pareils*, songé-je amèrement.

— J'ai perdu mon petit frère, dans cette guerre. Je connais la culpabilité… J'ai voulu mourir, moi aussi, et ça m'arrive encore. J'aurais pu mourir, à l'époque, marmonne-t-il, son regard angoissé cherchant le mien. Mais il y a des gens, des gens au cœur plus pur, qui m'ont sauvé, même si je ne le méritais pas. Je veux le mériter. Je veux être l'homme bon pour lequel ils m'ont pris. Je n'ai pas envie que vous viviez ça. Vous n'êtes pas des animaux, vous êtes des êtres humains, mais je ne peux pas aider tout le monde, aussi forte que soit l'envie. Quoi que je fasse, rien ne semble jamais suffire…

Il se redresse brusquement et se ressaisit avec une telle aisance que c'est comme s'il venait de revêtir un masque. Il s'avance et pose ses grandes mains de chaque côté de mon visage, si bien que je n'ai d'autre choix que de le regarder droit dans les yeux.

— Ta sœur a besoin de toi. N'abandonne pas. Tu ne peux pas.

Sur ces mots, il disparaît aussi vite qu'il est venu, me laissant seule et tremblante au milieu de l'infirmerie. Le grondement distant des camions, les cris d'agonie, de peur et de défaite résonnent à travers tout le camp. Je plaque les mains sur mes oreilles, appuyant à m'en faire mal afin de bloquer le bruit, le son de la voix de l'Obergefreiter, et m'effondre à nouveau sur le sol, trempée, alors que, dehors, l'orage se déchaîne comme en miroir de mon désespoir.

18

27 NOVEMBRE 1943

Les journées ne forment qu'une longue hémorragie cauchemardesque dont nous ne pouvons nous réveiller, et pourtant, cela ne fait qu'un peu plus d'un mois que notre quarantaine a pris fin. Compter les jours jusqu'au prochain dimanche est le seul moyen de garder une quelconque notion du temps. C'est le seul moyen pour moi de savoir qu'aujourd'hui – quand les SS surgissent dans le baraquement, dans l'obscurité de l'aube, fiévreux d'excitation –, c'est Roch Hodech Kislev.

— Debout ! Debout ! crient-ils, bientôt rejoints dans leur allégresse par la Blockälteste et les Kapos. Un nouveau mois, une nouvelle journée ! Debout ! Célébrez Kislev avec nous ! C'est une nouvelle lune, aujourd'hui !

Je suis tirée d'un sommeil agité, une Kapo m'attrapant le poignet comme une poupée de chiffon pour me faire tomber de la couchette du milieu. Je lâche un hoquet de stupeur, flottant dans un instant de confusion avant d'atterrir sur une femme qui quitte en rampant la couchette du dessous. Naomi et Bayla tombent derrière moi, écrasées et piétinées par toutes ces femmes sortant de leur torpeur. Pendant ce temps, les SS continuent de crier et de sourire.

— Vite ! *Schnell !* Tout le monde dehors pour l'appel !

— C'est Roch Hodech ! Vous n'êtes pas contentes ? Allez, souriez ! Priez ! C'est un nouveau mois à célébrer !

— Joyeux mois ! *Hodech tov !* On vous souhaite à toutes un *hodech tov* !

Dehors, l'hiver imminent s'abat sur moi. Mes vêtements fins sont très vite humides et collent à mon corps, la boue gelée et le grésil me vrillent les os, et chaque nuage de fumée qui s'échappe de mes dents tremblantes et de mon nez rouge glace mon visage engourdi.

Naomi et Bayla plaquées contre moi, j'avance au milieu des autres, poussant sans merci, enjambant celles qui titubent et tombent, donnant des coups de coude, pinçant et nous forgeant un chemin jusqu'à l'arrière des rangs. Les six semaines de quarantaine n'étaient rien comparées à la dureté de la vie sur le camp. Là-bas, nous étions toutes sur un pied d'égalité, toutes terrorisées et perdues, cherchant désespérément à comprendre comment survivre. Ici, c'est chacun pour soi. Il faut être endurcie pour survivre, en particulier en un jour comme celui-ci.

Les Allemands célèbrent les fêtes juives plus que nous-mêmes. Ils connaissent les jours, les prières et les traditions mieux que nous. Ils aiment nous tirer du lit avant quatre heures, nous pousser dehors pour les sélections, tout guillerets, et exiger que nous récitions nos prières pendant qu'ils nous battent et dressent la liste des matricules destinés aux chambres à gaz. S'il y a une chose que les nazis aiment plus encore que tuer et terrifier les Juifs, c'est nous rappeler qu'eux seuls contrôlent notre destin – pas nous, pas Dieu.

À côté de moi, Bayla tremble comme une feuille, ses lèvres teintées de bleu tandis qu'elle attend le dos bien droit. Sa main se glisse timidement dans la mienne et la presse dans un geste apeuré. Naomi oscille de fatigue, et je m'empresse de corriger sa posture avant de lui saisir la main. Elle ne remarque même pas ce que je viens de faire, ne baisse pas la tête pour prier comme elle le fait habituellement. Elle ne fait que fixer le vide, droit devant, éteinte au reste du monde.

En vérité, je ne peux pas lui en vouloir. Chaque jour qui passe, le monde meurt un petit peu plus, l'affreuse douleur dans mes os s'engourdit davantage, la faim obsédante s'étiole encore un peu. Jour après jour, je comprends de mieux en mieux les *Muselmanns* – ceux qui ont perdu tout espoir, ceux qui ne vivent plus, qui se contentent d'errer sans but en attendant la mort. Aujourd'hui, je n'ai pas la force de reprocher à mon amie la façon dont son esprit et son cœur se sont flétris, la façon dont cet endroit a consumé et assassiné son espoir. Chaque jour qui passe, je me demande si ce n'était pas mon amie qui croyait en un lendemain qui était aveugle. Aujourd'hui, je ne supporte même pas de penser à leurs noms. C'est bien trop douloureux, et je dois étouffer tout ce qui menace l'engourdissement protecteur que je me suis bâti. C'est le seul moyen de ne pas sombrer dans le désespoir.

Pressés de commencer, les SS dirigent l'appel eux-mêmes, et tous les matricules sont répertoriés en moins de deux heures.

— Pourquoi cette tête ? C'est un nouveau mois, Juives ! lance une femme SS, protégée du gel et de la boue par un gros manteau gris et des bottes hautes.

Elle se pavane devant nous, les joues et le nez rougis par le froid, ses boucles blondes élégamment coiffées.

La rancœur. Le dégoût. Ces deux choses me tiraillent le cœur, exigeant d'être éprouvées, les premières émotions puissantes qui pénètrent le brouillard de mon esprit depuis ce fameux jour, à l'infirmerie.

Je me demande à quel point elle pense avoir froid. Je suis sûre que ce manteau de laine est affreusement lourd, comparé à nos uniformes de prisonnières trop fins. Ses pauvres pieds doivent être si serrés, dans ces grosses bottes. Qu'est-ce que nous donnerions pour échanger nos sabots contre des chaussures pareilles... Cette crinière magnifique est probablement difficile à dompter, au réveil. Elle doit rester assise une bonne heure devant son miroir pour arriver à un tel résultat. J'ai oublié ce que ça fait d'avoir des cheveux.

— Allez, vos prières, maintenant ! « Dieu tout-puissant, Père de nos ancêtres ! » commence-t-elle sur un ton railleur tout en arpentant les rangs.

Telles des machines dénuées de raison qui ne connaissent rien d'autre que l'obéissance, chaque voix se met à entonner le reste de la prière. Certaines se mettent à pleurer et sont extraites de la foule par les SS pour rejoindre le nombre de sélectionnées qui grossit à vue d'œil. D'autres prient avec ferveur, n'ayant jamais abandonné leur foi, même encore aujourd'hui. Quelques instants plus tard, leurs voix et la mienne se taisent, formant un silence vide – ni paisible ni tendu, juste... vide. Comme s'il n'y avait plus rien dans l'univers, rien d'autre que ma propre conscience de ce néant abyssal.

Hodaya aurait été choquée, outrée, même, par la négligence flagrante de A-30972, mais je pense qu'une partie d'elle comprendrait. Je me demande si ma foi vacillante rendrait Dieu en colère ou triste, ou s'Il comprendrait, lui aussi.

Deux filles, quelques rangs devant, sont sélectionnées. Une femme toute frêle, non loin de moi, se met à tituber et est aussitôt écartée. Celle qui se trouve juste derrière moi hésite dans sa prière et disparaît. La sélection des SS ne suit aucune logique, ils nous choisissent complètement au hasard. Il n'y a aucune différence entre les fortes et les faibles, les jeunes filles inexpérimentées et les femmes plus âgées qui ont survécu le plus longtemps, celles qui savent suivre les ordres et celles qui échouent à le faire. N'importe qui peut être embarqué. Il n'y a pas de système, pas de stratégie. La vie ou la mort pèsent sur une épée du hasard à double tranchant.

Une main recouverte d'un épais gant noir s'agite dans ma vision périphérique.

— Toi.

Non ! Non, pas maintenant !

Le cœur au bord des lèvres, je me jette sur Naomi, qui suit d'un air hagard l'officière SS et la tire à nouveau à mes côtés. La femme qui l'a sélectionnée pour la mort est déjà passée à autre chose, ne s'imaginant pas qu'une prisonnière oserait désobéir, et elle ne remarque pas que Naomi n'est pas derrière elle.

Peut-être les Allemands sont-ils les seuls à avoir un droit de regard sur nos vies, aujourd'hui, et que Dieu nous a cruellement abandonnés à cet ignoble sort. Peut-être mourrons-nous tous ici et que personne ne survivra pour voir une quelconque vengeance assouvie. Peut-être nous embarqueront-ils aujourd'hui ou demain, peut-être pas avant un mois ou encore un an, peut-être serons-nous tuées par nos propres paires et non par les SS, et qu'il n'y aura plus personne pour se souvenir de nous si cette horreur prend un jour fin.

Mais pas maintenant… Tant que ce jour n'est pas venu, nous ne sommes pas mortes.

Deux cents femmes sont escortées vers le bloc de la mort pour attendre de se faire gazer, et des centaines des baraquements voisins partent directement pour les chambres à gaz. Effaçant leurs noms, leurs matricules et leurs visages de notre esprit, nous nous serrons les unes contre les autres, comme des chevaux, cherchant désespérément un peu de chaleur, attendant avidement notre soupe froide et redoutant les prochaines sélections.

Plusieurs heures s'écoulent avant que les sifflets se mettent à résonner et que les SS nous autorisent enfin à être nourries, plusieurs heures durant lesquelles les prisonnières embauchées aux cuisines ont eu accès libre à la soupe.

Inquiète, je tire Bayla et Naomi vers l'avant de la queue. Si nous sommes trop éloignées, il est possible que nous n'ayons rien à manger aujourd'hui. Quoi qu'il en soit, notre position n'a que peu d'importance une fois que les cris commencent.

Tout devant, une dispute a éclaté entre les Kapos, certaines accusant les filles des cuisines d'avoir mangé la soupe, se battant pour les rations de leurs blocs respectifs, déclarant que les autres en ont trop, ou elles pas assez. Ce n'est pas la première fois qu'une brouille de ce genre a lieu, et nous ne pouvons rien faire d'autre qu'attendre, abattues et affamées. En vérité, les Kapos se fichent bien que nous ayons de quoi manger. Elles veulent seulement prouver qui a le plus d'importance, le plus d'autorité.

Mon cœur s'effondre lorsque le personnel de cuisine soulève la marmite pour la transporter vers un autre bloc.

Nous nous attardons encore un moment avant de nous résigner, nous dispersant pour reformer plusieurs petits groupes, nos sabots collant à la boue et aux premières neiges. Le ventre de Bayla grogne affreusement, et elle gémit en se tenant les côtes. Cela arrive de plus en plus souvent.

— Il est parti… murmure tristement Naomi.

Elle semble davantage se parler à elle-même qu'à moi, et ses yeux verts si magnifiques sont aujourd'hui vitreux. Elle est également beaucoup plus pâle, maigre à en faire peur, les os de son visage et de son torse ressortant sous sa peau grisâtre, et je ne peux m'empêcher de me souvenir qu'elle était plus grande que moi, avant.

— Dieu… Adam… ils sont partis, je le sais… Je ne veux pas continuer.

— Ne dis pas ça, la coupé-je. Ne t'avise pas de dire ce genre de choses tout haut.

— C'est fait, Hodaya… Je ne sais pas quoi, mais nous l'avons fait. Dieu s'est lassé de nous et de nos fautes… nous nous sommes détournés de Lui.

— Tu penses que nous sommes responsables de notre sort ? Tu te trompes, Naomi ! Tu te trompes, tu entends ? Rien de tout ça n'est notre faute, déclaré-je en la prenant dans mes bras. Tu es en vie, aujourd'hui ! Dieu m'a permis de te sauver. N'est-ce pas la preuve qu'Il veut que tu vives, que tu en es capable ?

— Mais je ne veux pas… murmure-t-elle, et mon cœur se brise comme du verre.

Nous nous sommes détournés de Dieu ? Quels péchés ont bien pu commettre tous ces hommes, ces femmes et ces enfants pour que Dieu considère que leurs corps et leurs âmes doivent périr dans le gaz et le feu ? Qu'est-ce que ceux qui vivent encore, parmi nous, ont bien pu faire de si horrible pour que Dieu décide de les laisser agoniser lentement ? Comment une âme aussi bonne que celle de Naomi, qui n'a jamais fait le moindre mal dans ce monde, peut-elle se trouver *ici* et dire que nous nous sommes détournés de Dieu ? Nous avons gardé notre foi en Lui, et Il nous a abandonnés à notre sort.

Avec une rage que je n'ai jamais ressentie auparavant, un mépris que je n'ai même jamais éprouvé vis-à-vis des Allemands, je riposte tout bas :

— Nous ne nous sommes *pas* détournés de Dieu. C'est Dieu qui s'est détourné de *nous*.

Quand elle me répond, c'est dans un murmure à peine audible.

— Hodaya, je ne sais pas combien de temps je peux tenir…

— Pas encore ! Pas encore, tu m'entends ? Je t'interdis de céder au désespoir, Naomi Gurewitz ! Encore un jour ! Nous vivrons, je te le jure, insisté-je d'une voix ferme, presque sévère, tout en berçant son corps fragile contre moi, comme elle l'a fait pour moi il y a si longtemps, à Bochnia, mais j'ai l'impression d'étreindre un cadavre. Adam t'attend ! Je le sais, Naomi, et vous aurez une petite Permilia et un petit Wilhelm ! Quand nous rentrerons et dînerons avec les Chornovil, c'est *moi* qui paierai le repas, cette fois. Et je ne t'ai toujours pas appris l'allemand. Je suis une piètre professeure, la pire qui soit, mais je t'apprendrai. C'est promis. Nous sommes meilleures amies, tu te souviens ? Tu es la meilleure amie que j'aie jamais eue ! Je t'aime, et je ne les laisserai pas t'emporter ! Nous allons vivre ! Demain, je te promets !

Elle lève péniblement vers moi un regard empli de tristesse. Deux trous vides tiennent lieu et place des yeux chargés d'affection dont elle était dotée, et un couteau me transperce le cœur au moment où je prends conscience que la Naomi que je connaissais est déjà morte. La vie a perdu tout sens, pour elle. Et quel sens a la vie si l'on ne croit en rien ? Qu'y a-t-il pour elle, au-delà de demain, à part moi ? Et il se pourrait que je ne sois même plus là pour elle demain.

Une partie de moi comprend son envie de mourir. Si je le pouvais, si je n'avais personne d'autre pour qui survivre, peut-être la rejoindrais-je dans le désespoir et m'effacerais-je de ce monde. Le désir de poursuivre cette existence atroce m'a été retiré il y a longtemps, mais ma détermination d'y survivre est intacte, et c'est Bayla qui en est à l'origine. Elle ne pourrait jamais survivre seule dans cet endroit, elle n'a jamais été destinée à survivre. Mourir reviendrait à la condamner, elle aussi.

Et tu as déjà condamné une sœur, me murmure une voix haineuse, dans ma tête. Combien de journées me suis-je abandonnée au chagrin pour mes amies, seulement consumée par la volonté de survivre une minute après l'autre, négligeant Naomi pendant tout ce temps ? Combien de journées a-t-elle cherché à me consoler sans que je l'écoute ? Combien de temps mon angoisse a-t-elle pris pour devenir contagieuse ? Quand m'a-t-elle regardée pour prendre conscience – comme le jour où j'ai vu ce regard distant et désespéré chez mon amie – que nous étions perdues ?

***

— Sales voleuses ! Ce bloc n'a pas encore eu à manger ! hurle une femme, captant aussitôt notre attention.

Zlata, notre Kapo à la carrure imposante, affiche un air enragé, faisant claquer son fouet sur les prisonnières chargées de la soupe.

La femme russe que Bayla et l'Obergefreiter ont appelée Yeva lui répond sur le même ton, en dépit de l'impressionnante différence de taille.

— Des voleuses ? Tu oses me traiter de voleuse, *moi* ?! grogne-t-elle sans ciller, malgré la menace du fouet. (Elle arrache des mains de sa camarade une casserole vide et la balance de tout son poids sur Zlata, qui s'effondre au sol.) Nous ne t'avons jamais rien pris ! Moi, je pense que c'est toi qui voles tout le monde ! Je pense que tu manges comme dix, grosse vache ! Désormais, tu mangeras la dernière !

Pour la deuxième fois en une heure, nous regardons avec une faim tenace le personnel des cuisines transporter les marmites vers un autre bloc.

Zlata se relève péniblement, le corps entier vibrant de rage, hurlant des choses incompréhensibles à Yeva tout en faisant claquer sauvagement son fouet. Toutes celles qui se trouvaient à proximité ont pris la fuite, chacune sachant qu'il vaut mieux éviter de se retrouver hors de son champ de vision meurtrier. Le regard de Zlata cherche désespérément une cible sur laquelle déverser sa rage, et il se verrouille sur nous.

Le monde entier semble s'ouvrir sous mes pieds. Bayla se recroqueville contre moi, agneau vulnérable inconscient du danger qui approche à grands pas, son insigne jaune bien trop criard en ce lieu si morne. Après pareille humiliation, un tel rabais de son autorité, il n'y aura aucune merci pour la pauvre âme qui affrontera la fureur de Zlata.

— Courez ! sifflé-je en poussant Bayla dans les bras de Naomi tandis que Zlata fonce vers nous.

Les traits épuisés de Naomi semblent intégrer mon ordre, et elle hoche la tête avant de s'éloigner en titubant avec Bayla.

Dieu, si je dois mourir aujourd'hui, que mes sœurs soient sauves.

— Zlata ! hurlé-je, submergée à la fois par le soulagement et par la terreur quand elle s'immobilise, oubliant aussi sec sa traque.

Dieu, si je dois mourir aujourd'hui, que ma mort soit rapide.

Je halète déjà, la chaleur brûle sous ma peau sensible comme des charbons ardents. L'image des yeux noisette et si doux de Noam m'assaille avec une netteté parfaite et réchauffe mon cœur déjà affolé.

— *Szkop ! Niemiaszek ! Szwab !*

Dieu, si je dois mourir aujourd'hui, que ce ne soit pas pour rien.

Je force mes jambes tremblantes à tenir bon, force mon regard à soutenir celui de Zlata, aussi surpris que furieux. S'il s'agit là de mes derniers instants sur cette Terre, je ne les gâcherai pas à courir. Si ces respirations saccadées sont mon ultime goût d'oxygène, alors je les utiliserai pour hurler toute la rage que j'ai gardée verrouillée en moi jusqu'ici.

— Grosse vache ! *Schwein !* Regarde-toi donc, enfermée avec des Juives ! Même le Reich ne veut pas de toi ! Meurtrière ! tonné-je, crachant toutes les insultes dont les SS nous assaillent. *Dreck ! Mist ! Blöde Hund ! Schmutziger Wachhund !* Que soit damnée ta race maîtresse ! Mort à Hitler ! Mort au Reich !

Je suis plaquée au sol par la force d'un camion. Sonnée par l'impact, je n'ai que le temps d'apercevoir le visage violacé et enragé de Zlata avant que ses poings ne me martèlent le crâne. Je me roule en boule dans la boue humide et gelée. Mes poumons se vident de leur oxygène au moment où Zlata se jette de tout son poids sur moi, résolue à me dépouiller du moindre souffle. Je ne vois plus rien que du rouge, j'ai de la boue plein les yeux, et mon nez est soudain empli d'une odeur métallique. Un coup violent me percute la mâchoire. Une douleur atroce me traverse la bouche quand plusieurs dents me sont arrachées, maculant mes lèvres de sang. Les coups ne semblent pas vouloir s'arrêter. Je n'ai plus aucune notion du temps, et je ne peux me concentrer que sur le fait de respirer, et de hurler de douleur quand j'y arrive. Les secondes se muent en minutes, les minutes se brouillent en heures, et la vie s'arrête soudain, toute de noir et de rouge.

Dieu... où es-Tu ?

Boum... boum... boum...

Un tambour résonne quelque part, le vent siffle, le monde entier palpite lentement, un léger rai de lumière chatouille mes paupières. Le désir de bouger est dominé par une sensation d'engourdissement, une faiblesse écrasante dont je n'aurais jamais imaginé l'existence. Est-ce ça, la mort ?

Boum... boum... boum...

Le tambour continue de battre, cette fois de l'intérieur de ma cage thoracique, et une douleur aiguë commence à siffler dans mon cerveau embrumé. Non, ce n'est pas la mort, et ce n'est pas un tambour.

Boum... boum... boum...

Mon cœur persévère, se raccrochant à la vie par un cheveu, forçant le sang à battre dans mes veines, poussant mes poumons à inhaler. Je me mets à cracher, et un sang chaud éclabousse mon visage meurtri.

Quelqu'un lâche un hoquet de stupeur.

— Elle n'est pas morte !

Je lutte pour ouvrir mes yeux enflés, et une merveilleuse vision bien qu'obscurcie m'accueille. Bayla est agenouillée à côté de moi, en pleurs, son magnifique visage intact, et Naomi tend un foulard vers moi, ses yeux un peu plus clairs que tout à l'heure. Elle commence à essuyer mon visage tuméfié ; je grimace, cherche à me débattre, mais elle persiste.

— Hodaya, il va falloir que tu te lèves ou ils t'emmèneront à l'infirmerie.

Un sanglot s'échappe de ma gorge, me faisant l'effet d'un couteau qu'on planterait dans mon ventre et ma poitrine. *Non, ne les laissez pas m'emmener ! Je ne suis pas morte ! Pas encore !*

Toussant et gémissant de douleur, je tente de relever la tête. La main de Naomi se plaque aussitôt sur ma bouche pour étouffer mon cri, cognant sans le vouloir mon nez brisé.

— Chh… Ne crie pas, me souffle-t-elle en me laissant pleurer dans sa main, chaque inspiration intensifiant la douleur.

— Tu penses que tu vas y arriver ? sanglote Bayla, ses larmes dessinant des traces noires sur ses joues pâles.

— Oui, Bayla, elle va y arriver, répond Naomi pour moi. Viens, Hodaya. Lève-toi.

Plus morte que vive, je me relève je ne sais comment, gémissant toujours plus, priant pour retrouver la douce torpeur de l'inconscience, m'efforçant de me concentrer sur n'importe quoi, sauf la douleur.

La peinture ! J'adorais ça ! Qu'est-il donc arrivé à tous mes tableaux, mes soleils radieux et mes ciels limpides ? Quoi d'autre ? Mais bien sûr, les livres ! Nous en avions toute une étagère ! Alma, aussi. Oh, que je détestais cette horrible poupée ! La blonde que Naomi a offerte à Bayla était tellement plus jolie. Alma me trouverait certainement plus laide qu'elle, à cet instant. J'aimerais bien savoir si elle est toujours à la maison, à se demander où est passée sa famille. Ou les nazis l'ont-ils expulsée, elle aussi ?

La main de Naomi reste fermement pressée sur mes lèvres, étouffant mes cris. Mes genoux cèdent très vite, et je me laisse glisser au sol, sanglotant sous les décharges de douleur qui me terrassent les jambes et la horde de chevaux qui semble piétiner ma poitrine. Esquisser le moindre mouvement ne fait qu'intensifier la douleur, creuser un peu plus chaque plaie et briser davantage chaque os, et chacune de mes inspirations me consume de l'intérieur.

Dieu, pourquoi nous as-Tu menées ici ? Pourquoi la vie de mes sœurs aujourd'hui vaut-elle ma mort imminente ? Suis-je censée mourir ici ? Est-ce ce que Tu veux ?

J'ignore comment Naomi est parvenue à supporter mon poids quasi mort sur le sien le reste de la journée, comment elle m'a tenue hors de la vue de Zlata, comment j'ai échappé à une autre sélection, comment elles m'ont tirée sur une couchette. Le jour n'est qu'un voile sombre et insoutenable dans ma tête, un souvenir flou de pluie glaciale, de taches noires et rouges, et je ne me rappelle plus si l'une de nous a mangé aujourd'hui.

Comment vais-je travailler, désormais ? Comment vais-je survivre aux sélections ? Nous avons tous l'air de squelettes vivants, mais je dois ressembler à un cadavre ambulant, maintenant.

— Mama – je veux dire, Hodaya ? murmure Bayla d'une voix rauque, et son erreur vite reprise me tire légèrement de mon délire. Quand est-ce qu'on pourra aller voir Mama et Papa ?

Tout ce temps, ces interminables jours atroces depuis que nos chemins se sont séparés… tout ce temps, et elle ne m'a pas parlé une seule fois de nos parents, pas une seule fois demandé quand nous les reverrions, comme je le lui avais promis. L'ignore-t-elle vraiment ? Après tout ce temps, n'a-t-elle toujours pas compris d'où venait la fumée ? Il me faut fouiller mon esprit fracturé de longues minutes avant que je ne me rende compte que personne ne lui a jamais dit la vérité. Pourquoi l'aurait-on fait ? Nous sommes toutes au courant, même si nous ne sommes pas censées l'être, mais qui oserait exprimer une horreur pareille à voix haute ?

— Pas encore, grogné-je en pleurant.

Les mots brûlent mon cœur et mes côtes cassées, et je laisse les larmes pour nos parents couler comme je ne l'ai jamais fait jusqu'ici, usant de l'excuse de ma douleur physique. Et si tout en moi me fait mal, je suis profondément soulagée d'être toujours en vie.

— Pas encore.

19

28 NOVEMBRE 1943

Une nouvelle journée s'ouvre sur la nuit, et la promesse de la mort pend au-dessus de moi comme un nœud coulant. Zlata a bien failli me tuer, hier, et si elle m'a laissée pour morte, sa rage sera sûrement redoublée quand elle s'apercevra que j'ai survécu. Les choses que j'ai dites suffisent largement à m'envoyer aux chambres à gaz. Elle a très certainement parlé de moi aux SS et leur a donné mon matricule. Ils viendront me chercher.

C'est aujourd'hui que je meurs. Cette pensée me traverse et je ressens une étrange acceptation. *Au moins pourrai-je retrouver Mama et Papa...*

Naomi est allongée à côté de moi, toujours endormie, mais même en cet instant, la douleur imprègne ses traits. Le sommeil est censé être un moment de réconfort, le seul où tous les signes d'inquiétude disparaissent des visages pour ne laisser voir que la paix et la jeunesse. Mais ce n'est plus le cas. Même quand elle respire et frissonne, elle m'a l'air d'être morte.

C'est aujourd'hui que nous mourrons toutes.

Naomi ne survivra pas quand je serai partie. Son âme est bien trop bonne pour vivre plus longtemps. Tous les gens bien qui viennent ici sont les premiers à perdre leur foi, les premiers à mourir. Comment des gens qui croient au meilleur de ce monde peuvent-ils tolérer un mal pareil ? Ce sont les individus comme Zlata – ceux qui peuvent se détacher de toute culpabilité et de toute émotion – qui tiennent le plus longtemps. Ce sont les seuls qui *peuvent* vivre.

Tremblante, Bayla s'est enroulée sur moi comme une couverture, le visage enfoui dans mon cou pour se protéger du froid.

Bayla... comment survivras-tu, quand ils m'auront tuée ? Yeva la nourrira, même si les Kapos prétendent que c'est un gâchis de rations. Mais comment se débrouillera-t-elle, sans aucune alliée pour la protéger ? Personne ne peut survivre seul ici, et une fille aussi petite et vulnérable qu'elle sera une cible facile. Quelqu'un volera son bol, ses rations et ses vêtements, quelqu'un la frappera jusqu'à ce qu'elle ne puisse plus marcher, les SS l'emmèneront aux chambres à gaz.

Les larmes réchauffent mes joues tandis que j'essaie de distinguer son profil, cherchant une ombre de la fillette douce et innocente qu'elle a toujours été, berçant son corps affamé contre le mien. Le cœur lourd, je pleure en silence dans l'obscurité, et quand les sifflets transpercent l'atmosphère, je me dis que j'aurais tant aimé lui donner davantage que dix ans.

— Pardon Mama, pardon Papa. J'ai essayé. J'ai *vraiment* essayé, sangloté-je.

— *Raus ! Raus ! Schnell ! Zählappell !* Tout le monde dehors !

Avec autant d'empressement qu'une personne dans mon état en est capable, je rampe hors du lit, retire mes sabots et me traîne dans la boue glaciale qui compose le sol du baraquement. Je lutte un moment avec mon bol, et quand je parviens enfin à le détacher de ma taille, je le pose dans les mains de Bayla, avec ces épouvantables chaussures. Des sabots et un bol, ça n'est d'aucune utilité à une femme morte.

— Fais ce que tu as à faire avec ça. Utilise-les, vends-les, échange-les, ce que tu veux.

Ses yeux écarquillés se braquent sur les miens.

— Mais tu en as besoin ! insiste-t-elle en cherchant à me les rendre.

Je secoue la tête puis me penche pour déposer un baiser sur sa joue.

— Si je reviens ce soir, je les récupérerai.

— Pourquoi est-ce que tu ne rentrerais pas ? demande-t-elle, affolée. Où est-ce que tu vas ?

— … Là-bas.

Tant qu'elle n'a pas encore appris ce qu'est ce lieu que toutes les prisonnières appellent « là-bas », il lui faudra, je l'espère, un certain temps pour comprendre que c'est ma façon de lui dire adieu, que ces maigres objets sont les seuls biens et les plus précieux que j'ai à lui offrir. Après aujourd'hui, elle sera seule dans ce monde, et je prie pour que ma mort soit le prix de sa vie.

— Je t'aime, Bayla. Je t'aime tellement, murmuré-je en m'agenouillant pour l'enlacer, en dépit de la douleur lancinante, afin de cacher les larmes qui ont jailli de mes yeux. N'oublie pas : demain, nous serons libres.

— Demain, nous serons libres, répète-t-elle, puis nous sommes chassées dehors pour le comptage.

L'appel ne s'est jamais déroulé aussi vite et je sais que mon heure est proche quand un homme, un prisonnier assez grand, gagne notre bloc. En temps normal, sa présence ici suffirait à le faire abattre, mais ce n'est pas un prisonnier ordinaire. Il exsude une confiance que seuls les Kapos arborent, et il y a quelque chose d'horriblement prédateur dans sa démarche. Pour moi, cela ne fait aucun doute : ce sont les SS qui l'ont envoyé.

— Je vous aime toutes les deux, murmuré-je à Bayla et Naomi en lâchant leurs mains afin qu'elles ne me sentent pas trembler.

La Blockälteste parle au Kapo pendant quelques instants avant de tourner son attention vers nous.

— Prisonnière A-30972 ! Viens ici !

Les pieds engourdis par la boue glaciale, les jambes chancelantes, j'avance la tête basse, m'intimant de ne pas regarder en arrière. Le grattement du stylo de la Blockälteste sur une feuille de papier me vrille les tympans, comme des ongles sur un tableau noir, et la finalité de mon matricule barré d'un trait prend d'assaut mon cœur.

A-30972 est morte.

En silence, le Kapo me fait signe de marcher devant lui. Un coup dans mon dos me déchire l'échine et je pousse un cri, manquant de m'écrouler.

Sa voix sombre et cruelle émane de derrière moi.

— Mort à Hitler ?

Un autre coup vicieux me frappe l'arrière du crâne, et je tombe à genoux, pour un instant plus tard être traînée debout et poussée violemment.

— Mort au Reich ?

Il me refait tomber, avec un coup de pied dans mes jambes, et je me mets à pleurer dans la boue, souffrant beaucoup trop pour ne serait-ce qu'essayer de me relever.

— Tu dois être suicidaire, espèce de folle. Ou alors, tu es juste… rebelle ?

Une main s'enroule sauvagement autour de mon cou, des doigts puissants broient mes gémissements et son souffle brûlant me chuchote à l'oreille :

— J'aime ça, chez une fille.

Il n'y a pas d'échappatoire, pas de moyen de fuir ce Kapo qui me traîne sans le moindre effort vers un baraquement. À l'intérieur, les couchettes sont vides, les prisonnières qui travaillent pour le camp sont parties, nous sommes seuls.

— Non ! haleté-je, cherchant désespérément à ramper vers l'entrée, et une chaussure me cogne violemment la tempe.

Des lames chauffées à blanc pénètrent mon corps léthargique, qu'il fait brutalement passer sur le dos, ses doigts calleux s'enroulant une fois de plus autour de ma gorge.

Non ! Pas comme ça ! Je vous en supplie, remettez-moi aux mains des SS !

Luttant avec tout ce que j'ai, j'essaie de me défaire de son poids, mais c'est peine perdue et son rire mauvais me glace le sang.

— Débats-toi tout ce que tu veux, c'est plus excitant comme ça, siffle-t-il, la perversité ourlant le coin de ses lèvres. Ils peuvent t'entendre, mais personne ne viendra. Personne !

Il m'écarte violemment les cuisses et se cale contre moi avant de soulever ma chemise d'une main bourrue et de malaxer ma poitrine.

— Non ! Je vous en supplie ! sangloté-je sans cesser de me débattre, mais mes supplications tombent dans des oreilles qui se réjouissent de ma douleur et de ma terreur, et son cœur est trop mauvais pour prendre pitié.

— Tu es morte, de toute façon. Les SS se ficheront que j'aie profité de toi avant !

Il saisit mes poignets et les bloque au-dessus de ma tête, puis il s'attaque à mon cou, mordant la chair pour en sucer le sang, tirant violemment ma jupe jusqu'à mes chevilles, et je hurle.

Pas comme ça !

J'ai soudain conscience de quelque chose de froid sous mes seins, et je me rends compte que j'ai toujours le clou rouillé que j'avais trouvé pour fabriquer mon foulard. Gorgée d'adrénaline, je dresse la tête et plante mes dents dans son oreille. Il pousse un hurlement de douleur, libère mes poignets pour essayer de s'écarter mais, à l'image de leurs chiens de garde, je ne lâche pas ma proie et tire vicieusement tandis qu'il me frappe le visage, mais je suis hermétique à la douleur.

PAS COMME ÇA !

J'attrape le clou, le plante dans son flanc, et il pousse un nouveau cri. Après m'avoir violemment tordu le cou, le Kapo s'effondre, hurlant de douleur. Un sang épais et métallique m'envahit la bouche, et je crache le gros bout de chair que j'ai arraché.

Il est à nouveau sur moi quelques secondes plus tard, ses genoux bloquant mes bras.

— Sale garce ! Putain ! rugit-il, et ses mains se vissent une fois de plus sur ma gorge. Tu vas payer pour ça !

— En effet.

Cette troisième voix s'est à peine immiscée dans mon cerveau que le Kapo est brusquement arraché de mon corps. Le canon métallique d'un pistolet s'écrase dans sa mâchoire, et le sang qui jaillit de sa bouche et de son nez brisé vient éclabousser un uniforme vert.

Lui ! Le monde tournoie et s'estompe par intermittence sous mes yeux, mais je reconnais la troisième personne dans le bloc. Les os du Kapo émettent un sinistre craquement quand l'Obergefreiter Engel le soulève d'un bras puissant pour le plaquer contre les couchettes.

Sanglotant de douleur, de soulagement, de peur et de gratitude, je m'empresse de me rhabiller. Après avoir essuyé le sang et les larmes qui brouillent ma vision, je découvre l'arme de l'Obergefreiter Engel pressée sur la tempe du Kapo.

— Je devrais te tuer, sale pourriture ! Quels étaient tes ordres ? Tu étais censé aller chercher une prisonnière, rien d'autre ! Et qu'est-ce que tu fais ? (Même à travers ses gants, je vois ses doigts se presser sur la gorge du Kapo.) Tu la *touches* ! Quand t'a-t-on permis de ne serait-ce que de *regarder* les femmes ? Tu vas payer cher ce que tu as fait, je te le promets ! Je te tuerai de mes propres mains ! Je devrais te planter une balle dans la tête tout de suite et m'épargner les formalités d'une exécution !

Je m'écarte en rampant pour me coller aux couchettes, tremblante, souhaitant disparaître d'ici. J'ai toujours su que les hommes comme lui étaient dangereux, sans cœur, mais voir le monstre quand je n'ai reçu de sa part qu'une incompréhensible compassion… cela me rappelle que, malgré toutes ses paroles et tous ses cadeaux, malgré son choix de ne pas me punir, cet homme est un tueur.

Mais l'espace d'un bref instant, il hésite, ses yeux se posent sur moi et il lâche le Kapo.

— Retourne à ton bloc.

L'homme disparaît en titubant et en gémissant, une main recouvrant son nez et son oreille manquante, l'autre roulée sur ses côtes, où la tête du clou est toujours visible.

L'Obergefreiter Engel s'agenouille lentement et range son arme. Je me crispe, incapable de lever les yeux, craignant qu'il n'y voie ma terreur et mon dégoût.

— Est-ce que ça va ? demande-t-il, mais je ne réponds pas. Je ne te conduirai pas aux SS. Je leur dirai que tu es morte de tes blessures, que tu as été battue à mort en chemin, m'assure-t-il, mais je ne parle toujours pas. Je ne te ferai pas de mal, Hodaya, ajoute-t-il alors d'une voix douce, comme on s'adresserait à un animal traumatisé.

En l'entendant prononcer mon prénom, je lève un regard surpris vers lui. Ses paroles sont si sincères, ses yeux si expressifs, emplis de chagrin et du désir que je lui fasse confiance que, l'espace d'une microseconde, je cède presque.

Il soupire, jette un coup d'œil à l'insigne jaune de ma chemise, désormais tachée de sang.

— Vous ne pouvez plus continuer de porter ça, ta sœur et toi. Vous êtes des cibles ambulantes… Je vais vous en trouver d'autres.

Je le dévisage, soufflée.

— Quoi ?

— Vous parlez polonais, n'est-ce pas ?

Ma tête pivote légèrement d'avant en arrière.

— Bien. Je vais modifier vos papiers, et vous pourrez toutes les deux vous faire passer pour des Polonaises. Vous irez dans un nouveau baraquement et serez affectées à de nouvelles tâches. Cela me demandera quelques jours. Vous ne serez pas mieux traitées, mais rien n'est plus risqué que d'être juif, ici.

Je suis si stupéfaite qu'aucun mot ne me vient, submergée à la fois par l'incertitude et par la gratitude et, malgré mes doutes, j'ai envie de le croire. Je me dis qu'il a l'air honnête, presque inoffensif dans sa façon de s'agenouiller pour se mettre à mon niveau, même avec cet uniforme et ces croix.

Mais il n'est pas inoffensif. Ces croix sont des décorations de guerre… qu'a-t-il fait *pour les mériter ?*

Ce n'est que lorsqu'il prend la parole que je me rends compte que j'ai posé la question tout haut, et je suis à nouveau surprise de l'entendre me répondre.

— Invasion de la Pologne, seconde classe, pour bravoure, commence-t-il d'une voix hésitante en désignant une croix gravée de l'année 1939, puis il passe à celle d'à côté, une croix similaire marquée de l'année 1940. Pour bravoure, première classe, invasion des Pays-Bas et de la Belgique. (La dernière médaille, une Croix de chevalier, fixée au-dessus des autres, est également marquée de l'année 1940, et son doigt tremble lorsqu'il le pose dessus.) Invasion de la France, pour bravoure et actes de *valeur* extraordinaires. C'est tout du moins ce que dit l'histoire. La vérité n'est pas si *noble.*

Il crache ces mots avec dégoût, comme si leur simple goût lui était insupportable, et je ne peux m'empêcher de demander :

— Alors, quelle est la vérité ?

— La méchanceté… et peut-être la jalousie, aussi, souffle-t-il en se renfrognant davantage. J'avais quelque chose à prouver, à mon père plus qu'à quiconque. Il a combattu au cours de la Grande Guerre et a toujours pensé que je n'étais pas digne de lui. En revanche, il était fier de mes frères. Mon frère aîné, Bruno, est un SS-Oberführer pour le RuSHA, le Bureau pour la race et le peuplement, et mon petit frère a rejoint ma Panzerdivision après que nous avons envahi la Pologne. J'ai tout fait pour le satisfaire, pour lui prouver que je valais quelque chose. Je croyais en ses idéaux, je suis allé à l'université avant de pouvoir rejoindre Bruno au gouvernement, j'ai intégré la Wehrmacht et ai participé à certaines de nos plus grandes victoires, mais ce n'était jamais suffisant pour lui. Et il s'assurait que je le comprenne. Il envoyait des lettres à mon petit frère, mais jamais à moi… en plein milieu d'une foutue guerre, il ne se souciait même pas de savoir si j'étais encore en vie !

La haine dont est empreinte sa voix lorsqu'il parle de son père m'est incompréhensible. Le mien était le plus merveilleux des…

Non ! Ne pense pas à eux, me hurlé-je sous mon crâne, maudissant mon cœur en sang et mes yeux en larmes qui menacent de consumer mon âme. Si je commence à pleurer tout ce que j'ai perdu, je ne pourrai jamais m'arrêter, et une femme brisée ne peut pas protéger Bayla.

— Alors, qu'avez-vous fait ? soufflé-je, brûlant que ses mots chassent mes sombres pensées.

— Je me suis engourdi, j'ai tout du moins essayé. La pervitine a réussi à tout repousser pour un moment.

— La pervitine ?

— C'est une drogue, de la méthamphétamine, explique-t-il. Tout le monde, dans l'armée, avait reçu l'ordre d'en prendre. Avec elle, vous êtes… inarrêtable. Vous n'avez pas besoin de manger ou de dormir beaucoup, et vous ne ressentez plus rien. Certains hommes comme moi en sont devenus dépendants, et c'est là que vous commencez à perdre le contrôle… Dieu, cette *chose* vous transforme à un point… Elle fait de vous une machine dénuée de raison, un être psychotique incapable d'éprouver la moindre émotion, un être qui voit des choses, qui entend des choses. En France, avant d'envahir Paris…

La Ville lumière... Naomi et moi avons déjà parlé d'y aller un jour, quand je croyais encore que nous recevrions une lettre de tante Dalia, quand je n'aurais jamais imaginé qu'Hitler s'en prendrait à la France...

Pendant quelques secondes, l'Obergefreiter Engel n'a plus de mots, et une culpabilité douloureusement familière hante son regard. Dieu sait que j'ai vu cette même expression sur mon visage, après la mort de Noam.

— Mon petit frère – Heinz – avait tout juste vingt-deux ans, et c'était le meilleur ami que j'aie jamais eu. C'était l'opérateur radio, moi l'artilleur... Tout est ma faute. J'aurais dû insister pour que nous échangions nos rôles ; il était plus petit que moi, il aurait été beaucoup mieux à ma place. Notre tank a été touché et a pris feu. Trois d'entre nous s'en sont sortis, deux n'ont pas réussi... Je n'ai compris que Heinz était mort que lorsque j'ai extrait son corps de sous la carcasse. Nous avions partagé quelques flacons de pervitine, plusieurs heures plus tôt, en attendant l'ordre d'attaquer – célébration avant l'heure de notre victoire imminente. Nous n'étions censés prendre que deux comprimés. Une dose aussi grosse aurait pu tuer quelqu'un, mais j'y étais accoutumé. Je prenais cette drogue depuis des années. Après la mort de Heinz... je ne me souviens que de la rage. Je ne me rappelle pas tout ce que j'ai fait. Je n'étais plus moi-même, j'étais parti trop loin.

« Mon commandant pensait que j'étais devenu fou. Il m'a dit que j'avais chargé les Français sans m'arrêter un seul instant, pas même quand j'ai été touché. J'ai mis quatre tanks hors d'usage et tué trois fois plus d'hommes. Après avoir survécu par je ne sais quel miracle, mes supérieurs m'ont félicité pour la bravoure dont j'avais fait preuve en perçant la ligne française et ont fait de moi un héros de guerre. Seuls ceux qui étaient avec moi dans le tank ce jour-là et qui s'en sont sortis connaissent la vérité. Je me fichais bien de donner la France à l'Allemagne. Je voulais simplement tuer puis mourir.

Étrangement, cette révélation ne me rebute pas comme elle devrait le faire. Je tuerais sans hésiter pour Bayla, et si quelqu'un me l'enlevait... moi aussi, je voudrais tuer puis mourir.

Pourquoi faut-il qu'il ait l'air si humain ? Pourquoi faut-il que je comprenne ce qu'il vient de me confier, que j'aie de la compassion *pour lui ? Comment se fait-il que le monde soit si déréglé que l'agneau comprend soudain le lion ?*

Je tressaille lorsqu'il tend le bras vers moi, mais il continue son geste et me fait délicatement me relever, ses yeux s'attardant sur mes blessures.

— Lorsque tu ne seras plus classée comme juive, tu pourras envoyer des lettres et recevoir des colis.

Des colis. De quoi manger. Ces mots alléchants prennent le dessus sur mes précédents doutes. Mais pourquoi fait-il ça ? Peut-être cherche-t-il à soulager sa conscience ? Peut-être est-ce pour ça qu'il ressent le besoin de me dire toutes ces choses, qu'il se sent obligé de me répondre, de m'aider.

Mais pourquoi moi ? Pourquoi Bayla ? Qu'y a-t-il de si différent, chez nous, pour qu'il pense devoir nous protéger ?

— Tu survivras à tout ça, marmonne-t-il si bas que je me demande si ce n'est pas à lui qu'il s'adresse.

Avec un air pensif, il frôle du pouce la morsure qui me marque le cou, essuyant le sang, mais il retire aussitôt son doigt quand il me voit grimacer.

— Je vais te ramener à ton bloc et donner une excuse à la Blockälteste. J'ai juste besoin de quelques jours pour tout mettre en ordre.

Naomi !

— Mon amie ! hoqueté-je en le saisissant par la manche de son uniforme, sans y réfléchir, enhardie par la clémence avec laquelle il m'a traitée jusqu'ici. Ma sœur, Naomi ! Je ne peux pas la laisser ! Elle mourra, sans moi ! Son matricule est A-30981 ! Je vous en supplie, aidez-la elle aussi !

Une étrange lueur de reconnaissance éclaire son regard, et il hoche la tête sans une seconde d'hésitation.

— Bien sûr. Elle sera transférée avec vous, je m'en assurerai.

Je n'ai pas d'autre choix que de le croire – même si cette bêtise me poussant à me fier à l'ennemi, cet espoir naïf qu'un peu d'humanité brûle dans le cœur d'un monstre pourrait conduire à ma mort. Mais que me reste-t-il, dans ce monde ? Quel sens a la vie si je ne crois en rien, même si l'alternative est d'avoir foi en cet homme ?

Sans un mot, je le suis vers les femmes de mon bloc qui se sont rassemblées en petits groupes.

— Va retrouver tes sœurs, murmure-t-il, puis il s'approche de la Blockälteste.

Je me faufile entre les prisonnières et m'empresse de retrouver Bayla et Naomi. Bayla me paraît encore plus petite qu'avant, et je suis submergée par le besoin soudain de pleurer. Il y a quelques instants, je pensais que je ne les reverrais plus jamais. Je me jette sur elles pour les prendre dans mes bras, si bouleversée par la joie et le soulagement d'avoir échappé à la mort une fois de plus que je commence à rire à travers mes larmes.

Souriant de confusion à mon bonheur, et de soulagement à ma présence, Bayla pose mes sabots et mon bol dans mes mains tremblantes.

20

1er DÉCEMBRE 1943

Trois jours se sont écoulés depuis l'incident avec le Kapo, et toujours aucune nouvelle de l'Obergefreiter Engel. *Quelques jours*, dois-je encore me rappeler. J'ai perdu le compte du nombre de fois où j'ai dû me réciter cela, si souvent ces deux dernières nuits que c'est devenu une prière. *Quelques jours... il doit sûrement savoir que nous pourrions ne pas tenir jusque-là.*

Désormais, lorsque la journée de travail touche à sa fin, le ciel s'est déjà assombri, et cela fait un long moment que la température a chuté. Tremblante, je m'efforce de ne pas rester immobile trop longtemps, osant à peine imaginer la torture que subissent les prisonniers chargés de creuser des fosses et de construire des rails. L'infirmerie est plus calme que d'habitude, plus de la moitié des couchettes sont vides, certaines marquées du signe de la mort, à la craie blanche.

Une lointaine part de moi dont je me souviens à peine ne peut s'empêcher de trouver une certaine ironie à la situation. Pour une raison que j'ignore, je n'arrête pas de penser à une histoire, mais j'ai du mal à l'identifier. Un Ange de la mort… oui, il y avait un Ange de la mort, j'en suis certaine, et… un agneau ? Non, il me semble qu'il s'agit du sang d'un agneau. Où l'ai-je entendue ? Se pourrait-il que ce soit à la synagogue ? Je suis sûre que c'est une histoire importante… qu'est-ce que j'oublie ?

Moïse ! L'Égypte !

Bien sûr ! Comment ai-je pu oublier son nom ? *Laisse mon peuple partir, sacrifier un agneau et en marquer la porte de leurs maisons afin que l'Ange de la mort ne s'y arrête pas.* Je continue de jeter des coups d'œil aux X blancs qui mutilent les lits où les femmes trop malades pour se déplacer ont été marquées pour la mort.

L'Ange de la mort n'ignorera pas celles qui sont marquées. Il les verra au contraire comme un signe de bienvenue, et il prendra bien plus qu'un nouveau-né... il prendra tout le monde.

Du centre d'une couchette, une femme se met à grogner de douleur. J'y jette d'abord un regard distant, ne m'en approchant que lorsque je ne vois aucune marque sur le bois. Je ne peux pas aider celles qui sont déjà mortes. Cette femme a été transportée ici il y a deux jours, et si ses symptômes ne sont pas trop graves, son état ne fait qu'empirer. Elle sera probablement partie après la prochaine sélection. Mon regard balaie brièvement celles qui se sont rassemblées autour d'elle.

Elles seront toutes parties...

Elle grogne à nouveau, plus fort cette fois, et je m'approche encore.

— Chut, tout va bien, lui murmuré-je. Tout va bien.

Ses yeux ronds et creusés se braquent sur les miens d'un air accusateur. *Comment ose-t-elle me mentir* ?, semblent-ils vouloir dire.

— Tout va bien, il faut juste attendre encore un peu, lui assuré-je.

Attendre quoi, je n'en suis pas sûre. *Encore un peu, et tu seras morte, ou encore un peu, et tu seras remise.* Cette dernière option me paraît peu probable, mais quel mal peut lui faire un mensonge de plus ? Mes paroles seront peut-être les ultimes mots de réconfort qu'elle entendra. Je me penche vers elle et caresse son crâne rasé.

— Si tu survis aujourd'hui, alors tu pourras être libre demain.

Je passais mon temps à enfouir mes mains dans la chevelure de Bayla et à la tresser, comme Mama le faisait avec moi. Peut-être sa mère ou sa sœur lui faisaient-elles la même chose.

— A-30972 !

Je laisse retomber ma main et me redresse aussitôt. L'une des officières du bloc avance vers moi. C'est une femme forte, son uniforme tire sur des épaules et des bras que je ne pense avoir vus que sur des hommes, jusqu'ici, et ses cheveux blonds sont coiffés en un chignon impeccable, révélant les traits masculins de son visage. Entre nous, infirmières et nettoyeuses, nous la surnommons Bison. Elle a de toute évidence la carrure d'un bison.

Elle vient glisser un papier dans ma main.

— Tu es transférée aujourd'hui. Il y a un camion au carrefour, côté nord. Cela va sans dire que tu dois te présenter *directement* là-bas. Pas de détours, ou ce sera le bloc numéro 25. Va-t'en. Il vaut mieux que je ne te cherche pas, si la prochaine sélection part sans toi.

La menace du bloc numéro 25, le bloc de la mort où les femmes sélectionnées sont rassemblées jusqu'à ce que le moment soit venu de les emmener aux chambres à gaz, me suffit pour ignorer toutes les questions qui m'assaillent. Bison m'attrape par le bras et me pousse violemment jusqu'à la porte, où elle me jette dans le froid glacial. En me voyant tituber, elle plante sa grosse botte sur mon sabot et je tombe dans la neige. Une vague de douleur s'empare de chacun de mes membres, et mes orteils s'enroulent sur la neige qui brûle mes plaies encore à vif. Je me redresse en rampant, grognant de douleur, récupère mon sabot d'une main tremblante et l'enfile sur mon pied enflé.

— Sale chienne, crache Bison. Tu ne vaux pas mieux qu'un animal errant. C'est un miracle qu'ils ne se soient pas encore débarrassés de toi.

En effet, un vrai miracle, songé-je en ravalant un sanglot tandis que je me relève péniblement, frissonnante.

Échapper aux sélections s'est révélé plus compliqué que d'habitude à cause de mes hématomes, de mes os cassés et de mes pieds qui commencent à me faire souffrir le martyre dans mes sabots. Je ne peux pas paraître trop faible pour travailler, et je ne peux pas plus aller à l'infirmerie. Personne ne se rend là-bas pour aller mieux, et les médecins ne soignent pas leurs patients. J'ai réussi à survivre jusqu'ici, mais ma vie ne tient qu'à un fil.

Je pars en direction du carrefour, mais lorsque le portail apparaît dans mon champ de vision, je ne vois aucun camion, aucune autre prisonnière ; plus je m'approche, plus la peur m'envahit. Une fois sur place, je me rends compte que tout est désert. Je m'arrête juste devant le portail ouvert, tremblant à l'idée de le franchir sans permission, et encore plus à l'idée de me faire surprendre en train de ne rien faire.

— Hodaya.

Seules trois personnes, ici, utilisent mon vrai prénom...

L'Obergefreiter Engel apparaît au niveau du portail, un petit paquet calé sous le bras. J'écarquille les yeux et les visse sur le visage que j'ai autant espéré que craint de revoir. Il est seul, et il se tient devant moi, tendu, avec une étrange expression de gêne et de soulagement.

— J'ai vos nouveaux insignes.

Le son qui s'échappe de mes lèvres à ces mots se situe entre un hoquet et un sanglot. Je le crois. J'ignore pourquoi, mais je le crois. Quelque chose, dans la raideur de sa posture et dans la sincérité de son regard, me submerge de joie.

— Comment ? murmuré-je, incrédule, des larmes plein les yeux.

— L'administratif est un travail pénible. Les autres préfèrent aller se soûler plutôt que d'être plongés dans des papiers pendant des heures. Je me suis proposé de les aider un peu pour qu'ils puissent aller se détendre, ai réussi à réarranger quelques dossiers, et quelqu'un qui me devait une faveur a préparé vos uniformes en toute discrétion.

Qui ? me demandé-je. Je connais bien la monnaie du camp. Des vêtements, de la nourriture, et si vous faites quelque chose pour quelqu'un, alors cette personne vous devra une faveur. Mais à qui l'Obergefreiter aurait-il pu rendre service pour obtenir à son tour une faveur ? *Qu'est-ce que je lui dois, moi aussi, désormais ?*

Il ne va pas plus loin dans ses explications et je ne lui pose pas davantage de questions. Me faire attraper avec une fausse identité serait synonyme de mort pour moi, et très certainement de cour martiale pour lui si je le dénonçais. Il arrache la couture de mon insigne jaune vif, prend le bout de papier toujours dans ma main et les glisse tous les deux dans une de ses poches.

— Je vais t'emmener dans ton nouveau baraquement. Yeva s'occupe d'accompagner ta sœur. Ton amie arrivera avec le reste du groupe. Je n'ai pas trouvé de moyen pour la faire transférer plus tôt, alors garde un œil sur elle. Marche derrière moi. Je t'expliquerai la suite en route.

Je sens les cloques de mes pieds se rouvrir à chaque pas, mais je fais en sorte de repousser la douleur assez longtemps pour l'écouter.

— Officiellement, les prisonnières A-30972 et A-30973 arrivées le 1er septembre sont toutes les deux mortes. Toutefois, les nouvelles A-30972 et A-30973 sont des prisonnières politiques polonaises arrivées à Birkenau le 29 novembre.

« Vous travaillerez désormais toutes les deux dans les latrines et officierez en tant que femmes de ménage dans le Scheisskommando. Ce n'est pas un endroit sain. Mais vous serez à l'intérieur, vos tâches ne seront pas trop pénibles physiquement, et les SS ne s'en approchent jamais. C'est le lieu le plus sûr que j'aie pu vous trouver.

Trois SS escortant plusieurs prisonnières avancent dans notre direction, et je baisse un peu plus la tête. Soudain, une main me broie le poignet, l'Obergefreiter Engel fait volte-face et me fait quasiment tomber à genoux, me dominant d'un regard chargé d'une telle haine que mon cœur se consume aussitôt de terreur.

— *Blöde Hund !* Tu fais exprès de traîner les pieds ? Tu veux que j'aille chercher les chiens ? Ça t'aidera peut-être à avancer plus vite !

— Désolée, Herr Obergefreiter, balbutié-je en tremblant sous sa poigne.

Il me lâche dès que les SS sont passés et la facilité avec laquelle son expression se mue en regret est troublante.

— Pardonne-moi. Ils auraient vu que tu ne portais pas d'insigne, dit-il en frôlant du bout des doigts la zone où il m'a saisi le poignet, qui sera sans aucun doute bientôt marquée d'un bleu.

Son contact est si doux, si léger que, l'espace d'un instant, je me dis que je n'ai fait que l'imaginer. Un homme capable d'une telle dureté peut-il également se montrer si doux ?

— Lorsque tu retrouveras ta sœur, enlève-lui son insigne et débarrasse-t'en. Je te suggère les latrines, mais si c'est infaisable, enterre-le le plus profondément possible. Si tu as besoin de quoi que ce soit de ma part, écris une lettre. Les prisonniers n'ont pas le droit de parler de leur situation – il faut que ce soit quelque chose de neutre, comme « Je vais bien, et je suis en bonne santé. J'espère que vous vous portez tous bien ». Tout sera examiné avant d'être envoyé. Adresse-la à Tomasz Nowak, à Nuremberg. C'est comme ça que je saurai qu'elle m'est destinée. Tu t'en souviendras ?

— Oui, murmuré-je, mon souffle formant un petit nuage blanc.

Nuremberg. Tomasz Nowak, me répété-je.

— Tu ne pourras pas écrire clairement ce dont tu as besoin. Il faudra que ce soit codé. Fais des dessins – personne ne voit ça comme une menace. Je me servirai de la première lettre des objets que tu dessineras pour composer des mots. Un soleil pour un S, un chat pour un C, tu as compris ?

— Oui, murmuré-je à nouveau.

Ma tête tourne et mon cœur cavale, mais je m'accroche jusqu'au dernier de ses mots dans mon désespoir, en dépit de la voix lugubre qui résonne dans ma tête et me dit qu'il pourrait mentir, qu'il pourrait simplement s'amuser avec moi.

Nous arrivons devant un baraquement désert. Juste en face, un autre affiche, en gros chiffres blancs peints sur la porte, le numéro 25. Je frissonne et détourne aussitôt le regard des fenêtres barrées et atrocement silencieuses du bloc de la mort. L'Obergefreiter me guide jusqu'au fond du baraquement vide, puis il pose le paquet marron dans mes mains, ses doigts calleux effleurant les miens.

— Ce sont vos vêtements. Reste cachée ici jusqu'à ce que tu puisses te mêler aux autres quand elles rentreront du travail. Dorénavant, ne parle pas d'autre langue que le polonais et l'allemand. Ne donne aucune raison à qui que ce soit de soupçonner ta véritable identité.

Je hoche la tête tout en gardant le regard rivé sur mes pieds.

— Merci, Herr Obergefreiter.

— Je m'appelle Alaric, dit-il d'une voix douce, mais je suis incapable d'utiliser son prénom.

Le silence s'insinue entre nous quelques secondes, avant qu'il ne reprenne la parole d'une voix presque implorante.

— Dis-moi quelque chose de positif, Hodaya. Je t'en supplie, dis-moi quelque chose sur toi, quelque chose de joyeux.

Il n'y a rien de joyeux, songé-je en me mordant l'intérieur des joues pour lutter contre les larmes. Il ne me reste rien de positif en dehors de Bayla. Devrais-je lui répondre ? Il s'est montré bon, honnête, il m'a sauvée, mais je ne lui dois rien, certainement pas mes souvenirs d'une période heureuse aujourd'hui teintée de sang et de mort.

— J'ai fabriqué un collier pour le sixième anniversaire de Bayla, m'entends-je alors dire, à ma grande surprise, mais les mots sont incontrôlables. Mon père m'a aidée à faire les perles, il m'a appris à sculpter le bois. Je les ai peintes en bleu. Et je lui ai acheté un manteau jaune. Son sourire était si beau… elle ne le retirait jamais.

Ses lèvres qui s'ourlent en un léger sourire adoucissent tant ses traits qu'il paraît soudain beaucoup plus jeune.

— Peut-être lui en feras-tu un autre, quand tout ça sera terminé, dit-il avec une assurance qui me rappelle la manière dont Naomi parlait de la fin de la guerre, avant.

— Et vous, vous voulez bien me raconter quelque chose de joyeux ? demandé-je tout en ignorant d'où me vient cette curiosité.

Il se renfrogne, comme si c'était là une chose à laquelle il n'avait pas songé depuis longtemps. Enfin, un souvenir semble le saisir, et il lâche un ricanement sombre.

— Heinz et moi avons attrapé un blaireau, un jour, quand nous étions petits. Nous faisions les quatre cents coups, tous les deux. Notre mère nous a forcés à le relâcher en nous menaçant de donner le dessert qu'elle avait préparé aux cochons. Mon père était parti pour le travail, alors elle pouvait nous cuisiner des douceurs. Nous avons mangé deux fois plus de chocolat, ce soir-là.

J'aimerais pouvoir lui offrir les mêmes paroles rassurantes, mais elles seraient vides. Son petit frère est mort ; ils n'auront jamais d'autre journée pour attraper des blaireaux ou manger du chocolat à s'en rendre malades. En dépit du chagrin qui creuse les lignes de son visage, une lueur de bonheur éclaire son regard, et je me demande une fois de plus comment il peut avoir l'air aussi humain.

Il attend que je grimpe sur la couchette la plus haute et que je me cale dans le coin, où personne ne pourra me voir, avant de murmurer « Que Dieu te garde », puis il disparaît du bloc.

L'étrangeté de cette déclaration me frappe pour la première fois. Je n'aurais jamais imaginé qu'un SS ou un homme de la Wehrmacht puisse avoir foi en Dieu. La foi peut-elle véritablement nourrir des individus pareils, au même titre que ceux qu'ils torturent ?

Cette question est dérangeante, ses implications trop troublantes, si bien que je la chasse pour me concentrer sur le paquet entre mes mains. Délicatement, je retire le papier pour découvrir un autre morceau de tissu gris. Une couverture. Je l'aurais peut-être trouvée ridicule, il y a un an, mais aujourd'hui, aucun tissu ne peut me paraître plus doux. Deux uniformes de prisonnières reposent dessous, des jupes et des chemises, l'une portant mon matricule et l'autre celui de Bayla, chacun orné d'un triangle rouge affichant la lettre P en noir.

Nous sommes au sommet de la hiérarchie, désormais. Le statut de criminelle, dans un lieu pareil, impose le respect. C'est le genre d'individus à se frayer un chemin facilement vers les postes de pouvoir, ceux que les Kapos ont plus de chances de laisser tranquilles. Nous ne sommes pas juives, mais des criminelles polonaises – aussi imaginaires que soient nos crimes –, et cela nous permettra de vivre plus longtemps.

Avoir la foi en un tel endroit est dangereux. Je sais au plus profond de mon âme que je ne devrais pas nourrir d'espoir, mais ça fait si longtemps que je n'éprouve rien d'autre que du vide et du désespoir que mon traître de cœur refuse de redescendre de son nuage.

Plusieurs minutes plus tard, Bayla apparaît à l'entrée avec Yeva, sa main plaquée si fort sur son insigne jaune qu'on pourrait croire qu'elle cherche à soulager une douleur. Une fois que nous avons endossé notre nouvelle identité, affronté l'appel et retrouvé Naomi, nous grignotons avidement nos rations de pain. Au moment de nous coucher, j'enroule notre nouvelle couverture autour de la frêle silhouette de Bayla et, pour une fois, ses dents ne me semblent plus claquer aussi fort.

21

10 DÉCEMBRE 1943

Le froid devient vite intolérable. Les températures ont chuté violemment et rapidement cet hiver ; la neige est si épaisse que la boue ne touche plus nos pieds et que ce vicieux tapis blanc nous ronge jusqu'aux genoux. La neige ne semble pas vouloir s'arrêter, tombant toute la nuit jusqu'au matin, sans nous laisser le choix de l'affronter, ses serres glaciales consumant nos jambes engourdies.

De plus en plus de femmes meurent dans la nuit, de froid ou de faim. Des squelettes s'abandonnent au doux salut de la mort pendant que nous dormons, et leurs corps glacés doivent être chassés des couchettes en attendant le matin, tant notre besoin de chaleur humaine, aussi maigre soit-elle, est précieux. Toutes les nuits, nous sentons une étincelle de chaleur s'éteindre et devons pousser au sol le corps d'une étrangère, d'une amie ou d'un membre de notre propre famille.

La plupart des femmes qui meurent ici sont les travailleuses, celles qu'on envoie creuser les fosses, pousser des rochers et construire des rails sous les coups de fouet, de crosse ou de croc. Ce sont celles qui ne prient plus pour leur survie. Si travailler dans les latrines est une tâche ignoble, je n'ai jamais été aussi reconnaissante d'un tel privilège dans ma vie. Bien que je passe mes journées à quatre pattes dans les excréments, je ne suis jamais battue par les SS, jamais exposée aux intempéries, et je ne meurs pas d'épuisement.

Malgré tout, la question de notre survie se fait de plus en plus urgente. La mort ne reconnaît aucun statut. La maladie, la famine et le froid ne font aucune distinction, et les insignes que Bayla et moi portons ne nous sauveront pas de notre condition. Nous n'avons rien pour nous maintenir au chaud en dehors de nos uniformes tout fins et de la couverture qui nous a été offerte avec nos deuxièmes tenues. Ça ne suffit pas. Si l'obsession qu'est la faim n'était pas assez pour nous conduire au bord de la folie, les nuits glaciales le sont pour nous pousser dans le précipice.

Enfermez des milliers d'individus dans un seul endroit, refusez-leur d'être suffisamment nourris et hydratés, tuez-les systématiquement jour après jour, poussez leurs corps à travailler au-delà de toute capacité humaine, forcez-les à vivre dans leurs propres excréments, dégradez-les par la brutalité à la moindre occasion, et vous découvrirez qu'une fois dépouillés de leur civilisation, les êtres humains sont, avant tout, des animaux. Jetez un reste de nourriture à des chiens affamés, et toute loyauté sera réduite en cendres, leur situation commune ne signifiant plus rien à leurs yeux.

Des animaux... c'est ce que nous sommes, désormais, mais un animal n'a pas besoin de grand-chose. Dans un premier temps, il doit se tenir à l'écart de ses prédateurs. Ensuite, ne seront nécessaires qu'un peu de nourriture, un peu d'eau, un endroit où dormir et un autre pour faire ses besoins.

Plusieurs femmes se sont procuré des vêtements supplémentaires en vendant leurs rations et tout ce sur quoi elles ont pu mettre la main, juste pour une chemise ou un pantalon. J'ai réussi à faire du troc dans les latrines, permettant à certaines d'entrer en priorité contre un bout de pain ou une pomme de terre, leur assurant quelques minutes en plus pour se laver et avoir un trou rien que pour elles en échange de foulards, de chaussettes et de sous-vêtements. Tout ça nous permet d'avoir un peu plus chaud, mais la nourriture que j'arrive à récupérer ne semble que faire empirer la faim. Ce n'est pas grand-chose, et certainement pas assez.

Dans l'obscurité de l'aube approchant, je serre plus fort la silhouette immobile de Bayla recroquevillée contre moi, dans l'espoir que mes propres membres tremblants lui procurent un peu de chaleur. Elle porte quatre couches de vêtements, dont deux que j'ai réussi à récupérer sur des cadavres avant tout le monde, mais ça ne suffit pas à vraiment bloquer le froid.

Nous ne survivrons jamais à l'hiver comme ça. Tant de femmes sont déjà mortes.

Une autre pensée vient me sortir du tunnel dans lequel mon esprit est enfermé depuis des jours, et je me demande si tout ce temps passé ici n'a pas définitivement détruit ce qui aurait pu me rester de santé mentale.

L'Obergefreiter Engel nous aiderait-il ?

Il l'a fait jusqu'ici, à de nombreuses reprises, sans jamais rien exiger en retour. Même quand j'ai osé lui demander une faveur pour Naomi, il a accepté sans une seconde d'hésitation. Il ne me parle pas comme à une prisonnière, pas comme un Allemand du Reich à une Juive, mais juste d'humain à humain et, quelque part, cela me terrifie encore plus. Il y a quelque chose de profondément dérangeant à voir qu'un homme est caché derrière l'uniforme, un homme qui a des frères qu'il aime, qui éprouve de la douleur et du regret. Ce serait tellement plus simple s'il était comme les autres SS, dont la cruauté et la haine nous permettent de ne les voir que comme des monstres, d'oublier que ce sont des humains, comme nous…

Et peut-être n'est-ce qu'un piège, songé-je en collant un peu plus Bayla à moi. Peut-être cherche-t-il à me donner un faux sentiment de sécurité, comme les chasseurs qui laissent de la nourriture pour appâter les biches. Les SS aiment faire ce genre de choses, jouer avec nous et nous torturer, comme un chat avec une souris.

Nuremberg, Tomasz Nowak.

J'avais presque oublié que je pouvais envoyer des lettres, désormais. Je n'ai personne à qui écrire, et personne pour m'écrire en retour. C'est périlleux de trop compter sur les autres, d'attendre quoi que ce soit même d'une camarade prisonnière. De tous ceux sur qui je pourrais compter, l'Obergefreiter est de loin le plus dangereux.

Mes yeux se ferment d'épuisement, mais mon esprit continue de bouillonner d'agitation et de peur. Tandis que les secondes se muent en heures, j'ai imaginé un millier de manières différentes dont les choses pourraient mal tourner, et tout, à l'exception de son regard empathique se fusionnant à celui de Mengele, disparaît. Je suis presque reconnaissante de cette illusion cauchemardesque car pour une fois, tous les autres noms et les autres visages s'effacent de mon esprit ; les corps que j'ai transportés, les femmes que j'ai envoyées à la mort, les amis qui m'ont été arrachés, ceux que j'aimais, ceux que, j'en suis sûre, je ne reverrai plus jamais…

Les coups de sifflet percent le silence et je me réveille en sursaut, tremblante, avant de secouer Bayla sous les bruits de bottes de la Blockälteste qui avance entre les rangées de couchettes.

— Bayla, soufflé-je en la secouant plus fort. Bayla, réveille-toi.

Les femmes à côté de nous rampent hors du lit pour commencer à ranger ce qui traîne, mais Bayla ne bouge pas. Dans la pénombre, je vois son visage pâle, presque fantomatique, figé dans le sommeil, et ses lèvres sont bleues. Elle ne respire pas.

Je rampe à mon tour au sol et la secoue de toutes mes forces, lui hurlant de se réveiller.

— Laisse-la reposer en paix, dit une femme en passant, sa main effleurant mon épaule. Elle est partie.

— Elle n'est pas morte ! *Elle n'est pas morte !!* m'époumoné-je en repoussant la femme, puis je me remets à secouer frénétiquement Bayla, son corps remuant mollement sous mes mains, comme une poupée de chiffon. Bayla ! Réveille-toi ! Tu m'entends ? Réveille-toi ! *Réveille-toi !*

Un souffle étranglé quitte ses lèvres, et ses yeux bleus s'entrouvrent enfin. Un sanglot de soulagement m'emporte et je la serre contre moi, enroulant mes mains sur son crâne.

— J'ai froid, murmure-t-elle, sa voix faible venant glacer mon oreille.

Je presse les paupières, ravale mes larmes et réponds :

— Je sais, Bayla. Je vais te trouver quelque chose. Tout ira bien.

Mais j'ai beau souhaiter de toutes mes forces que ce soit vrai, la réalité me fait l'effet d'un coup de poing en pleine poitrine.

Je ne peux pas la sauver...

Le froid a bien failli l'arracher de mes bras et je n'aurais absolument rien pu y faire. On ne peut ni implorer ni raisonner l'hiver. Je me suis affamée, ai marchandé et risqué des balles pour la nourrir, ai été battue quasiment à mort pour lui donner la chance de quelques jours d'existence supplémentaires, ai fait en sorte de la protéger durant les sélections, mais au bout du compte, je ne peux pas la sauver. Je n'ai pas de pouvoir, pas d'influence ; je ne peux que lui donner des chances. Il suffirait d'un coup du sort, qu'elle se trouve au mauvais moment au mauvais endroit, d'une main gantée qui se dresse, et elle serait morte.

Pas avant moi... Si tu es condamnée à mourir dans cet ignoble endroit, si la mort te prend, ma sœur, ma fille, ce sera uniquement parce que je ne suis plus en vie pour te protéger.

Je lui frotte les bras pour lui transmettre un tant soit peu de chaleur et cherche sur notre couchette la fine couverture que l'Obergefreiter Engel nous a donnée. Une vague de rage enfle en moi en me rendant compte qu'elle n'est plus là. Une seconde plus tard, j'aperçois un bout de tissu gris qu'une femme est en train de coincer sous sa paillasse.

— C'est la couverture de ma fille, grogné-je tout en avançant vers elle d'un pas déterminé.

Cette femme a dû être un jour jolie, avec des cheveux blonds et de beaux yeux noisette, mais aujourd'hui, ces mêmes yeux sont vides, et sa bouche s'ourle en une grimace mauvaise.

— Ça m'est égal. Elle est à moi, maintenant, crache-t-elle.

Furieuse, je refuse de me laisser intimider, me fichant de notre différence aussi bien de taille que de carrure, même si je dois me dévisser le cou pour la regarder dans les yeux.

— Rends-la-moi, ou je m'en charge moi-même.

Elle lâche un rire sans humour, révélant des dents cassées, et me pousse violemment.

— Essaie, si tu oses ! Moi, en attendant, je n'ai pas froid. De toute façon, elle ne tiendra pas longtemps. Trouves-en une autre.

« Elle ne vivra pas longtemps. »

« Les SS ne tarderont pas à l'emmener *là-bas.* »

« Elle mourra de faim avant nous. »

« C'est du gâchis ! »

« De toute façon, elle ne tiendra pas longtemps. »

Le monde s'estompe, ne laissant rien d'autre que le souvenir de toutes ces paroles. Je commence à trembler.

Elle tiendra plus longtemps que vous toutes, même si je dois, l'une après l'autre, vous tuer à mains nues.

L'instant d'après, je fonds sur elle dans une rage bouillonnante, l'assaillant de mes ongles et de mes cris. Sourde à la douleur qui vrille mes côtes sous ses poings, je griffe son visage comme un animal sauvage. Ses mains se vissent sur ma gorge, mais je suis déchaînée et la roue de coups, dans des éclats de boue et de sang. Quand mes poumons commencent à brûler, je lui attrape la tête et plante sauvagement mes ongles cassés dans ses joues et dans ses yeux. Hurlant de douleur, elle se cambre et me repousse violemment. Elle saisit alors le bol de métal attaché à sa taille et se jette sur moi. Retirant prestement mes deux sabots, je lui en lance un en plein visage, son nez émettant un craquement sinistre. Un instant plus tard, je suis à nouveau sur elle, arrachant son bol de sa main avec mon autre sabot et la frappant au visage avec.

— Laisse-la tranquille, ou je te tuerai ! Je te tuerai ! hurlé-je, trop emportée par l'hystérie pour me soucier qu'elle soit consciente ou non pour m'entendre, seulement consumée par la rage et le sang chaud qui macule mes mains.

— Arrête ! Arrête ! Je t'en supplie ! crie-t-elle, mais je ne le fais que lorsqu'elle ne bouge plus qu'à peine.

J'enjambe son corps pour récupérer la couverture de Bayla ainsi que le sabot que j'ai jeté. Par un quelconque miracle, ma sœur respire normalement et ses yeux restent fermés. Elle ne voit pas la scène de sang, devant elle. Naomi est venue s'asseoir à côté d'elle, le regard dénué d'émotions.

Les autres femmes nous ignorent, s'affairant dans le bloc comme si rien d'extraordinaire ne s'était passé. Je me dis que certaines ont sûrement songé à profiter de notre distraction pour voler mon sabot ou la couverture. Voir deux, ou même trois ou quatre femmes se battre pour une couverture n'a rien d'anormal, ici.

Nous nous battions pour une couverture...

Cette prise de conscience me fait l'effet d'une gifle et je pose mon regard hébété sur la femme que j'ai abandonnée dans la boue. Son nez est cassé, son visage tuméfié et recouvert de sang, et elle gémit comme un chiot apeuré. Ce pourrait être moi ou Bayla, à sa place. Il y a quelques secondes encore, nous étions des bêtes sauvages, ce qu'il reste d'une personne civilisée lorsqu'elle est dépouillée de son humanité et de tout autre moyen de survie, réduite à se battre pour les miettes qu'on veut bien lui jeter. À cet instant, et peut-être encore maintenant, cette femme m'aurait tuée si je l'avais laissée faire.

Et je l'aurais tuée, moi aussi.

Je ne me battais pas simplement pour une couverture, comme elle. Je me battais pour Bayla, parce que quelqu'un avait osé essayer de voler l'unique chance de survie de mon enfant, et à ce moment-là, rien d'autre ne m'animait que la rage et la violence.

Je me demande si c'est ce qu'a vécu l'Obergefreiter Engel, ce fameux jour, en France, quand son propre frère s'est fait tuer sous ses yeux, et qu'il n'a éprouvé rien d'autre que de la rage et un immense vide...

J'entends tout juste la voix faible et fatiguée de Bayla qui me murmure :

— Hodaya ?

— Oui, Bayla ? Qu'est-ce qu'il y a ?

— J'ai mal aux pieds...

Cela me rappelle vaguement notre nuit dans le wagon. Elle a dit la même chose, ce jour-là, alors que nous étions restées des heures debout avant même que le train ne démarre, et le frisson qui me vrille l'échine à cette phrase toute simple me pousse à retirer ses sabots, aussi délicatement que possible.

— Ils sont trop petits, murmure Naomi.

Des taches de sang maculent les chaussettes noires de Bayla, et lorsque je les enlève à leur tour, je me rends compte que les cloques se sont ouvertes au niveau des talons et des orteils, dont l'un est tout raide et enflé.

J'inspire un hoquet tremblant en examinant ses pieds blessés puis son visage pâle. Même le regard de Naomi se fait grave lorsqu'elle découvre ce spectacle. Si je ne lui trouve pas quelque chose pour la soigner ou au moins lui bander les pieds, ils finiront par s'infecter, et je ne pourrai plus rien faire pour elle. Mais il n'y a pas de médicaments sur le camp, pas même à l'infirmerie.

Mon Dieu, combien de femmes sont mortes de ça ? Si elle ne peut pas marcher, elle ne peut pas travailler, et alors, ils l'emmèneront.

Mes yeux se tournent vers la prisonnière que j'ai battue. Ses pieds et ses sabots sont bien plus grands que ceux de Bayla. La femme est à peine consciente et trop faible pour lutter lorsque je lui arrache ses sabots et pose la paire de Bayla dans ses mains tremblantes.

Ce n'est pas du vol, juste du troc. Elle se fiche aussi bien de Bayla que de moi ; pourquoi devrais-je me soucier d'elle ? J'enroule les pieds de ma sœur dans un bout de tissu arraché à ma jupe puis y fixe les sabots trop grands.

— Dehors ! *Raus !* Tout le monde dehors !

Je porte Bayla jusqu'à l'entrée avant de la forcer à tenir debout toute seule et à marcher vers le lieu d'appel, en dépit de ses gémissements et de sa démarche vacillante.

Lorsque l'appel est fait, notre café est distribué, mais je ne bois ni ne mange ce matin. Bayla mange les deux rations de pain et boit les deux tasses de café sans émettre la moindre résistance. Après ce repas, je ne peux pas la porter jusqu'à notre lieu de travail sans me faire punir par les Kapos, alors je garde un bras sur son épaule et la tire presque dans la neige, jusqu'aux latrines.

Une fois au long bâtiment, les Kapos nous laissent. Des milliers de femmes sont déjà rassemblées dehors. La prisonnière fonctionnaire à l'entrée nous laisse pénétrer dans le sombre baraquement de briques et de ciment, seulement doté de quelques fenêtres qui filtrent un semblant de lumière. Les toilettes s'étirent de la porte à l'autre bout du bâtiment, série de grands trous séparés de quelques centimètres uniquement, courant au milieu. La puanteur assaille mes narines dès l'instant où nous entrons, et je retiens machinalement ma respiration pour ravaler la bile qui monte dans ma gorge.

À côté de moi, Bayla est prise de haut-le-cœur. Je finis par la soulever dans mes bras, plaque ma main sur sa bouche et sur son nez et cours tout au bout des latrines. Je la pose alors contre une colonne de ciment carrée. Il n'y a que quelques trous entre cette colonne et le mur, et Bayla est si petite qu'on la remarquera à peine. Je retire les sabots de ses pieds et les lui tends.

Elle ne peut pas travailler, mais ils *ne peuvent pas le savoir.*

— Bayla, écoute-moi. Ne lâche pas ces sabots, et ne laisse personne les prendre. Si qui que ce soit essaie, appelle-moi en criant. Ne parle à personne. Reste ici et fais-toi la plus discrète possible. Repose-toi autant que tu peux.

Les yeux enfin ouverts, leur profondeur marine aujourd'hui grise et morne, elle hoche faiblement la tête.

Les onze heures qui suivent, Bayla reste assise au fond des latrines pendant que je m'affaire à retirer les excréments aux côtés des autres travailleuses. Si quelqu'un la remarque, parmi ce millier de prisonnières, personne ne dit rien ; ces femmes sont soit trop concentrées sur leur propre survie pour la voir recroquevillée dans son coin, soit tout simplement indifférentes. Secouée par les événements de ce matin, je suis plus exigeante qu'habituellement dans mes trocs. Si une femme veut un trou pour elle toute seule, cela lui coûte une ration de pain ou son foulard le plus propre, afin que je puisse faire des bandages pour les pieds de Bayla.

À la fin de la journée, je sais que je n'ai pas le choix. Il faut que je contacte l'Obergefreiter Engel. Avec les sélections quotidiennes, ni sa jeunesse ni sa taille ne plaidant pour elle, il faut que Bayla soit soignée. Si une sélection tombe avant qu'elle soit guérie, je ne doute pas un instant qu'ils l'emmèneront.

Si c'est le cas, elle ne partira pas seule. C'est très clair pour moi. À Auschwitz, je ne suis absolument certaine que de deux choses : les sélections, et le fait que je suivrai Bayla, où qu'elle aille.

***

Nous nous dispersons après l'appel et si certaines prisonnières s'échappent discrètement pour aller voir les amies ou la famille qu'il leur reste dans les autres blocs, Naomi, Bayla et moi retournons à nos couchettes. Bayla succombe au sommeil en quelques secondes, serrant ses sabots contre sa poitrine, les morceaux de tissu récupérés dans la journée enroulés sur ses pieds et la couverture enveloppant sa petite silhouette.

À une époque, j'écrivais des vers et des rédactions tous les jours, mais c'était il y a des années, lorsque j'avais dix-sept ans et que ma plus grosse inquiétude était d'arriver à l'heure au travail après l'école. Aujourd'hui, si je ne me trompe pas et que le 10 novembre est bien passé, j'ai vingt-deux ans et je suis terrifiée à l'idée que les SS découvrent le message codé que je suis en train d'écrire à l'Obergefreiter Engel sur un minuscule morceau de papier volé et avec un bout de crayon. Pendant un moment, je réfléchis aux mots que j'ai envie de lui communiquer, me demandant à quel point mon courrier aura l'air suspect si j'y fais trop de dessins.

Le mot *froid* est mon premier choix. Je me creuse la tête, cherchant à conjurer l'image la plus commune pour chaque lettre de ce mot en allemand, et les dessine avec autant de détails que possible.

Chaussures est le prochain mot qui me vient à l'esprit. J'ai déjà vu des femmes porter des chaussures de cuir, ici, comme A-30877, celle aux yeux d'un bleu incroyable qui m'a donné la nourriture de l'Obergefreiter Engel.

Je me tourne vers Naomi, qui remue à côté de moi. Elle pose un regard abattu sur la boue qui macule le sol du baraquement, un bras pendant mollement du bord de la couchette, comme une poupée de chiffon. Une fois de plus, je ne peux m'empêcher de penser qu'elle a déjà l'air morte. Le seul signe qui me donne tort est la légère inspiration que je perçois. Je sais depuis longtemps que la Naomi que j'ai un jour connue est morte, recroquevillée sous un masque que je ne reconnais plus. Mais il semble qu'à chaque jour qui passe, elle meurt un petit peu plus. J'ai essayé de la convaincre qu'Adam est fort et qu'il sera là à l'attendre, à la fin de tout ça, faisant courir mes mains sur son crâne nu comme je le fais avec Bayla, mais je ne suis pas sûre qu'elle m'entende encore.

— Tu écris, dit-elle d'une voix fragile.

Elle n'ajoute rien, mais tout un tas de questions tacites planent dans l'air. *Qu'est-ce que tu écris ? À qui ? Pourquoi as-tu le droit d'écrire ?* Elle n'a jamais demandé pourquoi Bayla et moi avons reçu de nouveaux insignes, il y a un peu plus d'une semaine, ni pourquoi nous avons toutes été brusquement transférées. Elle ne demande rien, incapable de trouver la volonté de se soucier de quoi que ce soit.

— Nous avons quelqu'un, murmuré-je en espérant voir une lueur d'intérêt dans ses yeux, mais il n'y a rien.

La peur m'a toujours empêchée de lui parler de l'Obergefreiter Engel, mais peut-être la perspective d'être aidée lui apportera-t-elle de l'espoir.

— Il nous aide. Tu te souviens du pain et du poulet ? C'est lui qui nous les a donnés. Et ces nouveaux uniformes et ces insignes, c'est lui aussi. Il a empêché les SS de m'embarquer, ce fameux jour où le Kapo est venu me chercher. Si Bayla est encore avec nous, c'est grâce à lui.

Un doux grondement s'élève de sa poitrine.

— Je savais que tu la suivrais… J'ai eu du mal à y croire, quand je vous ai vues courir après moi, ce jour-là…

— Évidemment que nous sommes venues avec toi, soufflé-je en pressant un baiser sur son crâne nu. Je serai toujours là pour toi. Tu es ma meilleure amie, ma sœur, et je t'aime. Ne l'oublie jamais ; crois-moi, je ne t'abandonnerai jamais. Nous survivrons jusqu'à demain.

Une lueur brille dans ses yeux, peut-être le souvenir de cette nuit, dans le ghetto, où elle m'a soufflé ces mêmes mots, ou peut-être celui de nos amies qui parlaient d'un lendemain.

Mon cœur bondit alors, car même si c'est un mouvement imperceptible sur ses lèvres, je jurerais l'avoir vue sourire.

L'espace d'un instant, j'envisage de tout lui dire – ce que l'Obergefreiter Engel m'a confié, tout ce qu'il a fait, et que c'est à lui que j'écris, mais je n'en ai pas la force. Au lieu de ça, je tiens sa main glaciale et dessine au mieux la représentation de chaque lettre du mot *amie*, en allemand, priant pour qu'il comprenne de qui je parle.

22

12-13 DÉCEMBRE 1943

Il y a des cris, aujourd'hui, des hurlements désespérés qui proviennent des corps brisés et usés piégés entre les murs sombres du bloc numéro 25. Il m'est impossible de faire barrage à leurs lamentations, à leurs sanglots implorant pitié et de quoi manger, et mon esprit s'obstine à vouloir distinguer une voix en particulier parmi elles toutes : celle de la femme que j'ai tuée.

C'est une Italienne. Bayla était trop faible pour se lever, encore moins courir, durant la sélection d'il y a deux jours alors, quand son matricule a été appelé, j'ai poussé l'Italienne, qui a couru à sa place. Lorsque le matricule de cette même femme a été appelé, Bayla a tenté de courir, en vain, et c'est ce matricule qui a été désigné pour la mort. Les SS n'ont jamais remarqué le subterfuge. Ils ont embarqué les femmes condamnées hier.

Le froid a enveloppé mon corps entier de ses serres mortelles, et seule la vision de Bayla endormie à mes côtés, tremblante, pâle mais en vie, me procure un tant soit peu de soulagement. Je doute que cette femme aurait vécu plus longtemps, de toute façon. Celles qui ne comprennent pas l'amalgame de polonais et d'allemand parlé sur le camp ne vivent jamais longtemps. Mais ce n'est pas la culpabilité du meurtre que j'ai commis qui me hante. C'est la peur qui serre mes entrailles tandis que mes yeux se posent sur ma main tremblante, celle qui, sans hésiter, a poussé une femme à sa mort, et je me demande si je devrais porter moi aussi un gant blanc, comme Mengele. J'ai tué une femme, et je ne ressens presque rien.

Mama, Papa, auriez-vous honte de la femme insensible que je suis devenue ? J'ai fait tout ce que je devais pour sauver notre fille, et je ne m'excuserai pas pour ça.

Je balaie le baraquement des yeux, cherchant à bloquer les hurlements de celles qu'on a embarquées sous nos yeux il y a tout juste quelques heures. Ce bloc ne diffère pas de ceux dans lesquels nous avons vécu avant, amas de visages creux dénués de toute couleur et de tout espoir. Sur certains regards, la détermination et le défi sont encore visibles, mais sur d'autres, il n'y a rien, juste de la douleur et du vide là où il y a eu un jour une âme, les restes d'une personne et d'une vie avant Auschwitz.

Une femme est assise seule sur le tuyau de chauffage. Elle est nouvelle, ici, tout comme nous. Notre dernier bloc ne contenait plus que quelques centaines de femmes, avant même que les sélectionnées soient embarquées, et la centaine restante a été répartie dans les autres baraquements. Bayla et moi ici, Naomi dans le bloc numéro 13, directement derrière le nôtre. La femme assise sur le tuyau de chauffage – il me semble avoir entendu quelqu'un l'appeler Roksana – se tord nerveusement les mains.

Nous n'avons jamais échangé – je ne parle quasiment à personne, en dehors de Bayla et Naomi. C'est une chose que Roksana et moi partageons, mais dans son cas, elle n'a personne à qui parler. La seule femme qui lui adressait la parole a été embarquée hier. J'ai réussi à apprendre qu'elle travaille à la falsification de billets, tâche bien plus désirable que celles attribuées à la plupart des prisonnières.

Elle est comme Bayla, songé-je en observant sa manière de jeter des coups d'œil réguliers aux portes du baraquement, résignée à la mort de son amie emportée. Je me demande ce que Bayla ferait si elle était à la place de Roksana.

Elle mourrait.

J'ai toujours eu conscience de cette réponse, mais elle me glace d'une terreur inimaginable chaque fois que j'y pense. Si Bayla était à la place de Roksana, je voudrais que quelqu'un l'aide, je supplierais Dieu, au paradis, qu'une autre prisonnière prenne pitié d'elle et la protège, je prierais l'ange auquel elle croit de veiller sur elle.

— Roksana, murmuré-je d'une voix hésitante.

Des yeux ronds et marron se lèvent vers les miens, surplombant d'épais cernes noirs, et sa voix apathique me répond avec appréhension.

— Oui ?

— Viens t'allonger avec nous, tu auras plus chaud, dis-je en tapotant notre paillasse.

Elle m'observe un moment, puis son regard se pose sur les tristes couchettes de bois et elle avance d'un pas timide. Elle grimpe à côté de moi et se détend lorsque je prends l'une de ses mains glaciales dans la mienne. Nous sommes toutes pelotonnées les unes contre les autres, si proches que c'en est presque suffocant, mais je laisse Roksana se rouler contre moi.

— Tu travailles à la falsification de billets, n'est-ce pas ?

Elle hoche la tête sans dire un mot.

— Moi, je suis aux latrines. Si tu parvenais à nous récupérer un peu de papier, je pourrais t'y faire accéder. On pourrait même te trouver un trou rien qu'à toi.

Il n'y a jamais aucune intimité dans les toilettes. Le même trou doit être partagé par deux ou trois femmes en même temps, et nous n'avons rien pour nous nettoyer. Le simple fait de songer à la texture du papier sous mes doigts m'envahit de bonheur.

Roksana garde le silence un moment avant de rebraquer ses yeux sur moi.

— Je peux en cacher un peu ; les SS ne verront rien.

— J'ai une autre amie, Naomi, elle travaille avec nous. Tu pourrais en amener un peu pour elle aussi ?

Elle hoche une nouvelle fois la tête.

— Et comment tu t'appelles ?

Cela fait si longtemps qu'on ne m'a pas demandé mon vrai prénom, que quelqu'un d'autre n'a pas cherché à l'utiliser, que ça me semble étrange, presque déplacé. Ne sommes-nous pas censées être simplement désignées par nos tatouages ? N'est-ce pas ce que nous sommes toutes censées être, désormais ? Du bétail sans véritable nom ?

Je baisse la voix, comme si je lui divulguais un immense secret.

— Je m'appelle Hodaya.

— Moi, je travaille aux entrepôts, intervient une voix timide.

Deux petits yeux noisette se lèvent vers moi depuis la couchette du bas toute boueuse. Les joues de la jeune fille ne sont pas encore complètement creusées, et si elle est pâle et tremblante, sa peau arbore toujours la couleur de la santé. Elle a dû arriver avec les derniers convois.

— Je pourrais ramener des choses, moi aussi. Il y en a beaucoup. Tout ce que vous voulez.

Elle nous implore. Implore notre amitié, implore le semblant de sécurité que procure l'effet de groupe. Beaucoup de nouvelles filles sont rejetées par les plus anciennes prisonnières, exclues comme si elles étaient d'une classe différente. Cela ne fait que trois mois que je suis ici, mais j'ai survécu plus longtemps que la plupart. Et depuis que j'ai battu sauvagement cette femme pour avoir cherché à voler Bayla, il semblerait que j'aie acquis la réputation de celle qu'il ne faut pas approcher. Personne n'a envie de provoquer les prisonnières violentes, et ma classification en tant que criminelle me donne de la crédibilité. Cela élève mon statut, fait de moi une alliée plus dangereuse et plus intimidante à approcher pour une nouvelle comme cette jeune fille qui lève ses yeux pleins d'espoir vers moi.

Personne ne peut survivre ici seul. À plusieurs, on est plus forts. Un groupe de cinq personnes, ce serait incroyable.

— Comment tu t'appelles ? l'interrogé-je, notant qu'elle a déjà confié son travail.

— Orna.

— Moi, c'est Hodaya.

Un accord tacite passe entre nous, et elle m'adresse un petit sourire engageant avant de disparaître sur sa couchette.

Le sifflet du soir résonne, mais le bloc n'est jamais vraiment silencieux. Avec un millier de femmes qui tremblent, qui toussent, qui grognent, qui ronflent et qui marmonnent, c'est impossible.

Le bloc numéro 25 est le seul à pouvoir être entièrement silencieux, comme à cet instant – il n'existe que le silence dans la mort. Le bloc est vide ; plus de hurlements pour nous vriller les oreilles, plus de mains tendues désespérément à travers la fenêtre, les femmes sont toutes parties aux chambres à gaz. Demain, le bloc numéro 25 sera à nouveau plein une fois que le reste des prisonnières de la sélection d'hier seront rassemblées pour le massacre. J'inspire longuement et ferme les yeux pour essayer de dormir. L'Italienne est partie, mais sa voix me hante plus fort encore dans l'obscurité silencieuse.

Le lendemain passe avec une lenteur inhabituelle, le genre de rythme traînant qui donne l'impression que chaque minute n'a pas de fin. Cela ne fait que trois jours, et j'ai réussi à garder Bayla cachée au fond des latrines pour l'instant, mais ses pieds ne montrent aucun signe de guérison. C'est uniquement la chance qui m'a permis de la sauver de la sélection d'il y a trois jours, mais les officiers finiront par le remarquer si je continue à l'échanger avec d'autres prisonnières. Elle a besoin de quelque chose, et vite.

Lorsque Bayla et moi retournons à notre bloc, nous découvrons Roksana et Orna debout près de l'entrée, attendant les coups de sifflet.

— J'en ai récupéré, me murmure Roksana, dont la voix tremblante trahit la peur.

Fouillant les environs d'un regard frénétique, elle finit par soulever discrètement la manche de sa chemise pour révéler un petit tas de monnaie papier.

Je ne vois pas la devise, ni même combien de billets elle tient, mais je sais que je n'en ai jamais vu autant. Il y a des mois, une somme pareille m'aurait laissée perplexe, et je me serais laissée aller à rêver à toutes les choses que je pourrais acheter avec, sans vraiment savoir quoi faire d'autant d'argent. Mais ici, l'argent ne peut pas servir à acheter quoi que ce soit, il est inutile. L'argent n'a de valeur que dans une société libre. Ici, il servira à nous essuyer aux toilettes.

Le sifflet de dix-neuf heures résonne, nous nous alignons pour l'appel et sommes comptées une fois, puis deux. Avant de nous relâcher, une Kapo s'approche des aînées de notre bloc, guidant un prisonnier armé de petits paquets et d'un bout de papier.

Soudain, je me retrouve sans souffle, la poitrine comprimée par l'anticipation. J'avais presque oublié qu'hier était dimanche ; toutes les lettres et les paquets ont dû être fouillés. Le matricule d'une femme est appelé, et elle avance aussi vite que possible dans la neige épaisse. Un minuscule paquet lui est donné avec brusquerie, pas plus grand qu'une chaussure, mais le soulagement et la gratitude dans ses yeux pourraient faire croire à n'importe qui qu'on vient de la délivrer. Les paquets continuent d'être distribués. Je serre les poings pour contenir mes tremblements, mais mes ongles ont beau s'enfoncer toujours plus dans mes paumes, rien n'y fait. *Ma lettre a-t-elle été jetée ? L'Obergefreiter Engel l'a-t-il trouvée ? A-t-il ne serait-ce que cherché ?*

Deux autres matricules sont appelés, et je crispe si fort la mâchoire que mes oreilles commencent à siffler. Une douloureuse résignation s'abat sur moi quand je regarde la Blockälteste prendre le dernier paquet des mains de la Kapo. Le désespoir manque d'arracher un hurlement de défaite de ma gorge, et pour la première fois depuis des mois, je pense que je pourrais tomber à genoux et pleurer.

La responsable de notre bloc jette un œil au dernier matricule écrit sur le bout de papier avant de le rouler en boule.

— A-30972 !

C'est mon matricule...

Mes jambes manquant de se dérober sous mon corps, j'avance d'un pas, les tempes martelant et de minuscules points blancs flottant dans mon champ de vision. La Blockälteste pose le dernier paquet dans mes mains tremblantes et m'ordonne d'aller me remettre dans le rang. J'inspire un coup sec lorsque mes poumons commencent à brûler, me rendant tout juste compte que je retenais mon souffle jusqu'ici.

Je suis submergée d'une telle joie que je pourrais rire, mais mon incrédulité parvient à contenir mon hystérie. Même lorsque je saisis Bayla par le bras pour la tirer vers le bloc, après avoir pris notre ration de pain quotidienne, je suis quasiment convaincue que ce paquet n'est que le produit de mon imagination et qu'il se dissipera bientôt entre mes doigts. Une fois que nous sommes installées sur le tuyau de chauffage, je m'empresse de l'ouvrir.

À l'intérieur, je découvre des cadeaux qui surpassent mes rêves les plus fous et une larme roule sur ma joue : trois chemises et trois pantalons d'une laine épaisse, trois paires de chaussettes, des sous-vêtements, et trois paires de chaussures en cuir.

À côté de moi, Bayla lâche un hoquet et tend le bras pour faire courir ses doigts sur le cuir, comme elle le faisait avec les bijoux.

— D'où est-ce que ça vient ?

Alaric... mais personne d'autre que moi ne peut être au courant. Nous nous ferions tous tuer si quelqu'un le découvrait.

— Ç'a été organisé pour nous, réponds-je en retirant nos sabots de bois.

« Organisé » est l'un des seuls mots universels du camp. Peu importe comment les choses sont obtenues, qu'elles aient été achetées, volées, trouvées ou données, tout se résume à un mot. Organisé.

Nous enfilons chacune une paire de chaussettes et un frisson de soulagement et de plaisir me traverse le corps. Ce n'est pas grand-chose, mais ça fait toute la différence en plein hiver glacial. Nous mettons ensuite les chaussures légèrement trop grandes, et je roule nos chaussettes à l'intérieur afin que personne ne les voie, avant de nouer les lacets. Bayla semble immédiatement soulagée par ce changement de chaussures et elle pousse un soupir presque satisfait. Nous passons ensuite aux chemises et aux pantalons, qui nous procurent une couche de chaleur supplémentaire.

Et il y en a trois de chaque. Un ensemble pour Bayla. Un pour Naomi. Un pour moi.

Cela fait très longtemps que je n'ai pas eu le cœur aussi léger. J'ignore pourquoi Alaric nous protège, pourquoi il nous donne de la nourriture et des vêtements, mais il le fait. Quelles que soient ses raisons, il nous sauve la vie, et je ne peux pas me permettre de remettre en question ses motivations. Je dois saisir tous les moyens de survie qui nous sont offerts, peu importe de quelles mains ils viennent.

Tout le monde n'est pas encore rentré, malgré le froid. Certaines prisonnières traînent toujours dehors, attendant peut-être de voir si elles peuvent prendre le risque de filer en douce vers un autre bloc. À quelques pas seulement derrière nous se trouve le bloc numéro 13. Quelques mètres, c'est tout ce qui me sépare de Naomi ; pourtant, elle ne m'a jamais paru aussi loin.

Roksana et Orna apparaissent, balayant frénétiquement le baraquement des yeux, à ma recherche.

Il faut que ce soit ce soir. Ils ne tiendront pas jusqu'à demain matin, songé-je en serrant les vêtements de Naomi contre moi. Si je n'y vais pas maintenant, avant que le chaos ne retombe, ils me seront sûrement volés pendant mon sommeil. Je dois aller la voir, ne serait-ce que pour lui faire signe de me retrouver au coin du baraquement.

J'ai besoin de savoir qu'elle va bien. Et elle a besoin de savoir que je suis là pour elle.

— Bayla, je vais voir Naomi. Tout va bien, ne t'inquiète pas. Repose-toi un peu.

J'enroule les derniers vêtements autour des chaussures et cale le tout sous mon bras. Une fois Bayla sur la couchette du haut et sous la couverture, je gagne l'entrée. Dehors, beaucoup d'autres blocs sont encore rassemblés pour l'appel et les SS sont là. Mais ils ne sont pas venus simplement vérifier les chiffres. Le bloc numéro 25 est vide, et ils sont ici pour récupérer le reste des sélectionnées.

D'un pas vif, je contourne notre bloc. L'entrée du numéro 13 est en vue, et j'avance péniblement, de la neige jusqu'aux tibias. Soudain, je me rends compte qu'un groupe de femmes est en train de se faire cerner par des SS armés, et je m'accroupis pour me faire la plus invisible possible. La chance semble être de mon côté ce soir, car aucun ne se tourne dans ma direction – ils sont trop occupés à aboyer des ordres au groupe de prisonnières sélectionnées. Mais un murmure puissant allant bien au-delà de mes sens me souffle urgemment de dresser les yeux vers ces femmes.

Je lève la tête.

Des guenilles pendent sur des corps squelettiques, des foulards en lambeaux sont noués sur des crânes rasés, de grands yeux creusés sont emplis de terreur et de défaite. Des corps rongés par les poux affichent des plaies purulentes et sanguinolentes, une peau grisâtre que l'on ne voit que sur les cadavres colle à des os prêts à se rompre. Les mortes-vivantes sont escortées vers le bloc de la mort où, bientôt, elles seront emmenées aux chambres à gaz, et leurs corps brûleront comme l'ont fait leurs âmes il y a longtemps. Parmi tous ces visages qui ne sont devenus rien de plus que des matricules, tous quasiment identiques, j'en reconnais un.

Le temps se gèle, comme la neige brûlante qui me saisit les jambes, et si l'univers entier pouvait abriter un seul cœur, celui-ci explose dans l'instant, se désintègre de ma poitrine pour se perdre à tout jamais dans un abysse sombre et sans fin. Arraché sans pitié du trou béant où un cœur a un jour battu et espéré, l'univers est anéanti, éparpillé sur la terre blanche sous forme de bribes calcinées de joie, d'angoisse, de souvenirs et de regrets.

Non... Je suis là ! Je t'en supplie, regarde-moi ! Ne me quitte pas ! Je ne t'ai pas abandonnée ! S'il te plaît...

Le monde s'atrophie pour mourir devant moi, et je ne peux rien faire d'autre que regarder de loin, en silence, Naomi se faire escorter vers sa mort. Elle ne me voit pas.

Si Dieu existe, alors il ne nous aime pas... De tous ceux qu'il a condamnés à ce sort atroce, s'il lui permet à elle *de mourir de cette manière, alors il n'y a jamais eu de bonté dans ce monde.*

La dernière image de Naomi est gravée dans mon esprit, créature flétrie à moitié morte qui ressemble à peine à une femme, et je fouille frénétiquement ma mémoire à la recherche d'un autre souvenir d'elle. Quand elle avait encore ses vêtements et ses cheveux, quand elle parlait avec tendresse d'Adam et des enfants qu'ils voulaient avoir – les deux mêmes prénoms revenaient toujours, Permilia et Wilhelm –, quand elle souriait et riait même dans les épreuves les plus difficiles, comme si la vie était une bénédiction.

Cette femme a-t-elle même vraiment existé ? A-t-elle vraiment été une femme de chair et d'os, ou juste un ange envoyé du ciel ? Où est-elle partie ?

Naomi disparaît, ses pas dans la neige piétinés par la masse des autres mortes, les cendres tombant sur le vide comme des flocons. Je me relève sur des jambes vacillantes, à peine consciente de mon propre mouvement, le monde semblant s'anesthésier à chacun de mes pas. Je ne m'aperçois que je suis de nouveau dans mon bloc que quand le paquet glisse de mes doigts, et je remarque tout juste le regard sonné et reconnaissant d'Orna lorsqu'elle découvre ce qui aurait dû appartenir à Naomi. Je grimpe sur la couchette et me roule à côté de Bayla, bien trop consciente que la femme allongée de l'autre côté est une étrangère.

J'espère qu'Adam est mort.

J'espère qu'il ne lutte pas pour survivre jour après jour, encouragé par l'idée que sa femme l'attend, de la vie qu'ils mèneront ensemble après la guerre, des enfants qu'ils aimeront et élèveront.

J'espère qu'il ne vivra pas pour apprendre qu'elle est déjà morte.

23

25-26 FÉVRIER 1944

Les jours, les semaines et les mois semblent tous se brouiller pour ne former qu'un long enchaînement insignifiant de moments que je n'arrive pas à rassembler ni à distinguer les uns des autres.

J'ai décidé que je méprisais la couleur blanche. Quelle ironie que la couleur de l'innocence et du pardon soit également celle des gants d'un médecin SS, celle de la neige, celle du visage des femmes qui meurent de faim, de froid, ou qui sont embarquées par les médecins…

Le visage de Naomi était blanc... blanc à faire peur. Il y avait tellement de neige, ce jour-là, il faisait si froid... Le bloc de la mort est resté plein pendant plusieurs jours après le passage des SS... Six jours durant lesquels on les a laissées mourir de faim et hurler, puis leurs empreintes dans la neige se sont dirigées vers les cheminées, et la neige grise s'est mise à tomber.

L'air enjoué que sifflote Mengele m'arrache à ce souvenir et je me demande si c'est le son qu'elle a entendu lorsqu'on l'a condamnée à mort. Entièrement nues, nos squelettes, nos blessures et nos maladies exhibés à la vue de tous, nous nous tenons en rang devant les médecins SS.

Les sélections ont toujours été la plus grande terreur sur le camp. Elles composent la seule certitude d'Auschwitz, tout comme la mort compose la seule certitude de la vie.

Mengele avance lentement devant nous, souriant malgré le froid tandis que les autres SS se balancent sur leurs jambes pour se réchauffer dans leurs gros manteaux. Ses mains gantées fourrées dans ses poches, il examine une femme avant de passer à la prochaine ou d'agiter la main d'un air détaché. On pourrait croire qu'il est en train de se promener au parc, à s'assurer de la robustesse de la chaussée ou de la santé des plantes. Après tout ce temps passé ici, cette scène me paraît toujours surréaliste.

Il observe une femme de la tête aux pieds afin de mieux jauger de son utilité.

— Tourne-toi.

Elle obéit sans ciller et Mengele examine d'un air désapprobateur les crevasses où les poux ont creusé leur nid et les longues marques rouges qui lui mangent le dos, où elle s'est grattée pour tenter de les chasser. Il agite la main. Un geste si simple qui détient pourtant un pouvoir quasi divin. Son matricule est noté, et elle quitte les rangs, morte, Mengele passant à la suivante.

Je l'ai déjà vu mener des sélections, de loin, mais c'est la première fois que je suis aussi proche de lui depuis le jour de l'infirmerie. Souvent, il est à la rampe, guidant des milliers de gens à leur mort, vers les chambres à gaz, ou caché dans son bureau d'Auschwitz I, à l'extérieur de Birkenau, à diriger ces fameuses expériences médicales dont il paraît si friand. Les autres SS effectuent les sélections de manière rapide et efficace, choisissant autant de femmes faibles et malades que possible et les envoyant à une mort certaine, mais Mengele, lui… il prend du plaisir à tout ça.

Ce n'est pas un médecin, songé-je. *C'est un colporteur de mort... l'Ange de la mort, voilà comment on l'appelle.* Même ses camarades SS semblent se méfier, comme s'ils sentaient eux aussi – quelle ironie – que cet homme a quelque chose de véritablement vicieux en lui.

Orna se redresse alors que Mengele s'approche d'elle, cherchant à se faire la plus grande possible. Cela fait un peu plus de deux mois qu'elle est arrivée au camp, et elle a eu quinze ans il y a quelques semaines. Elle est maigre et recouverte d'hématomes, mais elle vient d'une famille de paysans qui vivaient dans le nord de la Pologne avant d'être déportés, et elle est parvenue à conserver un tant soit peu de sa force.

Mengele l'examine pendant quelques secondes avant de continuer. Son matricule a échappé à la sélection. Roksana et Judith sont les prochaines.

Judith est la dernière arrivée de notre groupe, et de loin la plus faible de nous toutes, même comparée à Bayla. Travaillant dans un commando, elle n'est pas le genre de prisonnière à laquelle je me serais associée si Roksana n'avait pas insisté, et Roksana est ce qui se rapproche le plus d'une amie pour moi aujourd'hui. Peut-être est-ce cruel, mais je n'ai aucune foi en Judith, et je la vois désormais comme un fardeau. Au moins deux fois par mois, je reçois les paquets d'Alaric, marqués comme provenant de la Croix-Rouge et remplis de rations de pain, de fromage, parfois de viande, et à de rares occasions de petits carrés de savon. Orna a réussi à récupérer des choses dans les entrepôts, et Roksana échange un peu de notre monnaie papier contre de l'eau. Judith est la seule qui ne contribue à rien, et je ne peux m'empêcher d'éprouver un peu d'amertume lorsque Orna et Roksana lui donnent beaucoup de ce que nous avons, sachant que c'est du gâchis pour une femme déjà morte. Elle est proche de cette dangereuse frontière du désespoir que craignent toutes les prisonnières – et par extension, celle qui y succombe. Si l'on n'y prête pas attention, le désespoir d'une autre peut vous infecter comme le typhus. Le désespoir est une maladie contagieuse.

Je n'ai pas pu sauver mes amies. Mengele et le désespoir me les ont arrachées sans remords. Roksana, Orna, Judith… elles composent la seule famille que l'on peut avoir dans un endroit pareil. Je suis sûre que si nous étions ailleurs, je les aimerais comme mes propres sœurs, comme Gavriel et Noam étaient mes frères. Mais je ne mourrai pas pour elles, je ne tuerai pas pour elles, et si je devais faire un choix entre l'une d'elles et Bayla, je me transformerais en étrangère face à cette famille que nous avons forgée dans cet enfer sur Terre.

Roksana se tourne plusieurs fois avant que Mengele estime qu'elle mérite de vivre un peu plus longtemps, et que son attention se concentre sur Judith. Il lui jette tout juste un regard avant d'agiter la main pour la faire sortir du rang, et je ne peux qu'espérer que la faiblesse de Judith rendra Bayla, qui se tient juste à côté d'elle, plus forte en comparaison.

— Hum… un peu jeune pour être avec les femmes, non ? marmonne Mengele presque d'un ton railleur. Aurais-tu échappé à ma vigilance ? Non, impossible. Ce devait être quelqu'un d'autre qui était chargé des sélections ce jour-là. Tourne-toi, fillette.

Bayla lui obéit, ses côtes ressortant sous sa peau, ses joues creusées et rouges d'avoir été trop pincées – ce que nous faisons toutes pour donner un peu de couleur et l'illusion de la vie à nos visages pâles –, tremblant comme un chiot extrait d'une rivière glacée.

— Oui, beaucoup trop jeune. Qui donc a pu t'envoyer ici ?

Puis il fait claquer sa langue d'un air désapprobateur et lève sa main gantée. Ce geste est comme une hache s'élevant au-dessus de nos têtes et je lâche le premier mot qui me vienne à l'esprit.

— Engel !

Le monde entier semble retenir son souffle ; le vent se glace autour de nous, la fumée aux formes et aux couleurs mouvantes s'immobilise dans le ciel, les mornes flocons de neige sont en suspens.

La voix de Mengele se manifeste au travers du brouillard blanc de son souffle.

— Qu'est-ce que tu as dit ?

La mort prend différentes formes, aucune aussi destructrice que la nuit aride qui règne dans les yeux de l'Ange de la mort. J'ai vu les yeux de la mort de nombreuses fois dans les âmes flétries de cet enfer, dans chaque empreinte s'effaçant dans la neige et la boue, dans les ombres et dans les taches rouges qui jonchent les rues de ma mémoire, dans le visage assassiné d'un garçon et dans les yeux verts assombris d'une femme qui n'étaient que la joie et l'espoir de l'humanité, et je n'ai plus peur d'elle.

— Engel, répété-je en trouvant une étrange satisfaction à savoir que l'Ange de la mort entend le nom de celui qui le défie dans la bouche d'une de celles qu'il a protégées.

L'ironie est à son comble. Engel est le mot allemand pour « ange »...

Mengele me scrute du regard, intrigué par mon cran, et tout le monde continue d'observer notre échange dans un silence de mort.

— Je suis curieux, déclare-t-il en nouant ses doigts devant lui. Je connais un homme qui s'appelle comme ça. Pourquoi as-tu dit ça ?

Jetés du haut d'une falaise menaçante dans la mer impitoyable, ne sommes-nous pas forcés de nous accrocher à la seule main tendue ?

— C'est l'Obergefreiter Engel qui l'a envoyée ici, Herr Hauptsturmführer, dis-je en prononçant parfaitement chaque mot en allemand.

Il marque une longue pause avant de se mettre à ricaner.

— Ah, mais bien sûr ! lance-t-il à personne en particulier. Je me souviens de toi, maintenant : celle qui refusait d'abandonner l'enfant. (Il se tourne vers l'un des SS à côté de lui et désigne Bayla.) Engel a dit que celle-ci tiendrait longtemps, et regardez-la ! Plusieurs mois, et elle est toujours là. Peut-être sommes-nous trop bons avec ces créatures.

Le vent se remet à souffler, la neige tombe lourdement sur ma tête et sur mes épaules, et Mengele s'éloigne pour poursuivre son examen. Haletante, j'attrape la main de Bayla et la presse de toutes mes forces, osant à peine penser à ce à quoi elle vient d'échapper.

Les hurlements du bloc numéro 25 résonnent au creux de la nuit, sanglots brisés et étouffés, prières s'élevant de derrière les murs de briques. J'aimerais tellement qu'elles se taisent. Elles ont été où nous sommes, à écouter les femmes condamnées crier et supplier en vain, hantées aussi bien dans l'insomnie que dans le sommeil par leurs lamentations. Elles savent à quel point c'est horrible de les écouter, et pourtant, elles hurlent. Je ne supporte pas les larmes qui mouillent les joues de Bayla, qui presse aussi fort que possible ses paupières et se couvre les oreilles. Il y a une éternité, c'était le son de la pluie et de l'orage dont elle se cachait, non pas les cris de celles qui allaient bientôt être assassinées, et aucun poème, aucune parole ne pourra jamais restaurer cette innocence. J'ai envie de leur hurler de se taire. Elle ne devrait pas avoir à les écouter. Elle ne devrait pas savoir à quoi ressemble la mort. Elle ne devrait pas être ici. Personne ne devrait être ici.

Cet endroit n'aurait jamais dû exister.

Mais pourquoi existe-t-il ? Pourquoi nous ? Pourquoi une nation civilisée nous a-t-elle poussés dans cet enfer, comme si nous n'étions rien d'autre que des monstres inhumains ?

Quand le sifflet du matin résonne, je n'ai pas dormi, une affreuse migraine me martèle les tempes, et mes yeux brûlent de l'épuisement de cette nuit agitée.

Nous attendons que les femmes de la couchette du haut descendent avant que nous, au milieu, nous détachions péniblement des autres corps.

Soudain, tel un loup épiant les innocents agneaux, un officier SS surgit dans le bloc, accompagné de trois femmes Kapos.

L'officier blond porte plusieurs badges sur son uniforme, son visage fin et anguleux affiche deux yeux bleu pâle et un front perpétuellement plissé qui lui donne un air furieux et légèrement dérangé.

— Blockälteste ! aboie-t-il. Viens ici ! Que tout le monde se taise et m'écoute ! Le commandant Liebehenschel m'a demandé de vous informer que le commando Kanada a besoin de plus de travailleuses. Là-bas, vous trierez toutes les affaires qui arrivent ! Aujourd'hui, vous avez le choix de vous y joindre ou non. Nous allons prendre les matricules de celles qui se proposent.

La nourriture, la richesse, l'abondance. C'est tout ce que nous savons du Kanada. Les Kapos et les filles du commando apportent parfois des tonneaux de vêtements dans les saunas. Beaucoup cachent de la nourriture et des habits pour les autres prisonnières du camp. Ces travailleuses sont en effet enviées par toutes, avec leurs visages plus ronds et plus sains, leurs robes et leurs foulards propres, et beaucoup ont des cheveux longs jusqu'aux oreilles. Je ne doute pas qu'elles endurent elles aussi la cruauté de leurs Kapos et des SS, mais quel sort merveilleux !

Mais pourquoi nous offrir cette incroyable opportunité, sans raison cachée ? Nous n'ignorons pas leur brutalité, leur duperie, et nous savons que jamais rien n'est donné de bon cœur ou sans avoir à en payer le prix. Peut-être comptent-ils tuer toutes celles qui s'avanceront, utilisant le Kanada comme un prétexte pour mieux nous emmener dans les chambres à gaz… Mais qu'avons-nous à perdre ? En y allant, nous pouvons mourir. En restant, nous pouvons mourir.

— Il y aura de la nourriture, là-bas ! murmure Roksana d'une voix urgente.

— Et ce ne sera pas pénible. Il faut juste trier, approuve Orna en opinant du chef.

Même si elles ont toutes les deux très clairement énoncé leur envie, elles m'interrogent du regard, comme si elles attendaient la permission de leur maman.

Mon cœur comme mon esprit se méfient de cet étrange concept appelé « choix », chose que les Allemands ne m'ont jamais donnée. Mais cette fois, mon instinct me dit que je ferais bien d'accepter. Je leur adresse alors un bref coup de menton et saisis la main de Bayla avant de guider notre petit groupe à l'avant. En tout, seules treize femmes approchent l'officier et donnent leur matricule.

La Blockälteste barre les nôtres de sa liste, et je me dis que peut-être, nous allons vraiment mourir aujourd'hui. L'officier et les Kapos s'éloignent vers un bloc voisin, sauf une, qui reste avec nous.

— Suivez-moi, dit-elle en polonais avant de nous guider dans le matin glacial.

La fanfare a déjà commencé à jouer lorsque nous gagnons le portail du camp des femmes et émergeons pour la première fois dans l'immensité de Birkenau. Un chemin de terre sépare deux grandes tranchées qui courent le long de la clôture, à quelques mètres seulement d'un mirador. La Kapo nous fait emprunter le chemin de boue et de gravier le plus étroit et le plus proche de la clôture, énième tranchée interminable nous séparant d'un long chemin de fer. Avec la section B I à notre gauche – le camp des femmes qui a été notre foyer pendant cinq mois –, nous longeons la section B II, à notre droite ; le camp des hommes et celui de la quarantaine, le camp des femmes hongroises, le camp familial de Theresienstadt, le camp des Tziganes, océan de baraquements et de silhouettes spectrales s'étirant à perte de vue.

Face à nous, le chemin de fer traverse deux bâtiments de briques aux hautes cheminées qui s'élèvent au-dessus des arbres. Une fumée noire s'en échappe, des morceaux de cendre volettent comme de la neige et assombrissent les cimes, la puanteur de la chair calcinée me tord les boyaux, et je suis prise d'un haut-le-cœur. Nous sommes en plein milieu de deux fours crématoires. Les usines de la mort qui ont composé le conte cauchemardesque que nous avons tant cherché à refouler sont désormais indéniables. Mais comment ne pourrions-nous pas toujours les nier ? L'esprit humain peut-il vraiment se faire à une réalité aussi horrifique, ou est-il si fragile que ceux qui l'acceptent finissent soit par mourir, soit par sombrer dans la folie ?

À côté de moi, Bayla tente de camoufler un toussotement écœuré dans sa manche, et je tourne son corps à demi vers moi, protégeant ses yeux d'une main, m'assurant que sa tête est baissée.

Pourquoi les SS laissent-ils les Kapos nous faire passer par là ? Nous ne sommes pas censées être au courant de tout ça... à moins qu'ils sachent que nous n'aurons jamais l'occasion d'en parler à qui que ce soit...

La Kapo nous mène sur une route qui traverse une parcelle plantée d'arbres. C'est la première fois que je vois de l'herbe depuis que j'ai quitté Bochnia et je suis terriblement tentée de me jeter par terre et de manger chaque brin que je vois. Un champ s'étire au loin, la promesse des fleurs printanières prête à exploser, même à travers la neige.

Comment un endroit si magnifique peut-il être l'entrée de l'enfer ?

Le chemin qui traverse les arbres est court, et nous approchons bientôt un autre portail entouré de barbelés. À l'intérieur du Kanada, trente baraquements de bois forment trois longues rangées. De l'autre côté de la route principale trône un sauna. Un peu plus loin, après de nouveaux barbelés, il y a deux autres fours crématoires. Et ici, aucune tranchée ni aucun mirador ne nous sépare de la clôture électrifiée. J'ai vu de nombreuses femmes se jeter sur la clôture ou se faire abattre pour avoir tenté de traverser la tranchée, mais ici, elle est à portée de main, presque comme si on nous invitait à la toucher.

Nous pénétrons dans l'un des baraquements ; il n'y a qu'une cinquantaine de femmes à l'intérieur, et non mille.

Certaines sont encore endormies, d'autres nettoient les lieux. À ma plus grande sidération, les trois étages de couchettes ne sont occupés que par une seule personne à la fois, il y a une paillasse et plusieurs couvertures pour chacune, et des fenêtres donnent sur l'herbe et sur d'autres bâtiments. La puanteur des corps sales est toujours saisissante, mais je suis surprise par la netteté – oserais-je dire propreté ? – qui semble régner ici. Si comme nous, elles ont été prisonnières sur le camp des femmes, elles ne portent plus les uniformes crasseux et rongés par les poux qu'elles ont troqués contre des chemises, des jupes et des robes neuves et propres. Quelle extravagance !

Notre Kapo porte une chemise blanche et une jupe bleue, et un foulard bleu pâle est noué sur ses cheveux courts. Il y a une petite croix rouge peinte dans son dos, signifiant qu'elle est un « vieux matricule » qui est là depuis plus longtemps que les autres.

Elle se tourne vers nous.

— Certaines d'entre vous travailleront la journée, d'autres la nuit. Vous aurez une fonction et un quota quotidien à respecter. Il ne faut pas chômer. Les SS vous affecteront à vos commandos lorsque les autres arriveront.

Puis elle nous abandonne pour aller rassembler le sien.

Se cacher.

C'est la seule chose logique à faire, en territoire inconnu, lorsque les règles ne sont pas encore claires. Se tenir hors de leur vue et de leurs pensées, observer de loin, apprendre un maximum – et vite.

Nous nous écartons du groupe et allons nous glisser entre deux couchettes vides pour nous asseoir en attendant. Environ vingt minutes plus tard, la deuxième des trois Kapos revient du camp des femmes avec trente prisonnières. Celle-ci semble plus mauvaise que la nôtre ; elle abandonne ses nouvelles recrues sans un mot, les laissant balayer les lieux d'un air perdu et apeuré.

— Regarde, Tzipporah, regarde par la fenêtre ! s'exclame une adolescente en tirant une femme vers le carreau le plus proche de nous. Il y a des gens qui arrivent ! De *vraies* gens !

De vraies gens ?

Piquée par la curiosité, je jette un coup d'œil dehors. En effet, plusieurs rangées d'individus traversent les barbelés sous la brume du matin. Des hommes, des femmes et des enfants vêtus de leurs plus beaux habits passent devant nous ; des mères poussant des landaus et portant des bébés, des personnes plus âgées affublées de cannes et de cheveux grisonnants, des enfants tenant la main de leurs parents, armés de poupées ou de jouets. Ils se tournent vers les commandos du Kanada rassemblés dehors, et certains parmi les enfants les plus grands agitent la main, apaisés par la vue d'autres individus. La voix d'un homme atteint nos oreilles malgré la distance. Il crie en désignant la cheminée.

— Vous travaillez dans ces usines ? demande-t-il.

Les commandos ne lui répondent pas, se contentant de lui rendre son salut.

Une camionnette marquée d'une croix rouge est garée tout près. Pétrifiée, je suis incapable d'arracher mon regard de cette scène, malgré la terreur qui est en train de me ronger le ventre.

De vraies gens... il n'y a pas de vraies gens, ici.

Ils pénètrent par centaines dans les bâtiments de briques d'un pas calme et assuré. Soudain, la porte de la camionnette s'ouvre en grand et un SS armé d'une grande boîte de conserve et d'un masque en sort. Il grimpe à l'échelle fixée à la façade du bâtiment puis prend un instant pour sécuriser son masque. C'est seulement lorsqu'il verse le contenu de la boîte, une espèce de poudre, dans quelque chose sur le toit que je comprends ce qui se passe. Quelques instants plus tard, alors qu'il redescend l'échelle à la hâte, les hurlements commencent.

— Qu'est-ce qui leur arrive ? hoquette Bayla, perchée sur la couchette du milieu, observant la scène avec une fascination horrifiée.

— Descends de là ! sifflé-je en l'arrachant de la fenêtre pour la conduire de l'autre côté du bloc. Ne regarde pas ça, Bayla, tu m'entends ?! Ne regarde pas ces gens, et ne regarde pas ces bâtiments !

— Mais pourquoi ? Qu'est-ce qui leur arrive ? Pourquoi est-ce qu'ils crient ? dit-elle en tentant de mieux voir par-dessus mon épaule.

— Bayla ! grondé-je. Écoute-moi ! N'en parle pas, n'y pense pas, et ne le *regarde* pas ! C'est compris ?

Elle hoche la tête, des larmes silencieuses brûlant ses yeux. Les hurlements se poursuivent, des cris atroces, douloureux et terrifiants qui nous parviennent à travers les murs épais, semblant sans fin pendant une bonne vingtaine de minutes, jusqu'à ce qu'un silence sinistre tombe. La bile s'élève dans ma gorge lorsque les cris prennent fin. Je m'efforce de chasser de ma mémoire la douce voix de Mama répétant les vers de la Mère l'Oie, le rire sonore de Papa, cherchant à me convaincre qu'ils sont morts rapidement, qu'ils n'ont pas eu le temps de comprendre ce qui se passait, qu'ils n'ont pas hurlé comme ça, pendant si longtemps...

La porte du baraquement s'ouvre un instant plus tard, et la dernière Kapo entre avec ses seize recrues, suivie du grand officier blond et de deux autres SS.

— Vous êtes désormais au Kanada ! commence l'officier. Vous n'aurez pas le droit de retourner au camp principal. Vous avez l'interdiction de raconter aux autres prisonnières ce que vous voyez. Ceci, dit-il en désignant les cheminées dehors, est le seul moyen de sortir de là.

« Nous allons tous mourir ici ; tout le monde passe par la cheminée, d'une manière ou d'une autre. »

— Vous avez l'interdiction d'établir le moindre contact avec les nouveaux arrivants. Si vous désobéissez, vous partez avec eux. Ici, vous trierez toutes les affaires qui arrivent sur le camp : les vêtements, les chaussures, les valises et tout autre accessoire de valeur, comme les lunettes, les bijoux, l'argent et la nourriture. Tout doit être remis. Si vous vous faites prendre à cacher ne serait-ce qu'une seule chose, c'est direction la cheminée.

— Merci, Klaus, dit l'un des SS avant de saisir la liste de nos matricules.

L'officier blond appelé Klaus disparaît, et les deux autres commencent à nous répartir en groupes en se plaignant que de telles « créatures ignobles » aient dû être tirées du caniveau du camp. À en juger par les marmonnements qu'ils échangent, il a dû y avoir une épidémie dans ce baraquement – j'imagine que nous remplaçons celles qui ont été gazées avant que leur maladie ne puisse se répandre.

Un SS observe Bayla avec curiosité. Entre son jeune âge et son identification en tant que criminelle polonaise, il ne semble pas vraiment savoir quoi faire d'elle.

— Depuis combien de temps es-tu ici ? demande-t-il.

— Cinq mois, monsieur, réponds-je en allemand. C'est ma fille.

Cette déclaration semble les impressionner tous les deux et, l'espace d'un instant, ils nous regardent d'un air perplexe. La durée de vie moyenne d'une prisonnière est de seulement quelques semaines. Combien de gens peuvent-ils clamer avoir survécu quasiment une demi-année ? Combien ont encore une mère ou une fille avec eux ?

— Vous rejoindrez le commando d'Aldona. Chemises blanches, jupes bleues. Allez, on se dépêche ! nous ordonne un SS après avoir pris nos matricules.

Dehors, nous repérons rapidement le groupe de femmes vêtues comme nous l'a décrit le SS. La tension dans mes épaules se soulage un peu lorsque je vois la Kapo qui nous a emmenées ici, et qui me paraît être une femme plutôt sensée. Je ne l'ai pas encore vue insulter ni battre des membres de son commando, contrairement aux autres Kapos qui aiment faire de la vie des prisonnières un enfer.

Une femme vient se présenter. Elle s'appelle Leah, c'est une Juive qui ne doit pas être bien plus âgée que moi, et ses boucles brunes ont déjà plusieurs centimètres d'épaisseur.

— Il va falloir que vous vous trouviez vos propres vêtements, comme les nôtres, dit-elle en indiquant sa chemise et sa jupe tandis qu'un gros camion pénètre dans le camp. Ce ne sera pas trop difficile. Aujourd'hui, nous allons trier les robes, et les autres entrepôts en débordent encore.

Les prisonnières se ruent aussitôt sur le camion quand deux hommes grimpent à l'arrière pour ouvrir le hayon. Telle une cascade brisant un barrage, le contenu se déverse au sol pour former une immense pile : des valises, des vêtements, des chaussures, des prothèses, des cannes, des jouets, des livres, des ustensiles, des photos… tout ce qu'on peut imaginer. Les affaires des morts, tout ce qu'il reste de ceux qui ont été gazés et brûlés.

L'espace d'un instant, avant que Leah ne me pousse doucement en me rappelant le quota à tenir, je ne peux rien faire d'autre que fixer cette scène, aussi subjuguée qu'horrifiée. La poupée de chiffon d'une fillette est tombée à mes pieds, ses yeux bleus en bouton dénués de vie dressés vers moi. Dessous, une photo s'est échappée d'une valise ouverte. Deux petites filles vêtues de robes à pois sont assises entre un jeune couple sur un canapé, dans un joli salon, un nouveau-né niché contre la poitrine de la maman. Une prisonnière chasse la poupée et la photo d'un coup de pied, sans oser les regarder, et attrape deux petites robes identiques. Des robes à pois bleus et blancs.

Dieu est mort. En tout cas ça vaudrait mieux.

24

20 AOÛT 1944

Une fille de mon commando s'est suicidée, hier soir. Elle a reconnu quelqu'un qui est entré dans les chambres à gaz et est restée figée de stupeur jusqu'à ce que nous entendions les hurlements. Alors, elle s'est ruée vers la clôture. Et ce n'est pas un cas isolé. Des dizaines d'hommes et de femmes se sont jetés sur la clôture, dont de nombreux membres du Sonderkommando, qui sont forcés de travailler dans les fours crématoires, faisant passer les cadavres des chambres à gaz aux fours – parfois des membres de leur famille ou des amis.

Peut-être n'ai-je pas d'âme pour ne pas être devenue folle. Ou peut-être le suis-je devenue et mon esprit brisé refuse-t-il simplement de me laisser croire ce que j'ai sous les yeux depuis six mois que je suis au Kanada. Chaque jour, les hurlements résonnent à travers le camp, des hommes, des femmes et des enfants sont massacrés sans remords, et il n'y a nulle part où fuir tout ça. Même quand les meurtres se déroulent à quelques pas de là, et que je trie toutes ces affaires à emballer et à envoyer en Allemagne pour d'autres usages, tandis que la fumée me brûle la gorge, je n'y crois pas. Le cerveau humain est prêt à tout pour se protéger, pour réprimer ce qui est trop horrible à accepter, pour renier jusqu'au moment où le gaz est versé dans les « douches ». Il ne peut y avoir aucune émotion, aucune acceptation, ou l'esprit, le cœur et l'âme s'autodétruiront et ne pourront pas continuer à avancer.

Je cale toutes mes couvertures sur le petit corps de Bayla, allongée à côté de moi dans la lumière de ce début d'après-midi. Nous avons pris l'habitude de partager une couchette, même si c'est assez étroit, entre nous deux, les quatre couvertures et les deux paillasses. Jour après jour, ses joues sont un peu moins creuses, les douches glacées ont chassé les couches de crasse de sa peau, la couleur de la mort a quitté son teint, et lorsque je regarde ses paupières battre légèrement pendant qu'elle dort, je me dis qu'elle pourrait presque paraître en bonne santé.

Même au Kanada – même si leur nombre décroît au fil des mois et qu'ils contiennent moins de nourriture qu'avant –, les paquets de la Croix-Rouge d'Alaric nous parviennent encore, parfois discrètement livrés par notre Kapo, Aldona. La nourriture que nous récupérons dans les vêtements est censée partir au Fressbarracke, mais nous trouvons toutes un moyen d'en garder un peu. Par chance, notre superviseur SS, un homme cruel et vindicatif appelé Heinrich, est parti en permission il y a plusieurs jours et ne peut donc pas nous prendre la main dans le sac. Alaric a dû demander à le remplacer, car c'est lui qui nous sert de superviseur le temps qu'Heinrich revienne, début septembre, et il ignore superbement nos poches remplies de nourriture et d'autres affaires de première nécessité.

Un drôle de bourdonnement me fait frissonner et je regarde autour de moi afin de voir si quelqu'un d'autre l'a senti. Une bribe de souvenir refait surface, un jour d'automne tout en fraîcheur, après la chaleur de l'été, une séquence embrouillée d'images et de sons que j'essaie de rassembler pour former un tout cohérent. Je plie les doigts et m'attends presque à sentir la surface lisse d'une toile, le manche tout fin d'un pinceau, mais il n'y a que la couverture rêche et la paillasse qui me gratte le dos.

Le bourdonnement lointain se fait de plus en plus fort, et les autres commencent à se réveiller et à remuer nerveusement sous ce bruit inconnu. Mais à moi, il ne l'est pas. Je reconnais ce vrombissement sonore, il me revient avec les ombres dans le ciel, un parc, moi en train de peindre... puis de courir...

Des avions !

Une sirène assourdissante explose dans les haut-parleurs, là où les voix des officiers nous répètent généralement avec calme dans quelle direction nous rendre. Les femmes des commandos qui travaillent en journée surgissent dans le baraquement, paniquées, ayant fui les SS qui ont verrouillé les portes derrière elles.

— Des avions ! Nous avons vu des avions ! crient-elles, chacune dans sa langue, en courant vers les fenêtres, cherchant sur la pointe des pieds à voir un bout de ciel.

Aussi faible soit-elle, noyée sous la confusion et le chaos, l'excitation s'intensifie, le grondement distant d'un géant mécanique tonnant dans le ciel, et la terre se met à trembler.

— Des bombardiers ! s'exclame une femme dans un cri d'allégresse. Ils sont en train de nous bombarder ! Ils bombardent Auschwitz !

Les femmes se mettent à pousser des acclamations euphoriques, prises d'une soudaine folie, et un chant prend forme parmi leurs voix, une multitude de langues fusionnant pour composer un cri de guerre unique et puissant.

— Oui ! Lâchez les bombes ! Lâchez les bombes !

La terre se remet à trembler, intensifiant la joie et la ferveur de leurs cris, leurs larmes, leurs supplications à ces pilotes inconnus de déverser tout leur pouvoir et toute leur rage sur nous.

Quelle douce revanche ! Quel doux soulagement ! Oui, lâchez les bombes ! Tuez-nous tous ! Laissez-les brûler avec nous !

La mort n'a pas de place dans mon cœur, malgré ses tentatives constantes pour m'arracher mon dernier souffle. Je n'ai plus peur de ce qui vient après cette vie, ou même si rien ne vient. Comme ce serait merveilleux de mourir pour découvrir qu'il n'y a rien après. Quel merveilleux souvenir de la fin à emmener dans le néant. Regarder l'enfer brûler de son propre feu, sachant que les flammes peuvent dévorer tout autant les démons que les pauvres âmes torturées. En cet instant, nous sommes toutes unies, nous tenant toutes par la main sous le désir commun de voir ce monde sinistre et injuste être détruit.

— Lâchez les bombes !

Je me joins à leurs cris, hurlant avec une rage et une passion que je n'ai pas éprouvées depuis longtemps. Ce jour-là, j'ai craint les bombes qui pleuvaient du ciel ; aujourd'hui, je les implore de tomber. Terrorisée, Bayla s'accroche à moi, et je la serre contre ma poitrine.

— Nous ne sommes pas seuls ! s'exclame une femme, des larmes de joie plein les joues.

Pendant quasiment une heure, nous sourions et crions, demandons à l'une et à l'autre si elle a senti le sol bouger, cette fois, emplies de l'étrange et douce sensation de l'espoir qui jaillit de nos cœurs pour couvrir nos joues de rivières brûlantes. Les tremblements finissent par cesser, le ciel se tait, et nous aussi. Silencieuses, la gorge rauque et enflammée, chacune s'assied sur sa couchette pour attendre. Si nous sommes encore ici pour attendre quelque chose, c'est que les bombes ne se sont pas suffisamment approchées pour nous tuer, et cela signifie donc qu'elles n'ont pas tué les autres non plus.

— Ils vont revenir ? gémit Bayla contre mon épaule, ses larmes imbibant ma chemise propre, et tandis que je fais courir mes doigts dans ses cheveux blonds qui commencent à repousser, je me dis que je n'ai jamais souhaité quoi que ce soit plus fort.

— Je l'espère.

Pour le bien des hommes, des femmes et des enfants qui arrivent chaque jour. Ceux qui meurent dans les chambres à gaz et ceux qui sont lentement torturés sur le camp. Ceux que je regarde marcher vers les cheminées, qui attendent dans le pré boisé en ignorant qu'ils s'apprêtent à être assassinés. Ceux qui meurent de faim et de froid, les créatures spectrales à qui on a volé toute humanité. Qui que soient ceux que les Allemands combattent dans ce monde, qui que soient ceux qui ont survolé l'enfer aujourd'hui, il faut qu'ils reviennent. Et si ce n'est pour nous libérer, alors pour nous tuer ; d'une manière ou d'une autre, nous serons sauvés.

Tout de même... je me demande quelle solution je préfère... Peut-il y avoir une vie après cela, si nous ne mourons pas ?

***

Le soir vient comme si les avions et les bombes n'avaient jamais troublé le matin, et Bayla et moi nous levons avec le reste de notre commando pour la tâche de tri et d'empaquetage qui nous attend.

Sous la lumière aveuglante et artificielle des projecteurs et le voile ininterrompu de nuit et de fumée noire, les ombres des esprits morts depuis longtemps ou depuis seulement quelques minutes semblent hanter chaque coin du Kanada. Je n'ai jamais eu peur du noir, mais ce n'est pas l'absence de lumière qui me terrifie aujourd'hui. C'est ce qui peut rôder dans l'obscurité, les fantômes d'innocents franchissant les barbelés, attendant dans les coins des entrepôts tout juste éclairés, gisant dans les zones boisées des environs, suivant chacune d'entre nous comme s'ils cherchaient la plus petite bribe de vie au milieu de toute cette mort.

Ils doivent être tellement déçus de nous, songé-je en aidant Bayla à démarrer le tri de son quota de jupes avant de me mettre au mien. *Personne ici n'est vraiment vivant. Si les morts cherchent désespérément de la chaleur et de la vie en nous, ils ne trouveront malheureusement que des corps creux, des squelettes dont les âmes se sont éteintes depuis bien longtemps.*

Au bout de plusieurs heures, Bayla et moi feignons d'avoir complété son quota. Nous devons toutes présenter nos paquets achevés à notre superviseur SS afin qu'ils soient répertoriés, et beaucoup d'entre nous retournent ensuite aux entrepôts seulement pour les rouvrir et recompter les mêmes choses encore et encore. Nous savons bien qu'il est inutile de travailler trop efficacement. Pas besoin de travailleuses s'il n'y a pas de travail à faire.

— Dors un peu, murmuré-je à Bayla qui bâille, puis je la recouvre d'un tas de vêtements dans le coin de l'entrepôt.

Je fais ça pour elle aussi souvent que possible, l'aidant à terminer son quota assez vite afin qu'elle puisse se cacher et se reposer au milieu des montagnes de vêtements, où personne ne peut la trouver.

Je reprends alors mon travail et lève les yeux vers le bureau du superviseur SS au moment où Aldona en sort.

Depuis qu'Alaric a temporairement pris le poste de superviseur, il fait toujours en sorte de se trouver dans mon champ de vision, n'entrant dans son bureau que pour remplir des papiers et les quotas de chacune. Il est arrivé au Kanada ce matin comme d'habitude, mais depuis, à ma grande surprise, il n'a pas fait une seule apparition.

— Hodaya, m'interpelle Aldona, soudain à mes côtés. Herr Obergefreiter dit qu'il y a un problème avec tes chiffres. Il veut que tu ailles le voir sur-le-champ.

Je rejoins le bureau avec autant d'hésitation que de curiosité. Je suis sûre qu'il sait que beaucoup d'entre nous trichent sur nos chiffres, mais il ne nous a jamais fait la moindre remarque.

— Entrez ! dit-il en m'entendant frapper, et je me glisse à l'intérieur de la pièce sombre et étouffante.

Il est assis derrière un grand bureau de chêne, des lanternes et des bougies projetant des ombres sinistres sur son visage. Il ne lève pas les yeux vers moi.

— Il y a un problème avec mon quota, Herr Obergefreiter ?

— Non, rétorque-t-il en secouant la tête. Tes chiffres sont corrects, Hodaya. (Il indique la chaise face à lui.) Tu veux bien t'asseoir ?

La question, la proposition, la capacité de choisir est quelque chose qui ne m'a jamais été donné ici, et il le fait pourtant si facilement. Certains SS aiment se montrer faussement sympathiques avec nous pour mieux nous attaquer, d'autres s'en passent pour nous agresser d'emblée. Mais je suis certaine qu'Alaric, lui, est sincère.

Je m'assieds face à lui.

— J'espère que ta sœur et toi mangez à votre faim ?

— Oui, Herr Obergefreiter.

— Bien… très bien. Et tu restes forte ? Pas de maladie ? Pas… de mauvaise pensée ?

Des mauvaises pensées ? Cherche-t-il à me demander si j'ai songé au suicide ? Mieux vaut éviter de répondre à cette question... parfois, la clôture est plus tentante que la nourriture.

— Quel est le problème, Herr Obergefreiter ? Je n'ai pas envie de prendre du retard sur mon quota.

Il garde le silence un instant, martelant le bureau de ses doigts, puis il attrape un stylo et écrit rapidement quelque chose dans le registre.

— Voilà, ton quota est fait. Ce n'est pas comme s'ils allaient remarquer que quelque chose manque, avec toutes ces *montagnes…*

Sa mâchoire se contracte, son visage se muant en un masque dénué d'émotion. Une telle expression m'aurait sûrement terrorisée avant – j'ai appris à craindre ceux qui ne ressentent rien plus que ceux qui ne ressentent que de la haine –, mais je sais que sa façade n'est pas un véritable manque d'émotion.

Vous vous cachez vous aussi, comme moi, pensé-je en regardant ses mains se crisper pour contrôler ses tremblements. *Parce que ressentir est insupportable, parce que la réalité est un cauchemar. Mais pourquoi vous cachez-vous de moi ?*

— Pourquoi m'avez-vous fait venir, Alaric ?

Le fait que je l'appelle par son prénom pour la première fois le fait tressaillir, comme si j'avais levé la main sur lui, et il daigne enfin lever les yeux vers moi.

— J'avais besoin de… Je devais savoir – devais te *voir*, souffle-t-il d'une voix rauque en se levant soudain, puis il se met à arpenter la pièce d'un pas nerveux, comme un animal en cage.

— Vous me voyez tous les jours.

— Non, pas aujourd'hui, marmonne-t-il. Tout peut changer si vite. Qui sait ce qui pourrait arriver ? Quelques heures peuvent être l'équivalent de plusieurs semaines ! Rien ne fait de différence, quoi que nous fassions. Ça n'en a pas fait pour lui, et pourtant, ça aurait dû ! Pourquoi…

Sa voix s'éteint et son corps pris de tremblements semble sur le point de s'effondrer. J'ignore quoi, mais quelque chose l'a profondément ébranlé. Ma vie est constamment en danger, que ce soit ici, au Kanada, ou dans le camp des femmes, mais il semble véritablement craindre qu'en cet instant, le danger soit plus immédiat que d'habitude.

Je me lève lentement et l'approche d'un pas prudent. Il ne m'a jamais fait mal, mais un homme qui n'est pas dans son état normal est imprévisible et je ne peux m'expliquer ce désir soudain de le consoler. Je ne lui dois rien, certainement pas ma compassion. Peut-être est-ce parce qu'il est l'un des rares qui me traitent encore comme une humaine… parce que, quelque part, je le considère comme un humain aussi.

Mais comment quelqu'un d'aussi humain peut-il porter cet uniforme ? Nous avons tous nos propres histoires qui nous ont menés dans cet enfer... comment s'est-il retrouvé là, lui aussi ? Il n'est tout de même pas piégé, comme nous... si ?

— Que s'est-il passé ? murmuré-je, et il se fige lorsque ma main tremblante touche son bras.

Pendant un long moment, il m'observe avec une profonde impuissance, peut-être surpris que ce soit *moi* qui ai fait un pas vers lui, cette fois, et je le laisse doucement prendre ma main.

— J'essaie d'aider tous ceux que je peux, mais un homme seul ne peut pas faire une grande différence face à ce système… Parfois, ce que je fais n'a aucune importance.

Ses mots ne sont qu'un murmure rauque, et je serre mes doigts sur les siens.

— Parfois, ils meurent quand même de faim, ils succombent au froid dans la nuit, se font tuer par les Kapos ou par les SS, meurent de maladie, ou alors, ils disparaissent tout simplement, et je retrouve leur matricule sur la liste des morts… Parfois, ils vivent quelques jours, peut-être quelques semaines, parfois quelques mois. Je me dis que je pourrais faire la différence… puis je me rappelle que ce n'est pas vrai.

« J'ai été transféré à Auschwitz quand ce n'était qu'un camp de prisonniers de guerre. J'étais là avant qu'ils ne construisent Birkenau, j'ai été forcé de regarder cet endroit devenir cet enfer… et Izaak aussi. C'était un Juif polonais, prisonnier avant même que je ne sois assigné ici. Il est devenu un bon ami à moi. J'ai fait tout ce que j'ai pu pour lui. Je lui ai parlé de ma vie et il m'a parlé de la sienne à Varsovie, de sa femme et de leurs deux fils… il a été tué aujourd'hui.

Il s'écarte brusquement de moi et fait volte-face, comme pour me cacher la douleur qui déforme ses traits, l'humidité de ses yeux rougis.

— Il a survécu plus de trois ans… J'étais convaincu qu'il vivrait, il avait tenu si longtemps… et puis Klaus l'a tué.

Un instant, il était debout à côté de son bloc, celui d'après, il avait une balle dans la tête. Il n'y a eu aucune raison, aucune provocation. Cette enflure de SS a juste eu envie de tuer quelqu'un, et Izaak était là. Rien de ce que j'ai fait n'a changé quoi que ce soit, pour finir. Ça ne suffira jamais ; rien ne suffit *jamais* !

Ses épaules tombent et se mettent à trembler, et je suis prise du besoin étrange de le serrer dans mes bras, comme le jour où il l'a fait avec moi, dans l'infirmerie, alors que je venais de perdre mes amies. J'avance d'un nouveau pas vers lui et il se crispe. Je pense qu'il va me repousser quand il m'attire soudain dans ses bras pour me nicher délicatement contre son torse secoué de sanglots irrépressibles.

— Je suis désolé, je suis tellement désolé… gémit-il presque, même si je ne suis pas sûre auprès de qui ou pourquoi exactement il s'excuse.

Plutôt que de parler, je laisse couler ses larmes tout contre moi.

« J'ai voulu mourir, moi aussi, et ça m'arrive encore », me souviens-je l'avoir entendu dire.

Est-ce pour cela qu'il se demande si je songe à la mort ? Nous avons tous les deux perdu des gens auxquels nous tenions, des gens dont nous nous reprochons la disparition… et Izaak aurait pu être moi. Bayla et moi avons défié toutes les probabilités depuis le moment où Mengele nous a dirigées vers la droite, mais si un homme qui a défié toutes les probabilités pendant des années a pu être tué sur un simple coup de tête, alors quelle différence peut-on bien faire, en fin de compte ? Moi non plus, je n'ai su faire la différence pour personne…

Mais comment un homme qui clame avoir un jour cru en Hitler – quelqu'un qui a combattu pour l'Allemagne d'Hitler – peut-il être à cette place aujourd'hui, sanglotant dans les bras d'une femme juive, envisageant la mort, pleurant celle d'un homme juif qu'il n'a pas pu sauver... Il m'a promis de me raconter l'histoire, si je voulais l'entendre.

Tandis qu'il reprend tout doucement le contrôle de ses émotions, je décide que je veux savoir. J'ai *besoin* de savoir ce qui a fait de lui l'homme brisé devant moi, ce qui l'a poussé à me protéger, ce qui l'a rendu différent des autres, ce qui le fait rester.

25

27-31 AOÛT 1944

Le jour du onzième anniversaire de Bayla tombe un dimanche, et nous avons la journée de repos, même si les convois continuent d'affluer.

Quel genre de chose une jeune fille de onze ans aime-t-elle ? La chose la plus luxueuse que j'aie jamais donnée à Bayla était un manteau jaune, tandis que les autres petites filles avaient droit à tout un tas de cadeaux chers et magnifiques. Pour fêter ça, j'ai réussi à échanger ses vieux sous-vêtements contre des nouveaux, ainsi que son premier soutien-gorge, deux carottes et un éclat de chocolat récupérés dans les piles d'hier. Que puis-je lui donner de plus que ce qui appartenait aux morts ?

L'été touche à sa fin mais la chaleur s'attarde délicieusement. Il n'y a aucun nuage en vue à des kilomètres à la ronde, les oiseaux gazouillent dans les arbres et le soleil perce comme il peut la canopée de fumée qui ne cesse jamais de s'élever de la cheminée. Mais nous décidons de l'ignorer, faisant mine qu'il s'agit de la fumée d'un feu de forêt soufflée jusqu'à nous, ou nous demandant si les SS sont en train de cuire du poulet ou du bœuf.

Profitant du soleil sur une bande d'herbe entre notre baraquement et les fours crématoires, Bayla et moi sommes assises avec Roksana, Orna et Leah. Quelle belle image devons-nous composer, groupe de filles bien nourries, dans nos vêtements propres, à nous détendre sur l'herbe en cette magnifique journée, entourées de parterres de fleurs, comme si nous étions en vacances et n'avions pas le moindre tracas... Quelle ruse perfide pour ceux qui sont assis dans les bois à attendre, s'imaginant que rien de mal ne peut leur arriver si nous-mêmes vivons avec une telle légèreté. Pourquoi s'imagineraient-ils qu'on les assassinera bientôt, si ces filles sourient, échangent des plaisanteries, discutent de recettes de cuisine et de traditions familiales ?

L'insouciance avec laquelle nous nous distrayons tout en faisant mine que le monde n'est pas en train de s'écrouler autour de nous me ramène dans un atelier étouffant du ghetto, à ces longues heures que nous passions à faire la même chose qu'aujourd'hui. Je déteste cela autant que je le détestais à l'époque, et je ne peux que repenser à tout ce que j'ai perdu. Si je fais un gros effort, si je ne regarde pas de trop près mes nouvelles compagnes, je peux presque imaginer que ce sont mes anciennes amies qui m'entourent...

— Moi, je cuisinais pour mon mari et mes garçons tous les jours. Le plat préféré de mon mari, c'était le *kotlet schabowy.* Nous élevions nos propres porcs. C'était lui qui s'occupait de le tuer et de le découper, et moi, je passais des heures à faire cuire les pommes de terre et le porc avec des assaisonnements que sa mère nous envoyait d'Italie, sourit Roksana. Et qu'est-ce que mes garçons aimaient ce genre de petits plats ! Du porc, des patates, de la *szarlotka*, du *zupa truskawkowa*, des ravioles, du *golabki*, du ragoût ! Ils mangeaient tout, c'est fou !

— Ma sœur et moi faisions toujours des latkes pour Hanoukka, nous confie Orna. Ma grand-mère préparait la sauce à la pomme la plus merveilleuse que vous ayez jamais goûtée, avec beaucoup de cannelle et de sucre. Nous en parsemions les latkes avant d'y rajouter des fraises des bois. Oh, et de la babka, aussi ! Ma mère nous a appris à la faire. Nous en mangions tous les dimanches, après le dîner.

— J'adore la babka ! s'écrie Bayla, tout excitée. J'en ai eu pour mon anniversaire, une fois, il y a plusieurs années. C'est notre tante Dalia qu'il l'avait préparée. C'était pour mon sixième anniversaire ; elle nous a donné la brioche entière !

— Ton sixième anniversaire ? répète Leah. Mais quel âge as-tu ?

— Aujourd'hui, j'ai onze ans.

Elles blêmissent toutes, sonnées momentanément, les yeux écarquillés de surprise et de chagrin.

— … Onze ans ?

C'est le seul mot que Leah semble capable de prononcer, et je comprends pourquoi. Ma sœur est trop jeune pour avoir survécu si longtemps sur le camp… trop jeune pour avoir survécu ici tout court.

— Joyeux anniversaire, Bayla, finit par souffler Roksana, son sourire forcé et des larmes brûlant ses yeux. J'espère que tu en vivras plein d'autres.

Au loin, l'orchestre a commencé à jouer et un sourire étire les lèvres de Bayla.

— De la musique ! s'écrie-t-elle en bondissant sur ses pieds, puis elle prend les mains d'Orna et la tire debout. Danse avec moi !

Ensemble, elles tourbillonnent et dansent en cercle, s'agitant au rythme de nos mains. Les yeux noisette d'Orna brillent d'ambre et d'or dans la lumière, conférant tout leur amour et toute leur protection à Bayla, et l'espace d'un instant, c'est le visage de Noam que je vois à sa place. La voix douce et angélique de Bayla s'élève alors, et je me fige quand je l'entends chanter gaiement une comptine du livre de ma Mère l'Oie. Quand elles s'écroulent en riant au dernier vers, la cendre tombe sur nous comme de la neige.

Dans les bois, les centaines de Juifs hongrois nous sourient en faisant des signes, puis ils se lèvent pour marcher jusqu'à la cheminée.

— Qu'est-ce qui arrive à tous ces gens ? demande Bayla en grimpant sur notre couchette, mais j'ignore sa question.

Le soleil rouge tombe sur les collines lointaines. Contre la canopée vide d'une nuit sans étoiles, la lueur brûle toujours, et la cheminée crache toujours ses flammes et ses cendres.

— Pourquoi tu ne veux pas me le dire ? Je les entends tout le temps.

— Bayla, grondé-je. Je t'ai dit de ne pas en parler. Dors, maintenant.

— Mais tu sais, toi, et tu ne me le dis jamais, proteste-t-elle. J'ai entendu des gens dire qu'on les brûl…

— Dors, Bayla ! Arrête avec ça ! sifflé-je en tirant nos couvertures de sous la paillasse dans un geste de frustration. Qu'est-ce que je t'ai dit ? N'en *parle* pas, n'y *pense* pas, et ne le *regarde* pas !

Une vague de honte me consume en la voyant tressaillir, ses yeux s'écarquillant brièvement de peur. Sous son regard chargé d'appréhension, j'essaie de calmer les battements affolés de mon cœur et de ravaler les émotions que ses questions tentent de réveiller.

Lorsque Bayla prend de nouveau la parole, sa voix est tout juste un murmure.

— Pourquoi est-ce que Mama n'est pas venue me voir, aujourd'hui ? Pourquoi est-ce qu'on n'est pas allées la voir, nous ?

Comment répondre à une question pareille, au vu de la vérité ?

— Hodaya… où sont Mama et Papa ?

— Je ne sais pas.

— Si, tu sais ! Si, tu sais ! s'indigne-t-elle. Tu as dit qu'on les reverrait, mais on ne les a jamais revus ! On ne revoit jamais *personne…*

Elle se tourne d'un air hésitant vers la fenêtre. L'espace d'un bref et atroce battement de cœur, quelque chose change dans ses yeux bleus. La faible étincelle de naïveté éclate, remplacée par une rage qui consume ses iris braqués sur la cheminée.

Elle sait... Quelqu'un lui a dit ce qui se passe là-bas, et si Mama n'est pas avec nous, il n'y a qu'un seul endroit où elle puisse être.

— Est-ce qu'ils sont morts ?

J'aimerais pouvoir nier ces mots horribles qu'aucun enfant ne devrait avoir à exprimer. Mais il n'y a plus nulle part où se cacher, plus de monstres sous le lit à chasser, plus de poèmes ou de comptines pour apaiser la peur, aucun refuge à l'exception des cauchemars qui étaient à l'époque notre plus grande terreur et qui sont aujourd'hui notre seul soulagement.

Elle mord sa lèvre tremblante et ferme les yeux de toutes ses forces avant de plonger la tête entre ses mains, ses épaules secouées de sanglots. Je m'empresse de la prendre dans mes bras, et elle s'effondre contre moi, pleurant pour nos parents, nos amis, tous ceux qu'elle a salués juste derrière la clôture.

— Ils ne sont pas morts, Bayla... ils sont encore là. (Je prends son visage en coupe et presse mon front contre le sien.) Et là.

Sous ma main, son cœur bat comme un tambour, chacun de ses souffles soulève frénétiquement sa poitrine.

— Ils vivront toujours ici, et rien ne pourra jamais t'enlever ça. Ni cet endroit, ni les SS, ni même Hitler. *Personne* ne pourra jamais les enlever de ton cœur, quoi qu'on te fasse.

— Mais je veux qu'ils reviennent ! gémit-elle d'un ton inconsolable, s'accrochant à moi de tout son désespoir. Je veux qu'ils reviennent !

— Je sais, murmuré-je en étouffant ses sanglots contre ma poitrine, sachant qu'il n'y a rien que je puisse faire pour arranger quoi que ce soit. Moi aussi, j'aimerais qu'ils reviennent.

Et ça n'arrivera jamais...

Je les bannis immédiatement de mon esprit. Leurs visages, leurs voix, tout ce qui ronge mon âme, implorant d'être éprouvé et rappelé.

Nos photos ! Pour la première fois depuis notre déportation, je songe à toutes nos photos, et mon cœur se serre douloureusement. J'en ai vu des milliers, au Kanada, volées à tous ces gens à leur arrivée, comme pour ma famille. C'est dans ce genre d'endroit que nos photos ont dû finir, la seule preuve de l'existence de Papa et Mama, au-delà de ma mémoire, brûlée et détruite comme tous les autres aspects de notre vie.

— Ne t'inquiète pas, mon enfant… les nuages sont peut-être là, commencé-je tout bas, luttant contre mes propres larmes, luttant pour rester forte, pour Bayla qui pleure dans mes bras.

Je lui murmure le poème, encore et encore, jusqu'à ce que ma gorge me brûle et que l'épuisement soulage son chagrin et l'endorme doucement.

Plus tard dans la nuit, alors que le sommeil se refuse à moi, je me surprends à répéter le même poème en boucle, dans ma tête. Après plusieurs heures à avoir fouillé mes souvenirs sous la panique, je me mets à sangloter, luttant toujours frénétiquement pour me rappeler le nom de la femme qui m'a appris ces vers.

***

Le dernier jour d'août arrive avec une fraîcheur palpable. Demain, notre superviseur SS reviendra de permission et Alaric reprendra son travail habituel dans les bureaux. Cette perspective me terrifie beaucoup plus que ce que j'aurais imaginé.

Il me fait souvent venir dans le bureau du superviseur, comme s'il avait besoin de s'assurer que je n'ai pas été tuée durant les heures où il ne m'a pas vue, et une certaine aisance s'est instaurée entre nous depuis le jour où il m'a parlé d'Izaak. Nous nous installons à son bureau, parfois dans un silence confortable derrière une tasse de café – du vrai café bien riche comme je n'en ai pas bu depuis si longtemps que je ne peux pas tout avaler –, et d'autres jours, il me parle. Il a essayé de me faire parler de moi, mais je n'ai pas envie de revivre tout ce que j'ai perdu, alors je me contente de l'écouter lui, et il déverse son cœur et son âme dans mes mains. L'honnêteté, comme la rage, afflue facilement lorsqu'elle a été réprimée pendant trop longtemps.

Il m'a parlé de sa ferme à Nuremberg et de sa pommeraie, de l'université où une bagarre l'a marqué de cette cicatrice, de ses amis dans l'armée, de son père dont le mépris semblait enfler au fil des années et qui maltraitait sa mère. Il parle souvent des bêtises qu'il faisait avec Heinz, qui avait une femme, un fils, Werner, et une fille qui venait tout juste de naître, Gisela, qu'il n'a jamais rencontrée. Chacune de ses paroles est si détaillée que j'ai souvent la sensation de l'avoir toujours connu, comme si moi aussi, j'avais jeté des œufs sur les plus sévères de ses professeurs d'école primaire, avais partagé des pommes et des cigarettes près de la rivière Pegnitz, avais échangé des blagues salaces avec les hommes de sa division. En revanche, il ne m'a pas dit grand-chose de son séjour à Paris. Après que Heinz a été tué et lui blessé, il a passé quasiment une année là-bas, à se remettre de ses blessures et de son addiction à la pervitine, avant d'être déclaré inapte à réintégrer le service sur le terrain. Je suis certaine que quelque chose est arrivé à Paris, quoi qu'il dise, qui l'a changé.

Aujourd'hui, Alaric m'accueille avec un sourire fragile lorsque je pénètre dans le bureau après avoir caché Bayla dans l'entrepôt pour qu'elle puisse dormir le reste de la nuit. Son dîner, composé de haricots, de fromage et de pain, est intact devant lui ; ses mains sont occupées à dessiner dans un carnet relié de cuir, et il glisse son assiette vers moi dès que je m'installe.

Je lui adresse un petit sourire de gratitude qui semble illuminer son visage plus que ne pourraient le faire des mots. Je fourre le pain et le fromage dans ma poche pour Bayla et inhale la merveilleuse odeur de haricots cuits avant de vider l'assiette quasiment d'une traite.

— Je pars demain, déclare-t-il en écartant le carnet et mon cœur se serre aussitôt. Je continuerai à t'envoyer tout ce que je peux. Je sais que tu peux trouver de la nourriture ici, mais je n'ai pas envie que tu t'affames.

Je hoche la tête, m'efforçant de déloger la boule qui s'est formée dans ma gorge, préférant me concentrer sur la table afin de ne pas croiser son regard.

— Qu'est-ce que c'est ? dis-je en désignant le carnet, cherchant à tout prix une distraction.

Il ne s'agit pas du registre habituel et je ne l'ai jamais vu. Alaric y repose la main par pur réflexe, dans un geste presque protecteur.

— C'est un cadeau, répond-il puis, après un instant d'hésitation, il me le tend.

La couverture est lisse et noire. Avoir à nouveau un livre entre les mains est un sentiment étrange, presque désagréable. J'ouvre la couverture pour y découvrir une écriture serrée, et relève la tête dans un sursaut de surprise et de peur.

Pour un homme qui s'est égaré

Soyez forts et courageux, n'ayez pas peur, ne tremblez pas devant eux. En effet, le Seigneur votre Dieu marchera avec vous. Il ne vous lâchera pas, il ne vous abandonnera pas.

Deutéronome 31, 6

Que fait-il avec un passage du Tanakh ?

— Qui vous a donné ça ? murmuré-je en refermant brusquement le livre, comme si le simple fait d'avoir lu ces mots pouvait faire surgir les SS et leur furie.

— Un homme merveilleux à qui j'ai manqué de reconnaissance. Il s'appelait Yigal... Je l'ai rencontré à Paris, souffle tristement Alaric, ses yeux embués de larmes et du voile de souvenirs amers, teintés de chagrin. C'est lui qui a écrit ça pour moi. Tu peux regarder, si tu veux.

Je rouvre délicatement les pages, envahies de dessins faits au crayon et au fusain ; des scènes stupéfiantes de rivières, la tour Eiffel, des musiciens vêtus de costumes extravagants, des villes luxuriantes. Il y a également des images plus dérangeantes : des avions chutant en piqué, des tanks, des pelotons d'exécution, des champs de bataille sanglants, un hôpital débordant de malades, des visages furieux détaillés avec une telle intensité que je me surprends à tressaillir. Chaque dessin, qu'il s'agisse d'enfants en train de se courir après dans un champ ou d'un soldat pleurant devant une tombe, est d'une beauté tragique.

— Vous êtes un artiste.

— Pas vraiment, répond-il en secouant la tête. C'est ma manière à moi de supporter tout ça. J'ai décidé de m'y remettre.

— De vous y remettre ?

— Je dessinais, dans notre pommeraie, lorsque j'étais petit. C'était mon refuge à moi, puis la vie a fait son œuvre, et j'ai tout arrêté, jusqu'à il y a quelques années. C'est Yigal qui m'a donné ce carnet et m'a encouragé à me remettre au dessin, pendant que j'étais en convalescence.

— Vous êtes doué... Je ne maîtrise pas aussi bien le crayon, murmuré-je en traçant du doigt les lignes de ses dessins avec mélancolie.

— Tu es une artiste, toi aussi ?

*Une artiste... oui, je crois bien que c'est ce que j'*étais. *Je peignais dès que j'avais un moment de libre ; Mme Ellen disait toujours que mes tableaux finiraient par être célèbres, et Papa m'avait promis qu'un jour, il trouverait l'argent pour m'envoyer dans une école d'art...*

— Je peignais, soufflé-je avant de lever les yeux pour découvrir son sourire encourageant. Mon style préféré était l'impressionnisme. Je peignais dans le parc. Je faisais beaucoup de paysages à l'aquarelle ou à l'huile. J'adorais peindre, mais… la vie a fait son œuvre.

La vie… Comme la guerre, elle nous force à grandir, à abandonner la sécurité, les rêves et les plaisirs de l'enfance.

Je continue de feuilleter l'histoire de sa vie, enchaînant les images d'enfants souriants, de feux, de corps et de SS, et j'ai l'impression d'avoir plongé directement dans la lumière et dans l'obscurité de son âme. Je passe rapidement les images d'Auschwitz et découvre deux autres pages envahies par un adorable veau tout blanc et par des pommiers.

— Vous aimez les vaches, on dirait.

— C'est Millie. Quand j'avais neuf ans, c'était mon animal de compagnie. Elle me suivait partout. Je ramassais des pommes et nous les partagions pendant que je dessinais.

Il esquisse un sourire nostalgique, remplacé presque immédiatement par un air grave.

— Qu'est-ce qui se passe ?

Il détourne les yeux.

— Rien… c'est juste… Mon père l'a abattue. Je n'avais pas été capable de le faire moi-même, alors il s'en est chargé, et il s'est assuré que je regarde. J'ai arrêté de dessiner après ça. Le simple fait d'attraper un crayon me faisait revoir la scène.

— Non.

Ma voix tremble et je refuse de le croire. Je m'empresse de repousser l'image dérangeante et intrusive de Bayla et de son petit chat, Asher. Quel père est capable de faire une chose pareille à son enfant ? Quel père frappe son fils, le rabaisse constamment et refuse même de lui envoyer une lettre quand il y a une chance qu'il puisse être tué à tout moment ?

Et quel père tuerait l'enfant d'un autre ? Quel mari tuerait la femme d'un autre ? Pourtant, beaucoup parmi les assassins d'ici sont des maris et des pères...

— Tu veux bien dessiner quelque chose pour moi ? demande-t-il en me tendant le crayon. Il reste des pages blanches. J'aimerais beaucoup voir ton travail.

Ses yeux sont implorants, comme s'il y avait quelque chose de bon dans ma vie qui puisse se mêler aux tragédies de ce carnet afin de les rendre un peu plus supportables. J'attrape le crayon d'une main tremblante. Je suis sûre qu'il me reste de nombreux souvenirs heureux de ma famille, de mes amis, de Bochnia, même de quelques rares moments passés au ghetto... mais tout est vide. J'ai beau essayer, je suis incapable de faire remonter quoi que ce soit à la surface. La seule image qui me vienne est celle de Bayla.

Elle est tout ce qu'il reste de moi, tout ce qu'il reste de l'amour et de la famille que nous avons un jour eus, tout ce qui me permet de continuer.

Je la dessine telle qu'elle était, telle qu'elle *devrait* être encore aujourd'hui, souriant d'une oreille à l'autre, affichant des dents parfaites à l'exception de celle de devant qui vient de tomber. J'aurais tellement aimé avoir de la peinture, de la couleur pour donner vie à ses joues roses, aux perles bleues autour de son cou, à la teinte ensoleillée de son manteau tandis qu'elle danse. Une larme coule sur ma joue pour tomber sur la page, juste sous ses pieds, si bien qu'on a l'impression qu'elle est en train de marcher dans une flaque. Je repousse rapidement le carnet vers Alaric.

Il affiche un sourire fragile et douloureux, et je me demande s'il se rend compte que la fillette pleine de vie sur cette page est la fillette éteinte et affamée qui est toujours à mes côtés.

— C'est magnifique... Définitivement mon préféré de tout le carnet.

Nous gardons le silence un long moment, et je songe à nouveau que c'est la dernière fois que nous sommes assis ensemble de cette manière. Demain, il sera parti. C'est la dernière occasion que j'ai de lui poser la question…

— J'aimerais savoir quelque chose à votre sujet, Alaric.

Il incline la tête, m'encourageant à continuer.

Un bref moment d'hésitation me traverse, mais je m'empresse de le chasser.

— Un jour, vous m'avez dit que si je voulais connaître l'histoire, vous me la raconteriez… J'ai envie de l'entendre. Pourquoi cherchez-vous à nous protéger, nous tous ?

Son visage blêmit, et ses yeux hantés me supplient de revenir en arrière.

— Ce… ce n'est pas une jolie histoire, Hodaya…

— J'ai besoin de savoir, répliqué-je.

Il pousse un soupir douloureux ; en quelques secondes, il semble avoir vieilli de plusieurs dizaines d'années.

— Très bien… Mon Dieu, par où commencer ?

— Pourquoi êtes-vous venu ici ?

Peut-être est-ce une chose dont un soldat est capable, répondre à quelqu'un d'autre.

— Tu te souviens de ce que je t'ai raconté au sujet de Heinz ? Comment j'ai… perdu la tête juste après sa mort, et les récompenses que j'ai reçues pour avoir franchi la ligne française ? (Je confirme d'un hochement de tête.) Mes supérieurs et les décisionnaires de Berlin ont commencé à recevoir des lettres de recommandation à mon sujet, et mon frère Bruno, celui qui officie en tant que SS-Oberführer pour le RuSHA, a parlé en ma faveur. Ils étaient convaincus que j'avais le potentiel d'un futur officier, et une fois pleinement rétabli, j'ai été transféré à Auschwitz, en 1941.

Il marque une pause, attendant une autre question.

— Vous saviez ce que les SS nous feraient ? Qu'ils construiraient les chambres à gaz ?

— Non, je n'étais pas au courant de leurs plans. Je savais qu'Himmler avait ordonné une extension du camp, mais rien d'autre.

Mais vous avez fini par le découvrir... et vous êtes resté.

— Vous vouliez notre mort ?

Je lis dans ses yeux une honte profonde et sa voix tremble lorsqu'il reprend la parole.

— Non… Pas à mon arrivée ici…

— Mais avant, si, le coupé-je, le cœur enflé de rage.

Il baisse les yeux, comme s'il avait soudain honte de croiser mon regard.

— J'étais un homme terriblement égoïste et complètement perdu et… oui. À un moment, j'ai été convaincu que les Juifs étaient inférieurs à moi… et cela m'était égal qu'ils disparaissent.

Cette confession me tord le cœur bien plus douloureusement que je ne l'aurais cru, et je détourne mes yeux brûlants. Je suis habituée à la mort, au fait de vivre en sachant que beaucoup de gens préféreraient me voir morte, que beaucoup me *tueraient*. Mais c'est lui qui m'a protégée comme personne d'autre ne l'a fait ici. Entendre de sa propre bouche qu'il a fait partie de ces gens m'est insupportable.

La chaise d'Alaric gratte le sol et, l'instant d'après, il est à genoux devant moi, ses mains tremblantes cherchant désespérément les miennes.

— Ce n'est plus le cas, Hodaya. Je suis tellement désolé d'avoir un jour pensé ça, mais je ne peux pas changer celui que j'étais il y a des années, dit-il d'une voix hantée par la culpabilité. Je ne suis plus cet homme-là. Je ne veux *pas* que qui que ce soit meure ici, toi ou un autre, et je ne pense *pas* que vous soyez inférieurs à nous. Si quelqu'un est inférieur, c'est bien moi.

— Mais pourquoi y avez-vous cru ? insisté-je, refusant toujours de croiser son regard.

— Comme beaucoup, j'ai succombé à la propagande nazie. J'ai grandi en écoutant mon père, et tous ceux que je connaissais vantaient la supériorité allemande, convaincus que tous nos problèmes étaient causés par la conspiration juive. Quand on ne connaît rien d'autre dans sa vie, alors rien d'autre n'a de sens… marmonne-t-il.

— Qu'est-ce qui vous a fait changer d'avis ?

— Heinz a été tué… c'est ça qui m'a poussé à changer.

Je pose enfin les yeux sur lui, mais il ne me regarde plus. Il a la tête baissée, l'expression déformée par l'angoisse.

— Je me suis égaré longtemps avant que la guerre ne commence. Il y a toujours eu… un vide en moi, un vide que je n'ai jamais su comment combler. J'espérais pouvoir m'épanouir dans l'armée, m'éloigner de mon père, faire quelque chose de ma vie, rendre mon père fier de moi, comme il l'était de mes frères. Au fond, c'est pour cette raison que j'ai combattu… toute ma vie, je me suis battu pour obtenir son approbation… mais ça ne suffisait pas.

« Pendant longtemps, je ne comptais que sur la haine et le mépris pour avancer, pour… je ne sais pas, peut-être oublier à quel point je me détestais *moi-même*. La pervitine, le whisky, les cigarettes, le combat… c'étaient les seules manières qui me permettaient de tenir. Heinz était l'unique bonne chose qu'il me restait, et après sa mort, j'ai perdu les pédales. J'étais gardé jour et nuit à l'hôpital, à Paris, afin qu'on s'assure que je ne me suicide pas. J'ai dû être attaché plusieurs fois, quand je sombrais dans une violente rechute. J'étais un danger pour moi-même et pour tous ceux qui m'entouraient, une grenade prête à exploser. J'aurais fini par mourir, de mes mains ou non, mais des gens pleins de bonté m'ont sauvé.

— Qui ? demandé-je face à son silence soudain.

— Des Juifs, murmure-t-il, comme s'il avait encore du mal à croire à pareille ironie. J'étais allé me recueillir sur la tombe de Heinz, et deux petites Françaises m'ont trouvé endormi par terre. Elles s'appelaient Soleil et Sunna. Elles vivaient avec un groupe de sœurs, dans un orphelinat catholique. Elles me rappelaient tant Heinz ; leurs yeux, leur rire, leur espièglerie... des filles si heureuses, si gentilles. Je ne pense pas qu'elles aient tout de suite compris que j'étais allemand. Elles m'ont simplement pris pour un fou qui s'était perdu... elles m'ont vu *moi*. Alaric, pas un soldat ni un tueur, pas un échec, pas un pion utile.

« N'ayant plus de mission militaire, je passais beaucoup de temps avec elles. Je les emmenais au cinéma, au parc, écouter des concerts, leur achetais des gâteaux et des jouets. Elles étaient comme les filles que je n'avais jamais eues, et d'une certaine manière, comme si Heinz m'était revenu. Elles m'ont fait comprendre qu'un père pouvait aimer ses enfants, *devait* aimer ses enfants. Elles me gardaient sain d'esprit... Enfin, je devrais plutôt dire qu'elles m'ont sorti de la folie. Avec elles, j'avais un but, et l'espoir qu'il restait encore quelque chose de bon dans ce monde.

Il s'interrompt à nouveau, le léger sourire qui s'est formé sur son visage à la mention de Soleil et de Sunna se muant soudainement en une grimace, et il frotte ses yeux humides.

— Elles aimaient rendre visite à un vieil homme qu'elles appelaient « monsieur le Conteur ». C'était en fait un rabbin qui se prénommait Yigal. Avec du recul, j'aurais dû me rendre compte qu'elles étaient juives, mais je ne me suis jamais posé la question. J'imaginais simplement qu'elles aimaient écouter ses histoires... Dieu, j'étais tellement furieux quand elles me l'ont présenté... J'étais convaincu qu'il empoisonnait leur cerveau avec son immoralité, et qu'elles étaient trop innocentes pour en prendre conscience. J'ai songé à le dénoncer aux autorités, mais Soleil et Sunna l'aimaient trop. Elles auraient été dévastées s'il disparaissait, et je ne voulais pas les perdre. C'étaient les seules bonnes choses qu'il me restait dans la vie, et il était hors de question que je m'en prive à cause d'un Juif.

Au moment où son regard revient sur moi, je tressaille légèrement, et ses yeux semblent m'implorer de pardonner la stupidité de celui qu'il a un jour été.

— J'ai commencé à accompagner les filles lorsqu'elles allaient voir Yigal, histoire de les surveiller et de m'assurer qu'il ne cherchait pas à les influencer. Alors, il s'est mis à me parler… J'étais horrible avec lui ; je lui crachais et lui hurlais dessus, le menaçais. Mais jamais devant les filles. Je ne les aurais jamais laissées voir cette facette, et Yigal en avait conscience. C'était un homme qui savait *très bien* parler. Il savait comment faire pour me remettre en question sans même m'en rendre compte. Il comparait nos vies, citait les Saintes Écritures, insistait sur le fait que nous n'étions pas si différents…

« Je n'oublierai jamais le jour où il a mentionné mon père. Je me disputais encore et toujours avec lui, cherchant à me justifier, quand il a soudain déclaré : "Ton père doit être un grand homme." Ça m'a rendu fou. Il a prétendu que je n'avais jamais exprimé la haine que j'éprouvais pour lui, parce que si c'était un homme aussi horrible, alors pourquoi cherchais-je tant à le rendre fier ?

Alaric s'écarte pour s'asseoir sur le rebord du bureau, récupérant d'un geste machinal le carnet noir qui contient sa vie et les mots de Yigal destinés à un homme perdu.

— J'ai menacé de le tuer, ce jour-là. Je n'en suis pas fier, mais c'est vrai. Il me faisait remettre en question tous les mensonges que je me racontais depuis des années, brisait tout ce qui composait les fondations de ma *vie*, de mon *identité*, et je le détestais… parce que ça fonctionnait. Il voyait quelque chose en moi que je ne voyais pas. Il ne m'a même pas cru quand j'ai menacé de le tuer. « Tu as une âme », m'a-t-il dit – il était toujours si bon, si patient, quelles que soient les horreurs qui sortaient de ma bouche. Parfois, je me dis qu'en une année, il a davantage été un père pour moi que le mien durant toute ma vie… J'ignore pourquoi il considérait que je valais la peine d'être sauvé. Ce n'était pas le cas, et ça ne l'est toujours pas.

« Mais ils m'ont sauvé. Lui, Soleil et Sunna m'ont sauvé de moi-même alors que j'étais au plus bas. J'ai commencé à retrouver la foi en Dieu, à remettre en question mes préjugés, à réfléchir à ce que je voulais pour *moi*, et non à ce que le Reich ou mon père attendaient de moi… J'espérais être renvoyé à la vie civile et retourner en Allemagne, où je pourrais mener ma propre existence, peut-être me marier afin de pouvoir adopter Soleil et Sunna et former une vraie famille. Mais j'ai été transféré ici, et je ne suis jamais reparti…

— Mais pourquoi êtes-vous toujours ici ? soufflé-je en le fixant d'un air incrédule. Si vous avez changé d'avis, si vous ne croyez pas en tout ça… pourquoi ne pas demander à être transféré ?

Il baisse la tête d'un air abattu.

— Je l'ai fait, crois-moi. Après les premiers gazages expérimentaux… mon Dieu, j'étais horrifié, et je ne voulais rien avoir à faire avec ça. J'ai demandé à être transféré autre part, *n'importe où*, mais ils ont refusé. Je n'étais plus en état de combattre ; me renvoyer sur le terrain était inenvisageable pour mes supérieurs. Et puis il y avait une complication : j'en savais trop. Nous n'avons le droit de raconter à personne ce qui se passe ici. Les photos sont interdites, nos lettres sont supprimées ; sinon, c'est la cour martiale… et plusieurs SS se méfient de moi. Ils ne me laisseront pas partir. Ils préfèrent m'avoir à l'œil, et si je dérape… Ma mère est toujours en vie, et je ne peux pas non plus risquer celle des enfants de Heinz. Werner et la petite Gisela – elle n'a que quatre ans. Je ne laisserai pas les SS me les prendre eux aussi, je ne décevrai pas une fois de plus Heinz, pas comme ça… Ils sont tout ce qu'il me reste, aujourd'hui…

Les larmes qui maculent ses joues pâles tombent à flots, en dépit de ses mains tremblantes qui cherchent à les chasser.

— Elles sont parties, murmure-t-il alors d'une voix chargée de désespoir.

— Qui est parti ? demandé-je prudemment, comme si mes mots seuls pouvaient briser cet être si fragile.

— Mes filles, répond-il avant de gagner la fenêtre. En 1942, il y a eu une rafle à Paris. Plus de treize mille Juifs ont été déportés ici. On m'a demandé de superviser leur arrivée, car ils affluaient en masse… et je les ai vues. Soleil et Sunna étaient à l'arrière d'un camion, avec des dizaines d'autres femmes et enfants. Elles m'ont vu elles aussi… et elles ont *souri* ! Elles ont souri et m'ont fait signe parce qu'elles pensaient qu'elles étaient en sécurité, parce que, même après tout ce qu'elles avaient dû subir, elles savaient que je les protégerais ! Elles m'ont vu, *moi*, et ont cru qu'elles étaient en *sécurité* ! lâche-t-il dans un sanglot. J'ai couru après le camion… je ne sais même pas ce que j'aurais fait, elles étaient trop jeunes pour… J'ai juste couru après elles, mais je ne suis pas arrivé à temps. Le gaz avait déjà été jeté à l'intérieur, et je les entendais hur…

Un instant plus tard, je l'enveloppe de mes bras et tais le reste de ses paroles. Je ne peux pas en entendre davantage.

— Stop ! Je vous en supplie ! l'imploré-je.

— Je les ai tuées avec tout ce en quoi j'avais un jour cru, avec ce système que j'avais aidé à bâtir sans même m'en rendre compte… murmure-t-il comme s'il ne m'avait pas entendue. Je ne veux pas de ça, mais si j'essaie de fuir, alors Werner, Gisela et ma mère mourront aussi. Je n'ai pas pu les sauver – Soleil, Sunna, Yigal, Heinz, Izaak… Je m'efforce d'être l'homme que Yigal me croyait capable d'être, de sauver tous ceux que Dieu met sur mon chemin, comme Il les a envoyés eux pour me sauver, mais…

— Non, hoqueté-je, cherchant à étouffer ses mots, mais c'est trop tard.

Leurs noms et leurs visages sont déjà revenus ; ceux que j'aimais, ceux que j'ai tués, ceux que je n'ai pas pu sauver.

Noam, Mama, Papa, Levana, Chasha, Naomi.

Je comprends mieux que personne la honte qu'il éprouve, cette haine de soi qui consume son âme, le chagrin qu'il cherche à tout prix à chasser, et moi aussi, j'aimerais pouvoir tout simplement mourir. Mais comme lui, j'ai encore une précaire raison de vivre, et jusqu'à ce que celle-ci soit brisée, je dois me forcer à endurer tous les tourments que le monde décide de m'infliger. Pour l'instant, leur souvenir et mes échecs sont ma punition. Tandis que je tiens Alaric contre mon cœur, nous mêlons nos larmes, pleurant tous ceux que nous avons aimés et perdus l'espace de quelques instants volés, ennemis aux yeux de ce monde devenu fou, mais n'étant rien d'autre qu'un homme et une femme qui ne comprennent que trop bien la souffrance de l'autre.

26

7 OCTOBRE 1944

Les coutures de plus d'une centaine de manteaux d'hommes sont ouvertes devant moi, provenant toutes des montagnes de vêtements balancés dans les hangars de tri et disséqués. Cousus dans les poches et entre les couches de tissu, je trouve des bijoux, des billets et des pièces de différentes valeurs, ainsi que d'autres choses précieuses. Les photos sont partout, méticuleusement glissées dans les poches et dans les valises, et je les écarte d'un regard aveugle, n'osant pas m'arrêter sur les images de ceux dont je fouille les affaires.

Après avoir terminé un nouveau paquet, je quitte le long banc de bois pour gagner le bout du hangar, à la recherche d'autres manteaux qui compléteraient mon quota. Le tissu qui frotte mon dos m'arrache une grimace.

Aldona est une femme et une Kapo convenable. Elle fait en sorte de ne jamais battre ses filles sans raison ni d'ouvrir leurs paquets pour les forcer à recommencer, mais c'est une femme sévère. Il y a plusieurs jours, une autre Kapo m'a vue essayer de cacher un peu de nourriture récupérée dans les piles de vêtements, et elle m'est tombée dessus dans la seconde pour me frapper et me menacer de m'emmener devant le superviseur. Par chance, Aldona est intervenue et, plutôt que de me faire exécuter, comme le désirait l'autre, elle a décidé de me punir sur place, jusqu'à ce que toutes deux soient assurées que j'aie appris la leçon. Quinze coups de fouet et trois jours plus tard, mon dos est toujours écorché et à vif, mais comme toute douleur, cela me rappelle que je ne suis pas encore morte.

Une femme SS entre dans le hangar au moment où j'atteins l'entrée.

— J'ai besoin de douze filles ! aboie-t-elle en cherchant des volontaires du regard.

Quelques instants plus tard, onze autres femmes sont à mes côtés et ont donné leur matricule. Je n'ai pu rejoindre ces groupes que de rares fois auparavant. Leur tâche consiste à ramener des charrettes de vêtements et de nourriture au camp principal.

— C'est par là, lance la femme SS en nous éloignant de la route qui s'étire entre les clôtures électrifiées, puis elle nous mitraille toutes d'un regard noir. Écoutez-moi bien : interdiction de regarder quoi que ce soit. Vous avancerez en gardant la tête *baissée*. C'est compris ?

En guise de réponse, nous opinons du chef et baissons la tête. Le chemin que nous empruntons est celui que nous avons pris avec Aldona le jour où nous avons rejoint le Kanada. Nous longeons le sauna, traversons les bois et les champs et continuons vers les fours crématoires 2 et 3. Les lieux sont chargés de fumée, et l'odeur atroce de chair humaine calcinée que je respire quotidiennement depuis un an m'envahit les poumons faisant monter la bile.

Ne regarde pas, m'intime mon cerveau, mais mes yeux veulent à tout prix s'élever de la charrette de vêtements que je suis en train de pousser. Le souvenir brumeux d'une autre vie refait surface ; ce même avertissement, moi marchant sous la pluie, un SS qui me crache au visage, des chaussures flottant dans la lumière d'un réverbère…

Je lève les yeux vers les champs qui jouxtent un four crématoire, et le peu de foi en l'humanité qu'il aurait pu me rester quitte mon cœur pour s'envoler en fumée. Empilés aux pieds des membres du Sonderkommando, un nombre incalculable de cadavres, tous dépouillés de leurs vêtements et de leurs cheveux. Ils ont été jetés dans la fosse, des hommes, des femmes et des petits enfants, et les flammes consument avidement chaque bout de chair sans aucune discrimination. Les nazis surveillent le Sonderkommando à distance, répugnant à se salir les mains, préférant forcer d'autres individus à effacer leurs crimes.

Me rongeant la peau comme des millions de poux, l'horreur et l'incrédulité mettent en alarme tous mes sens ; chaque poil de mon corps, chaque battement de mon cœur, chaque changement du vent me faisant l'effet d'un millier d'aiguilles qui me transperceraient la peau. Je sais depuis longtemps ce que les nazis font à ces gens, mais je ne l'ai jamais vu de mes propres yeux. J'ai vu la fumée, j'ai senti la puanteur, j'ai regardé le Sonderkommando se débarrasser des cendres – mais ça, je ne l'avais jamais vu.

Si j'en avais l'occasion, si je pouvais pousser juste un seul de ces SS dans la fournaise et l'écouter hurler, implorer grâce tout en se faisant dévorer par les flammes… Si je pouvais faire subir rien qu'à l'un d'eux ce qu'ils ont fait subir à ceux que j'aimais… Si je croyais encore en Dieu, je ne lui demanderais pas son pardon.

La mort n'a pas de préférence, et les nazis brûleront exactement comme les Juifs.

Plusieurs heures après midi, la femme SS nous ramène enfin au Kanada, nos charrettes vides bien en rang derrière elle. Une fois de plus, elle nous tient éloignées de la route principale et des clôtures, craignant probablement de se faire électrocuter.

Je me demande si je pourrais la pousser contre la clôture… Elle est plus grande, plus forte, mais elle ne s'y attendrait pas. Ces assassins sont si confiants en leur capacité à nous tuer et à nous briser intérieurement qu'ils ne s'imaginent pas que l'un de nous puisse rêver de se venger. Un SS n'hésitera pas à tourner le dos à des prisonniers chargés de pierres et de pelles, pavanera devant des milliers d'hommes résignés à leur mort inévitable sans une seule fois frémir. Pourquoi se demanderaient-ils si ces êtres inférieurs sont capables de se rebeller ? Quelle absurdité ! Lorsque le loup rôde parmi le troupeau, pourquoi s'imaginerait-il que les moutons feront autre chose que trembler ?

Un changement dans le vent porte à mes narines une étrange odeur, tandis que nous approchons des fours crématoires 2 et 3. La puanteur familière des cheveux brûlés est mêlée d'autre chose… l'odeur de la poudre à canon. Un frisson me vrille l'échine, l'anticipation plantant ses griffes dans mon cœur, et un échange de regards avec les autres filles me confirme qu'elles pensent comme moi. La femme SS s'arrête avec un air méfiant et se met à renifler tout en posant sa main sur son arme.

Des cris provenant du four crématoire 3 s'élèvent soudain, des cris rageurs et nombreux, et une explosion fait trembler la terre. Un jet de feu explose de la cheminée, jaillissant plus haut que jamais et, quelques instants plus tard, le bâtiment entier est dévoré par les flammes. Perplexe et prise de panique, la femme SS se met à courir sans vraiment savoir où aller. Derrière les fours crématoires, les hommes du Sonderkommando émergent en brandissant des marteaux et des couteaux, et l'un d'eux pousse un cri de triomphe.

— Révolte ! hurle une femme terrifiée à mes côtés.

Nous nous jetons toutes par terre pour ramper aussi vite que possible sous les charrettes.

Une autre explosion fait trembler la terre sous nos corps. Au milieu des sirènes, des détonations et du chaos, je regarde comme en transe une cheminée s'écrouler sous le pouvoir d'une bombe artisanale et se faire avaler par l'enfer qui règne au sol.

Retrouvant rapidement leurs esprits, les Allemands appellent du renfort, débarquant sur leurs motos avec des mitraillettes et tirant sur tout ce qui bouge. Ils traquent les prisonniers qui prennent la fuite vers les bois, profitant de ce que la clôture électrifiée ait été miraculeusement tranchée. Quelques minutes plus tard, ils ont massacré des centaines de gens.

Un prisonnier met un SS à terre avec une brique récupérée sur le champ de ruines, et bientôt, deux autres sont sur le meurtrier, plongeant frénétiquement leurs couteaux dans son corps tandis qu'il hurle à l'aide. Lorsque les trois prisonniers ont été tués, c'est trop tard. Le SS gît à leurs côtés, dans une mare sanglante, et je sens un sourire étirer le coin de mes lèvres.

La Polonaise cachée à côté de moi m'attrape la main en lâchant un rire hystérique.

— Ils l'ont tué ! Ils l'ont tué ! Regarde, là, par terre ! *Szkop !*

Une nouvelle explosion provient du four crématoire 2, et bientôt, il brûle et s'effondre comme le numéro 3. L'atmosphère est chargée de fumée, de cendres et de braises, et le bâtiment s'écroule à quelques mètres seulement de notre cachette de fortune. J'inhale profondément l'odeur du feu et de la destruction, me repaissant de mon nez qui brûle, des picotements douloureux dans mes yeux qui font couler des larmes de joie sur mes joues.

Vengeance ! Oh, douce et glorieuse vengeance ! Brûlez les fours ! Brûlez les chambres ! Brûlez les assassins ! Brûlez tout !

Lorsque les coups de feu se font plus rares, un groupe d'hommes du camp principal arrive pour éteindre les incendies. Lentement, ils parviennent à dompter les flammes, ne laissant rien d'autre que des ruines fumantes derrière eux. La révolte est terminée, et si les SS ont tué ou embarqué tous ceux qui ont tenté de se rebeller, cela n'a rien d'une victoire pour eux. Cette journée ne peut que nous appartenir, peu importe le nombre de morts, peu importe l'échec. Plusieurs SS sont partis à l'hôpital du camp, gravement blessés, et l'un d'eux est mort. Ceux qui marchent encore parmi les cadavres affichent un air sombre, choqués par cet incroyable et imprévisible retournement de situation. Comment ont-ils pu laisser faire une chose pareille ? Comment les armes et les bombes ont-elles pu passer sous leur nez ? Comment les prisonniers ont-ils trouvé la force et la volonté de s'élever contre eux ?

Notre SS réapparaît après nous avoir abandonnées au chaos, les joues rouges et le front maculé de sueur.

— Qu'est-ce que vous faites ? Debout ! Debout, bande de chiennes ! Direction le Kanada ! *Tout de suite !* hurle-t-elle en braquant son arme sur nous, et je remarque que son bras habituellement sûr tremble un peu. Non ! Laissez les charrettes, idiotes ! C'est l'heure de l'appel !

De la fumée s'élève du Kanada tandis que nous franchissons le portail en courant, derrière la SS, pour rejoindre notre bloc, longeant d'autres cadavres criblés de balles. Le four crématoire 4 est détruit lui aussi, comme si une bombe était tombée dessus. Son toit et sa cheminée ne forment plus que des tas de ruines, et les flammes agressent encore ceux qui cherchent à les éteindre. Partout, les SS ont l'arme au poing.

Peut-être vont-ils tous nous abattre ici et maintenant, songé-je en me dépêchant de rejoindre Bayla et nos amies dans les rangs, et je me surprends à me tenir plus droite que d'habitude pour contempler la vision merveilleuse et fumante d'un rêve enfin concrétisé.

« Je crois que nous sommes plus fortes qu'eux, quoi qu'ils nous fassent. » Je me rappelle les paroles de mon amie, quasiment les dernières qu'elle m'a adressées avant que Mengele ne la prenne, et pour la première fois, j'y crois.

Je donnerais tant pour avoir la force dont le douzième Sonderkommando a fait preuve aujourd'hui. Ils n'ont pas accepté docilement leur sort, n'ont pas gagné l'abattoir en baissant la tête, attendant sagement que les bouchers leur tranchent la gorge. Aujourd'hui, ils ont décidé qu'ils étaient des hommes libres, choisissant leur propre mort, combattant nos assassins sans peur ni regrets. À cet instant, leurs corps doivent être en train de brûler dans les fosses aux côtés des ruines incandescentes et magnifiques de ces machines à tuer. Mais, l'espace de quelques précieux instants, ils ont goûté à la vengeance et à la liberté.

27

10 NOVEMBRE 1944

« Ça ne devrait plus tarder. » Les rumeurs circulent dans tout le Kanada depuis la révolte. « Vous allez voir, ils vont bientôt se débarrasser de nous. » Chaque jour qui passe, je dois admettre que je me surprends à y croire de plus en plus. Quelle utilité avons-nous désormais pour les Allemands ?

Les arrivées de convois ont cessé. Au lieu de ça, les trains quittent Auschwitz, parfois chargés de prisonniers. Maintenant, en lieu et place de cadavres, ce sont des milliers et des milliers de dossiers que les SS jettent dans les flammes – même s'ils n'ont pas cessé de tuer.

« Ils n'ont pas besoin de témoins », a marmonné une femme à Bayla quand celle-ci m'a demandé ce que les SS faisaient. « Nous sommes les prochains, croyez-moi. »

Frissonnant dans l'air frais du petit matin, en plein appel, je regarde les Allemands tout au bout de la pelouse. Ils travaillent à la lueur de l'aube, débarrassant les fondations du four crématoire 4 entièrement détruit, dans les braises encore rougeoyantes des explosifs qu'ils ont eux-mêmes déclenchés, sous l'ombre du four crématoire 5 partiellement ravagé par les flammes.

Mon cœur s'est un jour réjoui à l'idée de voir cet endroit brûler, de partir en fumée avec lui, si c'était ce qu'il fallait pour être libre. Mais aujourd'hui, le désespoir pèse lourd sur mes épaules, lorsque je les regarde démanteler leur propre machine de guerre, détruire toutes les preuves des atrocités commises ici.

Et nous sommes les prochains ; les cendres ne peuvent pas parler quand le feu a consumé leur corps.

— Prisonnière A-30972 ! Prisonnière A-30973 !

Je me fige au son de nos matricules et, l'espace d'une demi-seconde, j'essaie de me convaincre que j'ai mal entendu.

Qu'est-ce qui se passe ? Nous n'avons rien fait de mal ! Comptent-ils nous tuer ?

Je sens les regards terrifiés et implorants de Roksana et d'Orna au moment où nous quittons notre rang, nous intimant de revenir.

— Vous êtes transférées au camp principal, nous informe Aldona, et ses yeux brillent de reconnaissance, comme si elle détenait un secret que nous partageons toutes les deux.

Le camp principal ? On nous a dit qu'on ne pourrait jamais y retourner... que le seul moyen de sortir de là était la cheminée...

Aldona nous salue d'un bref hochement de tête avant de tourner les talons, et je jette un dernier regard fugace à mes amies toujours en rang, avant de suivre une femme SS. Pour la première fois depuis presque neuf mois, nous franchissons le portail pour nous éloigner du Kanada, sur la route principale ceinte par les clôtures.

Je ne dis rien, mais l'idée de retourner sur ce camp exigu m'envahit de désespoir. Nous nous sommes habituées aux avantages d'ici : dormir sur notre propre couchette de paille, avec des couvertures, porter des habits propres et changer régulièrement de sous-vêtements, avoir le droit de laisser pousser nos cheveux, profiter de la nourriture qui arrive avec les nouveaux arrivants et avoir nos propres trous dans les toilettes.

Pourquoi partir ? Pourquoi nous laissent-ils quitter cet endroit s'ils ne veulent pas qu'il reste le moindre témoin en vie ? Et pourquoi juste nous ?

De chaque côté, la clôture vibre d'électricité. J'ai l'impression de l'entendre bourdonner dans mes oreilles comme une abeille, parcourant les barbelés de son étreinte mortelle. Elle est proche, dangereusement proche, tout juste à portée de main. J'ai envisagé de toucher ces barbelés à plus d'une occasion, de prendre la main de Bayla et de la guider paisiblement vers notre mort, mais je n'ai jamais osé m'en approcher de plus que quelques pas. Si mon désir est de mourir, je n'aurai pas de meilleure occasion que celle-ci.

Bayla avance en s'appuyant sur moi, inconsciente de l'obscurité qui me hante et qui pourrait même tuer la lumière du soleil. Je baisse les yeux vers son visage si jeune et si fatigué.

Un effleurement, rien de plus. Un effleurement, et nous sommes toutes les deux mortes.

Durant tout ce temps, je me suis persuadée qu'elle allait survivre, qu'elle braverait toutes ces épreuves et aurait une existence au-delà des barbelés. Mais qui peut nous assurer qu'il y aura un jour une fin à cet enfer ? Si les Allemands gagnent la guerre, nous ne serons plus jamais libres, alors à quoi auront servi le sang et les larmes que nous aurons versés ?

Peut-être est-ce un sort plus doux ; nous ne sentirons rien, tenté-je de me raisonner en faisant passer l'une de ses mains gelées dans la mienne, le cœur cavalant. Mon bras ne m'a jamais paru aussi lourd qu'à cet instant où j'étends les doigts. Je les étire de plusieurs centimètres. La puissance mortelle et électrisante chatouille ma dernière phalange, m'intimant de venir plus près.

« N'abandonne pas. » La voix d'Alaric brise soudain ma torpeur, et je me fige en plein geste. « Tu survivras à tout ça. » Arrachée à cette possibilité de mort, je suis prise d'une seconde d'hésitation, le souvenir de sa voix suffisant à faire douter mon cœur.

Soleil, Sunna, Yigal, Heinz, Izaak...

J'ignore pourquoi je me répète ces noms, ceux à qui il tenait, ceux qu'il n'a pas pu sauver. Qui sait combien d'autres noms se trouvent sur cette longue liste bien trop similaire à la mienne, des noms qu'il ne m'a pas dits, des noms qui ne sont aujourd'hui plus que des fantômes…

Je n'ai pas envie d'être un autre de ses fantômes, décidé-je, l'esprit étrangement clair, et je laisse retomber mon bras contre mon flanc, tremblant férocement sous la prise de conscience de ce que je m'apprêtais à faire. Mourir maintenant mettrait un terme à notre souffrance, mais celle d'Alaric continuerait, renforcée par l'idée que, malgré tous ses efforts, il n'a pas pu faire une différence pour nous. Et pour une raison que j'ignore, cette pensée m'est intolérable.

Pas encore. C'est lui qui doit être derrière tout ça. Il doit savoir quelque chose, c'est pour ça qu'il nous a fait sortir de là.

Le gel recouvre la boue épaisse, les baraquements et les toits sont teintés de blanc et les habitantes du camp frissonnent, leurs corps transis de froid face aux aînées qui mènent l'appel du matin. La femme SS échange brièvement avec la Blockälteste avant que nos matricules ne soient notés et que l'on nous place à l'avant des rangs.

Deux heures plus tard, la musique enjouée de l'orchestre flotte à travers le camp, et les femmes de notre bloc commencent à se disperser. Une fois de plus, perdue dans un lieu qui m'a un jour été familier, je ne sais ni quoi faire ni où aller.

Quand le doute est là, cache-toi.

La porte du bloc est entrebâillée, juste de quoi laisser passer un filet de vent glacial. Il y a peut-être encore une Kapo à l'intérieur, s'assurant que personne ne cherche à éviter sa tâche en se cachant, mais c'est le meilleur et l'unique endroit où aller. Nous nous faufilons derrière les centaines de femmes et pénétrons à l'intérieur du baraquement ; à mon grand soulagement, nous sommes seules. Je fonce vers le fond et grimpe sur le tuyau de chauffage pour trouver une couchette du haut avec un matelas de paille sous lequel nous cacher.

— Viens là, Bayla ! chuchoté-je d'une voix urgente. Grimpe !

— Qu'est-ce qu'on fait ? Et s'ils nous attrapaient ? murmure-t-elle tout en se glissant sous la paillasse sans lâcher l'entrée du regard.

— Aujourd'hui, on se repose. Ils ne te trouveront pas. Ne bouge pas, et ne fais pas un bruit.

Malgré la nourriture qu'Alaric nous envoie et celle que nous arrivions à récupérer au Kanada, elle est encore terriblement maigre. Personne ne la verra, à moins de grimper sur la couchette. Ses paupières lourdes se ferment très vite et sa respiration se fait régulière, mais les rides d'inquiétude autour de ses yeux et de ses lèvres restent là. Disparues, la paix et la sécurité qu'un enfant est censé connaître en rêvant. En plus de tout ce qu'ils nous ont déjà retiré, je hais les Allemands pour lui avoir volé son innocence.

Comment pourrons-nous vivre à nouveau ? Si cette guerre prend vraiment fin un jour, que sera la suite ? Où irons-nous ? Que ferons-nous lorsque nous n'aurons plus à nous prémunir de tout, y compris de nos propres émotions ? Comment pourrons-nous vivre comme des personnes, et non comme des animaux ?

Ne réfléchis pas. Ne réfléchis pas. Comme un interrupteur, mon esprit se ferme, élevant des murs autour de ces pensées qui me feront sombrer dans une spirale infernale si je ne les tais pas.

28

9-10 JANVIER 1945

Le Kanada est vide.

Une fumée noire s'élève encore des fosses, mais aucun nouveau train de prisonniers n'est arrivé, et tous les hommes et les femmes qui se sont un jour occupés de trier leurs affaires ont disparu. Les rumeurs varient. Certaines disent qu'ils ont tous été gazés, d'autres qu'ils ont été évacués dans un autre camp, mais il n'y a aucun moyen de savoir la vérité et, parfois, je me demande si nous n'aurions pas mieux fait de rester là-bas.

Une mort probable dans les chambres à gaz, une évacuation possible vers un danger inconnu, ou ça, entassées dans ce camp souillé et rongé par les maladies, à devoir affronter sélections, tâches asservissantes et famine...

Il n'y a eu aucune raison concrète à notre transfert, et pourtant, je suis convaincue qu'Alaric est derrière tout ça. Il a forcément su ce qui se passait au Kanada et a dû tirer quelques ficelles pour nous en sortir, mais j'ai passé les longs mois qui se sont écoulés depuis à me demander quel destin aurait bien pu être aussi horrible, comparé au fait de rejoindre le reste du camp.

Le sifflet du matin tranche l'atmosphère comme un couteau, coupant mon raisonnement avant qu'il ne puisse replonger dans un obscur abysse d'incertitude.

Bayla tressaute à ce son et son corps tremblant est humide et anormalement chaud pour la saison. L'espace d'un instant, je crois qu'elle s'est fait pipi dessus – cela arrive à beaucoup de femmes, quand elles n'ont pas le temps de gagner le seau ou quand les chefs de bloc leur interdisent de les utiliser –, mais ça ne sent pas l'urine. D'épaisses gouttes de sueur maculent son visage, ses joues sont rouges, et je me rends compte que ses nombreuses couches de vêtements sont trempées.

— Bayla, qu'est-ce qui se passe ? soufflé-je en pressant les doigts sur son front – sa chaleur me brûle quasiment jusqu'à l'os.

— J'ai froid, Papa, gémit-elle, à moitié endormie, puis elle attrape d'une main faible une couverture que nous n'avons pas. Pourquoi est-ce qu'il fait si froid ?

Un autre sifflet hurle au loin. Bayla tressaille.

— C'est l'orage ? Dis-lui d'arrêter, Papa. Je n'aime pas les éclairs.

Je l'attire dans mes bras, dégageant d'une main la sueur qui recouvre son visage.

— Bayla ! Bayla, il faut te réveiller ! haleté-je en lui tapotant les joues et en tirant sur ses paupières qui continuent de se refermer.

Le typhus... combien de cadavres rongés par cette maladie ai-je sortis de l'infirmerie ? Combien de femmes bien plus âgées et plus fortes que ma petite fille, qui ne peut pas peser plus de quinze kilos, y ont succombé ?

Un sanglot douloureux quitte ma gorge, et je tire Bayla de toutes mes forces.

— Lève-toi ! Lève-toi ! Allez, tu peux le faire ! Il faut que tu te lèves ! Bayla, debout !

Ses yeux s'entrouvrent à peine et elle pousse un gémissement de douleur. Ses jambes cèdent sous son poids lorsque j'essaie de la mettre debout.

— Tout le monde dehors ! *Schnell ! Raus ! Zählappell !*

— Papa, pourquoi il y a les haut-parleurs ? pleure-t-elle doucement au milieu des autres prisonnières qui sortent au pas de course. S'il te plaît, je n'aime pas ça, je ne les aime pas.

— Bayla, tais-toi ! Ne parle pas, respire ! la supplié-je en la serrant contre moi.

Je dois nous sortir toutes les deux dans le froid glacial du matin, ses pieds traînant mollement dans la neige comme une poupée de chiffon. Comme je suis incapable de me battre pour nous faire une place au milieu, nous nous retrouvons directement derrière le premier rang, et je cherche désespérément une porte de sortie, refusant d'attendre simplement que les SS m'arrachent Bayla.

Elle tient à peine debout, ils ne la laisseront jamais vivre comme ça. Elle ne peut pas travailler. Il faut que je la cache quelque part ! Il doit bien y avoir un endroit où elle peut aller. Peut-être les latrines... non, nous n'y arriverons jamais. Le bloc est hors de question, les Kapos la trouveront, mais peut-être... peut-être...

Les larmes me brûlent les paupières tandis que Bayla continue de grelotter et de grogner contre moi. Il n'y a qu'un endroit où aller, le pire qui puisse exister.

« Ce n'est pas un lieu pour une enfant. Ne l'amène ici sous aucun prétexte. »

Mais Bayla mourra aujourd'hui si nous ne le faisons pas. Au moins, à l'infirmerie, elle aura dix jours pour se rétablir avant d'être sélectionnée. Les femmes devant nous ne protestent pas lorsque je les pousse pour rejoindre la Blockälteste. C'est une Allemande qui est là depuis plusieurs années, et je sais qu'elle me reconnaît en me voyant approcher avec cette enfant toute frêle cramponnée à moi. Les « vieux matricules » ont un statut plus élevé, sur sa liste.

— Blockälteste, dis-je d'un ton respectueux. Ma fille est malade, elle a le typhus. Elle doit aller au bloc numéro 12, sans quoi ses poux risquent de se propager. Je tomberai probablement bientôt malade, moi aussi. M'autorisez-vous à l'emmener ?

Elle examine le corps ratatiné de Bayla et finit par hocher la tête.

— Donne-moi vos matricules.

— A-30972 et A-30973.

— Gertrude ! lance-t-elle à l'une des Kapos. Emmène ces deux-là au bloc du typhus.

Je suis incapable de me rappeler la dernière fois que j'ai vraiment porté Bayla, mais à cet instant, j'ai tellement de mal à la prendre dans mes bras que je manque de m'écrouler.

La vue familière et funeste du bloc numéro 12 me fait l'effet d'une pointe de couteau parcourant mon dos. Le vent porte les lamentations et les hurlements des femmes délirant de fièvre. Les excréments, le vomi, la sueur, l'urine et le sang se mêlent pour former une odeur unique et pestilentielle, l'odeur insupportable de la pourriture et de la mort. Elles sont toutes entassées tête-bêche sur les couchettes, ou étalées par terre, mortes ou presque, et il n'y a nulle part où aller à l'exception de la terre endurcie par la glace, à côté du tuyau de chauffage.

Le corps de Bayla est inerte dans mes bras, et sa tête tombe sur le côté. Sa respiration se fait déjà laborieuse, mais c'est la seule chose qui m'assure qu'elle n'est pas morte.

— Pas encore, murmuré-je en faisant courir mes mains squelettiques et calleuses sur son crâne chauve. Pas encore…

Le soir tombe rapidement avec le froid. Le cœur de l'hiver transperce mes vêtements fins pour me ronger les os. Appuyée contre les briques du tuyau de chauffage, je m'efforce en frissonnant de réchauffer Bayla. Elle ne s'est pas réveillée une seule fois depuis ce matin, même quand j'essaie de la secouer pour manger, mais son corps tremble toujours et est parfois pris de convulsions, et sa fièvre s'est aggravée.

Les couchettes sont toujours envahies de femmes, certaines vivantes, d'autres mortes, mais les infirmières et les nettoyeuses se sont retirées pour la nuit. Tous les corps resteront donc ici jusqu'au matin. Celles qui sont en train de mourir sont trop faibles pour sortir celles qui sont déjà mortes.

Malgré mes muscles endoloris et mon sang qui semble avoir ralenti sa course dans mes veines, je parviens à trouver la force de me relever sur les genoux. J'ai surveillé pendant des heures une femme allongée au centre d'une couchette, comme un animal guettant sa proie, son visage blafard et le lent mouvement de sa poitrine, la façon dont ses mains s'enroulaient sur un bout de tissu, attendant qu'elle arrête de bouger. Lorsque le baraquement est trop sombre pour qu'on y voie correctement et que les lanternes sont éteintes, je distingue tout juste sa silhouette inerte.

J'avance en rampant, lève le bras et lui tape la joue. Face à son absence de réaction, je place mon doigt sous son nez pour voir si elle respire encore. Il n'y a plus un signe de vie. Je cale alors mes bras sous son corps et m'efforce de la tirer hors de la couchette. Elle tombe par terre dans un bruit sourd, mais qui ne perturbe pas les lamentations agonisantes et constantes qui planent autour de nous. D'un geste rapide, je retire ses vêtements et ses chaussures de cuir puis lui arrache sa ration de pain des mains. Après avoir passé les nouveaux vêtements sur Bayla, qui est toujours endormie, je cale nos corps sur la planche, entre les autres femmes, ignorant leurs grognements de protestation.

Il y a trop peu de chaleur humaine à partager, et la nuit glaciale me transperce le corps comme des milliers d'aiguilles. Gelées, affamées, terrassées par la maladie, nous n'avons aucune échappatoire. Si l'esprit de Bayla a cédé au doux voile du délire, le sommeil se refuse à moi, cette nuit, et je reste éveillée jusqu'à ce que les premières lueurs de l'aube s'infiltrent par la porte du baraquement.

Les infirmières et les nettoyeuses se lèvent tôt pour faire leur ronde, distribuer les rations et sortir les corps. Une fille traîne à l'extérieur celui que j'ai fait tomber hier soir, mais je n'ose pas les regarder.

Bayla remue en grognant à côté de moi ; une grimace d'inconfort tord ses traits.

— Bayla, réveille-toi, murmuré-je. Il faut que tu manges quelque chose.

— Pas envie, marmonne-t-elle en clignant ses yeux vitreux. Pas faim.

— Si, tu as faim, insisté-je en portant la croûte de pain à ses lèvres. Il faut que tu manges. Tiens, j'ai du pain. Tu peux tout prendre.

— Pas faim, répète-t-elle en secouant la tête.

— Bayla, il faut que tu manges ! dis-je en m'efforçant de lui ouvrir la bouche.

Après plusieurs minutes de protestations épuisées, elle finit par céder et plante faiblement ses dents dans le pain. Un violent frisson parcourt son corps, et elle tourne brusquement la tête, prise d'un haut-le-cœur.

— Non ! Essaie de tout garder !

Je plaque ma main sur sa bouche mais c'est peine perdue. Elle se vide jusqu'à ce que le peu de choses qui se trouvaient dans son estomac aient disparu, puis elle s'effondre contre moi, tremblant de tous ses membres.

Il lui faut de l'eau... la nourriture, on verra plus tard. Si je n'arrive pas à lui faire boire quelque chose, qu'elle mange ou non importera peu. J'attends que l'une des nettoyeuses passe, puis tends le bras vers l'une des plus petites femmes du bloc au moment où elle approche de notre couchette. Elle porte toujours ces atroces sabots de bois avec lesquels marcher est un vrai supplice, et la lueur du désespoir est évidente, dans ses yeux.

— Remplis mon bol de neige et je te donnerai des chaussures en cuir, chuchoté-je en la tirant par le bras.

Elle plisse ses yeux soudain chargés de soupçon, pesant un moment les risques, et remue péniblement dans ses sabots.

— Montre-moi, finit-elle par dire.

N'osant pas les mettre à sa portée, je lui montre brièvement les chaussures que j'ai récupérées sur la morte. Elle hésite un instant avant de saisir mon bol et de disparaître. Elle revient plusieurs minutes plus tard, le bol pressé contre sa poitrine, et je lui tends les chaussures de cuir une fois qu'elle me l'a rendu.

Je m'efforce d'écraser la neige quasiment solide dans un grognement de frustration. Elle ne fondra jamais toute seule ; je décide alors de souffler dessus. Après ce qui me semble durer des heures, les premières gouttes d'eau tombent du monticule blanc et ma tête tourne comme une plume prise dans l'orage. Pendant des heures, je continue de souffler, me vidant de ce précieux oxygène, jusqu'à ce que mes tempes me martèlent et que des étoiles obscurcissent ma vision. Je réveille Bayla suffisamment longtemps pour verser ces quelques gouttes dans sa gorge. Ensuite, je me force à rester éveillée, bien trop consciente du poids qui pèse sur mon ventre, du froid qui me vrille la colonne vertébrale. Le danger peut venir de partout mais, quand on a vécu dans son ombre pendant si longtemps, on peut sentir sa présence comme un chien de chasse peut sentir un renard.

Une nettoyeuse surgit dans le baraquement pour rejoindre une infirmière, à quelques couchettes de nous.

— C'est notre bloc, aujourd'hui ! Mengele, dit-elle d'une voix urgente.

Le son de ce nom suffit à glacer mon âme.

Une sélection. Elle a dû le voir venir. La mort est proche.

Le temps passe anormalement vite, les minutes se muant en secondes tandis que mon corps semble se mouvoir avec la lenteur agonisante de certains cauchemars. J'arrache la paillasse sur laquelle nous sommes allongées et cache Bayla dessous avant de tirer le corps d'une femme mourante juste dessus.

À peine une seconde plus tard, la porte de notre bloc s'ouvre, et une ombre plus obscure que la nuit emplit le seuil, chassant la lumière du soleil. Le soleil, qui s'est levé sur cet enfer chaque jour, a témoigné des atrocités commises par ces imposteurs d'humanité, refuse aujourd'hui de toucher une créature aussi maléfique, n'osant pas s'approcher de l'Ange de la mort.

Les monstres sont censés avoir l'air de monstres… et c'est bien le cas.

— Debout et en rang ! rugit un SS qui se met aussitôt à arpenter les couchettes en agitant sa matraque.

Sans même sortir leur craie blanche, les soldats tirent des couchettes les femmes trop faibles pour bouger et marquent leur matricule avant qu'elles ne puissent essayer de se lever. Je descends pour m'aligner avec les autres et vole un regard à Mengele. Il y a quelque chose de grave et de presque craintif sur son visage, et son front est tellement plissé que le poids de la détresse doit peser sur lui depuis plusieurs semaines maintenant.

Nous avons toutes senti un changement d'attitude chez eux ces derniers mois. Nous ne les entendons plus brailler lorsqu'ils ont trop bu, et l'assurance de la victoire qu'ils exsudaient est remplacée par un sentiment de défaite imminente. Il se passe quelque chose, au-delà de l'enceinte du camp et des bois, peut-être un revirement de situation, dans la guerre, qui ne peut que les inquiéter.

— Sautez par-dessus le tuyau ! lance la voix de Mengele avec un tremblement presque imperceptible.

Une femme tente de bondir par-dessus le tuyau de briques, mais elle se prend le pied dedans et tombe. Une par une, les malades les plus faibles cherchent vainement à parcourir cette distance pourtant si courte, et même les plus fortes y parviennent tout juste. Matricule après matricule, trois cents femmes sont déjà marquées quand approche mon tour, et le poids de mon corps affamé est douloureux sur mes jambes.

Vais-je y arriver ? Suis-je suffisamment forte ?

Je jette un bref regard vers la couchette sous laquelle Bayla est cachée. Un SS et un médecin se sont arrêtés juste à côté.

Le SS attrape le bras de la femme allongée dessus et le médecin marque le matricule avant qu'elle ne soit arrachée de la paillasse et jetée à terre.

Non ! Pas encore !

Ni l'un ni l'autre ne remarque Bayla, et ils passent à une autre couchette.

Une bourrasque glaciale manque de me faire tomber à genoux, et je réprime un sanglot de soulagement. Bayla vivra une journée de plus ; ne me reste plus qu'à faire en sorte de survivre. Un élan de force emplit mon cœur et je me voûte pour me préparer à bondir. Mengele a pris mes amies, il a pris mes parents, il m'a pris plus que je n'aurais jamais pu donner en une centaine d'existences. S'il veut m'enlever Bayla, il devra me passer sur le corps, me rosser de ses propres mains gantées, et je hurlerai et me débattrai comme l'animal qu'il croit que je suis. Si je quitte ce bloc aujourd'hui, ce sera morte.

Mon tour arrive et je m'élance avec toute la force qu'il reste dans ces muscles qui ont abandonné depuis longtemps ma chair et mes os fragiles. J'atterris de l'autre côté en titubant tout juste et braque aussitôt le regard sur les médecins. Aucun n'écrit mon matricule.

Plus de la moitié des femmes de l'infirmerie sont conduites à l'extérieur, leurs visages disparaissant à tout jamais. Je lève le bras vers la couchette soudain spacieuse et jette un coup d'œil sous la paillasse. Par je ne sais quel miracle, Bayla respire toujours. La mort l'a ignorée aujourd'hui. Je décide de la laisser dormir cachée tout en me remettant à faire fondre notre bol de neige.

29

18 JANVIER 1945

Cela fait deux jours que je n'ai pas mangé. Chaque ration de pain, chaque cuillerée de soupe, chaque miette arrachée de mains gelées, tout est pour Bayla. Je ne peux pas me permettre de m'affamer davantage, mais l'état de ma sœur est bien plus grave que le mien. Alternant entre un sommeil de mort et une hystérie maladive, sa fièvre n'a fait qu'augmenter, tout ce que je la force à manger finit par être vomi, et elle hurle constamment de douleur, implorant qu'on lui donne l'eau et le plat de pommes de terre qu'elle voit dans son délire. Les SS n'ont effectué aucune sélection dans notre bloc ces derniers jours mais nous ne pouvons plus continuer ainsi. Cela fait déjà neuf jours, et si Bayla n'est pas miraculeusement guérie d'ici demain matin, elle se fera embarquer.

Il ne nous reste plus qu'un jour à passer dans le bloc numéro 12... mais peut-être pourrons-nous rester un peu plus longtemps, dans une autre infirmerie ? Comment la sortir de là ?

Je balaie le baraquement des yeux, ne sachant pas vraiment ce que je cherche. Peut-être un visage affligé, une couchette vide, un tas de sang ou de cadavres détiendront-ils la réponse à notre survie. Tout près de là, une nettoyeuse extirpe un cadavre d'une couchette du haut et vacille sous son poids. Les yeux aussi morts que le corps qu'elle porte, elle le traîne à l'extérieur.

Mais bien sûr ! La réponse me frappe comme une évidence. *J'ai été nettoyeuse, j'ai déjà fait ça une centaine de fois !*

J'observe à nouveau Bayla, son visage creusé et sa peau grise, la maigreur insupportable de son corps minuscule… Oui, elle pourra passer pour une morte. Le bloc de la dysenterie est tout près, à quelques mètres seulement, et si nous arrivons à le rejoindre, elle aura dix jours supplémentaires pour se remettre. Le risque de contracter une autre maladie grave me paraît presque anodin tandis que je me glisse de la couchette pour tirer Bayla derrière moi.

Si nous restons ici, elle sera morte demain matin. Si je me fais prendre, nous serons tuées sur-le-champ. Dans un autre bloc, nous aurons peut-être la chance de tenir un peu plus longtemps.

Personne, pas même la Kapo, ne m'interpelle alors que je tire Bayla par les mains en direction de la porte. Seules les nettoyeuses oseraient se débarrasser des cadavres. Parfois, le meilleur artifice reste l'audace. Inconsciente, sa tête ballottant en arrière, Bayla n'émet pas un seul son, ne révélant ainsi à personne qu'elle est toujours en vie.

La morsure de l'hiver m'assaille dès l'instant où je recule dans la neige, et Bayla lâche un grognement sous la vague de froid qui la saisit à son tour. Le soir gronde sous le chaos et les lumières des torches, les cris et les sifflets et des prisonnières, les SS accourant de partout pour les regrouper. Même dans le sommeil, Bayla grimace au son de ces voix allemandes braillant des ordres inintelligibles. Je la tire le long des cadavres empilés devant le bloc numéro 12, espérant être ignorée plutôt qu'abattue, et nous gagnons l'entrée du bloc de la dysenterie au moment où une série de détonations explosent au loin.

La puanteur atroce des lieux, mélange d'excréments et de vomi, est pire que tout ce que j'ai jamais senti, et je réprime un haut-le-cœur avant de retenir mon souffle et d'enjamber tant bien que mal des femmes gisant au sol dans leurs excréments. Je ne parviens qu'à traîner Bayla jusqu'au troisième rang de couchettes avant que mes forces me quittent et que je m'effondre aux côtés d'une femme qui gémit, à l'agonie. Notre présence ne semble pas avoir été repérée par les infirmières ni par les nettoyeuses, et la Kapo du bloc ne m'adresse qu'un regard épuisé avant de détourner les yeux.

J'ai déjà vu ce regard, et je suis certaine que beaucoup ont lu la même expression sur mon visage, l'air hagard et les yeux vides qui disent : *Elles seront bientôt mortes. Pourquoi m'embêter ?*

— Noam, gémit Bayla en essayant de se redresser sur les coudes, ses yeux vitreux fixant rêveusement le vide.

Je sors aussitôt une ration de pain légèrement mordillée que j'ai récupérée sur un cadavre, dans le bloc numéro 12.

— Tiens, Bayla, il faut que tu manges. Prends ce pain.

— Mais je veux une pomme de terre, grogne-t-elle en secouant la tête, puis elle lève le bras devant elle, comme pour toucher un fantôme. Noam, s'il te plaît, donne-m'en une ! Je te promets que je te laisserai gagner, cette fois ! Papa, s'il te plaît ! Juste une ! Je vous laisserai le reste !

— Bayla, il n'y a pas de pommes de terre, Noam n'est pas…

— Si ! hurle-t-elle alors en commençant à se débattre, faisant voler le pain de mes mains dans un geste brusque et complètement désorienté. Regarde-les toutes ! Pourquoi je ne peux pas en avoir une ? Juste une ! *Noam ! S'il te plaît !*

Jamais elle n'a eu de crise aussi violente et je dois faire preuve d'une force surhumaine pour parvenir à la maîtriser. Elle hurle sans cesser de remuer, tente de se libérer à coups de griffe, supplie Noam de lui donner une pomme de terre, pleure tout son soûl jusqu'à ce que sa voix soit rauque et qu'elle retombe dans mes bras, vidée de toute son énergie. Par-dessus les gémissements et les cris des autres femmes, le bruit du chaos dehors, je distingue à peine ses marmonnements fiévreux. Je colle mon oreille à sa bouche.

— Qu'est-ce qu'il y a, Bayla ? Qu'est-ce que tu veux ?

Elle répète les mêmes mots. À ma grande surprise, je ne connais pas cette langue et je sais qu'elle non plus. Mais l'accent étranger paraît si naturel dans sa bouche… comme si elle avait fini par maîtriser cette phrase en la répétant sans cesse. On dirait du russe… mais un mot me semble familier, comme s'il se prononçait de manière similaire dans plusieurs langues.

— *Angel ?* soufflé-je, et Bayla resombre dans l'inconscience.

À peine une heure plus tard, quand la Kapo est enfin venue noter nos matricules, la porte du bloc s'ouvre violemment. Trois SS font irruption, leurs armes braquées sur nous, leurs manteaux d'hiver boutonnés jusqu'au cou, et des sacoches de cuir pendues à leurs épaules.

— Les infirmières et les nettoyeuses, avec nous ! Vite ! *Schnell !*

Sans qu'aucune explication leur soit donnée, vingt nettoyeuses, sept infirmières et la Kapo sont embarquées à l'extérieur. Les ordres nous parviennent toujours de dehors, mais personne ne revient. Les autres patientes sont trop consumées par leur propre agonie pour faire attention aux choses étranges et inquiétantes qui peuvent se dérouler derrière ces murs, et celles qui sont suffisamment en vie pour se poser la question sont trop faibles pour l'exprimer à voix haute.

Un nouveau mouvement à l'entrée du bloc attire mon attention, et un homme pousse la porte pour entrer. Vêtu d'un épais manteau d'hiver, il a un sac en toile de jute à l'épaule et une arme ainsi qu'une sacoche de cuir pendent contre son flanc. Il fouille les lieux d'un regard frénétique.

Alaric !

Ma poitrine comprimée étouffe un hoquet ; voir son visage brûle mon cœur d'un tel bonheur que cette intensité d'émotion me submerge autant qu'elle me pétrifie. C'est comme s'il avait réussi à percevoir ma présence, car ses yeux se braquent soudain sur moi. Il est à nos côtés une seconde plus tard et tombe à genoux avec un soupir de soulagement. Il pose alors ses mains tremblantes et froides sur mon visage, comme pour s'assurer que je suis bien réelle.

— Dieu merci ! s'écrie-t-il en levant ses yeux pleins de larmes et son expression peinée vers le ciel. Dieu merci ! Quand je ne vous ai pas trouvées dans le bloc numéro 12, j'ai… Peu importe. Vite, venez avec moi. Il faut que je vous sorte de là.

Je n'ai plus la force de remettre en question quoi que ce soit ou de désobéir aux ordres aujourd'hui mais, malgré son soulagement et sa détermination, je vois de la panique dans ses yeux, et s'il craint quelque chose, je sais que je dois le craindre cent fois plus.

— Pour aller où ? hoqueté-je en tirant Bayla contre ma poitrine.

— En sécurité, insiste-t-il, son regard horrifié s'attardant sur Bayla ce qui me semble durer une éternité, avant qu'il ne soit capable de revenir sur moi. Vous devez partir. *Tout de suite.*

Mon visage brûle de honte ; je m'en veux tellement d'avoir échoué à protéger Bayla que mon cœur vibre de colère.

— Elle ne peut pas marcher. Je ne peux pas la porter.

— Je la porterai, déclare-t-il, une goutte de sueur coulant sur sa tempe. Mais il faut y aller maintenant ! Tu dois me faire confiance !

La confiance… c'est le seul à qui j'ai vraiment pu me fier, ici. Je n'ai plus confiance en qui que ce soit, mais si je devais l'accorder à quelqu'un…

Il ne me laisse le temps ni d'accepter ni de refuser, extirpant le corps squelettique de Bayla de mes bras pour la soulever délicatement.

— Il faut faire vite !

Je me hisse sur des jambes chancelantes, mon crâne battant à tout rompre, et j'ignore comment je parviens à ne pas m'effondrer sous la faim et l'épuisement. Je suis alors Alaric et Bayla, qui ressemble à une pauvre poupée de chiffon, jetée sur son épaule, dans l'ombre glaciale du soir.

Des flocons de neige mêlés de cendres tombent sur mes joues, provenant d'une étendue sans fin et d'une obscurité sinistre que je ne parviens pas à discerner entre les nuages de fumée. Le monde se brouille sous la nuit vaste, sous les projecteurs aveuglants et les lueurs de tout un tas de feux. Nous nous éloignons en courant des infirmeries ; le chaos est comme une vague rugissante percutant violemment mes oreilles et mon crâne. Des centaines de femmes hurlent sous la peur et la confusion, mues par l'énergie du désespoir, telles des bêtes cherchant à fuir des chiens enragés. Au loin, au-delà du camp des femmes et de ce mystérieux abysse, les voix paniquées de milliers d'hommes résonnent par-dessus la rampe et les barbelés, des coups de feu explosent, des fouets claquent sur la chair et les chiens aboient férocement.

Sa poigne de fer vissée à mon bras, Alaric m'éloigne de cette folie, même si elle semble nous cerner de toute part. Je sens mes jambes avancer sous mon poids, titubant, luttant pour tenir le rythme, mais même la courte distance que nous avons parcourue a suffi à engourdir tous mes sens. Ma vision se brouille tandis que nous courons comme si nous avions l'Ange de la mort aux trousses. Je lève les yeux vers Alaric ; la tête de Bayla pend sur son épaule, ses membres inertes secoués à chaque pas et, l'espace d'un instant, j'ai peur qu'elle soit vraiment morte.

Le temps semble s'écouler en une poignée de secondes, brume de détonations, de cris et de confusion, mais lorsque nous avons enfin cessé de courir, les fours crématoires 2 et 3 ne sont plus très loin. Nous sommes désormais tout au bout du camp des femmes, nous fonçons dans un baraquement de briques, et je m'effondre sur le sol de ciment, mes jambes et mes poumons en feu, arrivant tout juste à respirer.

— Qu'est-ce qu'on va…

Le reste de ma question meurt sur mes lèvres quand je touche Bayla, toujours nichée dans les bras d'Alaric. Elle est pâle comme la mort, ses lèvres sont légèrement entrouvertes et sa poitrine ne remue plus.

— Elle ne respire pas ! hurlé-je en me jetant sur elle. Elle ne respire pas ! Non ! Je t'en supplie ! Pas encore !

Alaric me repousse et tombe à genoux pour chercher un pouls sur le poignet de Bayla, puis sur son cou. Son expression se mue en une grimace de terreur.

— *Non !* Non, ce n'est pas possible ! Elle ne peut pas être morte ! gémis-je en saisissant son visage froid, mon cœur s'effondrant dans ma poitrine. Bayla ! Réveille-toi ! Je t'en supplie, réveille-toi !

— Recule ! gronde Alaric en me poussant à nouveau pour allonger Bayla sur le ventre, par terre, puis il presse ses mains tremblantes dans son dos, appuyant de toutes ses forces.

— Arrêtez ! Arrêtez ! Vous allez lui faire mal ! sangloté-je en le frappant et en cherchant désespérément à prendre ma sœur dans mes bras, terrorisée à l'idée qu'il brise son petit corps fragile.

— Hodaya ! Recule, j'ai dit ! réplique-t-il d'une voix chargée de détresse en me saisissant les poignets. J'essaie de l'aider !

Il reprend ses mouvements de compression. Je ne peux que me rouler contre le corps de Bayla, secouée par les larmes, caressant son visage creusé et inanimé.

— Je t'en supplie, réveille-toi, Bayla. Demain, nous serons libres, tu te souviens ? Demain. Il faut juste tenir jusqu'à demain. *Je t'en supplie*, nous sommes allées si loin… Tu seras libre, je te le promets, mais pas comme ça. Bayla… réveille-toi, *vis… demain…*

Les secondes se muent en minutes et mon corps commence à faiblir. Je suis incapable de pleurer ou de supplier plus longtemps. Alaric continue ses mouvements de compression dans son dos et je tiens sa main inerte, attendant que la mort me ramène à elle, à Mama et à Papa, à Naomi et à Noam, à Levana et à Chasha…

Un hoquet étouffé s'échappe soudain des lèvres de Bayla. Je sens ses cils papillonner contre ma joue, et un sanglot désespéré s'arrache de ma poitrine, comme si tout l'air dans mon corps était désormais son unique source vitale, emplissant ses poumons qui commencent à cracher un souffle rauque.

Alaric la fait passer sur le dos et pose sa tête contre sa cuisse.

En vie. En vie. En vie, me répété-je tout en rampant vers elle, incapable de faire autre chose que d'incliner la tête, mes doigts tremblants pressés sur son pouls pour sentir la preuve qu'elle est bien vivante.

— Demain, tu seras libre, murmuré-je en déposant un baiser sur son front moite.

— Il faut vous cacher, chuchote soudain Alaric après un long silence, et je m'aperçois seulement maintenant que des larmes de soulagement marquent ses joues. Ce bloc a déjà été évacué et fouillé trois fois. Ils ne reviendront pas. Vous devez rester cachées jusqu'à ce que tout soit fini.

— Qu'est-ce qui se passe ? soufflé-je alors dans un murmure à peine audible.

Alaric m'observe d'un air troublé.

— Les Soviets ont fait tomber nos défenses. Nous évacuons tous les prisonniers capables de marcher. Si le commandant Höss donne l'ordre de se débarrasser des prisonniers inaptes au travail après mon départ, je ne veux pas que vous soyez mêlées à la masse. J'aurais voulu rester ici plus longtemps pour veiller sur vous et sur les autres, mais je n'ai pas le choix. Je dois partir ce soir.

— Est-ce que… la guerre est terminée ? demandé-je, pleine d'espoir et de crainte, et je vois les deux mêmes émotions conflictuelles dans ses yeux.

Il hoche faiblement la tête.

— Ce devrait bientôt être le cas.

Que cela signifie-t-il pour Bayla et moi ? Pour lui ? Qu'est-ce qui vient après l'enfer, sinon la mort ?

Alaric se ressaisit rapidement et soulève Bayla ; je le laisse l'éloigner à contrecœur pour le voir l'installer sur une couverture et une paillasse, sur une couchette du haut, puis il pose le sac en toile de jute dans le coin de la couchette. Il me prend alors dans ses bras, sans que son expression trahisse le moindre changement d'émotion – je me demande comment il parvient à supporter cette odeur ignoble à laquelle je ne me suis moi-même jamais complètement habituée, et comment il peut ne pas être repoussé par le cadavre ambulant qu'il a devant lui. Quand est-ce que j'ai vu mon propre visage pour la dernière fois ? Au ghetto ?

— Restez contre les murs, et ne regardez pas par la fenêtre. On pourrait vous voir.

Et je ne serai pas là pour vous sauver. Ces paroles tacites planent entre lui et moi, et je hoche la tête.

— Il y a de quoi boire et manger dans ce sac – vous devriez tenir au moins deux semaines. Sois raisonnable. Je sais que tu n'as qu'une seule envie à cet instant : manger. Mais tu es affamée. Si tu manges trop, tu vas te tuer. Mange lentement, et seulement en petite quantité.

— Merci, Alaric, murmuré-je d'une voix tremblante, et je chasse les larmes qui me viennent, sachant que je ne pourrai jamais exprimer en quelques instants seulement toute ma reconnaissance.

Il m'adresse un sourire triste ; ses yeux brillent d'une émotion si intense que ses iris en vibrent d'angoisse et de dévotion.

Bleu, songé-je en remarquant pour la première fois la teinte bleu acier de ses yeux, la couleur d'un vaste ciel parfaitement dégagé après l'orage, et je me dis que je n'ai jamais vu de couleur aussi belle.

— Vous reverrai-je un jour ?

Il hésite, les traits déformés par la tristesse.

— Je ne pense pas. Quelle que soit l'issue de cette guerre, peut-être est-ce mieux que nous ne nous revoyions pas.

Je suis incapable de comprendre pourquoi cette réponse transperce mon cœur ainsi, comme si le couteau qui y est plongé depuis si longtemps venait de s'enfoncer un peu plus profondément.

— Alors vous voulez bien répondre à une question ?

— Bien sûr. Tout ce que tu veux.

— Pourquoi nous avez-vous sauvées ? Nous étions des milliers dans ce train, ce jour-là, et c'est *nous* que vous avez choisies. Vous… vous avez sauvé Bayla. Pourquoi ?

À cet instant précis, je vois quelque chose faiblir en lui. Le masque tombe pour révéler l'homme triste et épuisé dont le visage est tellement marqué par la culpabilité qu'il semble avoir mené des milliers de vies immorales. Il lève une main pour caresser ma joue, m'apaisant d'une manière dont je n'aurais plus cru qui que ce soit capable, et je me surprends à me délecter de cette chaleur et de cette douceur dont on m'a privée.

— Quand j'ai perdu Heinz, puis Soleil et Sunna, j'ai bien failli me perdre à nouveau. J'étais prêt à mourir, à laisser Dieu émettre son jugement sur mes péchés et sur mes échecs… mais je me suis souvenu de ce que Yigal m'avait appris. *Pikuach nefesh.*

— Sauver une vie, répété-je tout bas, en yiddish, les mots de mon peuple sonnant comme étrangers sur ma langue.

— Oui. Yigal était convaincu que sauver une vie revenait à sauver le monde. Il m'a sauvé… et je n'ai pas pu le faire pour eux, alors j'ai fait en sorte de suivre sa sagesse, de sauver tous ceux que Dieu me donnait l'occasion de sauver. Le soir où je t'ai vue discuter avec Mengele, tu m'as rappelé moi, et comme j'aurais aimé pouvoir sauver mon frère et mes filles. Ta sœur a le même âge que Soleil quand elle… Je pense que Dieu m'a guidé vers ce train, ce soir-là, pour te trouver *toi*, parce que nous avions besoin l'un de l'autre. Dieu m'a laissé te sauver… et tu m'as sauvé toi aussi. *Tous les jours.*

Il se penche en avant, son souffle caressant ma joue, puis il y pose les lèvres, tout près de la commissure des miennes, tremblantes. Il s'y attarde quelques secondes, ses doigts caressant mon crâne qui a un jour été recouvert de magnifiques cheveux bruns, et la chaleur de son baiser réchauffe encore ma joue quand il s'écarte. Une larme s'échappe de mon œil, et il s'empresse de la chasser avant de déposer un autre baiser sur mon front. Alors, il retire son manteau de laine vert et le passe sur mes épaules, m'enveloppant de son immense chaleur.

— Vous serez bientôt libérées. Vous allez survivre. Je t'en supplie… Promets-moi que tu vivras, Hodaya.

— Je vous le promets, murmuré-je.

Il prend à nouveau mon visage en coupe, son regard empli de larmes balayant mes traits, comme s'il cherchait à les graver dans sa mémoire, même si j'ai du mal à imaginer qu'il y ait quoi que ce soit d'agréable à regarder. Je m'autorise à faire la même chose, mémorisant la couleur de ses yeux, la longueur de la cicatrice sur sa joue, la courbe de son nez, la tendresse de son expression.

— Peut-être dans un autre monde… une autre vie… murmure-t-il d'une voix tremblante, et je lève le bras pour suivre d'une main douce le chemin qu'une larme a tracé sur sa cicatrice.

Son expression soudain éperdue, il enfonce sa joue dans ma main d'un geste presque désespéré et dépose un autre baiser dans ma paume.

— Au revoir, Hodaya. Que Dieu te garde.

J'aimerais pouvoir trouver les mots pour le supplier de ne pas partir. Mais, comme un fantôme de plus, il m'échappe et disparaît du bloc, la porte claquant derrière lui comme quelque chose de définitif. Un vide indissoluble s'étire dans le baraquement autant que dans mon âme, et j'en viens à me demander si l'homme qui m'a sauvée était un être de chair et d'os ou une création de mon esprit anéanti. Non, il devait être réel, sans quoi je serais encore à l'infirmerie, attendant peut-être un massacre. Bayla serait morte, il n'y aurait pas de manteau sur mes épaules et je sais que je n'aurais jamais pu imaginer la merveilleuse chaleur ni la douceur de ses lèvres.

Dans son sommeil, Bayla murmure à nouveau ces mots étranges, et je me coule contre elle pour nous envelopper toutes les deux du manteau vert et de la couverture.

Angel...

Je pose ma tête sur son bras, clignant des yeux pour mieux chasser le sommeil qui menace de m'assaillir, et j'écoute. Dehors, les coups de feu pleuvent toujours, les cris traversent encore les murs de briques et des explosions similaires au jour de la révolte du Sonderkommando font trembler la terre. Pour une raison que j'ignore, je ne trouve pas l'énergie d'avoir peur, me résignant seulement à tenir la promesse faite à Alaric, et je presse doucement mes lèvres sur ma paume, là où les siennes se sont posées il y a tout juste quelques instants.

30

27 JANVIER 1945

Les derniers SS restant sur le camp ont fait exploser l'ultime chambre à gaz hier avant de prendre la fuite. Un silence inquiétant et vide persiste depuis la nuit tombée. Le vent n'est qu'un murmure, aujourd'hui, portant les voix d'un millier d'âmes errantes, perdues et submergées de chagrin. Hier, il hurlait de rage et secouait violemment les fenêtres, balayant l'odeur du feu et des cendres pour étouffer toutes les créatures qui respiraient encore, exigeant d'être entendu et éprouvé.

Bayla n'a pas dit un mot depuis que nous avons fui l'infirmerie, il y a neuf jours, même quand elle est éveillée, plongée dans une torpeur qui ne la quitte plus. Sa fièvre, bien que toujours présente, est légèrement tombée et j'ai réussi à lui faire manger plusieurs rations de pain ainsi que la moitié d'une gourde de soupe de pommes de terre. Le besoin de me remplir le ventre de toute cette précieuse nourriture dont on m'a privée est une vraie torture, et je range désormais le sac sous les couchettes pour repousser la tentation ainsi que pour retrouver un petit peu de force en descendant et en grimpant l'échelle plusieurs fois par jour.

J'ai risqué quelques coups d'œil par la fenêtre, et même par la porte du bloc hier, mais je n'ai vu aucun signe de vie. Les prisonnières sont parties, les SS sont partis, et nous ne pouvons pas rester là pour toujours.

Peut-être ne sommes-nous pas seules. Peut-être d'autres prisonnières ont-elles été abandonnées elles aussi, songé-je en enveloppant Bayla de la couverture, sous laquelle je fourre de la paille en espérant lui procurer une couche de chaleur supplémentaire, puis je descends l'échelle sur des jambes flageolantes, ma sœur dans les bras. Elle ne pèse quasiment plus rien, mais j'ai encore du mal à soutenir son poids. Le manteau d'Alaric est si long qu'il touche le sol, et les rabats de laine sont suffisamment larges pour que je puisse les boutonner autour de Bayla aussi.

Le silence qui règne à l'extérieur du bloc me fait hésiter plusieurs secondes avant que je prenne une longue inspiration, me rappelant que j'ai désormais le droit de partir sans autorisation. De la fumée s'élève au loin, du Kanada ; les restes encore incandescents des fours crématoires. Le ciel de fin d'après-midi est assombri par l'approche de nuages aussi menaçants que des nœuds coulants et, par endroits, la cendre recouvre l'épaisse couche de neige qui ne forme plus qu'une bouillie noire et crasseuse, après avoir été foulée par des milliers de pieds. Ces traces sont inévitables, je dois les traverser pour rejoindre le portail, dernier signe de ces individus qui se sont évaporés.

Cet endroit qui a un jour abrité des milliers de gens est aujourd'hui désert, comme en suspens, ultime demeure d'un million d'âmes assassinées, les restes abandonnés d'un enfer bâti par la main de l'homme.

Je glisse sur un morceau de glace et titube, manquant de nous faire tomber toutes les deux sur le sol détrempé. La neige commence à me brûler la peau comme un milliard d'aiguilles, malgré les trois paires de chaussettes que je porte. Ma bouche crache de minuscules nuages de vapeur qui viennent encadrer mon visage, au milieu de toute cette fumée et de ce silence asphyxiant. Je serre les dents et intime à mes jambes affreusement faibles de continuer. Un pas après l'autre.

À travers le brouillard de chacune de mes expirations tremblantes, des formes commencent à se dessiner, au loin, silhouettes fragiles errant près des barbelés, mais aucune ne semble vouloir avancer vers le portail. À l'entrée d'un baraquement de briques, une femme est avachie contre la porte, regardant celles qui se tiennent près de la clôture. Les visages d'autres prisonnières apparaissent aux fenêtres, de grands yeux dénués de vie fixant intensément un vide dépourvu de sens, d'autres fermés à la perspective de la fuite et je suis incapable de dire si même l'une d'elles est en vie.

Nous sommes toutes mortes. Aucune personne saine d'esprit n'aurait pu survivre à cet enfer.

Au loin, dans les bois, je vois un bonhomme de neige bouger, une drôle de bête à fourrure sur la tête. Je plisse les yeux, perplexe, et avance de quelques pas, me demandant si la raison ne m'a pas officiellement quittée. Quel genre de créature sadique pourrait bien faire un bonhomme de neige ici ?

Un souvenir jaillit brièvement dans mon esprit pour s'éteindre aussi vite. L'image d'un couple et de deux jeunes filles faisant des bonshommes de neige devant une petite maison, les filles plaçant le chapeau de leur père sur sa tête.

Était-ce réel ? m'interrogé-je, perdue. *Y a-t-il eu un jour un monde où Bayla et moi avons fabriqué un bonhomme de neige ?*

Un autre apparaît soudain derrière le premier, puis un troisième, et un quatrième, émergeant de plus en plus des bois jusqu'à ce que l'un soit suffisamment proche pour que je me rende compte qu'il s'agit d'une personne. Vêtus de chapeaux de fourrure et d'épais manteaux qui les camouflent parfaitement dans la neige, un groupe d'hommes approche.

S'agit-il de soldats ? De Soviets ?

Mon cœur accélère en les voyant avancer, leurs pas chargés d'appréhension. Deux hommes brisent les chaînes du portail puis se protègent le nez en esquissant une grimace de dégoût. Leurs yeux écarquillés nous examinent avec une curiosité terrifiée, et je me demande si c'est ainsi que nous avons regardé ces prisonniers morts depuis longtemps lorsque nous sommes arrivés ici.

Pauvres âmes ignorantes. Ils ne savent pas dans quel enfer ils viennent de mettre les pieds.

Un par un, ils entrent prudemment, et les femmes commencent à reculer vers les blocs. Tendant ses mains nues pour témoigner de sa bienveillance, un soldat s'arrête et fait signe aux autres de l'imiter. Il déclare alors quelque chose d'une voix sonore, mais le simple fait d'entendre une langue que je ne comprends pas m'arrache un frisson et je serre Bayla plus fort contre moi, prise du besoin irrépressible de me cacher. Celles qui ne comprenaient pas la langue de nos assassins ne tenaient jamais longtemps. L'homme s'adresse à nouveau à nous.

Une femme se met alors à hurler, en polonais.

— Libres ! Juives, nous sommes libres !

Elle titube jusqu'au soldat, puis se jette sur lui en sanglotant. Momentanément sonné, l'homme adresse des regards perplexes à ses camarades avant de lui tapoter le dos, ses tentatives de communication noyées par les cris de joie de la prisonnière.

Un bataillon entier ne tarde pas à surgir de la forêt et des dizaines de femmes à moitié mortes émergent dans l'après-midi glacial. Des centaines d'autres, encore trop faibles pour bouger, observent la scène de leurs couchettes, derrière les fenêtres des baraquements. Des cris de triomphe, des pleurs de soulagement et de détresse résonnent à travers le camp désert. Des visages hagards et cadavériques fondent en larmes, des corps s'effondrent sous le poids du soulagement ou se jettent dans les bras perplexes et inquiets de nos sauveurs, embrassant les rabats de leurs manteaux.

Nous sommes libres...

Le monde au-delà du portail est calme et silencieux, comme une toile blanche, la neige recouvrant le sol et les branches nues. J'ai toujours détesté ce genre de peinture, les tableaux réalistes, ces images sombres et ternes qui manquent cruellement de couleur. Combien de fois ai-je peint un soleil sur une lune, un ciel bleu sur un orage, un pique-nique en famille sur une scène de funérailles ? Combien de mes tableaux existent encore, quelque part dans ce monde morne, leur lugubre réalité cachée sous le joli mensonge auquel j'ai voulu croire ?

J'avance vers le portail qui semble se distordre à chacun de mes pas, comme s'il s'éloignait au fur et à mesure de mon approche.

— Vous parlez allemand ?

Un soldat russe me barre la route, observant d'un air curieux mon manteau vert de la Wehrmacht et le squelette dans mes bras.

— Oui.

— Pourquoi êtes-vous ici ? demande-t-il, les mots roulant étrangement sur sa langue.

— Je suis juive, marmonné-je tout en regardant d'un air envieux le portail dans son dos.

Le chemin de la liberté, ses chaînes enfin brisées, nous ouvrant la route sans personne pour le garder, sans personne pour me tuer si je tente de le franchir... pourquoi cela me paraît-il si mal, si anormal ?

— Depuis combien de temps êtes-vous là ?

Je... je ne sais pas. Depuis combien de temps sommes-nous prisonnières du Reich ? Quel jour sommes-nous ? Quel mois sommes-nous ? C'est l'hiver, le deuxième que j'ai vu ici...

— Plus d'un an, je crois.

Ses lèvres s'entrouvrent sous la surprise, et il me dévisage avec de grands yeux.

— Un an ? répète-t-il avant de retirer le chapeau de sa tête pour le poser sur mes oreilles. Tenez, vous êtes gelée. Quand avez-vous mangé pour la dernière fois ? Quel est cet endroit ?

L'enfer.

Si la race humaine souhaitait un jour connaître la véritable étendue de sa capacité à faire le mal, il serait inutile d'aller chercher plus loin que ce que les nazis peuvent faire à un simple individu. Elle serait mortifiée d'apprendre tout ce que l'homme peut faire à ceux qu'il ne considère pas comme des humains. Si on vous a dit que la créature qui vous fait face n'a pas de sentiments, qu'elle n'est pas véritablement humaine malgré son apparence, qu'elle vous a causé du tort d'une manière ou d'une autre, alors la tuer n'est pas un meurtre. Éliminer un rat dans le garde-manger n'est pas un meurtre ; c'est un acte nécessaire pour l'empêcher de se reproduire et d'infester la maison. Et cet endroit n'est rien d'autre qu'un piège à rats. C'est là que l'humanité vient mourir. C'est la preuve physique de l'odieuse réalité d'un monde civilisé faussement vertueux. L'homme est le seul véritable mal sur cette terre. Ce sont eux les seuls monstres, et n'importe quel Dieu capable de créer ou d'autoriser l'existence d'un seul de ces êtres ne mérite pas qu'on ait foi en lui.

Je protège du vent la tête de Bayla et retiens mon souffle un instant pour m'assurer qu'elle respire toujours.

— C'est l'enfer…

— L'enfer ? (L'homme blêmit et m'arrête à nouveau quand je m'apprête à avancer.) Qu'est-ce qui s'est passé, ici ?

— Je vous en supplie, laissez-moi passer ! protesté-je en m'écartant vivement. Laissez-moi partir ! Je dois… je veux… le portail…

Je dois toucher l'autre côté. Je dois savoir si tout ça est véritablement terminé.

Il s'écarte enfin, les lèvres pincées, le front plissé et les yeux chargés d'une compassion qui m'est quasiment étrangère depuis trop longtemps. S'il me laisse passer sans me poser d'autres questions, il reste près de moi.

De toutes les sélections que j'ai subies, de tous les corps que j'ai traînés et de tous les souvenirs que j'ai participé à détruire, aucune tâche ne m'est parue aussi éprouvante, aussi insupportable que ces derniers mètres qui séparent le camp de l'inconnu. Enfin, pour la première fois depuis plus d'un an, je franchis la frontière.

J'inspire profondément cet air chargé d'amertume, le laissant emplir ma poitrine de son froid glacial. Ma première goulée de liberté… mais elle a un goût de cendres. Je me mets à tousser, asphyxiée par la fumée, le feu ravageant mon corps, massacrant toute trace d'espoir et de soulagement. La famine, la déshydratation et l'épuisement me vrillent toujours les os, les cicatrices et les plaies ouvertes prolifèrent encore sur ma peau et sur mon âme. Bayla respire faiblement, si proche de la mort que je me demande si, dans ses rêves, elle aperçoit déjà l'autre côté. La zone qui entoure ce qu'il reste de nous est un vide glacial, un néant si puissant que je m'effondre, et il n'y a pas de bras dans lesquels me sentir en sécurité, pas de voix pour me murmurer mon poème d'enfance, pas de mains pour sécher mes larmes.

Papa. Mama. Naomi. Levana. Chasha.

Un sanglot déchirant quitte ma gorge, les souvenirs de leurs visages et de leurs noms désormais irrépressibles face à la libération, et le vide qu'ils ont laissé à côté de moi, là où ils n'auraient jamais dû partir, est atroce. Ils sont tous morts. Ils ne reviendront pas. Nous sommes toujours seules. Rien n'est terminé…

Mon cœur demande grâce tandis que les murs de métal qui l'ont si longtemps cerné commencent à fondre pour le brûler vivant. Il martèle ma cage thoracique et m'implore de le libérer, de le sauver de cette abominable prison, maudit l'agonie travestie en liberté que j'ai bien voulu accueillir, et j'aimerais à cet instant pouvoir l'arracher de ma poitrine. Une rage s'élève du plus profond de la fêlure de mon âme, une rage mêlée de trahison, de tristesse et d'indignation. Un hurlement transperce l'air, un cri déchirant d'angoisse et de défaite qui emplit la vallée, et je comprends soudain que c'est le mien.

Dieu, pardonne-nous nos péchés ! J'ai menti et jugé mes pairs ! J'ai éprouvé de l'envie et de l'avidité, j'ai volé, ai fait du mal et ai triché ! Punis-moi comme tu jugeras bon pour ces transgressions impardonnables, mais que fais-tu des tiennes ? Ne dois-tu pas répondre de ta trahison, du génocide que tu as laissé tes chères créatures infliger à d'autres ?

— Implore mon pardon ! *Implore mon pardon !* hurlé-je en sanglotant, les yeux rivés vers le ciel chargé de fumée noire et de la puanteur éternelle de la mort, vers le Dieu auquel je ne crois plus, écœurée par le goût amer de cette liberté.

31

28 JANVIER 1945 - 30 MARS 1946

Après

Alors que Bayla commençait enfin à se rétablir, début février, le typhus décida de s'en prendre à moi. La Croix-Rouge avait accouru pour traiter les survivants, mais avec seulement quelques médecins et une dizaine d'infirmières pour des milliers de gens affamés souffrant du typhus, de la tuberculose, de la dysenterie et de toutes sortes d'autres affections, la situation était dramatique. Plusieurs centaines moururent en quelques semaines. Je restai moi-même malade jusqu'au milieu du mois d'avril, et nous avions entre-temps été placées dans les baraquements de briques d'Auschwitz I, convertis en hôpitaux.

Juin n'était qu'à quelques pas quand Bayla et moi fûmes assez fortes pour quitter le camp ; seuls quelques centaines de survivants y restaient, encore trop faibles pour faire quoi que ce soit. Le continent étant toujours ravagé par la guerre, j'étais réticente à aller où que ce soit, en particulier en tant que femme accompagnée d'une petite fille. Halina, une bénévole de la Croix-Rouge polonaise qui s'était occupée de nous le plus gros de ces quatre derniers mois, me proposa une solution. Une fois assurée que j'étais en état de parler de ce genre de choses, elle évoqua l'existence de camps de personnes déplacées et me suggéra d'emmener Bayla à Braunschweig, en Allemagne, à quasiment huit cents kilomètres de là.

Ma première réaction fut de lui demander si elle voulait que nous nous fassions violer par une bande de Soviets ivres avant d'être tuées par les nazis. Bien que vexée par cette accusation, elle m'avoua comprendre ma méfiance. L'un de ses oncles travaillait pour l'Administration des Nations unies pour le secours et la reconstruction, une agence britannique qui aidait les victimes de la guerre, et c'étaient eux qui dirigeaient ce fameux camp. Plusieurs membres de sa famille déracinée par la guerre vivaient là-bas, et c'était également le cas de quatorze survivants dont son oncle avait personnellement financé le voyage. Je refusai d'abord, sachant pertinemment que personne ne voudrait gâcher autant d'argent et d'efforts pour deux étrangères sans rien attendre en retour.

Pendant cinq jours, alors que j'étais trop faible pour lui échapper et que Bayla dormait à mes côtés, elle ne cessa de me parler de son oncle et de Braunschweig, jusqu'à ce que je n'en puisse tellement plus que j'étais prête à m'arracher les oreilles. Elle me laissa ensuite tranquille pendant un bon mois, si bien que j'étais persuadée qu'elle avait abandonné. Mais un matin, je la vis approcher – j'étais déterminée à faire à nouveau barrage. Mais au lieu de chercher à me convaincre, elle avait apporté deux cartes d'identité, deux billets de train en partance d'une ville voisine, pour deux jours plus tard, et un petit porte-monnaie rempli d'argent. Les cartes vierges, déjà tamponnées et signées, demandaient à toutes les autorités de nous fournir de l'aide et d'excuser notre manque de documents étant donné que nous étions des prisonnières d'Auschwitz, où tous nos papiers avaient été détruits. « Vous feriez mieux de partir, loin de cet endroit et de toute la douleur qu'il symbolise. Notez vos noms et vos dates de naissance, et vous serez en Allemagne dans trois jours », dit-elle avec une voix tellement chargée d'espoir que je ne pus m'empêcher d'y croire.

Je finis donc par accepter, et deux jours plus tard, elle nous souhaita, des larmes plein les yeux, toute la chance et tout le bonheur du monde. Ce sont les gens comme Halina, ceux dont le cœur est pur et qui se font malheureusement trop rares, qui apportent une lueur d'espoir dans l'obscurité. Je ne le lui ai jamais dit, mais j'ai changé nos noms sur ces documents ainsi que sur tous ceux qui suivraient. La guerre avait tué absolument tout de la femme que j'avais un jour été, et je refusais de me faire passer pour elle maintenant qu'elle avait disparu. Mes papiers étaient donc au nom d'Halina Nowak, et ceux de Bayla au nom de Basia Nowak.

Le voyage en train fut terrible. Le grincement des rails en métal, le hurlement des sifflets, l'atroce sentiment de familiarité que cette scène m'évoquait… tout ça me rendait malade. Je passai le trajet entier avachie contre la fenêtre pendant que Bayla discutait avec un garçon polonais assis face à nous. La mère du garçon m'avait demandé avec un regard chargé d'inquiétude si je me sentais bien, et si c'était la première fois que je prenais le train. J'avais remué la tête mais n'avais pas eu la force de parler. « Ne vous inquiétez pas, tout ira bien. Vous n'êtes pas au courant ? L'Allemagne s'est rendue ! Hitler est mort », avait-elle dit avec un sourire encourageant.

Je le savais, bien sûr. Tout le monde le savait, mais j'étais incapable de ne pas penser : *Trop tard.*

Braunschweig était un endroit décent même si les sanitaires laissaient à désirer, qu'il y avait une pénurie de nourriture et que les lieux de vie étaient assez étroits – mais c'était un rêve comparé à ce à quoi nous avions fini par nous habituer. Si les Alliés combattaient encore le Japon et que des gens fuyaient vers des lieux comme la Grande-Bretagne ou les États-Unis, cherchant à se recomposer une existence, nous avions fini par établir notre routine en Allemagne. Je trouvai du travail comme couturière – même s'il fallut du temps à mes mains et à mon cerveau pour se rappeler comment manier l'aiguille et le fil –, et je ramassais également les légumes dans les carrés potagers établis autour de nos logements. Bayla passait ses journées à l'école du camp, rattrapant assez vite toute l'instruction qu'elle avait ratée depuis l'invasion, et en profitant pour se faire des amis.

Je faisais en sorte de trouver un certain niveau de normalité, d'oublier, mais plus le temps passait, plus j'avais de mal à avancer. Ma nouvelle réalité était quelque chose que j'étais incapable d'accepter entièrement. Que je puisse retirer mes chaussures pour dormir sans craindre qu'elles soient volées. Qu'il reste suffisamment de nourriture pour le lendemain, sans être forcée de garder une ration de côté. Que regarder constamment par-dessus mon épaule pour m'assurer qu'il n'y avait ni Kapo ni SS relevait désormais de la paranoïa. Que je puisse aller et venir librement en sachant que personne ne m'en empêcherait. Comment pouvais-je guérir et me conformer à nouveau à la société, quand je me faisais plus ou moins l'impression d'être encore un animal, un chien battu craignant le moment où son propriétaire le découvrirait de l'autre côté de la clôture ?

Les mois passaient et rien ne changeait. Je travaillais et économisais, Bayla allait à l'école et apprenait à être une fillette de douze ans normale. Nous restions dans notre coin et ne nous fiions à personne, comme nous avions appris à le faire au camp. La vie continuait, même si je me surprenais souvent à le regretter.

Fin septembre, je fus à nouveau confrontée à ce passé que j'avais si désespérément cherché à oublier. Alors que je rejoignais la pharmacie, après le travail, une femme aux yeux d'un bleu très vif en sortit, main dans la main avec un homme dont le visage était endurci bien au-delà de ses véritables années.

— Vous étiez à Birkenau, hoquetai-je, et ils se figèrent sur place.

J'aurais aimé connaître son nom ; l'idée de mentionner le numéro tatoué sur son bras me révoltait, même si c'était tout ce que je savais d'elle. Je décidai alors de lui rappeler les quelques échanges que nous avions eus.

— Vous m'avez donné de la nourriture de la part d'un Obergefreiter, et vous étiez messagère. Vous leur avez dit que vous parliez allemand.

La reconnaissance et l'incrédulité firent soudain briller ses yeux, et elle me serra dans ses bras comme si j'étais une vieille amie perdue de vue.

— Il a dit que vous vous appeliez Hodaya. Moi, c'est Eliana. Et mon mari, Toviel. Nous le connaissions nous aussi.

C'étaient tous les deux des survivants des marches de la mort. Par la suite, je m'entretins longuement avec eux, les écoutant me raconter leurs anecdotes, des ghettos, des camps de travail et d'Auschwitz, et ne leur partageant que des fragments des miennes.

J'osai difficilement mentionner Alaric, mais ils m'en parlèrent de bon cœur. Toviel me confia comment il avait rencontré un soldat allemand nommé Alaric Engel lorsqu'il travaillait dans une usine d'Auschwitz, un caporal de la Wehrmacht qui lui glissait à lui et à quelques autres des rations supplémentaires de nourriture. Quand Alaric s'était rendu compte qu'Eliana avait été enregistrée à Birkenau, il s'était proposé de faire passer des messages entre les deux amants, le seul contact qu'ils pouvaient encore avoir au vu du triangle jaune que Toviel portait.

Pendant des mois, Eliana avait été terrifiée à l'idée qu'il les dénonce aux responsables du camp, mais Toviel n'avait jamais craint Alaric après l'avoir vu mentir pour sauver la peau d'un prisonnier. Un collègue de Toviel prénommé

Marek avait volé dans l'un des entrepôts et s'apprêtait à être exécuté quand Alaric avait endossé la responsabilité de sa faute. Il avait en effet prétendu avoir fait envoyer les articles disparus au camp principal et simplement oublié de le noter sur le registre. Où était l'intérêt d'exécuter sans raison de la main-d'œuvre ? D'après ce que savait Toviel, Marek était toujours en vie, survivant libéré avec eux en avril, après une nouvelle marche de la mort, à Buchenwald.

J'aurais tellement aimé voir Alaric, lui parler des gens qu'il avait réussi à sauver. Après tout, je savais mieux que personne à quel point les vies qu'il n'avait pas réussi à protéger le tourmentaient, et je brûlais du besoin de le serrer à nouveau dans mes bras et de lui dire qu'il avait fait la différence pour nous.

Eliana et Toviel quittèrent Braunschweig peu de temps avant l'hiver, prêts à émigrer en Amérique, tournant définitivement le dos aux fondations en ruine de ce qui avait été un jour leur foyer. Je détestais l'idée de rester en Allemagne et la perspective de retourner en Pologne n'était pas plus séduisante, mais je n'avais aucune envie de quitter l'Europe. La plupart choisissaient de fuir tant qu'ils le pouvaient mais, pour une raison que j'ignorais, j'étais incapable de trouver en moi la force de les imiter, comme si des chaînes invisibles me liaient encore aux ruines de mon monde.

Finalement, la seule solution qu'il me restait était de retourner en Pologne, de me réinstaller à Bochnia et d'essayer de nous reconstruire une existence. Nous laissâmes passer l'hiver durant lequel je m'occupai de mettre nos papiers en ordre. Lorsque nous fûmes enfin prêtes à partir, fin mars, cette décision me paraissait si anormale que j'en avais mal au ventre, et je savais qu'un jour, je finirais par la regretter.

À l'aube, le manteau d'Alaric rangé dans une valise avec mes économies, un peu de nourriture et les vêtements que je nous avais cousus, nous prîmes le dernier train qui quittait l'Allemagne. Morose et sans appétit, Bayla resta muette toute la première heure, jouant machinalement avec le bracelet que ses amis et elle avaient fabriqué ensemble. Je tressai ensuite les mèches blondes et soyeuses qui repoussaient sur son crâne, l'écoutai lire le livre que son enseignante Mme Weiss lui avait offert avant notre départ, et me demandai si elle me reprocherait un jour d'avoir été incapable d'oublier.

32

2 AVRIL 1946

Nous avons parcouru au moins trois cents kilomètres à pied, ces derniers jours, et le troisième train dans lequel nous avons grimpé s'arrête enfin à la gare de Bochnia, quelques heures seulement avant le coucher du soleil. Pour la première fois depuis deux ans et demi, nous sommes sur les mêmes rails qui nous ont un jour fait partir d'ici dans des wagons à bestiaux. Combien, parmi les milliers de déportés ce jour-là, sont encore en vie ? Combien ne reverront jamais cet endroit ?

Cinq d'entre eux me hanteront à jamais, et je dois lutter contre les larmes qui menacent de rouler tandis que mes yeux se posent, derrière la fenêtre, sur ces bâtiments si familiers.

Il n'y a pas de protection, cette fois, aucune aide, personne pour se tenir entre nous et le danger. Je suis à la tête de notre famille, désormais.

— Viens, Basia, marmonné-je en la secouant doucement sur mon épaule, où elle s'est endormie. Réveille-toi. Nous sommes à la maison.

Le sommes-nous vraiment ? Cet endroit est-il toujours notre maison, ou l'ombre de ce qu'il en reste ? Les débris d'une vie qui aurait pu exister, et la réalité du cauchemar qu'elle est devenue. Non... nous ne sommes pas à la maison... cet endroit ne pourra plus jamais l'être.

Ses yeux bleus s'entrouvrent, adoucis par la paix de rêves de foyer et de famille. Elle porte la robe jaune au col blanc et aux papillons blancs brodés que je lui ai cousue spécialement pour l'occasion. Brièvement, l'image d'une fillette vêtue d'un manteau jaune dansant d'excitation sur le trottoir me traverse l'esprit.

Bayla lisse sa jupe, et nous quittons notre banquette. Alors que nous longeons l'allée centrale du wagon, je la sens glisser nerveusement sa main dans la mienne et je la presse dans un geste de réconfort. Une part de moi n'a pas envie de descendre sur ce quai, mais je me force à ne pas hésiter, à être l'image parfaite de la cheffe de famille confiante que je dois être.

Remettre les pieds dans la ville de ma naissance et de mon enfance, le lieu qui détient mes plus beaux souvenirs, même si je suis à peine capable de me les rappeler… cela me paraît surréaliste et profondément troublant. J'ai déjà vu tous ces bâtiments, j'ai déjà longé ces routes et traversé ces portes et ces jardins ; pourtant, je ne reconnais rien. C'est comme s'il s'agissait d'un endroit que je n'avais visité que dans mes rêves.

— Halina ? marmonne Bayla d'une voix hésitante, pas encore habituée à nos nouvelles identités.

— Oui ?

Elle s'appuie contre moi sans cesser de marcher, les yeux braqués sur ses pieds.

— Qu'est-ce que tu voulais devenir, quand tu étais petite ?

Oui, qu'est-ce qu'Hodaya voulait faire de sa vie ? Elle me paraît si étrangère, aujourd'hui, que je me demande si je n'ai pas grandi avec une personne entièrement différente, une amie perdue de vue depuis si longtemps que nous ne nous connaissons plus. Mais si elle avait eu l'occasion…

— J'aurais voulu être peintre…

Et tout le monde pensait que je serais célèbre un jour... Mme Ellen, tante Dalia, Mama et Papa...

— C'est toujours ce que tu veux ?

Ce que je veux dans cette vie n'a plus d'importance. Tout ce qui doit compter, c'est ce que j'ai besoin de faire.

— Non. Et toi ? Qu'est-ce que tu voudrais faire, plus tard ? l'interrogé-je en baissant les yeux vers elle avec un sourire douloureux, profondément reconnaissante de pouvoir lui poser cette question.

Elle réfléchit un moment et finit par hausser les épaules.

— Je ne sais pas. J'aimais bien les livres que Mme Weiss nous lisait. Elle était très gentille. Peut-être que je serai enseignante, comme elle.

Comme Mama...

— Je pense que tu ferais une merveilleuse enseignante.

De vieilles portes pendent sur leurs gonds, des rideaux effilochés volent au vent derrière des carreaux brisés, des bandes de terre s'étirent là où il y a eu un jour de la pelouse et des fleurs, et certains bâtiments – bien qu'intacts – sont laissés à l'abandon. Les rues sont désertes dans cette partie de la ville, de toute évidence évitée et inhabitée depuis longtemps. Peut-être est-elle désormais hantée par les esprits incapables de s'en échapper. Il y a quelque chose, dans cette rue où nous tournons, que je reconnais. Un sentiment de déjà-vu me pousse à fouiller ma mémoire, à la recherche de l'image de ces maisons et de ces appartements silencieux, de la boulangerie et de la petite boutique abandonnée, mais rien ne me vient, même si je suis convaincue que cet endroit a plus d'importance pour moi que quasiment tout le reste.

Bayla me tire par la manche pour me forcer à m'arrêter.

— Tu penses qu'ils reviendront, maintenant ?

Je suis son regard en direction d'une petite maison marron dont les rideaux sont tirés sur les fenêtres. La clôture et le portillon ont dû un jour être blancs, mais la peinture est écaillée, si ravagée par la pluie et par la neige qu'il ne reste quasiment plus rien. Plus je la regarde, plus un souvenir oublié me ronge l'esprit, se faisant de plus en plus net, jusqu'à ce que je comprenne ce que nous sommes en train de regarder.

La maison de tante Dalia ! Est-ce vraiment elle ?

Silencieuse et maussade, cette maison a de toute évidence vécu sans habitants pendant de longues années. Dalia ne nous a jamais écrit comme elle avait promis de le faire. Elle est probablement morte ; elle, son mari et les enfants, comme tous ceux que nous connaissions. Je doute qu'ils aient réussi à gagner la France.

Nous sommes vraiment seules.

— Viens, dis-je en la forçant à avancer, collant son corps contre le mien.

Sans un regard en arrière, nous nous éloignons dans la rue, vers un lieu que je ne peux qu'espérer retrouver vide, comme tous ceux que nous avons croisés jusqu'ici.

Des nuages chargés de pluie commencent à se regrouper au-dessus de nos têtes, et un grondement de tonnerre résonne. Bayla lâche un hoquet et attrape mon bras, ses ongles s'enfonçant dans mon pardessus tout fin, et cette simple réaction a le pouvoir d'alléger un tant soit peu mon cœur.

Comme un rêve se muant en réalité, une maison prend forme devant nous, beaucoup plus petite que dans mes souvenirs. Un moment figé dans le temps, comme une photo ; absolument rien n'a changé. Le buisson à côté de la fenêtre de la cuisine est toujours haut et verdoyant, les rideaux sont encore ouverts sur l'obscurité des lieux, les mêmes pierres manquent sur le trottoir et, l'espace d'un instant, je pourrais presque croire que nous ne sommes jamais parties.

Bayla lâche ma main pour courir jusqu'à la porte, le poing levé comme pour frapper, comme si elle s'attendait à être accueillie par une femme magnifique et au cœur si bon, avec un tablier et les mêmes yeux bleus qu'elle.

Lorsque je tourne la poignée, je découvre que la maison n'est pas fermée à clef et un courant d'air froid et chargé d'une odeur de moisi nous balaie quand nous franchissons le seuil. Le sol est recouvert de terre et de feuilles, la poussière flotte dans la lumière faiblissante qui filtre à travers les fenêtres ouvertes, dont les planches qui les barraient sont entassées par terre. Des couches de poussière recouvrent les meubles, la peinture commence à s'effriter sur les murs et il règne un silence troublant, les murmures réprimés de souvenirs disparus depuis longtemps.

Deux ans et demi depuis qu'ils nous ont chassés de Bochnia... Six ans depuis qu'ils nous ont expulsés de cette maison... une éternité.

Sans un mot, Bayla traverse la pièce pour rejoindre le canapé. Alma est assise sur les coussins, observant patiemment la scène aux côtés de la poupée blonde qu'une femme merveilleuse a un jour offerte à ma sœur. Ses grands yeux verts, son joli sourire et la dernière fois que j'ai vu son visage pâle et abattu… tout défile sous mes yeux. Je déglutis tandis que Bayla attrape les poupées pour les serrer fort contre elle. Celle offerte par Naomi me regarde par-dessus son épaule et je me demande comment j'ai fait pour ne jamais remarquer que ses yeux étaient d'un vert si intense… Il faudra que je la cache, quelque part où je n'aurai jamais à la revoir.

Je lève les yeux vers le plafond où me surplombe le trou noir provoqué par une balle. Des hommes se battant pour un revolver, des femmes malmenées et en larmes, des mains douces cherchant à nous éloigner des soldats…

— Tu veux ta propre chambre ? demandé-je à Bayla, prise du besoin désespéré de combler le silence.

Elle sourit de toutes ses dents.

— Vraiment ? Je peux avoir ma propre chambre ?

— Bien sûr. Tu as presque treize ans, maintenant.

Et il fut un temps où je n'étais même pas sûre que tu vivrais jusque-là...

Elle écarquille les yeux, comme si elle venait de se rappeler quelque chose d'important, puis fait volte-face en direction de la bibliothèque.

— Qu'est-ce qui se passe ?

— Je l'ai mis ici, quand ils nous ont chassés, dit-elle en attrapant plusieurs ouvrages à la fois. J'ai profité de leur inattention pour le cacher derrière les livres.

Ne comprenant pas la raison de sa nervosité soudaine, je jette un coup d'œil par-dessus son épaule.

— Qu'est-ce que tu as caché derrière les livres ?

— Ça ! J'avais tellement peur qu'ils l'aient trouvé !

Avec le même sourire que le jour où je la lui ai offerte, elle passe une rangée familière de perles bleues par-dessus sa tête, caressant amoureusement le pendentif blanc qui porte le symbole *chai*. Même si son manteau a aujourd'hui disparu et que le collier est beaucoup plus haut sur sa poitrine, je ne peux m'empêcher de voir cette même fillette qui à l'époque riait de tout, souriait, chantait et dansait comme si personne ne la regardait, une fillette qui aimait tous ceux qui venaient dans sa vie et ensoleillait la leur avec sa douceur.

Et elle est toujours là. Dans les iris désormais ternis des yeux bleus de notre mère qui ont vu le pire de l'humanité, il reste une lueur d'espoir, de bonheur. Dans les courbes et dans les creux de son jeune visage expérimenté, le souvenir de l'innocence n'est pas si loin. Dans le cœur généreux d'une fille qui a survécu à ce que beaucoup n'ont pas pu, son âme demeure pure et intacte. Quelque part, la fillette que j'ai cru voir mourir dans ce camp est toujours vivante, toujours souriante et pleine d'espoir face à la misère et à l'incertitude.

Elle est bien plus forte que moi.

Un bruissement survient du couloir, et nous nous immobilisons. Des pas presque inaudibles accourent alors vers nous. Un chat pousse un miaulement urgent, suraigu et enfiévré, et quand la petite bête émerge dans le salon, Bayla lâche un cri de joie. Aussi surpris que nous, Asher nous observe, remuant frénétiquement la queue.

— Asher !

Bayla le prend aussitôt dans ses bras et il continue de miauler, ronronnant tout son soûl et se frottant contre le visage de ma sœur, au comble du bonheur à l'idée d'être de retour dans les bras de la fillette qui l'a abrité, il y a une éternité, d'une nuit orageuse.

— Asher ! Tu vas bien ! Je suis tellement heureuse que tu aies survécu !

Je souris tout en caressant la fourrure hirsute et rousse de l'animal.

— Tu vois ? Je t'avais dit qu'il t'attendrait.

— C'est un chat intelligent, déclare-t-elle, répétant ce que je lui ai dit le jour de notre déportation, puis elle lève ses yeux humides vers moi. Est-ce qu'on peut lui donner une assiette de bœuf et du lait chaud ?

J'espère qu'un jour, je serai capable de tenir bien plus que cette promesse.

— Il devra se contenter de pain pour l'instant. Peut-être demain, nous verrons. Nous pouvons dormir là ce soir.

Les chambres sont toujours saccagées. Je doute que les soldats y aient remis les pieds après notre départ. Demain, je devrai les nettoyer, trouver un travail ainsi qu'une école pour Bayla. Je pourrai dénicher ce dont nous avons absolument besoin dans les maisons des environs ; des couvertures, des vêtements, peut-être un peu de nourriture et de médicaments. Nous avons tous laissé des choses derrière nous, des choses que nous chérissions mais que nous ne pouvions pas faire tenir dans une valise. Il y aura largement assez pour deux filles, même si nos anciens voisins ont tout pillé après notre disparition.

Avec un soupir de satisfaction, Bayla bondit sur le canapé tandis qu'Asher remue pour se nicher un peu plus entre ses bras. Elle lui murmure des mots doux, caressant son pelage rêche, le berçant amoureusement contre sa poitrine. Dehors, le vent siffle, s'infiltrant par les fenêtres pour envahir la maison. Il m'intime de l'écouter, de le suivre, et j'abandonne Bayla et Asher à leurs retrouvailles, sans qu'ils remarquent quoi que ce soit. Le vent s'engouffre dans mes cheveux, qui commencent à tomber sous mes oreilles, plus épais au fil des forces qui me reviennent et du temps qui passe. L'odeur de la pluie imminente déclenche un frisson désagréable dans tout mon corps, et à mon grand désarroi, mon premier réflexe est de me demander comment nous arriverons à avoir chaud durant l'appel.

Une goutte d'eau tombe sur ma joue, une autre sur ma paupière, une autre, puis une autre, jusqu'à ce qu'une légère brume m'enveloppe. Elle me rappelle une fois de plus ce fameux poème, ces mots que Mama et moi nous murmurions il y a si longtemps, ceux avec lesquels elle apaisait mes peurs, avec lesquels je soulageais à mon tour celles de Bayla, ceux dont elle m'a confié la responsabilité juste avant de monter dans un train. Je n'ai jamais oublié ces mots, pas même quand ma survie était tout ce qui m'animait et que j'étais incapable de me rappeler les histoires de ma foi, une quelconque prière ou même le nom de gens chers à mon cœur.

Ne t'inquiète pas, mon enfant,
Les nuages sont peut-être là,
Mais ils ne te toucheront pas.
Ne pense pas au tonnerre menaçant,
Mais à l'eau qui tombe vivement.
Ne pense pas à la foudre grondante,
Mais à la pluie qui, doucement, chante.
Laisse la pluie laver tes pleurs,
Laisse-la laver tes peurs,
Ne t'inquiète pas, mon enfant,
Tant que je serai à tes côtés,
Tu n'auras pas de raison de te cacher.

Je laisse la pluie imbiber mon visage, levant les yeux vers les nuages gris alors que la foudre gronde, laisse mes larmes se mêler à l'orage et tombe à genoux tandis que ce qu'il reste de mon cœur se brise. Je suis une fois de plus frappée par cet insupportable silence, par ce vide atroce, et j'éclate en sanglots, cherchant désespérément à étouffer mes cris de détresse, soudain submergée par toute la douleur, par toute la culpabilité et par toute la rage que j'ai fait en sorte de réprimer jusque-là.

La pluie passe, mais mes peurs et mes larmes sont toujours là. Je ne suis plus l'enfant de personne. Il n'y a personne à mes côtés, personne qui peut me dire que tout ira bien… Les seuls qui auraient pu le faire sont morts. L'espace de quelques instants, je m'autorise à me rappeler leurs visages, à pleurer jusqu'à ce qu'il ne me reste plus rien, à faire le deuil de ce qui aurait pu être, de ce monde qui a été massacré devant mes yeux. Alors, je me force à me relever, à verrouiller la douleur dans le coin le plus profond et le plus obscur de mon cœur, à me rappeler la promesse que j'ai faite à Alaric, à revenir auprès de Bayla et à continuer d'exister pour elle.

33

25 FÉVRIER 1961

Bochnia, Pologne

Son regard s'attarde sans la voir sur la dernière page d'un troisième carnet. Elle tient les deux premiers précieusement calés contre elle et ses mains tremblent quand elle le referme.

— Je ne me souviens pas d'autant de choses, murmure Bayla, comme si elle avait peur de parler trop fort, de déranger tous les fantômes de ma mémoire auxquels je viens d'offrir une nouvelle existence. Certaines, oui, mais… il y a beaucoup de trous.

Alors je suis heureuse de ces petites grâces.

— C'est normal. Tu étais jeune et l'esprit fait ce qu'il faut pour se protéger, réponds-je, et une part de moi regrette de ne pas avoir également ces trous dans ma mémoire.

— Ce dont je me souviens le plus, c'est du Kanada, de toutes les choses que nous y triions. Et d'Orna. Je ne me rappelle plus vraiment son visage. Je sais juste que je trouvais qu'elle ressemblait à Noam…

Des décennies plus tard, la simple mention de son nom, le souvenir de ses yeux doux et de son sourire adorable sont comme un couteau affûté par la honte et le chagrin, un couteau qui transperce toujours plus profondément mon cœur. Je ne l'ai pleuré qu'une seule fois, dans les bras d'une femme qui était ma famille en tout sauf le sang, une sœur que je n'ai jamais pu pleurer à son tour. Tellement de culpabilité, tellement de regret… comment commencer à faire le deuil de tant de morts sans imploser en un million de débris ?

Et qu'est-il arrivé à mes amies du camp ? À Roksana, Orna et Leah, après qu'on nous a séparées, quand Bayla et moi avons quitté le Kanada ?

Les douces ruminations de Bayla m'arrachent à ces interrogations.

— Je pense beaucoup à Yeva, aussi… souffle-t-elle en remuant nerveusement sur le canapé avant de lever les yeux pour jauger mon expression.

N'en parle pas, n'y pense pas, et ne regarde pas. Ça a toujours été notre règle, dans le camp, et nous l'avons honorée même après la Libération. Quasiment vingt ans… Aujourd'hui, les filles de vingt-trois et douze ans ont laissé la place à des femmes de trente-huit et vingt-sept ans, et pourtant, nous n'en avons jamais reparlé.

— Elle volait de la nourriture pour moi, tous les jours, dans les cuisines. Elle disait la même chose à chaque fois.

Délicatement, comme si elle récitait une poésie, elle formule ces mots étrangers, comme elle l'a fait il y a si longtemps, plongée dans une fièvre délirante.

— *Angel khorosh.* Elle me disait toujours ça quand elle me donnait de quoi manger.

— L'ange est bon, murmuré-je. *Engel est bon.*

Depuis la Libération, j'ai engagé mon cœur et mon âme dans l'apprentissage de toutes les langues possibles, moyen facile de maintenir mon esprit occupé. Quand j'ai fini par maîtriser le russe, j'ai essayé de me rappeler ce que Bayla n'avait cessé de répéter, cette fameuse nuit où elle avait failli mourir, mais le mot « *angel* » était le seul dont je me souvenais.

— Je n'ai jamais vu son visage. J'étais trop terrorisée pour le regarder, à l'époque, mais je me rappelle sa voix. Jusqu'ici, j'ai toujours cru que Yeva parlait des anges de Dieu qui veillaient sur moi… mais ce n'était pas ça. (Ses yeux, comme le font souvent les miens, se tournent vers le portrait d'Alaric.) *Engel.* C'était son nom qu'elle me disait.

— Il nous a sauvées. (Je tends le bras pour prendre sa main, faisant inconsciemment passer mes doigts sur son pouls pour m'assurer qu'elle est en vie.) Nous n'aurions jamais survécu sans lui.

Et je ne saurai jamais pourquoi nous avons survécu. Toutes ces années passées, et je suis toujours incapable de comprendre pourquoi, parmi ces milliers de gens, c'est *nous* qu'il a choisies. Nous n'avions pas plus d'importance que ce petit garçon et ses sœurs, ou que ce vieil homme et sa petite-fille et, en toute honnêteté, cette mère et son nouveau-né avaient plus de raisons d'être sauvés que nous. Après avoir perdu, retrouvé, puis perdu à nouveau tout, Alaric était convaincu que c'était Dieu qui m'avait mise sur sa route. Pour finir, c'est uniquement ce que nous croyons qui donne du sens à la vie, qui accorde vertu ou vice à Dieu et à l'humanité.

— J'aurais aimé le connaître, soupire tristement Bayla. Tu sais ce qui lui est arrivé ? Il est encore en vie ? Il est mort pendant la guerre ?

Envisager cette issue me met les larmes aux yeux et j'aimerais pouvoir renier avec assurance cette terrible possibilité. Peu de gens le pleureraient. Moi, très certainement sa mère, ainsi que les petits Werner et Gisela, si l'un d'eux est encore en vie. Après la guerre, les journaux ont commencé à parler des bombardements alliés en Allemagne ; Nuremberg a été entièrement décimée…

— Non, déclaré-je en secouant la tête. S'il est mort, j'espère que ç'a été rapide, et s'il est en vie, j'espère qu'il a trouvé la paix.

Elle presse doucement ma main.

— Je pense qu'il voudrait la même chose pour toi, Halina. Mais après tout ce temps, je ne pense pas que tu l'aies trouvée.

Il n'y a aucun intérêt à nier face à elle. Aucune femme ayant trouvé un tant soit peu de bonheur après avoir vu la mort de si près ne vivrait comme je le fais, à se perdre dans les souvenirs d'un passé lointain, même quand sa seule raison de vivre a réussi à avancer.

Dehors, le rire joyeux d'un petit garçon se mêle à celui d'un homme, et le visage de Bayla s'adoucit lorsqu'elle entend le son des voix de son mari et de son fils. J'ai encore du mal à la voir comme une épouse et comme une mère, ce qu'elle est respectivement depuis cinq et quatre ans. Elle est parvenue à donner un sens à sa vie, à s'extraire de ce passé sombre et sanglant avec une force plus résolue que la mienne.

— S'il te plaît, rentre en Angleterre avec nous, murmure-t-elle en m'implorant une nouvelle fois. Edward et moi en avons beaucoup parlé, tu le sais. Nous avons largement la place de t'accueillir. Tu me manques tellement, et tu pourras voir Eldad tous les jours. Il est temps que tu oublies pour de bon cet endroit. Je t'en supplie, Halina, je veux juste te voir heureuse.

— Je le sais bien...

J'ai eu de nombreuses occasions de trouver le bonheur, mais je n'ai jamais été capable de les saisir. Au fil des années, six hommes m'ont fait la cour, mais aucune de ces relations n'a duré. C'étaient des hommes parfaitement merveilleux, honnêtes, aimants, travailleurs et cherchant à bâtir une famille – ce dont j'avais très envie moi aussi, mais chaque fois que je tentais d'avancer, quelque chose me poussait à faire marche arrière. Tellement d'occasions de fuir la Pologne, cet endroit que j'ai fini par mépriser, et pourtant, je semble incapable de partir, ce que je ne me pardonnerai jamais.

— Mais je ne peux pas... je ne peux pas, Basia. Je ne suis pas prête à partir.

Ses épaules s'affaissent et elle pousse un soupir résigné.

— Mais je suis prête à commencer à en parler.

Son corps se redresse sous l'effet de la surprise.

— C'est vrai ?

Pendant toutes ces années, j'ai gardé le silence, verrouillé les horreurs et les tragédies de ma vie dans un coin de ma tête. Mais c'est exactement ce que les nazis auraient voulu. Ils se réjouiraient de mon silence, de l'angoisse dans laquelle je me suis imposé de croupir, attendant le jour où je mourrais dans les confins de ma propre prison de silence, où tout ce qu'ils ont fait disparaîtrait avec moi. C'est uniquement par mon silence que je cours à ma perte.

— Tout ce temps, je me suis efforcée d'oublier. Il m'arrive encore de le vouloir, mais j'ai conscience aujourd'hui que c'est mal. Mama, Papa, Naomi… ils ne m'auraient jamais oubliée, eux, et je les ai tués aussi en essayant de les chasser de mes souvenirs. Ils méritent qu'on se souvienne d'eux. Tous… chaque personne qui est morte là-bas.

— C'est ce que je pense aussi, murmure Bayla d'une voix chargée de larmes avant d'essuyer ses joues et de m'attirer dans ses bras. Nous ne pouvons pas oublier. Jamais. Je te promets que nous nous en sortirons ensemble.

Soudain, la vieille porte s'ouvre en grand et un petit garçon aux cheveux bruns et aux yeux caramel accourt en riant, parfaite copie de son grand-père. Edward est sur ses talons, les joues rosies par le froid.

— Mama ! Tante Lina ! s'écrie Eldad avant d'atterrir lourdement sur le canapé entre nous. Papa a dit qu'on pourrait tous aller au parc si vous étiez d'accord ! On peut, Mama ? S'il te plaît, s'il te plaît, s'il te plaît !

— Il a dit ça ? sourit Bayla en tirant son fils sur ses genoux pour chasser les flocons de neige de ses cheveux en bataille. Je ne sais pas… Tu ne penses pas qu'il fait un peu trop froid pour ça ?

— Non, je n'ai pas froid ! déclare-t-il en secouant vivement la tête. Regarde, mes lèvres sont toujours roses !

— En effet. Bon, d'accord… Mais tu ne retires pas tes gants, cette fois ! Et il se fait tard, alors nous ne resterons pas longtemps. Allons chercher nos manteaux.

— Super ! Merci, Mama ! s'écrie Eldad en bondissant vers la porte d'un pas presque dansant. Vite, tante Lina, avant qu'il fasse nuit !

— On arrive, Eldad, souris-je. Accorde juste un instant à ta vieille tante.

La vie continue… même si beaucoup ne sont plus là pour en témoigner. La vie continue toujours.

Nous qui restons, nous ne pouvons que nous souvenir d'eux, les honorer. Oublier ces millions d'hommes, de femmes et d'enfants ayant succombé aux horreurs du pire de ce monde reviendrait à les tuer une seconde fois, à les condamner à une mort encore plus éternelle. Qui peut assurer qu'ils ont existé, sinon nous ? Qui peut assurer que de tels crimes ont été commis, sinon nous ? Des familles entières, des foyers, des rêves et des vies ont été détruits, et même si ce qui s'est passé ne peut être défait, nous ne pouvons pas oublier.

Car si nous oublions que ce genre d'horreur peut arriver, qui peut assurer que cela ne se reproduira pas ?

ÉPILOGUE

14-15 SEPTEMBRE 1961

Six mois plus tard

— Tu veux y retourner ?! m'exclamai-je en bondissant de ma chaise, faisant tomber ma tasse de thé qui se brise à mes pieds. Comment peux-tu me demander ça ?

Bayla grimace et lève un regard navré vers moi.

— Halina, s'il te plaît, murmure Edward en posant une main ferme sur l'épaule de Bayla. Nous ne faisons pas ça pour être cruels. Essaie de rester calme.

Bayla le fait taire et vient vers moi pour me prendre dans ses bras.

— Calme ? tonné-je en m'écartant vivement. Comment oses-tu me demander d'être calme ! Tu ne sais pas ce que cet endroit représente pour nous ! Tu n'as jamais vu la fumée sortir de ces cheminées, tu n'as jamais senti l'odeur de la chair grillée ! Tu as une idée de ce qu'ils nous ont fait ? Les nazis nous ont tout pris là-bas ! Ils ont assassiné notre famille là-bas !

Leurs hurlements résonnent encore dans ma tête ; des gens terrorisés et ordinaires jetés d'un train, des femmes condamnées dans les confins d'un bloc que nous n'osions pas approcher, des âmes mourantes hurlant et suppliant Dieu de les soulager, sans qu'il leur réponde jamais, les lamentations des mourants qui s'accrochaient de désespoir aux chanceux qui avaient déjà trouvé la mort. Tellement de cadavres, des centaines, des milliers par jour, traînés hors de l'infirmerie, sélectionnés pour la mort, frappés, abattus d'une balle, gazés et brûlés dans les fosses à ciel noir et ouvert.

Halina ! Halina, s'il te plaît, regarde-moi ! Regarde-moi ! m'implore une voix, perçant lentement le brouillard de ces horribles images, comme une main angélique brisant la surface de l'eau pour attraper mon corps en train de sombrer. *S'il te plaît, écoute ma voix ! Tout va bien, nous sommes en vie, nous avons survécu ! Regarde-moi !*

Un visage se dessine sous les larmes qui me brouillent la vue ; une jeune femme aux traits délicats, aux magnifiques yeux bleus encadrés de jolies boucles blondes. Ses mains, plaquées de chaque côté de mon visage, sont douces et chaudes, caressant les larmes qui me maculent les joues.

Mon cœur manque un battement ; l'espace d'un instant, avant que mon esprit commence à s'éclaircir, j'aurais pu la prendre pour notre mère.

Bayla me guide doucement vers le canapé, ses mains serrées sur les miennes.

— Je sais que c'est difficile pour toi, inenvisageable, même, et je suis vraiment désolée de te demander ça… mais je dois y retourner.

Ma voix, que je distingue à peine, quitte ma gorge dans un murmure abattu.

— Pourquoi ?

— La guerre, Auschwitz… Je n'ai jamais pu donner un sens à tout ça, comprendre pourquoi ça nous est arrivé. Depuis que j'ai lu tes carnets, je n'ai eu de cesse de chercher quelqu'un qui aurait les réponses à nos questions. Il y a quelques mois, je suis entrée en contact avec un homme qui a combattu pendant la guerre. Il vit toujours en Pologne et il est prêt à en parler avec moi… et je lui ai demandé que nous nous retrouvions au camp de Birkenau.

— Mais pourquoi au camp ? insisté-je, mon cœur me faisant un mal de chien. Je n'essaierai plus de t'empêcher d'en parler. Parles-en avec qui tu veux, mais pourquoi te sens-tu obligée de retourner là-bas ? S'il te plaît, aide-moi à comprendre.

— Les réponses à mes questions se trouvent dans ce camp. Je sais que c'est un endroit atroce, je sais ce qu'ils nous ont pris, et je déteste l'idée d'y retourner… mais je le dois. Je dois le voir une dernière fois. J'ai besoin de tourner la page… et *toi aussi*. Il y a des fois où j'ai l'impression que tu n'es jamais vraiment partie…

Elle marque une pause, prend une inspiration tremblante et tente en vain de retenir ses larmes. Une seconde plus tard, Edward est auprès d'elle, à lui caresser tendrement le dos et à déposer des baisers sur son crâne.

— Edward m'accompagnera, poursuit-elle. Mais je ne peux pas entrer dans ce lieu toute seule. J'ai besoin de toi avec moi… S'il te plaît, je ne peux pas l'affronter seule.

Parce que je suis la seule à pouvoir comprendre... Nous y avons survécu ensemble. Edward a beau l'aimer comme un fou, il ne peut pas comprendre comme moi. De toutes les choses que j'ai faites pour elle, est-ce vraiment la plus insurmontable ? Retourner là-bas...

— Qui retrouves-tu ?

— Il s'appelle Hans Hoffmann.

Pourquoi tout ça nous est arrivé... quelqu'un qui aurait les réponses à nos questions... un homme qui a combattu pendant la guerre... Hans Hoffmann.

— Il est allemand, remarqué-je sèchement.

Tendue, elle hoche la tête, ses yeux envahis d'inquiétude et de larmes.

— Ce n'était pas un prisonnier.

Son silence me suffit et j'arrache mes mains des siennes.

— Basia, *qui* retrouves-tu ?

— C'était un garde, finit-elle par admettre. Nous avons échangé des courriers pendant plusieurs mois, et c'est lui qui l'a avoué de lui-même.

Un garde... s'il a été jugé, un homme comme lui n'a dû purger que quelques années de prison. Quel intérêt, pour lui, de rencontrer une ancienne victime pour discuter des crimes de son peuple ?

— Tu l'as déjà rencontré ? Comment sais-tu ce qu'il veut ?

— Non, je ne l'ai jamais rencontré. Nous nous sommes seulement écrit. Je sais que ça t'inquiète. Ç'a été mon cas à moi aussi, mais tout ira bien. Edward sera avec nous. Je veux seulement parler avec lui. J'ai besoin de comprendre comment on a pu laisser passer toutes ces atrocités. Hoffmann a combattu avec eux, il était l'un d'entre eux, c'est le seul qui peut véritablement nous expliquer, et c'est la première personne *prête* à m'en parler.

— Alors laisse-le t'en parler dans une lettre ! protesté-je d'une voix faible, mais je sais que rien ne la fera changer d'avis.

Sa voix n'est plus qu'un murmure fatigué et, dans un rare moment de vulnérabilité, elle se sert de mon ancien prénom.

— Hodaya, je dois y retourner… s'il te plaît, viens avec moi. J'ai besoin de toi.

J'ai survécu un million de fois à cet endroit. À chacun de mes souffles, à chaque instant où mon cœur continuait de battre face à la mort, j'ai survécu, encore et encore... Je peux le faire une dernière fois. Pour Bayla. Ç'a toujours été pour Bayla.

— Quand est-ce qu'on part ?

Edward et Bayla ont laissé Eldad aux soins d'une nourrice pour la journée dès le petit matin.

Alors que je grimpe à l'arrière d'une Syrena bleue, le soleil commence tout juste à s'élever au-dessus des arbres, et je n'ai pas vraiment le temps d'intégrer ce qui se passe.

Peut-être est-ce mieux ainsi.

La première fois que je suis venue ici, il aurait été impossible de nous préparer à ce qui nous attendait. Nous étions épuisés, assoiffés, malades, affamés, déjà consumés par le besoin de survivre, et nous ne pouvions penser à rien d'autre. Si nous avions su, si nous avions eu le temps de nous préparer mentalement et physiquement à l'enfer que nous endurerions, je doute que l'un de nous aurait tenu assez longtemps pour sortir de ce wagon à bestiaux.

La ville défile en quelques instants, formant comme une brume devant mes yeux jusqu'à ce que nous traversions la campagne verdoyante. Appuyée contre la fenêtre, alors que le vent frais d'automne me fouette les joues et que le soleil perce mes paupières fermées, je m'efforce de bloquer chaque son et chaque image, uniquement concentrée sur ma respiration.

Oui... peut-être est-ce mieux d'y aller comme cette première fois, de façon soudaine et sans être préparée...

Je serre mon manteau contre mon corps, craignant le moment où le moteur se coupera, observant le paysage, derrière la vitre, se métamorphoser lentement jusqu'à ce qu'un ensemble de bouleaux apparaisse. Les heures semblent n'avoir été qu'une poignée de secondes et, avant même que je ne m'en rende compte, la voiture ralentit.

— Halina... souffle Bayla.

Le reste de ses mots ne vient pas, mais nous savons toutes les deux ce qu'elle veut dire.

Nous sommes là... nous sommes à nouveau arrivées.

— Je sais, murmuré-je d'une voix tremblante, les mains enfoncées dans les poches de mon manteau, les yeux vissés sur les lacets serrés de mes chaussures.

— Hoffmann est déjà là, commente Edward.

— Tu veux bien le rejoindre ? Nous arrivons dans un moment.

Edward quitte le véhicule et Bayla vient se caler à côté de moi, à l'arrière, pour glisser son bras sous le mien.

— J'ai peur, moi aussi, chuchote-t-elle avant de se pencher un peu plus vers moi. C'est normal d'avoir peur, c'est le seul moyen d'être courageux.

— Tu es beaucoup plus forte que moi, Basia. Tu l'as toujours été.

— Tu as vécu pour nous deux. Tu t'es battue et as survécu pour nous deux. Je ne m'en serais jamais sortie vivante sans toi.

Elle essuie mes joues d'une main douce et tire l'une de mes mains de ma poche pour entremêler nos doigts.

— Si j'ai de la force aujourd'hui, c'est grâce à la tienne. Nous sommes en vie grâce à *toi*, grâce à tout ce que tu as fait pour nous sauver. Mais tu ne seras pas seule, cette fois, je te le jure. Nous sommes là l'une pour l'autre.

Ses mains gelées s'enroulent de manière protectrice sur la mienne, son alliance scintillant à la lumière du soleil, et je me force à croiser son regard humide.

— Très bien, dis-je avec un soupir. Mais tu dois me promettre autre chose. Promets-moi que c'est la dernière fois, promets-moi que nous ne reviendrons *jamais*, après ça.

— C'est promis, confirme-t-elle d'un hochement de tête.

Elle se tourne vers la portière, mais je la retiens.

— J'y vais d'abord, dis-je face à son regard chargé d'inquiétude, puis je pousse la portière avant de pouvoir changer d'avis, brûlant d'impatience que cette journée prenne fin.

L'herbe est humide et haute sous mes pieds après des années d'abandon. Une fine brume presque translucide m'accueille, s'estompant lentement sous le soleil qui s'élève dans un ciel vide et morne. Cette scène tranquille est troublée par les barbelés, des rangées entières qui s'étirent plus loin que je n'ose regarder, des chemins de fer rouillés se laissent deviner sous la végétation et, se dressant devant nous tel un autel dédié à l'enfer qu'il renferme : le portail de la mort.

Cela fait longtemps qu'il n'y a plus de gardes dans les miradors, les routes sont désertes et le vide terrifiant d'un lieu qui fut un jour si bondé est troublant. Il n'y a pas de cris, pas d'ordres, pas de haut-parleurs, pas de chiens, seul un terrible silence qui me fait cruellement ressentir le manque le bruit. D'un autre côté, je sens qu'il ne faut pas parler, qu'il ne faut pas émettre le moindre son. Il y a tellement d'esprits ici, les morts qui ont un jour eu un corps, une vie, une famille, des souvenirs… ils sont aujourd'hui aussi insaisissables que le vent, incapables d'être touchés ou vus, mais je sais qu'ils sont ici et je sais que je dois les écouter. Me taire est tout ce que j'ai toujours connu, la seule manière dont je sais pleurer tout ce qui a été perdu.

Mes pieds avancent tout seuls, faisant le premier pas en direction du camp.

C'était la route vers la mort, qu'on vous envoie à droite ou à gauche...

Devant nous, Edward fait face à l'entrée, discutant avec un homme grand et brun vêtu d'un costume marron et d'un manteau. Même s'il s'appuie davantage sur sa jambe gauche, ce qui le fait pencher légèrement, sa posture est celle d'un militaire. Malgré la gêne évidente, probablement due à une blessure remontant à plusieurs années, il se tient avec la discipline et l'autorité qui ne correspondent pas à l'attitude d'un simple garde. Il y a quelque chose d'étrange chez cet homme, une espèce de contrôle toutefois teinté de fatigue, quelque chose de familier…

Non, c'est impossible, décidai-je en piétinant la lueur d'espoir qui vient de naître dans mon cœur. *Non, il aurait fui, il se serait échappé. Seul un idiot serait resté.* Nous continuons d'approcher, un pas hésitant après l'autre jusqu'à ce que le bruit de nos chaussures qui pataugent dans la boue les alerte de notre présence.

Ils pivotent vers nous.

Alors, l'univers tout entier s'arrête brusquement de tourner.

Un abysse muet semble prendre possession de mes oreilles, et mes poumons sont soudain vides de tout oxygène. Des yeux d'un bleu acier croisent les miens, les yeux qui veillaient sur moi, de loin, qui me suppliaient de vivre encore un jour, et qui m'observent désormais avec une profonde perplexité. Peu m'importe qu'il ait vieilli, je n'ai pas besoin d'autre preuve pour savoir que c'est lui, pas même la longue cicatrice qui court sur sa joue gauche.

Les yeux brillant de larmes, il essaie de dire quelque chose, parvenant enfin à lâcher un mot, comme une prière.

— Hodaya...

L'air remplit à nouveau mon corps tremblant, et un hoquet m'échappe, des taches de lumière dansant devant mes yeux, les larmes brûlant mes joues.

— Alaric !

Ses bras m'entourent une seconde plus tard, me soulevant de terre avant que mes jambes ne cèdent, me serrant si fort que j'ai l'impression de me faire enlever. Je crains un instant de l'étouffer tellement je m'agrippe à son cou, mais il ne semble pas s'en soucier et il fourre son visage dans mes cheveux sans cesser de pleurer.

— Tu es en vie, tu es en vie, mon Dieu ! Tu es en vie ! répète-t-il encore et encore, murmurant son soulagement tel un mantra.

— Je ne pensais pas... tu avais dit... soufflé-je, luttant avec les mots que j'arrive tout juste à sortir. Je... je ne pensais pas te revoir un jour.

— Moi non plus, chuchote-t-il en m'écartant juste assez pour pouvoir plonger ses yeux dans les miens.

— Mais... comment ? demandé-je en serrant son manteau, terrorisée à l'idée de le lâcher. Tu... tu es là ! Que...

— Mon frère a pris la fuite quand l'Allemagne s'est rendue, et il m'a laissé de nouveaux papiers d'identité. Je suis Hans Hoffmann depuis la fin de la guerre... je n'ai pas saisi, dans les lettres, que... Basia ? C'est Bayla, en fait... et toi... Tu es Halina ?

— J'ai changé nos noms également…

Pour fuir, pour oublier, pour avancer... il semblerait que nous ayons tous les deux *cherché à échapper au passé durant tout ce temps... et voilà qu'il nous ramène ici...*

Ses doigts essuient mes larmes, prenant mon visage avec une telle douceur et avec une telle révérence que j'ai l'impression d'être la chose la plus précieuse au monde.

— Tu n'as pas idée comme je suis heureux de te revoir.

Je souris comme je ne l'ai pas fait depuis longtemps.

— Je pense que si.

Son propre sourire est empli de joie et une vague de soulagement emporte mon cœur. S'il y a quelqu'un d'autre que Bayla pour qui j'aurais survécu, juste pour le revoir, c'est bien lui. Il lève une main tremblante vers sa poche, mais l'autre reste vissée à mon dos, refusant de me lâcher après toutes ces années de séparation.

— J'ai trouvé ça près du train, la nuit de ton arrivée, juste avant que je ne te voie au carrefour. Je suis désolé de ne pas te les avoir données avant, mais j'avais peur. Je savais que tu les voudrais, et si tu te faisais attraper avec, ils t'auraient tuée, murmure-t-il en sortant plusieurs papiers de sa poche, les bords usés par des années de manipulation. À *moi*, on les aurait simplement confisquées, mais… je ne voulais pas te donner de l'espoir pour finalement me voir les perdre. Je me suis juré de te les rendre si tu survivais, mais nous avons été évacués et, dans la panique du moment, j'ai oublié. Pas un jour n'est passé, depuis, sans que je les aie sur moi, me persuadant que tu étais en vie quelque part et que, un jour, je te les rendrais.

Il les pose délicatement dans ma main et le monde s'estompe quand je sens la texture familière me caresser la peau. Sur le premier papier, un couple me sourit, une femme quasiment identique à Bayla dans sa jeunesse, et un homme qui m'a tout donné, de ses yeux à son cœur. La photo de mes parents le jour de leur mariage. Je parcours les autres : Bayla bébé, dans mes bras ; le portrait de famille avant l'invasion.

Je contemple un long moment cette photo, la seule image de notre famille rassemblée, les mains de Bayla dans celles de Mama et moi, Papa à mes côtés, la tête légèrement tournée alors qu'il observe ses filles avec un sourire plein de tendresse. Le monde entier semble souffrir à l'image de mon cœur, vide comme le vent froid et pourtant submergé de chagrin, et la prise de conscience de leur disparition frappe plus fort mon âme à cet instant qu'elle ne l'a fait ces dix-sept dernières années. J'arrive tout juste à croire que c'est réel, que ce moment a vraiment existé, que ce cliché immortalise notre bonheur, preuve de notre famille aimante et unie, avant tout ça.

Ils étaient réels... tous ces fragments de souvenirs que j'ai fait en sorte de réprimer et d'oublier, ma famille et mes amis disparus depuis si longtemps... ils étaient réels. Ils sont *réels.*

Les mains d'Alaric se posent délicatement sur mes doigts tremblants alors que je peine à révéler la dernière photo. Un hoquet douloureux quitte mes lèvres.

Naomi.

Portant les mêmes cheveux bouclés, coiffure que nous prenions de moins en moins le temps de réaliser au fur et à mesure qu'augmentait notre oppression, nous sommes assises, bras dessus bras dessous, souriant à Papa derrière l'objectif, en tenant notre chocolat. Même en noir et blanc, ses yeux brillent d'une lumière intérieure sublime. Doux et clément, comme elle l'était elle-même, son sourire angélique brille plus fort que le soleil, et je suis convaincue que cette fille était un ange envoyé sur Terre pour rendre ce monde un peu moins sombre.

« Personne ne t'en veut. »

Le souvenir de sa voix est si vif que je pourrais presque croire qu'elle est derrière moi, à murmurer ces mots de réconfort qu'elle m'a soufflés en me tenant dans ses bras il y a une éternité. Je voulais si fort la croire, je voulais si fort que la culpabilité cesse de me ronger le cœur mais, à ce jour, je n'ai pas été capable de me soulager un tant soit peu du poids de la mort de Noam. Et de celle de tous les autres – mes parents, mes amis, elle-même –, jamais il n'y a quelqu'un à qui j'en ai plus voulu, quelqu'un que j'ai plus détesté que moi.

« Ce n'était pas ta faute. »

Oh, Naomi, ma tendre amie... Je sais que c'est ce que tu me dirais, aujourd'hui. D'abord, tu me dirais qu'il n'y a rien à pardonner, puis tu me prendrais dans tes bras et sécherais mes larmes. Tu ne me reprocherais rien... personne ne le ferait.

Noam était un garçon si doux, si bon, mais il avait voulu que je prenne la fuite. Il avait préféré me voir courir, cette nuit-là, plutôt que mourir avec lui.

Mama et Papa aimaient leurs filles plus que tout au monde, plus qu'eux-mêmes. S'ils avaient su ce qui nous arriverait, l'un comme l'autre aurait donné sans hésiter sa vie pour protéger la nôtre. Ils auraient le cœur brisé s'ils me voyaient à cet instant, s'ils savaient à quel point je me déteste de les avoir perdus, à quel point leur mort pèse sur mes épaules.

Levana et Chasha étaient des filles douces et pleines d'espoir, quel que soit le sort qui les attendait. Chasha mépriserait l'univers pour l'injustice qu'elle a subie, mais jamais moi. Il n'y avait pas une trace de haine dans le cœur de Levana, seulement de la foi et, quelque part, je suis convaincue qu'elle ne détestait même pas ses assassins.

Et Naomi… C'est elle qui m'aurait consolée chaque jour du reste de notre existence si elle avait survécu. Elle ne m'aurait jamais laissée m'isoler comme je l'ai fait, dans l'autoflagellation.

« Tu n'as plus le droit de t'en vouloir. »

— C'est terminé, Naomi, promets-je alors à sa photo, la seule image de mon amie existant dans ce monde, la seule preuve qu'elle était plus qu'un ange. Nous y sommes arrivées… Nous sommes demain…

Comme si on m'enlevait des menottes, un poids énorme quitte mon corps et je me sens soudain aussi légère qu'une plume. Ma liberté n'a pas commencé avec la Libération, ni avec mon retour à ce qu'il restait de notre foyer. Elle commence maintenant, avec ma propre acceptation. J'inhale profondément la brise automnale, ma première véritable goulée de liberté, et c'est encore douloureux, mais le pardon fait doucement son chemin à travers les fêlures de mon âme.

D'une étrange manière, le soleil me semble briller un peu plus fort, le temps me paraît un peu plus chaud et, debout dans l'ombre du lieu qui nous a dépouillés de tant de choses, moi et des millions d'autres, je sais que je ne suis plus prisonnière de son enfer.

C'est un autre monde qui s'ouvre. Une autre vie... pour nous deux.

Je plonge dans les yeux d'un bleu intense d'Alaric, me repaissant de sa chaleur tandis que ses doigts tracent de doux cercles au creux de mon dos. Je reconnais enfin ce que j'ai vu sur ses traits toutes ces années plus tôt – ce que je vois aujourd'hui, le dévouement et la tendresse, la tristesse, la peur et l'espoir, le désir que ma vie et mon bonheur perdurent –, et je sens mon cœur enfler face à son sourire plein de larmes.

L'amour.

Soudain, tous les mots qu'il ne m'a jamais dits, chacun de ses gestes tendres et hésitants me paraissent évidents. Quelque part, en m'observant de loin, en voyant sa propre vie, ses regrets et son amour se refléter en moi chaque jour où je me battais pour survivre pour Bayla, j'ai fini par compter pour lui plus que ce que j'étais capable d'appréhender à ce moment-là. Comment aurais-je pu deviner ? Ici, il n'existait rien d'autre que la survie, rien d'autre que ma sœur mais, aujourd'hui... aujourd'hui, nous sommes égaux. Un homme et une femme, comme nous l'avions été l'espace de quelques instants il y a si longtemps.

Un hoquet étouffé attire notre attention et je me rappelle soudain que nous ne sommes pas seuls. Juste derrière nous, Bayla a plongé dans les bras d'Edward, des larmes de choc et de joie brillant sur ses joues tandis qu'elle reconnaît l'Alaric de mon tableau. Il n'y a aucun jugement dans ses yeux, en le voyant me tenir tout contre lui, aucune rancœur, aucun dégoût ; seulement un espoir pur et sincère.

Saisis cette chance. Je t'en supplie, trouve enfin la paix, semble m'implorer son regard comme il l'a fait un millier de fois toutes ces années, mais, cette fois-ci, je suis certaine d'être prête. Je suis prête à me rappeler, à affronter le passé, à pardonner, à avancer et à laisser mon cœur guérir.

Les doigts calleux d'Alaric écartent les cheveux de mon visage, caressant les boucles brunes avec tendresse, et je glisse mes bras autour de lui, espérant qu'il puisse voir l'émotion nouvelle qui emplit mon cœur sans avoir à mettre des mots dessus. Une expression incrédule traverse alors son visage et l'étincelle qui fait soudain briller ses yeux trahit un espoir si puissant que j'en ai le souffle coupé, et je le serre un peu plus fort. Nichée contre son torse, je le sens déposer un baiser sur mon crâne. J'ai chaud comme ça n'a jamais plus été le cas depuis le jour où nous sommes partis pour le camp.

Nous sommes tous libres. J'ai survécu. Bayla a survécu. Et Alaric est là aussi, en vie, me rendant les morceaux brisés de mon être que je pensais avoir perdus à tout jamais et, pour la première fois depuis très longtemps, je suis convaincue que tout ira bien.

LETTRE
DE S. E. RUTLEDGE

Chers lecteurs,

Je suis ravie que vous ayez décidé de lire ce livre. Cela fait des années que je voulais raconter cette histoire, et j'espère de tout cœur que vous l'avez appréciée. Les expériences de ces milliers d'hommes, de femmes et d'enfants qui ont enduré les camps de concentration durant la Seconde Guerre mondiale sont aussi terribles qu'incroyables, mais je pense que leurs histoires doivent être racontées et nous servir de leçons. Si vous voulez vous tenir au courant de mes dernières sorties, vous pouvez vous inscrire sur le lien suivant. Votre adresse e-mail ne sera jamais partagée, et vous pouvez vous désinscrire à tout moment.

WWW.BOOKOUTURE.COM/S-E-RUTLEDGE

J'aimerais préciser qu'afin d'éviter toute fictionnalisation de véritables prisonniers d'Auschwitz, les matricules tatoués sur les personnages fictifs de ce livre commencent par la lettre A. Cette pratique voulant précéder le numéro d'une lettre n'a en réalité commencé qu'en 1944 – bien après l'arrivée d'Hodaya et de sa famille –, et les matricules dotés de ces lettres ne dépassaient pas 30 000, contrairement à ceux donnés à Hodaya et à Bayla.

Certains personnages comme le sergent Gerhard Kurzbach et le SS Hauptsturmführer Mengele sont bien réels, et j'ai fait de mon mieux, à l'aide de recherches intensives et de témoignages de survivants, pour les représenter aussi fidèlement que possible. Si les personnages d'Alaric, d'Hodaya et de sa famille sont ma propre création, j'ai composé chacun d'eux en me basant sur les survivants, les criminels et tous ceux qui ont été complices de ces atrocités afin de capturer la réalité de leur souffrance, de leurs tourments et, par-dessus tout, de leur force et de leur résilience.

Merci encore d'avoir lu ce livre ; j'espère que vous l'avez aimé. Si c'est le cas, j'adorerais savoir ce que vous en pensez.

Merci,

Savannah

facebook.com/savannah.rutledge.18
instagram.com/s.e.rutledge
x.com/SE_Rutledge

REMERCIEMENTS

J'aimerais d'abord remercier ma merveilleuse éditrice, Lucy, pour son soutien sans faille depuis le début. Ses conseils m'ont aidée à faire atteindre son plein potentiel à cette histoire et m'ont poussée à donner le meilleur de moi-même. J'aimerais également remercier l'équipe marketing de Bookouture, qui a su m'accompagner avec bienveillance tout au long de ce nouveau voyage. Je suis si heureuse d'avoir eu la chance de travailler avec vous, et j'espère pouvoir réitérer l'expérience pour de futurs projets.

Un milliard de mercis à ma mère et à mon père, qui ont toujours cru à mes rêves et qui racontent à qui veut bien l'entendre, proches ou parfaits inconnus, que leur « incroyable fille » écrit des livres ! Ce sont toujours les premiers à entendre mes histoires, souvent de longues tirades qu'ils ont la patience d'écouter jusqu'au bout, et ils n'ont jamais cessé de m'encourager à continuer d'écrire.

Merci à ma meilleure amie et sœur Felicia, pour ton amour et ton soutien toutes ces années. Tu as toujours été là pour moi, et je suis heureuse de t'avoir dans ma vie.

Je suis également ravie d'avoir le soutien de mon petit frère. Si Kenny et moi avons des hobbies tout à fait différents, et que son affection va davantage aux motos qu'à l'écriture, il trouve toujours le temps de me demander sur quoi j'écris, et ce que j'écrirai ensuite.

Un merci tout particulier à Shelby, Sasha et Arshia, qui ont été les premières à lire l'histoire d'Hodaya et qui m'ont donné de merveilleux conseils et davantage confiance en moi.

J'aimerais également remercier les nombreux professeurs d'anglais et d'histoire que j'ai eus au fil des ans. Ils m'ont tous encouragée à leur manière à nourrir mon amour de ces deux matières, et c'est grâce à eux que je m'efforce de toujours aller plus loin.
Enfin, j'aimerais témoigner ma gratitude et mon respect à tous ceux qui ont vécu ces choses que nous racontons aujourd'hui. Les mots ne suffisent pas à exprimer la force et le courage extraordinaires de ces individus incroyables. C'est par la souffrance, la bravoure et le sacrifice, qui transcendent l'âge et les générations, que nous pouvons apprendre d'eux, et c'est cela qui nous relie tous par le biais de l'amour et de la compréhension avec une force indescriptible. Leur vie et leurs histoires, leurs joies et leurs tragédies, leurs échecs et leurs triomphes continuent à nous inspirer et nous rappellent chaque jour la valeur merveilleuse et si précieuse de la vie.

Retrouvez-nous sur les réseaux sociaux :

City Editions

www.city-editions.com
@cityeditions
www.facebook.com/cityeditions/
@CityEditions
@cityeditions

Achevé d'imprimer en mai 2025
sur les presses de la Nouvelle Imprimerie Laballery
58500 Clamecy
Dépôt légal : mai 2025
Numéro d'impression : 504595

Imprimé en France

La Nouvelle Imprimerie Laballery est titulaire de la marque Imprim'Vert®